Rob Lloyd Jones
Jake Turner und der Schatz der Azteken

© Claire Dougherty

Als Kind wollte Rob Lloyd Jones immer INDIANA JONES werden. Deswegen studierte er Ägyptologie und Archäologie. Bei seiner Teilnahme an verschiedenen Ausgrabungen stieß er auf allerhand spannende Geschichten, die ihn unter anderen zur Buchreihe JAKE TURNER inspirierten. Außerdem ist er der Autor zahlreicher Sachbücher. Rob Lloyd Jones lebt in Sussex/England.

Birgit Niehaus, geboren im äußersten Norden Deutschlands, studierte Romanistik, Hispanistik und Sprachlehrforschung in Hamburg und Bordeaux, war etliche Jahre in der Verlagspressearbeit tätig und lebt heute als Übersetzerin und freie Lektorin mit ihrer Familie in Berlin.

Rob Lloyd Jones

Jake Turner und der Schatz der Azteken

Aus dem Englischen
von Birgit Niehaus

Ausführliche Informationen über
unsere Autoren und Bücher
www.dtv.de

Von Rob Lloyd Jones ist bei dtv junior außerdem lieferbar:
Jake Turner und das Grab der Smaragd-Schlange

Deutsche Erstausgabe
2019 dtv Verlagsgesellschaft mbH & Co. KG, München
© Rob Lloyd Jones 2018
© der deutschsprachigen Ausgabe:
2019 dtv Verlagsgesellschaft mbH & Co. KG, München
Titel der englischen Originalausgabe: ›Jake Atlas and the Hunt for the
Feathered God‹, 2018 erschienen bei Walker Books Ltd, London
Umschlagbild: Max Meinzold
Gesetzt aus der Caslon 11,25/14,5˙
Satz: Fotosatz Amann, Memmingen
Druck und Bindung: CPI books GmbH, Leck
Gedruckt auf säurefreiem, chlorfrei gebleichtem Papier
Printed in Germany · ISBN 978-3-423-76266-3

Für Jago, den coolsten Sturmtruppler der Welt

1

Ich nahm einen tiefen Atemzug, hielt die Luft an und trat hinaus in die Dunkelheit.

»*Nachtsicht!*«

Die Einstellung meiner Smartbrille wechselte zu grobkörnig-grün und ich erkannte, dass die Granitwände um mich herum gewölbt waren. Ich befand mich in einem Geheimgang, tief unter einem fünftausend Jahre alten Tempel ... oder einer Pyramide. Einer uralten Kultstätte jedenfalls. Okay, ich hatte nicht wirklich eine Ahnung, was das hier war. Ich hatte bei dem Briefing vor der Mission nicht richtig zugehört, weil ich so dringend pinkeln musste. Aber der Ort war cool, so viel stand fest.

Ich spürte ein Klopfen auf der Schulter: drei Mal – das Zeichen, stehen zu bleiben. Pan, meiner Zwillingsschwester, war etwas aufgefallen, jedenfalls huschten digitale Informationen über die Gläser ihrer Smartbrille. Die fahl leuchtenden Buchstaben ließen ihre Wangen noch bleicher erscheinen, als sie eh schon waren.

»Sami?«, fragte sie.

Klar und deutlich meldete sich eine Stimme. Die Smartbrillen übertrugen auch Schallwellen, das funktionierte mithilfe von … Okay, das Technik-Briefing hatte ich auch verpasst. Auf jeden Fall waren es absolute Hightech-Geräte. Und die Stimme, die wir hörten, war die des Brillenerfinders, Dr. Sami Fazri, Computergenie und Ausrüster der besten und gefragtesten Schatzjäger weltweit.

Die besten und gefragtesten Schatzjäger weltweit, das waren wir. Cool, was?

»Was gibt's?«, fragte Sami.

»Hier sind Inschriften.« Pan ging in die Hocke und fuhr mit einem behandschuhten Finger über die Gravuren, eine Reihe von Linien und schrägen Strichen am unteren Ende der Wand. Für mich sah das Ganze so aus, als hätte ein Kleinkind den Stein mit einem Messer attackiert. »Ich glaube, das sind akkadische Zeichen«, fuhr sie fort. »Ich mach mal ein Foto. Schickst du es Mum zum Übersetzen?«

Pan beugte sich vor und blinzelte dreimal. Ihre Brille erkannte den Befehl und schoss ein hochauflösendes Blitzlichtfoto von der Inschrift.

»Ist angekommen«, bestätigte Sami. »Aber deine Mutter ist nicht zufrieden damit.«

»Du kennst sie länger als wir, Sami. Hast du sie jemals zufrieden erlebt?«, fragte ich.

»Ich kann dich hören, Jake«, schoss eine zweite Stimme in mein Ohr. »Und nur ganz nebenbei: Ich bin nicht eure Übersetzungs-Assistentin.«

»Mum, kannst du die Inschrift jetzt lesen oder nicht?«, fragte Pan.

»Wieso kannst *du* das nicht?«

»Weil ich das Akkadische nicht beherrsche.«

Na ja, das stimmte nicht ganz. In den paar Monaten, in denen unsere Eltern uns nun schon zu Schatzjägern ausbildeten, hatte Pan gleich mehrere alte Sprachen gelernt. Und ich bin mir ziemlich sicher, dass ich sie schon über das Akkadische, eine Sprache aus dem Mittleren Osten, habe reden hören. Meine Schwester ist ein Genie – und das meine ich so, wie ich es sage. Sie hat ein fotografisches Gedächtnis und entsetzliche Stimmungsschwankungen. Aber okay, wahrscheinlich verstand sie tatsächlich noch nicht ausreichend Akkadisch, denn sonst hätte sie Mum niemals um Hilfe gebeten. Das tat sie nämlich nur im alleräußersten Notfall.

Mum seufzte betont laut, damit wir es auch ja hörten.

»Erstens: Die Inschrift ist sumerisch, nicht akkadisch«, sagte sie. »Dir sind offenbar die fehlenden Präfixe bei den Stammwörtern mit drei Konsonanten entgangen.«

Pans Hände ballten sich zu Fäusten und ich wusste, dass sie sich gerade schwer beherrschen musste, um ihren Frust nicht laut rauszuschreien. Ich tippte ihr zweimal kurz auf die Schulter – ein Zeichen zwischen uns beiden, das so viel bedeutete wie: *Egal, runterschlucken, weitermachen.*

»Jane«, warf Sami ein, »Pan ist keine Expertin für Alte Sprachen wie du.«

»Deswegen ist die Inschrift trotzdem sumerisch und nicht akkadisch«, beharrte Mum. »Also, was sagt euch das?«

»Dass ihr zwei, du und Dad, zu viel Zeit in Bibliotheken verbracht habt«, stellte ich fest.

»Nein, Jake«, entgegnete Pan.

Sie nahm langsam Fahrt auf. Meiner Schwester war nur selten anzumerken, wenn sie aufgeregt war. Ihre Lieblingslaune war »mürrisch«. Das hieß: Dauerschmollgesicht unter strähnigen, schwarz gefärbten Haaren und einer dicken Schicht Goth-Make-up, mit dem sie aussah wie eine Kreuzung aus Dracula und jemandem, der sich wie Dracucla kleidet, dabei aber ziemlich übertreibt. Wenn sie jedoch auf irgendein superinteressantes Thema stieß, dann entflammte sie und konnte das schlecht verbergen. Dann leuchteten ihre Augen und ihr Kiefer verkrampfte sich beim Versuch, bloß nicht zu lächeln.

»Das sagt uns, dass die Inschrift vor mehr als zweitausendfünfhundert Jahren in den Stein geritzt wurde, zu einer Zeit, als die sumerische Schrift noch verwendet wurde«, erklärte sie.

»Richtig, Pandora«, sagte Mum. »Und jetzt denkt weiter.«

»Also ist der König, dessen Grab wir suchen, schon mehr als zweitausendfünfhundert Jahre tot«, folgerte ich.

»Ashurnasipal«, präzisierte Pan. »Und ja, ist er.«

»Also führt dieser Gang hier tatsächlich zu seinem Grab! Bingo.«

Pan und ich klatschten uns ab.

»Hört auf mit dem Quatsch!«, blaffte Mum. »Mag ja sein, dass ihr auf der richtigen Spur seid – aber aus Erfahrung kann ich euch sagen, dass ihr jetzt erst recht wachsam sein müsst.«

»Echt?«, murrte Pan. »Komisch, deinen Riesenschatz an Erfahrung hast du noch nie erwähnt.«

Eine dritte Stimme meldete sich in unseren Ohrhörern. »Verkneif dir deine Ironie, junge Dame.«

10

»Dad?«, fragte ich. »Du hörst auch mit?«

Dads Stimme klang verzerrt und knackte so laut, dass es in den Ohren wehtat.

»Sami?«, rief ich. »Ich glaube, die Verbindung bricht gleich zusammen.«

»Nein«, antwortete Sami. »Das ist euer Dad. Er isst Chips.«

»Und da sollen wir uns konzentrieren?«, schimpfte Pan.

»Pandora hat recht«, pflichtete ihr Mum bei. »Hör mit dem Chipsessen auf, John.«

»Aber das ist mein Mittagessen.«

»Chips sind kein Mittagessen«, widersprach Mum. »Ein Sandwich ist Mittagessen.«

»Und was sind Fish & Chips?«

»Leute? Denkt ihr noch an eure Mission?«, schaltete sich Sami ein.

Er hatte recht. Pan hatte ihren Teil schon beigetragen. Jetzt war ich dran. Erneut atmete ich tief ein und hielt die Luft an. Das gehörte zu der Meditationstechnik, die Dad mir beigebracht hatte – damit ich mich besser konzentrieren und kontrollieren konnte. Pan war zwar das Genie von uns beiden, doch ich hatte eine andere Gabe – falls man es als Gabe bezeichnen konnte: Mein Verstand lief in brenzligen Situationen zu Höchstform auf und arbeitete reflexhaft schnell. Dieses instinkthafte Handeln hatte mir in der Vergangenheit haufenweise Probleme eingebracht, doch langsam lernte ich, es zu beherrschen.

»Sami«, bat ich, »kannst du uns ein Infrarotbild von den nächsten fünfzig Metern schicken? Und einen Ultraschall-Scan des gesamten Tunnels? Und dann sende mir doch bitte noch einen 4-D-Plan der Grabanlage auf meine Brille. Und die genauen Koordinaten der Stelle, an der uns die Drohne nachher rausholt. Ach ja, und Vorschläge zu Fluchtwegen, falls es mit der Drohne nicht klappt. Pan und ich werden ein paar Fundstücke aus der königlichen Grabkammer mitbringen und mit einem Archäologenteam zurückkehren, sobald die Echtheit der Sachen bestätigt ist.«

»Okay«, sagte Sami. »Könnte allerdings sein, dass es Probleme gibt. Das Infrarotbild zeigt drei Wärmepunkte. Zwei davon seid ihr, der dritte logischerweise nicht. Er nähert sich euch mit ziemlichem Tempo.«

Das klang nicht gut.

»Wie schnell?«, fragte Pan.

»Sami«, bat ich, »kannst du ein so genaues Wärmebild machen, dass man die Bluttemperatur erkennt?«

Ich hörte Sami auf dem Bildschirm herumtippen. »Die Bluttemperatur deutet darauf hin, dass es sich nicht um ein menschliches Wesen handelt … sondern um ein wechselwarmes«, antwortete er schließlich. »Am ehesten ein Insekt. Allerdings ist der Wärmepunkt viel zu groß für ein Insekt.«

»Such mal nach einer Liste von Insekten, die hier – wo immer hier ist – vorkommen.«

»Das Teil ist zu groß für ein Insekt, Jake.«

»Kannst du trotzdem nachsehen, Sami?«, fragte Pan.

»Sehr gut, Pandora.« Das war wieder Mums Stimme.

Ich spürte einen Stich Eifersucht und hasste mich selbst dafür. Es war total kindisch, gerade jetzt über so was nachzudenken, aber trotzdem: *Mich* lobte Mum nie für irgendetwas.

»Okay«, sagte Sami, »die Liste kommt gleich …«

»Es ist ein Skorpion«, fiel ich ihm ins Wort.

»Könnte sein«, sagte Sami. »Aber dann muss es ein …«

»… mutierter Riesenskorpion sein«, unterbrach ihn Pan.

»Ja. Woher weißt du das?«

»Weil er direkt vor uns steht.«

Pan und ich rückten zusammen, bis wir uns berührten. Panik stieg in mir auf, aber ich schluckte sie runter und konzentrierte mich auf die Kreatur, die auf uns zukam. Sie war so lang wie ein Krokodil, mit klobigen, hoch erhobenen Zangen, die ständig auf und zu schnappten. Der Schwanz war nach oben gerollt, als würde das Vieh eine von Mums Yoga-Übungen machen, und der Stachel am Ende war so lang wie ein Dolch.

Ich tastete nach dem technischen Equipment an meinem Ausrüstungsgürtel: Karabiner, ein Micro-Laser-Steinschneider, eine Enterhaken- und eine Signalpistole, ein Atemschlauch mit komprimiertem Sauerstoff und ein integriertes Bungee-Seil. Verdammt, wo war die Riesenskorpion-Tötungsvorrichtung, wenn man sie brauchte?

Das Monstrum kam näher, seine Zangen klapperten auf dem Steinboden.

»Jake«, zischte Pan. »Bring uns hier raus.«

Ich wandte mich von dem Skorpion und meiner Schwester ab und scannte die Tunnelwände. Mein Puls wurde ruhiger und ich merkte, wie meine Instinkte das Kommando übernahmen. Blitzschnell huschten meine Augen über die Tunnelwände. Ich musste an das Mantra unserer Eltern denken, das sie gebetsmühlenhaft wiederholten, in jeder Trainingseinheit: *Es gibt* immer *einen zweiten Ausgang. Man muss nur scharf nachdenken und darf sich seinen Verstand nicht von der Angst vernebeln lassen.* Und da passierte es wieder: Es war, als

13

ob sich jemand in mein Hirn reinhackte und die Kontrolle übernahm. Jedenfalls arbeiteten meine grauen Zellen plötzlich anders als sonst.

»Die Inschrift«, keuchte ich.

»Was ist damit?«, fragte Pan.

»Der Stein, in den sie eingraviert ist, unterscheidet sich vom Rest der Wand.«

»Und ... warum?«

Ich ging in die Hocke und inspizierte den Stein. Er war von einem Spalt umgeben, so als wäre er nachträglich eingefügt worden und könnte jederzeit wieder herausgezogen werden. Der Spalt war sogar ziemlich breit. Auffällig breit. So als sollte er die Blicke von Eindringlingen auf sich ziehen ...

»Das ist eine Falle!«, warnte ich.

»Ist nicht der Riesenskorpion die Falle?«, kreischte Pan.

»Schau dir den Boden an, auf dem wir stehen«, sagte ich. »Das ist eine Falltür, die sich öffnet, sobald wir den Stein mit der Inschrift wegdrücken.«

»Und was ist darunter?«

»Woher soll ich das wissen?«

»Und wie hilft uns das jetzt gegen den Skorpion?«

Pans Stimme wurde schriller, je höher das Spinnentier seinen Schwanz aufrichtete. Er war inzwischen eingerollt wie eine gespannte Feder – und der Stachel war ausgefahren.

»Ich verpass ihm eins mit dem Laser«, beschloss Pan.

»Nein! Lass ihn näher kommen.«

»Weißt du, wie Skorpione ihre Beute töten? Sie betäuben sie und fressen sie lebendig. *Lebendig*, Jake.«

»Vertrau mir, Pan. Nimm deine Enterhakenpistole und feuere den Haken an die Decke, wenn der Skorpion die

Falltür betritt. Ich drücke gegen den Inschriften-Stein und halte mich dann an deinen Beinen fest. Die Falltür öffnet sich, der Skorpion stürzt ab und wir baumeln am Seil.«

»Sicher?«

»Ja. Nein. Hoffentlich.«

Der Skorpion kam noch näher.

Mit zitternden Händen drückte ich gegen den Stein. Mein Herz hämmerte wie ein Presslufthammer.

»Mach dich bereit …«, sagte ich.

Der Skorpion blieb stehen. Seine Zangen schnappten auf und zu … und verschwanden. Mitsamt dem ganzen riesigen Körper. Lautes Rauschen und Knistern erfüllte den Tunnel. Um uns herum begannen die Wände zu flimmern. Kurz tauchte der Skorpion noch einmal auf, kopfüber an der Decke des Ganges, dann verschwand er wieder.

Pan riss sich ihre Smartbrille vom Kopf. »Verdammt!«, schrie sie. »Das Simulationsprogramm spinnt schon wieder.«

Plötzlich war alles in grellgelbes Licht getaucht, während gleichzeitig weitere Teile des »Grabes« verschwanden – die Tunnelwände, der steinerne Boden und die Falltür. Stattdessen sah ich Wände aus Holzbrettern, haufenweise Strohballen und – in der Ecke – einen alten verrosteten Traktor.

Ich konnte mir ein Stöhnen nicht verkneifen. Für einen Moment hatte ich tatsächlich vergessen, dass wir uns gar nicht in einem verschollenen Grab befanden – sondern in Yorkshire Dales, hoch oben im Norden Englands, auf dem Landgut eines alten Freundes der Familie. Wir hatten uns hier versteckt, um zu Schatzjägern ausgebildet zu werden. Nur dass es mit dem Training nicht wirklich voranging …

Sami balancierte oben auf einer Stehleiter und nestelte an

dem Hologramm-Projektor herum, der an der Scheunen-
wand befestigt war. Der Projektor war nur eines der vielen
Hightech-Geräte, die die Tunnelsimulation an die Scheu-
nenwand projiziert hatten. Samis Gesicht war so schrumpe-
lig wie eine Rosine und sein kahler Schädel glänzte vor
Schweiß, trotz des kalten Herbstwindes, der durch die Ritzen der Holzwände pfiff. Die Djellaba, sein traditionelles
arabisches Gewand, klebte an seinem Rücken.

Er murmelte und schimpfte auf Arabisch vor sich hin. Als
einer der weltweit führenden Zukunftstechnologen schätzte
er es gar nicht, wenn seine Hightech-Spielzeuge nicht funk-
tionierten.

»Bleibt in Position«, rief er uns zu. »Das ist nur eine kleine
Panne.«

»Lass es gut sein, Sam.«

Mum erhob sich von einem der Strohballen. Sie klappte
den Laptop zu und setzte ihre Smartbrille ab, über die sie
mit uns kommuniziert hatte. Dann rieb sie sich die Augen.
Sie wirkte erschöpft, hauptsächlich wohl aus Enttäuschung.

»Sie haben eh versagt«, fügte sie hinzu.

»Versagt?«, empörte ich mich. »Wie waren kurz davor, den
Skorpion umzubringen.«

»Du warst kurz davor, dich selbst umzubringen«, sagte
Mum. »Und deine Schwester gleich mit. Sami, was befand
sich unter der Falltür?«

»Kochendes Öl.«

»Kochendes Öl?«, schnaubte Pan. »In einem fünftausend
Jahre alten Grab? Wie soll das denn gehen? Wie soll das
immer noch gekocht haben? Mal ganz abgesehen davon,
dass die Akkadier noch gar kein Öl kannten.«

Mums Kieferknochen verspannten sich. »Die Sumerer! Der Punkt ist, dass ihr euch nicht sicher wart. Wenn das Szenario echt gewesen wäre …«

»Sorry, aber wie echt ist ein mutierter Riesenskorpion?«, maulte Pan.

»Na ja, in Ägypten hattet ihr es mit einer mutierten Riesenschlange zu tun«, gab Sami zu bedenken.

Mich fröstelte, aber nicht wegen dem Wind, der an den Scheunenwänden rüttelte. Vor ein paar Monaten hatten Pan und ich unsere Eltern noch für zwei schnarchlangweilige Professoren für Alte Geschichte gehalten. Wir hatten sie auf eine Reise nach Ägypten begleitet, wo sie urplötzlich verschwanden. Auf unserer Suche nach ihnen waren wir Sami und einem zweiten Schatzjäger namens Kit Thorn begegnet, dessen Landhaus wir gerade nutzen durften. In einer der Pyramiden hatten wir ein Labyrinth aus Geheimgängen und das verschollene Grab einer altägyptischen Gottheit entdeckt. Nur dass wir dort leider von besagter Riesenschlange angegriffen wurden. Und dann passierte etwas noch Dramatischeres: Wir fanden heraus, dass Mum und Dad eigentlich Hightech-Schatzjäger waren.

Nein, das stimmt so nicht ganz. Sie waren früher, vor unserer Geburt, Schatzjäger gewesen. Da hatten sie alte Kulturschätze gerettet und in Museen gebracht, damit Plünderer oder mafiöse Grabräuber die Schätze nicht auf dem Schwarzmarkt verkaufen konnten. Aber nach unserem Ägypten-Abenteuer hatten sie ihren »Ruhestand« aufgegeben und trainierten Pan und mich, damit wir sie bei ihrer gefährlichen Arbeit unterstützen konnten. Nur dass es, wie gesagt, nicht so richtig gut lief …

»Hab's repariert«, verkündete Sami und im selben Moment sprang der Simulator wieder an. Hologramme schossen aus einer ganzen Batterie von Projektoren und fügten sich zu einem 3-D-Video des Tunnels zusammen. Wir wurden geradewegs von der Scheune in die Grabanlage katapultiert – und die Falltür öffnete sich.

Die Bilder wechselten jetzt in schneller Folge. Es sah aus, als würden wir einen Schacht hinunterfallen. Und plötzlich landete der Skorpion mit einem Riesenplatsch neben uns in einer dunklen, blubbernden Flüssigkeit: dem kochenden Öl. Das Vieh krümmte sich, gab ein merkwürdiges Geräusch von sich und versank. Ich blickte Pan an, die mit den Achseln zuckte.

»Völlig unrealistisch, dass das Öl immer noch kochen soll«, murrte sie.

2

Mutierte Skorpione, menschenfressende Riesenfledermäuse, rotierende Klingen, mit Nägeln oder giftigen Dornen ausgekleidete Schächte, Wände, die einen wie einen Käfer zermalmten, wenn man nicht rechtzeitig den verborgenen Stopp-Schalter fand … Ständig tauchten neue Horrorszenarien vor mir auf, so gestochen scharf und naturgetreu, dass ich jedes Mal unwillkürlich nach meinem Ausrüstungsgürtel tastete. Reiner Verteidigungsreflex, denn natürlich wusste ich, dass das Ganze nur eine Simulation war – und obendrein hatte ich jedes Szenario schon mindestens einmal gesehen.

Ich setzte meine Smartbrille ab und legte sie auf die Werkbank. Mir war klar, wie viel Zeit und Mühe Sami in die Simulationen gesteckt hatte, und ich fand sie ja auch wirklich beeindruckend. Trotzdem begannen sie mich zu langweilen.

»Die sind echt großartig, Sami«, sagte ich.

Sami fluchte auf Arabisch. »Aber du hast sie alle schon mal gemacht, oder?«

»Ja, sogar mehrmals.«

Noch mehr Flüche, lauter diesmal. Samis kahler Schädel glänzte im Schein der vielen Hologramme. Die Projektionen wurden von einem gläsernen Monitortisch ausgestrahlt, einer Art 3-D-Computer, den wir »Holosphäre« nannten. Sami wischte mit spitzen Fingern ein paar Dateien beiseite und tippte dann hektisch auf dem Bildschirm herum. Neue Hologramme flimmerten auf – Berg- und Höhlenwelten, Wüsten und Urwälder.

»Eure Mutter wünscht eine neue Simulation für euer Training morgen«, grummelte er. »Wie wär's mit der Antarktis? Ich könnte ein verschollenes Grab am Südpol einrichten, mit verrückt gewordenen Eisbären und Pinguin-Mutanten.«

»Leben Eisbären nicht am Nordpol?«

»Ich sag doch, es sind *verrückt gewordene* Eisbären!«

»Wohl eher verirrte.«

»Okay, wie wär's dann mit einem Vulkangrab? Selbst eure Eltern haben noch kein Grab in einem Vulkan entdeckt.«

»Aber haben sie nicht mal eines *unter* einem Vulkan entdeckt?«

»Mach dich nicht lustig, Jake, ich sammle doch nur Ideen!«

»Ich darf dir nicht helfen, Sami, das wäre wie schummeln! Dann würde ich ja sämtliche Fluchtwege und Notschalter schon kennen.«

»Seit wann schreckst du vor Schummeln zurück?«

Das tat ich überhaupt nicht. Und normalerweise hätte es mir auch Spaß gemacht, mich von Sami einweihen zu lassen. Aber heute Nachmittag war ich irgendwie nicht bei der Sache. Meistens blieb ich nach dem Training noch mit Sami in seiner Werkstatt und spielte mit der Technik herum, die er für unsere Missionen entwickelte. Es machte Spaß, ihm

20

bei der Arbeit zuzusehen. Er war älter als meine Eltern und hatte total schlechte Augen und kleine, schrumpelige Hände, aber wenn es um seinen Technikspielkram ging, dann hatte er die Energie eines Teenagers. In der Werkstatt, die er in einem der zahlreichen Räume von Kits Landgut eingerichtet hatte, lagen die irrsten Gerätschaften herum: Signalpistolen, Rauchbomben, Atemschläuche mit komprimiertem Sauerstoff, Laserschneider, Handschuhe mit integrierten Metalldetektoren …

»Dein Knie zuckt, Jake.«

»Häh?«

Sami wischte weitere Hologramme beiseite und sah mich prüfend an. »Dein Knie. Es zittert – wie immer, wenn du frustriert bist. Was ist los?«

Ich lächelte. Sami und ich kannten uns erst seit ein paar Monaten, seit unserem Ägypten-Abenteuer, aber er verstand mich wie kaum ein anderer.

»Die Simulationen sind toll, Sami, wirklich, aber können wir nicht langsam mal in die Realität überwechseln? Und all diese Ausrüstungsgegenstände ausprobieren? Live und in Farbe, meine ich.«

»Die Entscheidung liegt bei deinen Eltern, fürchte ich.«

»Sie trauen es uns noch nicht zu, stimmt's? Trotz allem, was wir in Ägypten gemeistert haben …«

Während unserer Ägyptenreise hatten meine Schwester und ich die finstere Geheimorganisation aufgespürt, die für Mums und Dads Entführung in Kairo verantwortlich war. Unsere Eltern sollten ein verschollenes Grab für die Schlangenleute finden – so nannten wir die Mitglieder der Organisation –, aber Pan und ich waren ihnen zuvorgekommen und hatten das Grab zuerst entdeckt. Wir hatten unsere Eltern befreit und den Unterschlupf der Schlangenleute auffliegen lassen.

Sami und Kit Thorn hatten uns damals sehr unterstützt. Kit war am Ende im Krankenhaus gelandet, wo er immer noch lag, während wir sein Haus als Trainingslager nutzen durften. Denn zur Schule gehen konnten wir nicht, wir wurden immer noch mit internationalem Haftbefehl gesucht – wegen der Schäden, die wir bei unserer Suche nach Mum und Dad an antiken Bauwerken angerichtet hatten. Aber ich vermisste die Schule kein bisschen – und ackerte und lernte mehr als in meiner ganzen bisherigen Schulzeit. Vor allem über alte Hochkulturen und Archäologie hatten unsere Eltern uns in den letzten drei Monaten viel beigebracht, alles Stoff, der mir nicht gerade zuflog. Ich war eben kein Genie wie meine Schwester. Aber wenigstens konnte ich inzwischen Olmeken und Tolteken auseinanderhalten und Hieroglyphen von der Hieratischen Schrift unterscheiden.

Wir hatten auch Sport. Mum und Dad beherrschten mehrere Kampfsportarten, weigerten sich allerdings, uns darin zu unterrichten. Kämpfen würden wir mit Sicherheit nie, sagten sie. Stattdessen ließ Dad uns endlose Runden über Kits riesiges Anwesen traben – bei Dauerregen, der für Yorkshire im Herbst offenbar normal war. Ihr solltet mal Pans Gemecker hören.

»Warum kann Jake nicht das Action-Zeug erledigen und ich lese die Bücher?«, brüllte sie regelmäßig.

Aber das war natürlich Blödsinn. Pan war tougher als jeder Mensch, den ich kannte. Trotzdem konnte sich Dad auf den Kopf stellen und sie mantramäßig mit »Du-schaffst-das«-

Sprüchen motivieren – sie verschanzte sich hinter ihren Stirnfransen und keifte zurück: »Nein, schaff ich nicht!« Dennoch glaube ich, dass Pan das Ganze genauso liebte wie ich. Ich meine, immerhin wurden wir zu Schatzjägern ausgebildet!

Aber Sami hatte es richtig erkannt: Ich wurde von Tag zu Tag frustrierter. Missmutig ließ ich meinen Blick durch die Werkstatt und über all die coolen Gerätschaften schweifen, die immer noch nicht zum Einsatz gekommen waren. Würden wir sie je benutzen?

Schon wieder schien Sami meine Gedanken zu lesen. »Keine Sorge, ihr werdet auf Mission gehen, Jake. Allerdings müsst ihr ja erst mal von einem Schatz erfahren, den ihr suchen könnt.«

»Wir wissen von einem, Sami.«

Tatsächlich hatten wir eine Spur: eine geheimnisvolle smaragdgrüne Steintafel, die Pan und ich in Ägypten gefunden hatten. Sie war eine von mehreren, die angeblich in weit verstreuten Gräbern überall auf der Welt versteckt lagen. Nebeneinandergehalten sollten diese Tafeln eine neue, geheime Version der Weltgeschichte enthüllen – und genau diese Enthüllung versuchten die Schlangenleute zu verhindern. Unser Plan war, die Tafeln auf dem gesamten Globus zusammenzusammeln und dafür zu sorgen, dass ans Licht kam, was die Geheimorganisation zu verheimlichen oder sogar auszuradieren versuchte. Das Problem war nur, dass wir einen Hinweis auf die nächste zu suchende Tafel brauchten, und bislang hatten Mum und Dad auf unserer Tafel noch keinen solchen Hinweis gefunden. Und deshalb saßen wir hier fest.

Um mich abzulenken, nahm ich eines der Geräte von der Werkbank. Es war ein winziges Ding, nicht größer als eine Fliege, mit Mini-Rotoren obendrauf.

»Ist das der weltkleinste Hubschrauber?«, fragte ich.

Sami wischte das letzte Hologramm beiseite. Seine Augen strahlten: Er liebte es, über seine Arbeit zu sprechen. »Das ist eine Nanodrohne.«

»Eine Drohne?«

»Eine extrem kleine Drohne. Sie kann durch winzige Spalten fliegen und so in Gräber eindringen, in die man nicht reinkommt.«

»Es gibt keine Gräber, in die ich nicht reinkomme, Sami«, witzelte ich.

Sami verstand den Scherz und grinste. Mit äußerster Vorsicht, als würde es sich um ein zartes Lebewesen handeln, nahm er das kleine Fluggerät hoch und hielt es in seiner Handfläche. »Es fliegt absolut geräuschlos und besitzt eine eingebaute Minikamera, Echoortung und einen Wärmesensor. Es ist …«

» … weg.«

Während Samis Ausführungen hatte ich meine Smartbrille wieder übergestreift und die Drohne hatte sich sofort mit mir verbunden. Die winzigen Rotoren hatten sich lautlos zu drehen begonnen und den Flieger abheben lassen. Für die Schatzjagd war das bestimmt eine extrem nützliche Erfindung, aber jetzt gerade hatte ich etwas anderes damit vor.

»Wie funktioniert das Ding?«, fragte ich.

»Sag ihm einfach, wohin es fliegen soll.«

»Okay. Drehe dich um 90 Grad und fliege zehn Meter geradeaus«, wies ich es an.

Die Aufnahmen, die die Drohne machte, wurden mir direkt auf meine Brillengläser gespielt. Sie verließ die Werkstatt und schwebte lautlos in einen mit Antiquitäten dekorierten Flur: Jade-Drachen und ägyptische *Shabtis* in Schaukästen und Ming-Vasen auf Ständern. Alles Sachen, die Kit aus Gräbern entwendet hatte.

»Fliege dreißig Meter weiter.«

Ich lotste die Drohne zu einer Eichentür am Ende des Flurs, die einen Spaltbreit offen stand. Bläulich-grünliches Licht flimmerte durch den Spalt.

»Schalte die Wärmebildkamera ein«, ordnete ich an.

Die auf meine Brillengläser projizierte Drohnenumgebung wechselte in die Infrarot-Optik. Gedämpftes Grau, und mittendrin ein helloranger Fleck: eine menschliche Wärmesignatur. Irgendjemand hielt sich in dem Raum auf.

Gut.

»Jake?« Sami klang nervös. »Was machst du da?«

Ich spürte, dass er kurz davor war, mir die Brille abzureißen, und drehte meinen Kopf zur Seite.

»Ich trainiere, Sami. Wir müssen doch wissen, wie man das Ding bedient, oder?«

Ich steuerte den lautlosen Flieger in den Raum – und sah Mum. Sie hockte ebenfalls an einem Monitortisch und studierte die in den Raum projizierten Dateien. Mit der Hand blätterte sie durch Hologramme von alten Inschriften, hin und wieder vergrößerte sie einen Ausschnitt und fuhr mit dem Finger eine Textzeile entlang, bevor sie die Datei mit einem frustrierten Seufzer wegwischte.

Ich flog die Drohne näher heran und sah, wie Mum einen Gegenstand hochnahm, der neben dem Monitortisch auf dem Boden lag. Es war ein altes Kultobjekt von der Größe eines Laptops … und bestand aus glänzend grünem Stein.

»Die Smaragdtafel«, keuchte ich.

»Wie bitte?«, fragte Sami.

»Äh, nichts …«

Allein der Anblick der Tafel ließ meinen Puls rasen. So nahe war ich ihr nicht mehr gekommen, seit Pan und ich sie in Ägypten gefunden hatten. Mum verwahrte sie in ihrem Arbeitszimmer, zu dem Pan und ich keinen Zutritt hatten. Wahrscheinlich hatte Mum Angst, dass ich irgendetwas Verrücktes mit der Tafel anstellen würde: sie klauen und bei eBay einstellen, um die Schlangenleute aus ihrem Versteck herauszuködern. Es tat weh, dass die eigene Mutter einem nicht vertraute, aber okay, ich konnte es ihr nicht wirklich verübeln, denn die Idee mit eBay hatte ich tatsächlich schon gehabt.

Die Videobilder, die die Drohne machte, waren so gestochen scharf, dass ich das Gefühl hatte, direkt in Mums Arbeitszimmer zu stehen. Vielleicht war das der Grund, warum ich auf einmal flüsterte:

»*Zoom!*«

Die Drohnenkamera zeigte eine Nahansicht der Tafel, die im Holosphärenlicht fast zu glühen schien. Ich hatte ganz vergessen, wie schön sie war! Beidseitig war dasselbe Symbol eingraviert: eine kreisförmig zusammengerollte Schlange, die sich in ihren eigenen Schwanz biss. Innerhalb des Kreises befand sich eine Inschrift, die meine Eltern leider noch nicht entschlüsselt hatten. Sie wussten noch nicht mal, um welche Sprache es sich handelte.

Bis spätnachts und morgens schon in aller Herrgottsfrühe

hockte Mum vor der Inschrift, Tag für Tag. Sie hatte Dutzende Bücher gewälzt und Hunderte Fotos von Ausgrabungsstätten gesichtet, um einen Hinweis auf das nächste Grab zu finden. Aber bislang hatte sie nichts gefunden, nicht den kleinsten Anhaltspunkt. Inzwischen glichen ihre Augenringe schwarzen Müllbeuteln.

Das schlechte Gewissen nagte an mir. Ich hätte sie nicht ausspionieren sollen. Auf der anderen Seite: Warum musste Mum auch immer alles geheim halten?

»Warum traut sie uns nicht zu, ihr zu helfen?«, murmelte ich.

»*Sie?*«, fragte Sami. »Jake, spionierst du da jemanden aus?«

»Ich … nein. Na ja, doch. In gewisser Weise.«

»Wie bitte?«

»Also, ja.«

»Oh Gott, bitte sag, dass es nicht deine Mutter ist.«

»Okay, es ist nicht meine Mutter.«

»Also … ist es deine Mutter?«

»Ja, ist es.«

»Jake! Hol die Drohne zurück! Bevor sie es merkt!«

Ich nahm die Smartbrille ab, sah meinen Freund an und zog unbehaglich die Schultern hoch.

Sami seufzte. »Es ist zu spät, stimmt's?«

Im selben Moment schallte ein wütender Schrei durch den Flur: »JAKE!«

3

In allen Familien gibt es manchmal Stress, oder? Bevor meine Schwester und ich von der Schatzjäger-Vergangenheit unserer Eltern erfuhren, gab es bei uns sogar *nichts anderes* als Stress. Danach lief es eine Weile besser – was wohl an unserer Vorfreude lag, demnächst zu viert auf Schatzjagd zu gehen. Doch inzwischen waren wir wieder beim alten Zustand angekommen – und zofften uns rund um die Uhr.

Die Auseinandersetzungen liefen immer nach demselben Muster ab: Pan und ich schlugen uns auf eine Seite, auch wenn wir gar nicht derselben Meinung waren, Dad versuchte, neutral zu bleiben und den Frieden zu wahren, und Mum versuchte, ihn mit in den Streit hineinzuziehen. Sami verkroch sich dann regelmäßig in seiner Werkstatt und wartete, bis sich der Staub gelegt hatte. Aber er hörte aufmerksam zu, das wusste ich.

An dem Abend, an dem Mum mich beim Spionieren erwischt hatte, dauerte das Geschrei mindestens eine Stunde. Ihr wollt gar nicht wissen, was da alles zur Sprache kam, aber ein Detail muss ich doch erwähnen, damit ihr das Ganze besser einordnen könnt. Stellt es euch zum Soundtrack von knallenden Türen, Mums Schnauben und Dads Beschwichtigungsgemurmel vor.

»Nein, ich beruhige mich nicht, John! Mir ist es ernst! Jake, du hast Hausarrest!«

»Hausarrest? Wie blöd ist das denn? Wir verlassen die Bude doch sowieso nie.«

»Ich weiß überhaupt nicht, was in dich gefahren ist. Zu Schulzeiten hast du dich nie so danebenbenommen.«

»Das stimmt nicht, Mum.«

»Halt du dich da raus, Pandora.«

»Aber erinnerst du dich nicht mehr an den Ameisenfarm-Vorfall?

»Natürlich erinnere ich mich daran! Aber das ist ja wohl nichts im Vergleich dazu, die eigene Mutter auszuspionieren!«

»Spionieren ist schlimmer, als rote Feuerameisen auf unschuldige Schülerinnen zu kippen?«

»Hey, ich wollte dir doch nur helfen, Pan. Diese unschuldigen Schülerinnen haben dich gemobbt.«

»Trotzdem, Jake … die Ameisen hatten einen superfiesen Wehrstachel.«

»Und inwiefern bringt uns das jetzt weiter, Pandora?«

»Es soll nur zeigen, dass Jake schon viel schlimmere Sachen gemacht hat. Er hat ja auch schon eine altägyptische Grabanlage in die Luft gejagt.«

»Dafür hab ich mich entschuldigt!«

»Bitte erwähne das NICHT noch einmal, Pandora.«

»Können wir uns nicht alle wieder einkriegen?«

29

»Das sagst du so leicht, John! Wie kann Jake erwarten, dass wir ihm vertrauen, wenn …?«

»Ihr vertraut mir ja nicht! Deshalb versteckt ihr die Smaragdtafel ja. Wir dürfen sie nicht mal ansehen. Dabei haben wir sie entdeckt. Ich jedenfalls erinnere mich nicht, euch beide in dem ägyptischen Grab gesehen zu haben. Erinnerst du dich, Pan?«

»Nee. Ich weiß nur noch, dass wir euch kurz nach der Grab-Episode das Leben gerettet haben. Also: Im Grunde gehört die Tafel uns.«

»Ja. Finderlohn. Die wichtigste Schatzjäger-Regel.«

»Das ist ganz sicher *nicht* die wichtigste Schatzjäger-Regel. Ist denn gar nichts hängen geblieben von dem, was wir euch beigebracht haben, Jake?«

»Wo wir gerade dabei sind. Jake, Pandora? Was würdet ihr sagen: Was sind die wichtigsten Regeln bei der Schatzjagd?«

»John, das hier ist keine Unterrichtsstunde. Jake hat mir hinterherspioniert!«

»Weil du uns nichts zutraust.«

»Weil du einfach nicht nachdenkst. Mir einfach mit einer Drohne hinterherzuspionieren! Was obendrein noch nicht mal sonderlich schlau ist! Spontan fallen mir mindestens ein halbes Dutzend bessere Möglichkeiten ein, in meinen Privatsachen zu schnüffeln. Dir nicht?«

»Ich dachte, das hier ist keine Unterrichtsstunde.«

»Du hast einfach nicht nachgedacht, Jake, und eine bekloppte Drohne benutzt.«

»Na ja, es war immerhin eine Kohlenstofffaser-Nanodrohne mit integrierter hochauflösender …«

»Hör auf, uns zu belauschen, Sami. Das ist ein Familienstreit!«

»Sami gehört zur Familie, Mum. Hör einfach weiter mit, Sami!«

»Nein, ich halt mich da raus.«

»Können wir uns jetzt mal alle beruhigen? Ich mach uns etwas zu essen und wir sind wieder nett zueinander, okay?«

Ich hab keine Ahnung, in welcher Welt Dad lebte, dass er glaubte, wie könnten nett zueinander sein. Die einzige Zeit, in der wir uns gut verstanden haben, war unsere Schatzjagd in Ägypten gewesen. Da hatte die Turner-Familie als Team funktioniert. Deshalb ja mein Drängen: Wir mussten endlich wieder auf Schatzjagd gehen.

Eine Weile sprachen wir kein Wort miteinander. Dad kochte irgendein Gericht mit Kichererbsen, das sowieso keiner von uns anrühren würde, nicht einmal Pan, obwohl sie Vegetarierin war. Aber die Kocherei gehörte ebenfalls zu unserer Ausbildung. Wir sollten landestypische Gerichte aus allen Ecken der Welt kennenlernen, damit wir nicht meckerten, wenn wir später mal in der Gegend waren. Das Problem war nur, dass Dad ein katastrophal schlechter Koch war. Er schaffte es tatsächlich, jede einzelne Kichererbse anzubrennen, sodass das Gericht am Ende aussah wie ein Haufen Hasenkötel.

Mum würdigte ihren Teller keines Blickes. Sie saß da, starrte aus dem Fenster und fingerte an dem Amulett der ägyptischen Muttergöttin Isis herum, das sie um den Hals trug. Sie hatte es aus dem ersten Grab entwendet, das sie und Dad entdeckt hatten, lange vor Pans und meiner Geburt. Ob sie die Zeiten damals wohl entspannter fand …?

Einige ihrer Äußerungen in letzter Zeit machten mir Sorgen. Immer öfter erwähnte sie die Schule, so als wären das hier einfach nur Ferien. Und beim Training betonte sie ständig, wie wichtig es sei, einen Plan B zu haben. Mindestens zwei Ausgänge für jeden Eingang zu kennen. Ich hatte den Verdacht, dass sie und Dad auch für unsere aktuelle Situation einen »Ausgang« hatten – eine Möglichkeit, uns unter neuen Namen in unser altes Leben zurückzuschicken. Das war es, was mir am meisten Angst machte.

Denn unser bisheriges Leben war absolut stumpfsinnig gewesen. Mum und Dad hatten so getan, als wären sie glücklich in ihren strunzlangweiligen Jobs als Geschichtsprofessoren. Ich ritt mich alle naselang in die Scheiße, klaute, prügelte und wurde von Schulen geworfen. Und Pan war auch nicht glücklich gewesen. Weil sie wegen ihrer unglaublichen Klugheit ständig gemobbt wurde, hatte sie sich irgendwann die Haare schwarz gefärbt, schwarze Klamotten übergestreift und sich in ein Goth-Girl verwandelt. Eigentlich waren wir uns pausenlos an die Gurgel gegangen. Erst das gemeinsame Ägypten-Abenteuer hatte die Wende gebracht. Pan war plötzlich stolz auf ihr immenses Wissen, und auch ich hatte mich kein Stück mehr schlecht gefühlt. Ich war nicht mehr das Problemkind, ich war ein Schatzjäger!

Würden wir jemals daran anknüpfen? Meine Meinung dazu war klar: Wir mussten! Uns blieb gar nichts anderes übrig.

Dad tippte mit seiner Gabel gegen den Teller. Es war offensichtlich, dass er nach einem Gesprächsthema suchte, um das Schweigen zu brechen. Er blickte Pan und mich durch seine dicken Brillengläser an, die seine Augen eulenhaft vergrößerten.

»Dann erzählt doch mal: Welche Überraschung hatte das Simulationsprogramm heute für euch parat?«

»Einen Riesenskorpion«, antwortete Pan, während sie mit ihrer Gabel nach essbaren Kichererbsen stocherte. »Bisschen sehr plump, oder, Dad?«

»Na ja, eure Mutter und ich wurden in Malaysia mal von einem Waran attackiert.«

Ich schob meinen Teller beiseite. Von den Abenteuergeschichten meiner Eltern konnte ich nie genug kriegen. »Und wie seid ihr entkommen?«

»Ich bin auf seinen Rücken gesprungen und sofort kamen Dutzende von Mini-Waranen hinter einem Felsen hervorgewuselt.«

Jetzt rückte auch Pan näher. »Und dann?«

»Einer von ihnen hat mir in die Hand gebissen. Deshalb kann ich meinen kleinen Finger nicht mehr bewegen, seht ihr?«

»Du hast uns immer erzählt, du hättest ihn dir bei einem Rugby-Match gebrochen.«

»Na ja, in gewisser Weise stimmt das auch.«

»Es stimmt also absolut nicht, oder, Dad?«

»Nein, absolut nicht.«

Ich grinste und fügte die Rugby-Anekdote der langen Liste an Lügengeschichten hinzu, die sie uns aufgetischt hatten, um ihre Schatzjäger-Vergangenheit zu verschleiern. Ich liebte es, mir meine Eltern als Schatzjäger vorzustellen. Als Weltenbummler, die mit einem Bein ständig in einer haarsträubenden Situation standen. Gleichzeitig stachelten mich ihre Abenteuer an. Ich wollte unbedingt auch so etwas erleben!

»Soll ich euch etwas völlig Verrücktes erzählen?«, fragte Dad.

Natürlich sollte er! Pan und ich beugten uns wie auf Knopfdruck vor. Dad hatte diesen besonderen Gesichtsausdruck, den ich bei ihm erst seit unserer Ägypten-Reise kannte. Seine weit aufgerissenen Augen leuchteten, so als hätte er gerade die heißeste Klatschgeschichte des Jahrzehnts gehört. Nachdem er und Mum ihr früheres Leben so lange geheim gehalten hatten, genoss er es, jetzt endlich offen von den guten alten Zeiten schwärmen zu können.

»Es war in China«, begann er. »Dort haben wir mal gesehen, wie ein tollwütiger Panda einen Schatzjäger biss, und zwar direkt in den …«

»John?«

Mum stopfte ihr Amulett zurück unter ihr Shirt. Seufzend dehnte und reckte sie sich. Ihr Rücken schien von der langen Holosphären-Sitzung wehzutun.

»Ich denke, die Kinder haben genug gehört.« Sie starrte das Essen auf ihrem Teller an, als hätte sie es erst in dieser Sekunde entdeckt. »Was ist das eigentlich?«

»*Gheimeh*«, erklärte Dad. »Ein persisches Gericht. Wir haben es im Iran gegessen, als wir den Tempel von …«

»Ja, ich erinnere mich«, unterbrach ihn Mum. »Aber damals war es nicht schwarz, oder?«

Sie katapultierte eine der verbrannten Kichererbsen von ihrem Teller. Ein perfekter Schuss, der Dad mitten auf die Brust traf.

»Hgrmpf«, machte er und schoss die Erbse zurück.

Ich bemerkte, wie Pan lächelte, obwohl sie schnell den Kopf abwandte, um es zu verbergen.

Die Atmosphäre schien sich aufzuhellen, also beschloss ich, die Frage zu stellen, die mir im Kopf herumspukte, seit ich Mum in ihrem Arbeitszimmer beobachtet hatte.

»Hast du heute etwas herausgefunden? Auf der Smaragdtafel?«

Diesmal seufzte Mum so laut, dass sie ein paar Kichererbsen auf ihrem Teller wegblies.

»Nein, Jake«, sagte sie.

»Wenn ihr raten müsstest: Was glaubt ihr, wohin werden uns die Tafeln führen?«

»Raten ist zwecklos! Schatzjäger-Regel Nummer eins«, sagte Dad.

»Gestern hast du gesagt, Regel Nummer eins wäre, niemals ohne Erlaubnis das Arbeitszimmer zu betreten«, bemerkte Pan.

»Aber wenn ihr raten *müsstest* …«, beharrte ich.

Dad schob seine Brille den Nasenrücken hoch. »Hm, was hat sie noch mal dazu gesagt?«

Sie. Er meinte die Frau, die versucht hatte, uns in Ägypten umzubringen. Sie gehörte zu den Schlangenleuten, vielleicht war sie sogar deren Anführerin, aber das wussten wir nicht mit Sicherheit. Jedenfalls trug sie das Schlangensymbol auf einer Brosche, weshalb wir sie Schlangenfrau getauft hatten. Irgendwann hatten wir dann mitbekommen, dass sie in Wirklichkeit Marjorie hieß, was ja nun vollkommen bekloppt klingt.

»Die Schlangenfrau hat gesagt, dass es mehrere Smaragdtafeln gibt, die über die ganze Welt verstreut sind«, antwortete ich und musste an unserer Begegnung mit der Dame in ihrem Hauptquartier in der Libyschen Wüste denken.

»Und alle befinden sich in verschollenen Gräbern«, ergänzte Pan. »Die Menschen, die mit diesen Tafeln begraben wurden, gehörten einer Hochkultur an, die noch älter ist als die altägyptische. Leider wurde sie durch irgendeinen Umstand ausgelöscht. Die Schlangenleute wollen die Tafeln finden und die Gräber zerstören, um zu verhindern, dass die Existenz dieser Hochkultur und das Geheimnis ihres Untergangs ans Tageslicht kommen.«

»Und wie viel von dem, was die Schlangenfrau euch da erzählt hat, glaubt ihr?«, fragte Mum.

»Eigentlich alles«, antwortete ich.

»Du glaubst also unbesehen, was dir jemand auftischt?«, bohrte Mum nach.

»Wir haben die Smaragdtafel«, wandte Pan ein. »Das ist doch ein Beweis.«

»Ein Beweis für *irgendwas*«, sagte Dad. »Aber wir wissen nicht, für was.«

»Was auch immer es ist, die Schlangenfrau will es zerstören, damit es nicht an die Öffentlichkeit kommt, niemals. Und das müssen wir verhindern, stimmt's?«

Mum sah Dad an, aber beide schwiegen. Schließlich brachte Mum ein schmales Lächeln zustande, das sie ihre letzte Energie zu kosten schien.

»Ich koch uns etwas Neues«, entschied sie. »Wie wär's mit Spaghetti? Die hatten wir schon lange nicht mehr.«

Ich warf Pan einen schnellen Blick zu und sah, dass sie Mum besorgt musterte. Pan liebte Spaghetti. Genau wie ich. Aber in diesem Moment wollten wir beide lieber Dads verbrannte Kichererbsen.

Mum sammelte unsere Teller ein und kratzte die Reste in

den Abfallzerkleinerer im Abfluss. Die Messer rotierten und häckselten die Kichererbsen. Eine Weile starrte Mum in die Spüle, dann sagte sie etwas, das durch das Rattern des Schredders kaum zu verstehen war. Aber ich war mir trotzdem sicher, dass ich richtig gehört hatte.

»Vielleicht wird es Zeit, dass wir die Sache abhaken.«

4

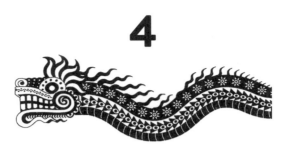

Ich lag die halbe Nacht wach und beobachtete die Regentropfen, die an der Fensterscheibe herunterliefen. Ich suchte mir einen Tropfen heraus, der die Schlangenfrau war, auf der Jagd nach der Smaragdtafel, und einen Familie-Turner-Tropfen, der versuchte, den Schlangenfrau-Tropfen zu überholen. Aber sie gewann immer.

Mums Worte schwirrten mir im Kopf herum. »Vielleicht wird es Zeit, dass wir die Sache abhaken.« Ich hatte seit Monaten gefürchtet und sogar damit gerechnet, dass sie das sagen würde. Unsere Eltern kniffen. Sie zogen den Schwanz ein. Je intensiver sie sich mit der Smaragdtafel beschäftigten, desto absurder fanden sie das ganze Projekt. Hin und wieder schien Mum den Schatzjäger-Job wenigstens Pan noch zuzutrauen, aber mich hielt sie offenbar für völlig untauglich.

Wenn wir doch nur einen Hinweis auf die nächste Tafel hätten! Dann sähe die Sache völlig anders aus. Dann würden Mum und Dad auch Blut lecken, garantiert. Zum Glück hatte ich einen Plan B, um der Sache etwas nachzuhelfen. Falls der jedoch schiefging, würden meine Eltern mir nie wieder vertrauen, das stand fest. Aber okay, das taten sie sowieso nicht. Also konnte ich es genauso gut riskieren.

Ich kletterte aus dem Bett und schnallte den Ausrüstungs-gürtel mit Samis Schatzjäger-Equipment um. Sofort fühlte ich mich, als würde ich mein Lieblings-T-Shirt tragen. Der Gürtel gab mir Selbstvertrauen – vielleicht mehr, als für mei-nen durchgeknallten Plan gut war.

Barfuß tappte ich den Flur entlang. Immer wieder blieb ich stehen und lauschte. Kits Haus war mehrere Hundert Jahre alt. Es erinnerte mich an die stattlichen Häuser, in denen wir früher manchmal mit unseren Eltern die Wo-chenenden verbracht hatten. Die große, geschwungene Holztreppe machte zwar ordentlich was her, war aber eine totale Fehlkonstruktion, wenn man unbemerkt nach unten gelangen wollte. Bei jeder Stufe musste ich erst prüfen, ob sie knarzte und vielleicht meine Eltern aufweckte – im Ernst, ich kam mir vor wie bei einer von Samis Trainings-einheiten.

Sicherheitshalber wartete ich eine Weile am Fuß der Treppe, aber alles, was ich hörte, war dröhnendes Schnar-chen vom Ende des Flures. Sami war in seiner Werkstatt ein-geschlafen.

Ich tappte weiter zu Mums Arbeitszimmer und löste ein lippenstiftähnliches Gerät von meinem Gürtel. Als ich es vor das Türschloss hielt, schoss es einen Laserstrahl in das Schlüsselloch, der die Rillen und Ritzen scannte. Kurz da-rauf schob sich ein dünner Stift aus dem Gerät und spreizte sich wie eine Art Kralle im Schloss. Ein Knirschen, dann ein

Schnappen – und schon öffnete der Dietrich den Schließmechanismus. Grinsend trat ich ein und schloss die Tür hinter mir.

Durch das Bleiglasfenster fiel gerade genug Mondlicht, um den Holosphären-Monitortisch, die vielen Bücherstapel und die überall auf dem Fußboden ausgebreiteten Papiere zu erkennen. Ich löste meine Smartbrille vom Gürtel und streifte sie über.

»*Ultraschall*«, flüsterte ich.

Die Brille wechselte zur Echoortungsansicht: Ein Diagramm aus Kurven und Linien stellte die Schallwellen dar, die von den Hindernissen im Raum abprallten. Sami hatte die Ultraschallfunktion eingerichtet, damit wir in stockfinsteren Gräbern Geheimgänge oder Ritzen in Steinwänden aufspüren konnten. Aber jetzt brauchte ich sie für etwas anderes.

Ich drehte mich einmal um die eigene Achse, atmete langsam ein und aus ... da!

»*Taschenlampe!*«, flüsterte ich.

Ein supergreller Lichtstrahl schoss aus dem Brillenrahmen. Ich lief um den Monitortisch herum und hob ein Bild von der Wand. Dahinter befand sich ein Safe. Ich brauchte nicht lange, um ihn mit dem Dietrich zu öffnen. Ich stellte mich auf die Zehenspitzen und leuchtete mit meiner Brillenlampe hinein.

»Suchst du das hier?«, fragte eine Stimme.

Ich kreischte auf und wirbelte herum.

Pan stand hinter mir – die Smaragdtafel in der Hand.

»Blende mir nicht ins Gesicht!«, blaffte sie.

Ich riss meine Brille ab.

40

Pan trug keinen Ausrüstungsgürtel! Sie hatte also keinen Dietrich bei sich – war aber trotzdem reingekommen. Und hatte die Tür hinter sich verschlossen. Besaß sie etwa einen Schlüssel? Ich starrte sie verwirrt an.

»Was machst du hier?«, fragte ich.

Sie setzte sich an die Holosphäre und tippte einen Code in den Monitor. Ein halbes Dutzend Hologramme schoss in die Luft: archäologische Berichte und uralte Dokumente, von denen ich sicher war, dass Mum sie längst alle überprüft hatte. Aber Pan prüfte sie noch einmal.

»Mum hat mir erlaubt, das Zeug durchzulesen«, erklärte sie. »Für den Fall, dass ich etwas finde, was sie übersehen hat.«

»Moment mal: Sie erlaubt *dir* den Zutritt?«

»Manchmal. Daher kenne ich das Versteck für den Schlüssel. Obwohl, wenn sie wüsste, dass ich mich so spät noch hier rumtreibe, würde sie wahrscheinlich ausflippen.«

Ich nickte, als würde ich das verstehen. Ich verstand es ja auch. Es war nur vernünftig von Mum, Pan an die Smaragd-tafel zu lassen. Pan war schlau genug, um einen Anhalts-punkt zu finden – und darum ging es uns ja. Aber es tat trotz-dem weh, dass Mum es *ihr* erlaubte – und *mir* nicht. Mich hatte sie die Tafel kaum berühren lassen, seit wir sie der Schlangenfrau abgenommen hatten.

»Und? Wie sieht dein großer Plan aus?«, fragte Pan.

»Mein Plan?«

»Na ja, immerhin bist du gerade hier eingebrochen.«

»Oh, äh, ja. Ich wollte die Tafel stehlen und sie dem Bri-tish Museum schicken. Das würde dann groß in die Nach-richten kommen – was der Schlangenfrau nicht entgehen

würde. Sie würde versuchen, sich die Tafel zurückzuholen …
und wir würden schon auf sie warten …«

»Ein selten dämlicher Plan, Jake.«

Okay, stimmt schon. Es war nicht meine beste Idee. Aber
ich war verzweifelt.

»Du hast gehört, was Mum beim Abendessen gesagt hat,
oder?«, fragte ich.

Pan nickte, den Blick immer noch auf die Hologramme
geheftet. »Deshalb muss ich ja heute Nacht etwas finden.«

Ich betrachtete die Papierstapel, all die Berichte und
Pläne, und fragte mich, ob es sich lohnte, sie genauer anzu-
schauen. Das Blöde war nur: Ich wusste ja gar nicht, wonach
ich suchen sollte. Also ging ich zu der Pinnwand, an die Mum
die wenigen Anhaltspunkte geheftet hatte, die wir zu der
Schlangenfrau hatten. Sami hatte die sozialen Medien nach
Fotos von ihrem Gesicht durchforstet. Über fünfzig Treffer
hatte er gelandet, aber nur drei zeigten das uns bekannte
Gesicht. Auf jedem der drei Fotos trug sie eine purpurrote
Perücke, die ihr schneeweißes Haar verbarg. Ihre hohen,
spitzen Wangenknochen und ihr arrogantes Lächeln konnte
sie allerdings nicht verbergen. Sie wirkte extrem selbstzu-
frieden, als hätte sie gerade beobachtet, wie ein nerviger,
kläffender Köter von einem Auto überfahren wurde.

»Was für eine widerliche Hexe!«, zischte ich.

Ich musste daran denken, wie sie Pan und mich während
unseres Ägypten-Abenteuers auf einer Insel zurückgelassen
hatte, damit wir dort krepierten. Und wie sie uns, nachdem
wir entkommen waren und ihr erneut gefährlich wurden, die
Mitarbeit in ihrer Organisation angeboten hatte. Ich fragte
mich, was wohl passiert wäre, wenn wir eingewilligt hätten.

42

Auf jeden Fall hätten wir ihren komischen Verein von innen kennengelernt. Und wären jetzt irgendwo unterwegs, auf der Jagd nach den Smaragdtafeln. Tatenlos hier rumsitzen würden wir jedenfalls nicht.

»Wow, die ist ja an coolen Orten unterwegs!«, staunte ich.

»Häh?«

»Die Schlangenfrau. Die Fotos stammen von allen möglichen Kontinenten.«

Pan wischte ein paar Hologramme weg, um mich besser zu sehen. Ihr Gesicht wirkte leichenblass im Computerlicht, aber ihre großen Augen leuchteten.

»Und wo genau?«, fragte sie.

»Keine Ahnung, aber die Autokennzeichen und die Schilder an den Geschäften sehen alle total fremd aus.«

Pan sprang auf und kam zur Pinnwand gerannt.

»Jake! Das ist es! Wir waren so damit beschäftigt, die Tafel zu entziffern, dass wir uns um die anderen Hinweise gar nicht gekümmert haben.«

Wenn Pan einen Geistesblitz hatte, liebte sie es, damit hinter dem Berg zu halten, um mich auf die Folter zu spannen. Aber ich würde nicht darum betteln, so weit kam's noch! Ich drehte mich um und beobachtete den Regen, der gegen die Fensterscheibe prasselte.

»Glaubst du, dass es morgen schöner wird?«, fragte ich.

»Was?«

»Und was es wohl zum Frühstück gibt …?«

»Jake! Wir haben gerade eine Riesenentdeckung gemacht!«

Ich wirbelte herum. »Ach ja, und warum spuckst du sie dann nicht aus?«

43

»Wollte ich doch gerade!«

»Nein, wolltest du nicht. Das machst du nie!«

»Warte kurz hier«, sagte sie – und weg war sie.

Ich hockte eine Minute oder so in der Dunkelheit, ohne zu wissen, ob sie überhaupt wiederkommen würde. Gerade wollte ich die Tafel in den Safe zurücklegen, als sie durch die Tür gerauscht kam, einen verschlafenen Sami hinter sich herzerrend.

Sami trug Boxershorts und ein T-Shirt und fuchtelte mit einem Regenschirm im Dunkeln herum. Aber es war kein richtiger Schirm, das wusste ich, sondern eine seiner vielen technischen Spielereien: ein getarntes Betäubungsgewehr.

Schnell sprang ich aus der Zielrichtung. »Nicht schießen!«

Sami senkte den Schirm und sah mich verblüfft an. »Wo ist der Einbrecher?«

»Das war eine Notlüge, um dich herzubewegen«, gestand ihm Pan.

»Bist du verrückt? Die Waffe ist mit hochkonzentriertem Midazolam geladen. Das hätte Jake für zwölf Stunden ausgeknockt!«

Aber Pan wedelte seine Besorgnis mit der Hand weg und eilte zurück zu der Pinnwand. Sie war so aufgeregt, dass ihre Stimme total abgehackt klang: »Sami, wir brauchen deine Hilfe!«

Sami legte das Betäubungsgewehr auf einen Beistelltisch und rieb sich den Schlaf aus den Augen. »Ich werde eure El...«

»Nein, du rufst nicht unsere Eltern! Keine Sorge, wir werden diesen Raum nicht verlassen. Und sobald wir einen konkreten Anhaltspunkt gefunden haben, sagen wir ihnen eh Bescheid, versprochen.«

Sami seufzte und murmelte etwas auf Arabisch, aber ich wusste, dass er insgeheim auf unserer Seite war. In Ägypten hatte er Mum und Dad dazu überredet, uns zu Schatzjägern auszubilden. Und er wusste, wie nahe dran sie jetzt waren, aufzugeben.

»Was braucht ihr?«, fragte er schließlich.

Pan tippte auf die Pinnwand. »Diese Fotos der Schlangenfrau. Woher stammen die?«

»Von irgendwelchen Social-Media-Accounts«, antwortete er.

»Aber von welchen?«

»Keine Ahnung. Ich habe sie mithilfe eines biometrischen Abfangprogramms entdeckt. Es zeigt Gesichtswiedererkennungstreffer im Netz an. Die Schlangenfrau ist nur im Hintergrund der Fotos zu sehen. Zu wessen Account sie gehören, ist nicht wichtig.«

»Das ist absolut wichtig«, widersprach Pan. »Nicht wem der Account gehört, aber wo die Fotos geschossen wurden. Können wir das herausfinden?«

»Hm, ja, schon, aber nur, indem wir uns in die Accounts reinhacken. Und das ist illegal.«

»Du könntest es also machen?«, fragte ich.

Sami starrte mich an. »Welchen Teil des Wortes ›illegal‹ hast du nicht verstanden?«

»Ich dachte, du wärst auf unserer Seite, Sami?«, sagte Pan. »Nicht auf der unserer Eltern.«

»Pan, hier gibt's keine Seiten. Ihr seid eine Familie.«

45

»Erzähl das Mum und Dad. Du weißt selbst, dass sie kurz davor sind, aufzugeben. Und was wird dann aus uns? Ich muss zurück auf diese grauenhafte Hochbegabtenschule.«

»Auf die Schule für Genies«, präzisierte Sami.

»Für Freaks«, widersprach Pan. »Ich hasse den Laden. Und Jake? Der wird wieder klauen und Stress machen. Wie in alten Zeiten. Vermutlich endet er im Knast, Sami. Lebenslang. Ohne Hafturlaub. Und wenn du ihn dort besuchst, wirst du in seine leeren, gebrochenen Augen blicken und wissen, dass du durch unterlassene Hilfeleistung sein Elend und das Elend seiner Opfer verursacht hast.«

Ich versuchte, mir das Lachen zu verkneifen. Und Sami schien es ähnlich zu gehen, jedenfalls zogen sich die tausend Fältchen um seinen Mund noch enger zusammen. In den letzten Monaten war Sami Teil unserer Familie geworden, vielleicht konnte ihn Pan deshalb so schnell um den Finger wickeln.

»Sami«, bettelte sie. »Kannst du es nun machen oder nicht?«

Sami stieß einen weiteren arabischen Stöhn-Fluch aus, aber ich wusste, dass er uns helfen würde: nicht nur, weil wir endlich einen Anhaltspunkt finden mussten, sondern auch, weil ihn die Art und Weise reizte, *wie* wir ihn zu finden hofften. Er konnte der Herausforderung einfach nicht widerstehen. Wir hatten ihn bei seinem Ehrgeiz gepackt.

Er tippte auf den Holosphären-Monitor und sofort bauten sich Dutzende verschiedener Bilder in der Luft auf. Es waren ausschließlich Social-Media-Websites, bis auf eine Projektion: Sie zeigte ein Wesen wie aus einem alten Computerspiel, Space Invader oder so. Das Wesen blinkte und Sami starrte es ehrfürchtig an, so wie ein Pilger heilige Reliquien in einer Kathedrale bestaunt.

»Das ist ein extrem aggressiver Virus«, erklärte er. »Ein Programm, das sich in Social-Media-Accounts hackt.«

»Was für Social-Media-Accounts?«

»Egal. Alle.«

Das Licht der Hologramme ließ Samis kahlen Schädel leuchten. Seine Hand zitterte, als er den Space Invader mit zwei Fingern antippte und ihn in einen der aufleuchtenden Ordner verschob.

Plötzlich war es, als hätte jemand der Holosphäre den Stecker gezogen. Alles verschwand. Einen Moment standen wir im Dunkeln und keuchten vor Verblüffung. Ich wollte schon fragen, ob irgendetwas vollkommen schiefgelaufen war, als plötzlich eine Million Dateien aus dem Monitor schossen. Ich weiß, dass Leute oft von Millionen reden und eigentlich nur ein paar Hundert meinen. Aber in diesem Fall waren es wirklich eine Million. *Mindestens*. Und jede einzelne war ein kleiner Lichtpunkt. Wir hatten das Gefühl, direkt in den Sternenhimmel zu blicken.

»Was ist das?«, japste ich.

»Jeder einzelne Social-Media-Account im Internet«, erklärte Sami. »Zweieinhalb Milliarden.«

Die Dateien begannen sich zu bewegen, sie schossen umher und verschwanden, wurden ersetzt durch Tausende weitere. Es war ein unfassbares Gewimmel, das schon bald einem weißen Schleier glich.

Schweigend standen wir da, wie hypnotisiert von dem Lichtstrom. Ich spürte, wie Sami erst mich ansah und dann Pan. Er war einer der weltweit führenden Zukunftstechnologen, mit Auszeichnungen von den absoluten Top-Unis, aber seine Meinung zu sagen, war nicht unbedingt seine Stärke.

»Wisst ihr …«, begann er schließlich, »ich meine, hört mal zu, Leute … ich habe gerade gedacht, dass … also vielleicht … nicht, dass ihr es falsch versteht … ich meine, ihr habt garantiert eine große Zukunft als Schatzjäger vor euch … aber … vielleicht haben eure Eltern doch recht, was …«

»Sie haben nicht recht«, fiel ihm Pan ins Wort.

»Okay«, erwiderte Sami.

In dem Moment löste sich eine einzelne Datei aus dem Datenfluss. Sie kreiste an Samis Gesicht vorbei wie auf einer geheimnisvollen Planetenlaufbahn. Zwei weitere Dateien folgten rechts und links. Der Lichtstrom erlosch, nur die drei kleinen Lichtpunkte blieben übrig.

»Sind das die Accounts, auf denen die Fotos der Schlangenfrau zu sehen sind?«, fragte Pan.

Sami nickte. Mit Zeigefinger und Daumen zog er die Lichtpunkte größer. Es waren zwei Instagram- und eine Facebook-Seite. »Seid ihr sicher, dass ihr die öffnen wollt? Das wäre eine grobe Verletzung der Privatsphäre.«

»Absolut«, antworteten Pan und ich wie aus einem Mund.

Es waren ziemliche Allerwelts-Accounts – jede Menge Urlaubsbilder und Schnappschüsse von irgendwelchen Mahlzeiten. Nachdem wir uns einige Minuten durch die Fotos gewühlt hatten, fanden wir die, auf denen die Schlangenfrau im Hintergrund zu sehen war. Alle drei waren Selfies des jeweiligen Account-Besitzers, versehen mit Datums- und Ortsangabe.

»Wo sind die aufgenommen?«, fragte Pan.

»Das hier stammt aus New York«, erklärte Sami. »Dieses aus Wien und das dritte aus Shanghai.«

»Was hatte die Schlangenfrau denn dort zu suchen?«, wunderte ich mich.

»Genau das ist die Frage«, sagte Pan. »Sami, kannst du mal überprüfen, ob es an den drei Orten irgendwelche vergleichbaren Veranstaltungen oder so gab?«

Das Tempo, mit dem Sami in der Holosphäre herumfuhrwerkte, verblüffte mich immer wieder. Er war ein bisschen älter als unsere Eltern, also eigentlich ziemlich alt, und klagte oft über Rücken- und Knieschmerzen. Doch wenn es um Technik ging, hatte er die Energie eines kleinen Kindes. Seine Hände wirbelten nur so über den Tisch-Monitor. Er sah aus wie ein Konzertpianist. Unablässig leuchteten Websites auf und verschwanden wieder.

»Es gab diverse vergleichbare Veranstaltungen«, sagte er schließlich. »Musikfestivals, Filmpremieren, Auktionen ...«

»Warte«, unterbrach ihn Pan. »Was für Auktionen?«

Sami vergrößerte die Homepages von drei Auktionshäusern.

»Interessant«, murmelte er. »Hier wurden jeweils Antiquitäten versteigert.«

Ich rückte näher. »Also hat sich die Schlangenfrau altes Zeug gekauft? Führen die Auktionshäuser Listen der Objekte, die sie anbieten?«

»Ja, Auktionskataloge«, antwortete Sami.

»Vergleiche mal die Kataloge der drei Auktionen miteinander, ja?«, bat Pan.

Aber das hätte sie gar nicht sagen brauchen, Sami war bereits dabei. Er tippte und wischte und öffnete immer neue

Projektionen – und diesmal konnte er sich ein Grinsen nicht verkneifen. Offenbar hatte er etwas entdeckt.

»Habt ihr zwei schon mal von den Azteken gehört?«, fragte er.

»Du meinst das Burrito-Restaurant in High Wycombe?«, fragte ich.

Verwirrt starrte er mich an. »Burrito-Restaurant? High Wycombe? Äh, nein.«

»Er meint die alte mexikanische Hochkultur«, erklärte Pan.

»Genau die meine ich«, stimmte Sami zu. »Auf jeder der Auktionen, die die Schlangenfrau besucht hat, wurde ein Azteken-Kodex versteigert.«

Pan beantwortete meine Frage, bevor ich sie stellen konnte. »Ein Kodex ist ein altes Buch mit Zeichen und Bildern. Eine Bildhandschrift.«

»Weiß ich selbst«, log ich.

Sami scrollte durch die Websites. »Die Auktionshäuser haben drei der vier Kodizes verkauft, die kürzlich in Mexiko entdeckt wurden. Sie stammen allesamt aus der Zeit der spanischen Eroberung.«

»Also der Zeit, als spanische Soldaten nach Mexiko übersetzten und die Azteken besiegten«, flüsterte mir Pan zu.

»Auch das weiß ich«, murmelte ich. »Sami, du hast eben von vier Bildhandschriften gesprochen. Steht die vierte auch zum Verkauf?«

»Warte, das überprüf ich.«

»Wenn ja, dann wissen wir ja, wo wir die Schlangenfrau finden«, sagte Pan. »Ich wette, diese Azteken-Kodizes liefern einen Hinweis auf die nächste Smaragdtafel.«

Als würde er Fliegen verscheuchen, wischte Sami diverse Bilder beiseite, bis er nur noch eine Website vor sich hatte. Er sah plötzlich verwirrt aus, so wie jemand, der in einer Idioten-Quizshow mit einer unerwartet kniffligen Frage konfrontiert wird.

»Hm, ich weiß nicht, ob das jetzt eine gute oder eine schlechte Nachricht ist«, murmelte er.

»Was?«, drängte Pan.

»Die Auktion des vierten Kodex findet hier in England statt. In London.« Sami schaute uns durch die Hologramme hindurch an und ich konnte beim besten Willen nicht sagen, ob er grinste oder das Gesicht verzog.

»Und zwar morgen«, fügte er hinzu.

5

»Was zum Teufel ist hier los?!«

Vor Schreck packte ich Pan am Ärmel, Pan packte Sami und Sami umklammerte mich. Wie aus einem Mund kreischten wir auf.

Mum stand in der Tür ... und offensichtlich kurz vor der Explosion. Ein »Was zum Teufel?!« aus ihrem Mund bedeutete immer Alarmstufe rot. Unter der hochgeschobenen Schlafmaske schossen ihre Augen Blitze. Hinter ihr tauchte Dad in seinem Morgenmantel auf, nicht ganz so wütend.

»Ich habe euch etwas gefragt!«, blaffte Mum.

»Es ist nicht so schlimm, wie es vielleicht aussieht ...«, begann Pan.

»Wir haben ...«

»Jetzt werde nicht frech!«, bellte Mum.

»Aber Mum, wir haben nur ...«

»Sam«, schnitt Mum mir das Wort ab, »ich bin erstaunt, dass du in die Sache verwickelt bist. Ich dachte, du wärst auf unserer Seite.«

»Sami ist auf *unserer* Seite«, widersprach Pan. »Stimmt doch, Sami, oder?«

Schweißperlen glitzerten auf Samis Schädel. Er sah aus, als wünschte er inständig, auf niemandes Seite stehen zu müssen.

»Hier muss niemand auf irgendeiner Seite stehen«, sagte er. »Es ist nur so, dass Jake und Pan etwas herausgefun…«

»Genug, Sam«, unterbrach ihn Mum.

Dad trat an ihr vorbei ins Arbeitszimmer. Er legte die Smaragdtafel in den Safe zurück und rieb sich die Augen, ohne die Brille abzunehmen.

»Darüber können wir morgen früh sprechen«, sagte er.

»Aber Dad …«

»*Morgen früh*, sagte ich.« Mit diesen Worten verschloss er den Safe. Als er Samis Regenschirm-Gewehr auf dem Beistelltisch erspähte, seufzte er – als sähe er seine schlimmsten Befürchtungen über Pan und mich bestätigt.

»Es ist ja nicht so«, sagte er, »dass eure Mutter und ich eure Begeisterung nicht verstehen würden. Aber wir untersuchen die Smaragdtafel nun schon seit Wochen und haben nicht den kleinsten Anhaltspunkt gefunden, wie wir die Schlangenfrau lokalisieren können …«

»Sie nimmt morgen an einer Auktion in London teil«, platzte Pan heraus.

Mit herunterrutschender Brille und offenem Mund starrte Dad seine Tochter an. Er schob die Brille wieder hoch und warf Sami einen prüfenden Blick zu, der bestätigend nickte. Dann schaute Dad zu Mum und sie führten eine ihrer berühmten wortlosen Auseinandersetzungen: Nicken, Kopfschütteln, Augen aufreißen, Augen zusammenkneifen …

53

Offenbar gewann Mum den Streit, denn sie sprach als Erste: »Jake, Pandora. Euer Vater und ich ... freuen uns natürlich sehr darüber, dass ihr euch so für unser früheres Leben interessiert.« Sie sagte »freuen«, aber es klang wie »verfluchen«. »Allerdings war unsere Annahme, es könnte sich einfach so fortsetzen, etwas voreilig, nicht wahr, John?«

Offenbar war das die Aussage, auf die sie sich gerade verständigt hatten, auch wenn Dad etwas weniger überzeugt wirkte. Sie wollten die Schatzjägerei also an den Nagel hängen und uns in unser langweiliges Alltagsleben zurückverfrachten.

»Ich ... äh ... Ja. Wahrscheinlich haben wir uns etwas mitreißen lassen.«

»Was?«, rief Pan. »Aber wir können nicht in unser altes Leben zurück!«

»Unser altes Leben war wenigstens sicher«, sagte Mum.

»Aber wir haben uns gehasst!«, erinnerte Pan sie.

»Und du und Dad, ihr habt euch in euren Professorenjobs zu Tode gelangweilt. Statt auf Schatzjagd zu gehen, wollt ihr also ernsthaft in euren Büros verstauben und bis an euer Lebensende unglücklich sein?«

»Solange ich euch in Sicherheit weiß, werde ich niemals unglücklich sein«, widersprach Mum.

»Aber wir können gar nicht zurück, völlig unmöglich«, wandte ich ein. »Wir sind international gesuchte Verbrecher.«

»Ich bin zuversichtlich, dass wir die Behörden davon überzeugen können, dass da ein Missverständnis vorliegt«, antwortete Mum.

»Ein Missverständnis?«, rief Pan. »Jake hat ein Grab, ein

uraltes Kulturgut, in die Luft gejagt, schon vergessen? Daran lässt sich wohl kaum rütteln.«

Mum stöhnte auf, als täte ihr die Erinnerung daran körperlich weh. »Nein, wie könnte ich das jemals vergessen.«

Was sollte das denn nun schon wieder heißen? Hatte sie Angst, dass sich so etwas wiederholen könnte? Wollte Mum uns beschützen, indem sie uns von möglichen Gefahrenquellen fernhielt? Oder traute sie nur *mir* nicht? Hatte sie Angst, ich könnte wieder etwas Verrücktes anstellen?

Meine Arme begannen zu zittern. In mir begann es zu brodeln. Vulkanartig.

»Aber wir haben einen Anhaltspunkt!«, beharrte ich. »Und dem müssen wir nachgehen.«

»Wir sagen ja nicht, dass wir das nicht tun können«, sagte Dad. »Von Bibliotheken aus. Nach der Schule und am Wochenende.«

»Wir sollen uns in Bibliotheken verschanzen?«, stöhnte ich. »Wir müssen den Schlangenleuten den Arsch versohlen, und zwar dort, wo sie sich rumtreiben!«

»Pass auf deine Wortwahl auf, Junge!«, warnte Mum.

»Pass doch selber auf!«

Ich bekam vor Empörung kaum Luft und war am Ende meines Lateins. Es war ziemlich klar, dass Mums und Dads Entschluss feststand, obwohl es mir ein Rätsel war, wie sie die vergangenen Monate einfach so ausblenden konnten. Die Schatzjägerei war mein Traum – und das Einzige, was ich richtig gut konnte. Früher war ich ein kompletter Versager gewesen. Ein Dieb, eine Nervensäge. Ich hatte Angst vor dem alten Jake Turner. Die Schatzjägerei gab mir ein Ziel, etwas, worauf ich meine Energie konzentrieren konnte.

Als Schatzjäger konnte ich meine Fähigkeiten sinnvoll einsetzen. Wir hatten so viel gelernt und so hart trainiert, aber für Mum und Dad waren wir immer noch nicht gut genug. Oder zumindest *ich* war nicht gut genug.

»Es liegt an mir, stimmt's?«, fragte ich. »Pan ist ein Genie. Ihr traut ihr die Schatzjägerei zu – mir nicht. Mir habt ihr noch nie etwas zugetraut.«

»Du brauchst einfach noch etwas Zeit, Jake. Du musst lernen, dich zu beherrschen, dich unter Kontrolle zu bringen. Diese Sache heute mit dem Skorpion …«

»Ich hatte einen Plan!«, beharrte ich. »Und der hätte funktioniert.«

Sofort waren Pan und Mum im nächsten Streit, weil Pan wieder darauf herumritt, dass wir im echten Leben niemals einem Riesenskorpion begegnen würden. Aber ich hörte nicht mehr zu. Der Vulkan in meinem Inneren stand kurz vor dem Ausbruch.

»Mum, es tut mir leid«, sagte ich.

»Was denn, Jake?«

Ich schnappte mir das Betäubungsgewehr, nahm Mum ins Visier und drückte ab.

Nicht dass ich das von langer Hand geplant hätte. Ich meine, wer geht schon mit einem Betäubungsgewehr auf seine Mutter los? Bis zum Moment des Abdrückens hatte ich nicht die geringste Ahnung, was ich da tat. Und als ich es endlich realisierte, war ich total geschockt. Noch geschockter als Mum.

Ich taumelte rückwärts und starrte den Betäubungspfeil an, den ich durch die Regenbogenspitze in Mums Arm gejagt hatte. Erstaunlicherweise blieb sie relativ ruhig, wo sie mich doch sonst schon wegen absoluter Kleinigkeiten zur Schnecke machte. Vielleicht sah sie die Panik in meinen Augen und begriff, wie verzweifelt ich war.

»Jake, leg die Waffe hin«, sagte sie, immer noch erstaunlich ruhig. »Das ist ein Betäubungsgewehr, geladen mit Xylazin. Du weißt doch, dass dein Vater und ich schon seit Jahrzehnten immun dagegen sind. Wir haben damals einfach zu viel davon abbekommen.«

Natürlich wusste ich das. Aber es gab etwas, das Mum nicht wusste.

»Mum«, japste ich. »Das ist kein Xylazin.«

Ihre Augen weiteten sich. Sie wollte etwas sagen, aber da gaben schon ihre Beine nach und sie klappte bewusstlos auf dem Teppich zusammen.

Dad kam mit rudernden Armen angerannt.

»Jake«, keuchte er, »gib mir die Waffe. Mach keinen Unsinn.«

Mach keinen Unsinn? Ich hatte nur gerade meine Mutter mit einem Betäubungsgewehr niedergestreckt. Und nun musste ich dasselbe leider mit Dad tun. Mir blieb nichts anderes übrig. Nie und nimmer würde er uns jetzt noch zu der Auktion nach London fahren lassen. Jedenfalls nicht in bewusstem Zustand.

Die Waffe in meiner Hand zitterte. Ich musste vorsichtig sein. Dad wirkte zwar immer etwas tollpatschig, aber ich wusste, was für ein großartiger Kämpfer er war und was für Turboreflexe er hatte.

»Jake«, warnte jetzt auch Sami. »Leg das Gewehr hin.«

»Das ist kein Gewehr! Das ist ein Betäubungsgewehr!«, präzisierte ich.

»Wehe, du schießt auf mich, Jake!«, warnte Dad.

»Ich schieße doch nicht auf dich, Dad. Und was heißt hier überhaupt ›schießen‹? Wie gesagt, das ist nur ein Betäubungsgewehr.«

»Jake ...«, zischte Pan.

Sie schien also auch nicht so überzeugt von meinem Plan – und ich konnte es ihr nicht verübeln. Aber jetzt gab es kein Zurück mehr.

»Es ist nur für zwölf Stunden, Dad«, sagte ich. »Zwölf Stunden, in denen du dich mal so richtig ausschlafen kannst. Du siehst nämlich echt müde aus. Wir finden in der Zwischenzeit die Spur zur nächsten Smaragdtafel. Und wenn ihr wieder auf den Beinen seid, machen wir als richtige Familie weiter.«

»Als richtige Familie?«, fragte Dad. »Jake, du richtest eine Waffe *auf deinen Vater.*«

»Ein Betäubungsgewehr, Dad. Und es tut mir auch echt leid. Wirklich.«

Ich glaube, ich stieß einen Schrei aus, als ich abfeuerte, aber ich kann es nicht genau sagen, meine Erinnerung ist ziemlich verschwommen. Der Pfeil traf Dad jedenfalls in die Brust. Er taumelte erst rückwärts und dann ein paar Schritte nach vorne. Das Betäubungsmittel schien sich rasend schnell in seinem Körper zu verteilen, denn seine Stimme klang ganz verwaschen: »Jake ...«, röchelte er. »Nich ... schu gefährlisch ...«

Der Schirm fiel mir aus der Hand und ich wich zurück. Ich zitterte fast so sehr wie Dad. Der schwankte inzwischen wie ein Besoffener auf dem Rückweg vom Pub. Schließlich sackte er zu Boden, direkt neben Mum.

Sami eilte zu ihnen, eine wilde Salve arabischer Flüche ausstoßend. Er fühlte den beiden den Puls, hob ihre Augenlider an und prüfte ihre Pupillen. Sie schliefen beide tief und fest. Nichts weiter.

»Sie sind bewusstlos«, keuchte Sami. Er wirbelte herum und schrie mich an, dass mir seine Spucke nur so entgegensprühte: »Du hast auf deine Eltern geschossen!«

»Ich hatte keine andere Wahl!«

»Natürlich hattest du das! Die Wahl bestand darin, auf deine Eltern zu schießen oder *nicht* zu schießen. Und du hast dich fürs Schießen entschieden!«

»Da hat er nicht unrecht, Jake«, pflichtete ihm Pan bei. Sie beugte sich über Mum und Dad und verzog das Gesicht. »Gott, die werden so dermaßen sauer sein, wenn sie aufwachen.«

Ich schloss die Augen und stöhnte. Hätte ich doch meinen Verstand eingeschaltet. Vielleicht hatte Mum ja recht. Vielleicht war ich tatsächlich zu draufgängerisch und unbesonnen für den Job. Diese Aktion hier war das beste Beispiel. Verdammt, jetzt ging es wirklich ums Ganze: Wir *mussten* Ergebnisse liefern. Ergebnisse, die es wert waren, Mum und Dad ausgeknockt zu haben.

6

Als ich das Auktionshaus betrat, verspürte ich den unbändigen Drang, irgendetwas Verrücktes zu tun. Zum Beispiel eine der Vitrinen umzuschmeißen. In den Museen, in denen Mum und Dad Vorträge hielten, überkam es mich auch regelmäßig. In Museumsräumen war es immer stickig und heiß, voll und entsetzlich ernst und alle Anwesenden musterten mich abschätzig. Nach einer Weile machte mich das dermaßen fertig, dass ich unbedingt Stress verursachen musste.

Jetzt atmete ich ein paar Mal tief ein, hielt die Luft an und atmete langsam wieder aus. Das Letzte, was wir wollten, war, Aufmerksamkeit zu erregen. Wir mussten uns auf unseren Job konzentrieren: War die Schlangenfrau schon da?

Zum Glück waren die Leute viel zu sehr mit sich selbst beschäftigt, um uns zu beachten. In der Empfangshalle beäugten aufgebrezelte Frauen und Männer die Versteigerungsobjekte in den Vitrinen: grellbunte Keramiktöpfe, Goldschmuck, Fragmente irgendwelcher Steinskulpturen.

Ein Banner, das quer über die eine Wand gespannt war, verriet den Schwerpunkt der Auktion: »Schätze präkolumbianischer Kunst«. Darunter prangten eine goldene Sonnenscheibe mit einem Gesicht in der Mitte und eine lächelnde zusammengerollte Schlange.

»Was heißt präkolumbianisch?«, fragte ich.

»Das meint die Zeit, bevor Christoph Kolumbus Amerika entdeckt hat«, erklärte Pan. »Im Jahr 1492. Das war der Startschuss für die Eroberung weiter Teile Mittel- und Südamerikas durch die Spanier.«

»Und wie passen die Azteken da rein? Hinter denen ist doch die Schlangenfrau her, oder? Hinter irgendetwas, das die Azteken hinterlassen haben?«

»Das Zentrum der aztekischen Hochkultur lag im heutigen Mexiko. Ihr Reich wurde ebenfalls von den Spaniern erobert und quasi ausgelöscht.«

»Autsch.«

Während ich Pan durch die Menschenmenge folgte, wurde mir klar, wie sehr Mum und Dad diesen Ort gehasst hätten. Zwar wurden großartige antike Kunstschätze ausgestellt, aber es war eben kein Museum. Hier wurde gehandelt. Es ging um Geld. Reiche Leute kauften sich hier Teile der Geschichte zusammen, um sie in ihren Privatgemächern zu horten. Um genau das zu verhindern, waren Mum und Dad Schatzjäger geworden.

Ein Mann mit Anzug und Krawatte beäugte uns verächtlich über den Rand seiner Brille hinweg. Als wären wir irgendein Dreck, der an der Sohle seiner blank polierten Schuhe klebte. Ich starrte ebenso verächtlich zurück und murmelte ein paar eindeutige Worte, woraufhin er sofort zu

61

einem der Sicherheitsfuzzis am Eingang flitzte. Pan zog mich weiter in die Menschenmenge hinein.

»Mach jetzt keinen Stress. Wir dürfen nicht auffallen.«

»Nicht auffallen?«

Ich blickte an meiner dreckigen Jeans und meinem joghurtbefleckten T-Shirt hinab und wünschte, ich hätte mich besser auf die Aktion vorbereitet. Aber allein herzukommen war ein ziemlicher Akt gewesen. Es hatte eine halbe Ewigkeit gedauert, Mum und Dad ins Schlafzimmer zu bugsieren und es ihnen für ihren langen Schlaf einigermaßen gemütlich zu machen. Danach hatten wir Sami überreden müssen, uns mit seinem Lieferwagen von Yorkshire nach London zu fahren – immerhin eine Fahrt von mehreren Stunden. Erst kurz vor knapp waren wir bei der Auktion aufgeschlagen, ohne jeden Plan, wie wir vorgehen wollten.

Und jetzt, wo wir hier waren, verknotete sich mein Magen vor Nervosität. Wir hatten drei Monate damit verbracht, die Schlangenfrau aufzuspüren. Ich war total besessen gewesen von dem Wunsch, sie zu finden. Aber jetzt, wo wir ihr vielleicht ganz nahe waren, wollte ein Teil von mir ihr gar nicht mehr begegnen. Um ehrlich zu sein: Ich hatte völlig verdrängt, wie viel Angst sie mir einjagte. Ich musste daran denken, wie knapp ich ihr – und dem sicheren Tod – in Ägypten entkommen war.

Aber das durfte mich jetzt nicht abschrecken. Wir *mussten* die Dame finden. Nach dem, was ich Mum und Dad angetan hatte, war ich es ihnen schuldig, einen Hinweis auf die nächste Smaragdtafel zu beschaffen. Eine Spur, die sie nicht länger ignorieren konnten.

Pan zog mich in den nächsten Raum. »Die Versteigerung beginnt gleich.«

Der Auktionssaal, ein riesiger Raum mit Glasdach, war rappelvoll. Ungefähr hundert Leute saßen in Stuhlreihen und reckten die Hälse, um einen optimalen Blick auf den Auktionator – den schnöseligen Anzugtypen – zu haben, der vorne auf einem Holzpodest stand.

»Siehst du sie hier irgendwo?«, flüsterte Pan.

Wir standen ganz hinten und ließen den Blick über die Köpfe schweifen. Aber da viele Leute noch umherliefen oder aufstanden, um jemanden zu begrüßen oder zu telefonieren, konnten wir die Schlangenfrau nicht entdecken. Außerdem waren wir sicher, dass sie – wenn überhaupt – verkleidet hier war.

Als der Auktionator mit einem kleinen Holzhammer gegen sein Pult schlug, kehrte augenblicklich Ruhe ein. Der Typ sah das Publikum an, als hätte er eine Horde nachsitzender Schüler vor sich und nicht eine Reihe zahlungskräftiger Kunden, die bereit waren, für ein paar Antiquitäten ein Vermögen hinzublättern.

»Guten Tag, Ladies und Gentlemen, dann wollen wir mal beginnen. Das erste Objekt, das wir heute versteigern, ist dieses tönerne Trinkgefäß, versehen mit traumhaft schönen Abbildungen einer Inka-Gottheit.«

Die Leute rutschten auf ihren Stühlen hin und her, um das Objekt, das ein Assistent vorne auf dem Podest hochhielt, besser sehen zu können. Die meisten der Anwesenden hatten eine Art Tischtennisschläger mit einer aufgedruckten Zahl dabei, den sie jetzt in die Luft hielten. Offenbar boten sie damit auf das Tongefäß.

»Ich nehme Gebote ab 5000 Pfund entgegen. Gibt es jemanden, der 5000 Pfund bietet? Ja, dort drüben, sehr gut, Sir. Bekomme ich auch 10 000?«

Der Auktionator redete in absolutem Maschinengewehrtempo. Im Sekundentakt, immer wenn jemand seinen komischen Tischtennisschläger hob, erhöhte er den Preis um zehntausend Pfund. Nach einer Weile schlug er mit seinem Hammer auf das Pult und beendete damit das Bietgefecht. Das höchste Gebot hatte gewonnen – und ich verrate euch jetzt lieber nicht, dass der komische Tonpott für siebzigtausend Ocken wegging. Mal im Ernst: Siebzigtausend für eine olle Tasse!

Pan war total fasziniert. Als der Assistent neue Objekte hereinbrachte, umklammerte sie aufgeregt meinen Arm.

»Jake, das Ding kenne ich aus einem von Mums und Dads Büchern. Das stammt von den Olmeken. Und das dort von den Maya. Das waren beides Hochkulturen, die noch vor den Azteken in Mexiko angesiedelt waren.«

Ich hörte Pan zwar zu, behielt aber lieber das Publikum im Blick, obwohl ich jetzt, wo alle saßen, nur noch Hinterköpfe sah.

Der Auktionator räusperte sich. »Jetzt kommen wir zum letzten Objekt für heute: ein seltener Azteken-Kodex aus der Zeit der spanischen Eroberung. Dieses prächtige Dokument ist eines von vieren, wobei die übrigen drei bereits auf früheren Auktionen verkauft wurden.«

Pans Hand um meinen Arm verkrampfte sich.

»Das ist er, Jake! Das ist der Azteken-Kodex«, flüsterte sie aufgeregt.

Wenn wir uns nicht getäuscht hatten, war das das Objekt,

hinter dem die Schlangenfrau her war. Es wirkte allerdings alles andere als wertvoll: ein bräunliches Papier mit bunten Figuren drauf. Es sah aus wie eine Seite aus einem zerlesenen, schmuddeligen Comicheft.

Der Auktionator schwang seinen Hammer. »Ich nehme Gebote ab 5000 Pfund entgegen.«

»Eine Million.«

Ein Raunen ging durch die Menge.

Der Auktionator glotzte ins Publikum. »Ich … sagten Sie ›eine Million‹?«

Er schlug mit seinem Hammer aufs Pult, ziemlich zaghaft diesmal. Er wirkte fast benommen. »Ich … äh … Gibt es noch weitere Gebote? Nein. Dann ist dieser Azteken-Kodex verkauft für … ähm … eine Million Pfund.«

Applaus brandete auf, überall wurde getuschelt. Die Leute sprangen auf, um einen Blick auf den Käufer zu erhaschen. Wir versuchten uns an all den schicken Leuten, die uns die Sicht versperrten, vorbeizudrängen, um ebenfalls etwas zu sehen. Pan fluchte. Aber ich brauchte eigentlich nichts zu sehen, um zu wissen, wer da zugeschlagen hatte.

»Sie ist es«, sagte ich. »Die Schlangenfrau.«

»Kannst du sie sehen?«

»Ich weiß es einfach, Pan. Wer sonst würde eine Million für so ein Ding zahlen, wenn auch fünftausend reichen würden?«

Pan verstand. Die Schlangenleute schienen unerschöpfliche finanzielle Mittel zu haben. Sie brauchten den Kodex, also stellten sie sicher, dass sie ihn bekamen. Geld spielte dabei keine Rolle. Doch obwohl wir das alles wussten, mussten wir die Frau zu Gesicht bekommen, wenn wir sie verfolgen wollten. Verstohlen ließ ich meinen Blick nach oben wandern und entdeckte vier Überwachungskameras in den Ecken oben an der Decke. Ich drückte meine Ohrhörer tiefer in die Ohrmuscheln.

»Sami?«

Er hatte darauf bestanden, seinen Lieferwagen in der Nähe zu parken und mit uns über die Ohrhörer in Kontakt zu bleiben.

»Ja, hier bin ich.«

»Kannst du dich in das Überwachungssystem reinhacken, um zu sehen, wer dort mitten im Gewühl sitzt?«

»Kann ich«, antwortete Sami. »Nur ist das …«

»Illegal, ich weiß. Aber es ist wichtig. Also, machst du's?«

»Warte, bin gleich drin«, sagte Sami. »Okay, ich sehe die Aufzeichnung, aber ich kann nicht erkennen, wer das Objekt gekauft hat. Es muss eine ziemlich kleine Person sein.«

»Das ist sie«, zischte ich.

»Das wissen wir nicht, Jake«, warnte Sami. »Keine Verrücktheiten jetzt.«

Aber genau danach drängte es mich: etwas Verrücktes zu tun, »Bombenalarm« zu kreischen oder eines der alten Kultobjekte zu zerschmettern – einfach nur, damit sich die Menschenmenge auflöste. Aber ich zwang mich, cool zu bleiben und nachzudenken.

»Jake«, warnte Pan. »Problem im Anmarsch.«

Einer der Sicherheitsleute kam auf uns zu, vermutlich geschickt von dem Anzugtypen, den ich so provozierend angeglotzt hatte. Der Wachmann sprach in sein Mikro und aus der anderen Richtung setzte sich ein Kollege in Bewegung. Gleich würden wir rausgeworfen und dann konnten wir uns die Verfolgung der Schlangenfrau abschminken.

Denk nach, Jake! Denk!

»Sami«, fragte ich. »Kannst du den Grundriss und die Baupläne des Gebäudes beschaffen? Ja, ich weiß, dass es illegal ist.«

»Okay«, antwortete er. »So, Moment, hier sind sie.«

»In welchen Raum ist die Schlangenfrau verschwunden?«

»Wir wissen doch gar nicht, ob sie es ist, Jake.«

»In welchen Raum, Sami?«

»In ein Nebengebäude des Auktionssaals.«

»Jake«, zischte Pan. »Die Wachtypen sind im Anmarsch.«

»Gibt es einen zweiten Ausgang aus diesem Nebengebäude, Sami?«, fragte ich.

»Ja, zur St George Street.«

»Den wird sie nehmen«, vermutete ich. »Die Leute kaufen hier Zeug, das ein Vermögen wert ist. Deshalb muss das Auktionshaus ihnen eine Möglichkeit bieten, das Gebäude diskret zu verlassen, ungesehen von den anderen Besuchern. Sami, warte mit dem Lieferwagen am Hauptausgang Bond Street auf uns. In dreißig Sekunden. Und noch etwas musst du tun.«

»Ich höre.«

»Lös den Feueralarm aus.«

»Was?«

»Wir werden hier gleich geschnappt. Wir müssen sie ablenken. Entweder der Feueralarm geht los oder ich zerschmettere irgendein altes Kunstobjekt.«

Ich hatte den Satz kaum beendet, da schrillte der Alarm los – so markerschütternd, dass sich die Leute die Ohren zuhielten. Die Wachmänner wandten sich augenblicklich von uns ab und begannen, die Menschenmenge in Richtung

Hauptausgang zu leiten. Pan und ich mischten uns ins Gewühl und liefen zurück zur Eingangshalle. Ich schob einen Typen beiseite und bahnte mir mit den Schultern einen Weg durch die Menschentraube. Das Gemecker überhörte ich.

In dem Moment fielen wir einem anderen Sicherheitstypen auf und er streckte den Arm nach Pan aus, aber die trat ihm mit voller Wucht auf den Fuß, woraufhin er zurücktaumelte – wohl eher vor Schreck als vor Schmerz.

Ich zog Pan hinter mir her auf die Bond Street, wo Samis Wagen bereits wartete. Die Seitentür glitt auf und wir sprangen hinein.

»Zur St George Street, schnell!«, rief ich.

Aber die Straße war verstopft von unzähligen Pkws und Taxis, in die die Auktionsbesucher gemächlich einstiegen. Nervös rutschte ich auf dem Beifahrersitz hin und her und versuchte, durch die Menschenmenge und den Regen zu spähen, der in dicken Tropfen auf die Scheibe klatschte. Verdammt, wo war das Auto der Schlangenfrau?

»Fahr über den Gehweg«, wies ich Sami an.

»Jake, das hier ist das Zentrum von London«, schnauzte Sami. »Ich fahre hier nicht über den Gehweg!«

»Bitte, Sami!«

»Jake, nein!«

Los, Jake, nachdenken! Schnell!

»Kannst du dich in die Straßenüberwachungskamera am Ende der St George Street reinhacken?«

Sami tippte auf das Armaturenbrett des Lieferwagens, woraufhin sich ein Teil der Windschutzscheibe in einen hochauflösenden Computermonitor verwandelte. Nach ein paar

Sekunden veränderte sich das Bild: Man sah nichts als schwarz-weißes Geflimmer. Statisches Rauschen.

»Merkwürdig«, murmelte er. »Die Kamera in der St George Street funktioniert nicht.«

Ich fand das alles andere als merkwürdig. Im Gegenteil: Es war total logisch. Die Organisation der Schlangenfrau hatte die Kameras außer Betrieb gesetzt, damit die Flucht nicht verfolgt werden konnte. Fluchend hieb ich mit der Faust auf den Sitz. Ich war so aufgebracht, dass ich am liebsten auch noch Pan eine reingesemmelt hätte.

»Jake«, sagte sie und legte mir eine Hand auf die Schulter. »Durchatmen. Ganz ruhig.«

Sie spürte, dass ich kurz vorm Ausflippen war. Ich musste mich an unser Training erinnern. Musste meine Panik beiseiteschieben und einen Plan fassen. Ich schloss die Augen und atmete tief durch. Sofort wurde es klarer in meinem Kopf. Die Matschpfütze verwandelte sich in einen kristallklaren Pool. Und ich wusste, was zu tun war.

Ich kletterte in den hinteren Teil des Lieferwagens, klappte die Armlehne der Rückbank hoch und drückte auf einen darunter verborgenen Knopf. Eine der Türverkleidungen glitt zur Seite und verschiedene technische Gerätschaften, die Sami dort immer einsatzbereit hielt, kamen zum Vorschein. Ich nahm eine glänzende silberne Waffe aus der Halterung.

»Ist das hier die Tracking-Pistole?«, fragte ich.

»Das ist eine Betäubungspistole«, antwortete Sami.

Ich zog eine andere Waffe heraus.

»Und die hier?«

»Das ist eine ganz normale Pistole.«

»Welches ist dann die zum Tracken, Sami?«

»Die, die aussieht wie eine Tracking-Pistole!«

»Ich hab keine Ahnung, wie Tracking-Pistolen aussehen!«

»Und warum nicht? Die kam doch in eurem Training vor.«

»Da hab ich wohl nicht aufgepasst!«

»Was schreist du mich überhaupt so an?«

Darauf hatte ich keine Antwort. Ich war einfach sauer. Stinksauer. Die Schlangenfrau war kurz davor, uns zu entwischen.

»Hier«, sagte Pan und griff nach einer Waffe. »Die hier ist es.«

Die Tracking-Pistole sah nicht die Bohne aus wie eine Pistole. Sie war als nobler goldener Stift getarnt, aus dem eine kleine silberne Pfeilspitze herausschaute. Und jetzt erinnerte ich mich auch wieder: Der Pfeil war der GPS-Peilsender. Feuerte man ihn ab, spreizte er sich und haftete magnetisch an metallenen Oberflächen.

Pan reichte mir den Stift, aber ich drückte ihn ihr in die Hand zurück.

»Das musst du machen«, erklärte ich. »Lauf zur St George Street, beobachte, in welches Auto die Schlangenfrau steigt, und schieß den Sender auf die Karosserie. Dann können wir ihr folgen.«

»Was? Warum ich? Du bist doch zuständig für die Action-Nummern.«

»Und du bist die beste Schützin weit und breit.«

In Ägypten hatte Pan wahre Scharfschützenqualitäten an den Tag gelegt und die Söldner der Schlangenfrau gleich reihenweise bewusstlos geschossen. Pan wusste, dass ich recht hatte, aber sie sah trotzdem entsetzt aus. Ich konnte es ihr nicht verübeln: Das hier war keine Trainingsstunde mehr – sondern bitterer Ernst.

»Jake … ich … ich glaube nicht, dass ich das kann.«

»Aber du hast doch das Gewehr, Pan. Du zielst, schießt und fertig.«

»Zielen und schießen«, wiederholte sie mechanisch. Ihre Stimme zitterte genauso wie ihre Hände. Als sie die Wagentür öffnete, drehte sie sich noch einmal um. »Solange ich nicht irgendwelchen Riesenskorpionen begegne …«

»Das kann man in London nur hoffen …«, entgegnete ich, aber sie rannte bereits durch den Regen.

Ich ließ die Tür zugleiten und wir warteten. Die Tropfen prasselten aufs Autodach. Hoffentlich zog Pan es durch. Hoffentlich erfolgreich.

»Eure Eltern müssten jetzt bald aufwachen«, bemerkte Sami. »Ich werde solchen Ärger kriegen.«

Wir würden alle Ärger kriegen, aber so was von. Wenn diese Aktion fehlschlug, hatte sich das Thema Schatzjagd endgültig erledigt. Dann hatte die Schlangenfrau gewonnen. Ich würde mein Bestes tun, um Sami vor der Wut meiner Eltern zu schützen. Ich würde ihnen erzählen, dass ich Sami gezwungen hätte, uns zu helfen – aber so oder so: Es war nicht sehr wahrscheinlich, dass sie jemals wieder mit ihm sprechen würden. Und das verdiente er einfach nicht. Seit Ägypten hatte er auf uns achtgegeben, uns unterstützt und uns geholfen, egal, was wir taten. Er war längst mehr als nur ein Freund. Er war Teil der Familie.

»Es tut mir leid, Sami«, antwortete ich. »Wir hätten dich nicht mit in die Sache reinziehen dürfen.«

Sami grinste. »Deine Eltern haben mich schon vor über

dreißig Jahren in die Sache reingezogen – als sie Schatzjäger wurden. Und ich bin ihnen mit Freude gefolgt. Genauso wie ich euch heute mit Freude begleite. Völlig freiwillig.«

Für einen kurzen Moment vergaß ich Pan und unsere Mission und nutzte die Gelegenheit, mehr über die gemeinsame Vergangenheit von Sami, Mum und Dad zu erfahren.

»Hast du sie auf alle ihre Missionen begleitet?«, fragte ich.

»Nicht auf alle, aber auf viele. Ich hab immer im Lieferwagen gehockt und war über Mikro und Ohrhörer mit ihnen verbunden.«

»Du hast sie unterstützt.«

»Nicht dass sie das gebraucht hätten. Deine Eltern wussten stets, was sie taten. Sie sind nie ein Risiko eingegangen.«

Ich wandte den Blick ab, weil ich nicht zeigen wollte, wie sehr mich diese Bemerkung bestürzte. »Du meinst, anders als ich?«

»Das Ziel deiner Eltern war es stets, Kunstschätze zu retten, um sie den Museen zur Verfügung zu stellen. Aber andere Schatzjäger, oft sehr gefährliche Leute, wurden extrem gut – und sogar sehr viel besser – dafür bezahlt, die Schätze als Erste aufzuspüren. Deine Eltern waren sich darüber im Klaren und es war ihnen egal. Sie glaubten an das, was sie taten. Sie planten ihre Einsätze sehr sorgfältig. Sie stürmten nicht einfach in die Gräber und wühlten drauflos – obwohl das manchmal bedeutete, dass andere ihnen zuvorkamen.«

»Genauso umsichtig kann ich auch sein, Sami.«

»Hm, ja, vielleicht. Das würden sich deine Eltern jedenfalls wünschen, Jake. Allerdings frage ich mich, ob das wirklich das Beste wäre.«

»Wie meinst du das?«

Sami zögerte. Als er schließlich antwortete, wählte er seine Worte sehr vorsichtig: »Deine Schwester ist ein Genie. Was sie dem Team beisteuert, ist klar. Und genauso erkennen deine Eltern auch deine Qualitäten, aber sie machen ihnen Angst. Vor allem deiner Mutter. Schreckliche Angst.«

»Das verstehe ich nicht, Sami. Was meinst du mit ›Qualitäten‹? Was genau macht ihnen Angst?«

Sami wollte gerade antworten, als ein Aufprall an der Wagenseite uns zusammenzucken ließ. Ich öffnete die Tür und sah Pan. Klatschnass, aber lächelnd. Sie streckte uns die Trackerpistole entgegen.

»Volltreffer«, sagte sie.

»Hast du die Schlangenfrau gesehen?«, fragte ich.

Pan kletterte ins Auto und wischte sich mit dem Ärmel über das nasse Gesicht.

»Nicht richtig. Ich habe gesehen, wie jemand das Gebäude durch den Nebenausgang verließ und von den Sicherheitsleuten zu einem Wagen begleitet wurde. Also hab ich den Peilsender auf die Karosserie geschossen. Aber richtig erkannt hab ich die Person nicht.«

Das reichte mir. Es *musste* die Schlangenfrau sein. Die Lady, die sich für ganz besonders schlau hielt – und uns jetzt trotzdem im Schlepptau hatte.

Ich zog die Tür zu. »Los, schnell, gib Gas!«, drängte ich Sami.

7

Als wir auf die Autobahn fuhren, wurde es langsam dunkel. Es regnete inzwischen so heftig, dass wir kaum zehn Meter weit gucken konnten, obwohl die Scheibenwischer nur so hin und her flogen. Die übrigen Autos sahen wir nur als rote und orangefarbene Schlieren. Weil die Regentropfen so laut auf das Autodach prasselten, trugen wir unsere Smartbrillen und sprachen über Mikro miteinander.

»Seid ihr sicher, dass wir sie immer noch verfolgen?«, fragte Pan und rieb die beschlagene Windschutzscheibe frei.

Mit Worten wie »triangulär« und »global positioning satellites« versuchte Sami zu erklären, wie der Tracker funktionierte. Pan schien seine Ausführungen total spannend zu finden, mich interessierte nur das Ergebnis: der blinkende Leuchtpunkt auf der Landkarte, die auf einen Teil der Windschutzscheibe projiziert war. Natürlich hofften wir, dass der Leuchtpunkt die Schlangenfrau war, aber ganz sicher wussten wir das nicht.

»Wir fahren nach Sussex«, stellte Sami fest.

Ich warf einen Blick auf die Uhr. Wenn Samis Betäubungsmittel wie geplant wirkte, dann mussten Mum und Dad schon seit ein paar Stunden wach sein. Mir fiel auf, dass Pan beim Blick aus dem Fenster eine Grimasse schnitt, und ich fragte mich, ob sie dasselbe dachte.

Wir folgten dem Leuchtpunkt eine weitere Stunde, wobei es jetzt über stockfinstere Landstraßen ging. Es gewitterte und die Blitze erhellten sanfte Hügel, eine gruselige alte Windmühle und Pferde, die uns von ihren Koppeln entgegenstarrten.

»Was will die hier draußen, so weitab vom Schuss?«, fragte Pan. »Glaubt ihr, dass es eine Falle ist?«

»Stell mal die Nachtsichtfunktion ein«, sagte ich.

Sami schaltete die Scheinwerfer aus und sofort sahen wir die Straße vor uns in verschwommen grüner Nachtsichtoptik.

»Das Auto vor uns hat gehalten«, sagte Sami. »Ungefähr eine halbe Meile vor uns.«

»Fahr weiter, aber langsam.«

Der Lieferwagen rumpelte durch die Schlaglöcher, an kleinen strohgedeckten Häusern und einer Dorfschule vorbei. Dann stoppten auch wir.

»Das Signal kommt aus der Richtung dieses Hauses dort. Aber von draußen«, sagte Sami.

Pan und ich kletterten auf die Vordersitze und blickten durch den Nachtsicht-Monitor. Mein Herz trommelte wilder als der Regen. Was ich sah, verwirrte mich. Nach allem, was wir wussten, gehörten die Schlangenleute zu einer extrem wohlhabenden, schlagkräftigen Organisation, in deren Macht es stand, Regierungen zu beeinflussen, Gebäude zu zerstören und überhaupt: alles zu tun, was ihren Zwecken diente.

Ihr Hauptquartier in Ägypten war eine riesige, in einen Berg gesprengte Hightech-Schmiede gewesen.

Und das Haus, neben dem der verfolgte Wagen stand, war ein Cottage! Eine kleine weiße Bauernkate mit absolut symmetrischen Fenstern und akkurat gestutzter Hecke. Ein Haus, wie es ein Kleinkind gemalt hätte. In der Nähe befanden sich eine Scheune und ein Dorfpub mit reichlich Blumentöpfen und beschlagenen Fenstern. Der Ort war null gruselig. Im Gegenteil: Er war hübsch. Gemütlich.

»Sami«, fragte ich, »kannst du das Haus mit der Wärmekamera durchleuchten?«

»Hab ich schon«, antwortete er. »Keine Auffälligkeiten. Ich sehe die Wärmepunkte eines Menschen und eines kleinen Tieres.«

»Eines Mutantentiers?«, fragte ich.

»Eines Hundes, schätze ich.«

»Versuche einen Infrarot-Scan.«

»Hab ich ebenfalls«, sagte Sami. »Und Ultraschall. An dem Haus ist nichts ungewöhnlich, Jake. Entweder blockiert jemand die Signale oder es ist … einfach das ganz normale Zuhause von jemandem.«

»Wir müssen mehr sehen!«, beharrte ich.

»Nein, müssen wir nicht«, widersprach Sami. »Wir wissen ja nicht mal, wem wir gefolgt sind.«

»Der Schlangenfrau, Sami. Marjorie. Sie hat gerade eine Million Pfund für ein Manuskript ausgegeben, das sie auch für ein Zehntel der Summe hätte bekommen können. Und dann ist sie mit dem Ding in die matschige Pampa abgehauen, mitten im Nirgendwo. Sie ist keine, die sich hier einfach gemütlich vor den Fernseher setzt. Garantiert nicht.«

»Jake, du kennst die Frau doch kaum«, sagte Pan.

»Ich kenne sie gut genug.«

»Du bist völlig besessen von ihr.«

Okay, vielleicht hatte Pan ja recht. Ich hatte in den vergangenen Monaten so unendlich viel über die Schlangenfrau nachgedacht. Eigentlich hatte ich an kaum etwas anderes gedacht. Dabei war es gar nicht mal so, dass ich sie abgrundtief hasste, obwohl sie versucht hatte, uns umzubringen. In gewisser Weise konnten Pan und ich ihr sogar dankbar sein, obwohl wir das natürlich nie zugegeben hätten. Dank der Schlangenleute waren Mum und Dad endlich aus der Deckung gekommen, hatten ihr langweiliges Professorenleben an den Nagel gehängt und sich wieder als Schatzjäger betätigt. Ohne die Schlangenfrau hätten Pan und ich nie von der wilden Vergangenheit unserer Eltern erfahren. Und ohne sie hätten wir keine Chance, die Schatzjägerei auch in Zukunft weiterzubetreiben.

»Wir können nicht einfach in unser altes Leben zurückschlüpfen, Pan. Erinnerst du dich nicht mehr, wie schrecklich das war? Wir beiden haben nie ein Wort miteinander gesprochen. Und wir kannten unsere Eltern nicht, wussten nichts über sie, jedenfalls nichts über ihr wahres Ich. Erst in Ägypten haben wir als Familie funktioniert.«

»Es kann immer noch funktionieren.«

»Nein, Pan, Mum und Dad werden mich nie als Schatzjäger arbeiten lassen, wenn ich ihnen jetzt nicht einen Beweis liefere, dass ich es kann. Erst dann werden sie mir vertrauen.«

»Dir vertrauen? Du hast auf sie geschossen, Jake!«

»Mit einem *Betäubungsgewehr*!«

Einen Moment saßen wir schweigend da und hörten zu, wie der Regen aufs Dach prasselte.

»Jake«, sagte Pan schließlich, »wir haben es richtig gemacht. Wir haben etwas gefunden. Vielleicht ist das hier ja ihr Hauptquartier. Oder vielleicht ist es ...«

Keine Ahnung, was Pan noch sagen wollte, denn ich riss kurz entschlossen die Tür auf und rannte auf das Haus zu. Ja, vielleicht hatte Mum recht. Ich war ein Draufgänger. Ein Draufgänger, der gerade dabei war, sich in unvorstellbare Schwierigkeiten zu bringen.

8

»Jake, warte, du Idiot!«

Ich blickte über die Schulter und musste grinsen, als ich Pan hinter mir herrennen sah. Ich war so dermaßen erleichtert, dass ich ihre Flüche gerne in Kauf nahm. Ich war nicht wirklich scharf darauf, alleine um das Haus herumzuschleichen. So gemütlich es aussah, ich hatte das Gefühl, auf eine Folterkammer zuzusteuern.

Je näher wir kamen, umso plausibler kam mir das Ganze vor. In Ägypten hatte sich die Schlangenfrau immer total zuckersüß und freundlich gegeben, während sie insgeheim plante, uns umzubringen. Dieses Haus passte zu ihr. Das schnuckelige Äußere barg ein düsteres Geheimnis, da war ich mir sicher.

»Duck dich«, flüsterte Pan.

Wir versteckten uns hinter der Hecke und streiften unsere Smartbrillen über. Der Regen hatte etwas nachgelassen, sodass ich über die Nachtsichtfunktion Samis Wagen am Ende der Straße erkennen konnte.

Er kommunizierte über das Brillen-Headset mit uns. »Ihr seid jetzt direkt vor dem Haus«, informierte er uns.

»Das wissen wir, Sami«, antwortete Pan.

»Los, weiter«, flüsterte ich.

Pan protestierte, aber ich rannte bereits durch den kleinen Vorgarten. Ich versuchte mich an unser Training zu erinnern und hielt nach Fallen Ausschau, aber es fiel mir nicht leicht, mich zu konzentrieren. Ich hatte nicht nur Angst vor der Schlangenfrau, sondern auch davor, dass ich versagte – und Mum und Dad in ihrem Glauben bestärkte, dass ich zur Schatzjägerei nicht taugte.

»Jake, duck dich!«

Unter einem kleinen Schiebefenster warfen wir uns ins Gras. Durch die Scheibe drang der flackernde Schein eines Kaminfeuers. Ich hörte Opernmusik. Ein nerviger kleiner Köter begann zu kläffen.

»Sami«, flüsterte ich. »Kannst du uns sagen, wo im Haus sie sich aufhält?«

Ich wartete auf Samis Gemurmel, aber in meinem Ohrhörer herrschte Schweigen.

Dafür wurde das Kläffen lauter, als wollte der Hund mit der Opernsängerin wetteifern. Es war ein solcher Krach, dass sogar das Fenster in seinem Holzrahmen vibrierte.

Wir schlichen durch ein kleines Tor zu einer Hintertür aus Glas. Ein Paar matschbespritzte Gummistiefel und ein Hundenapf standen neben einer Fußmatte mit der Aufschrift »Home, Sweet Home«. Aber das war alles nur Tarnung, da war ich mir sicher. Eigentlich hätte »Hauptquartier des Bösen« auf der Matte stehen müssen.

Pan checkte den Türrahmen mit ihrer Smartbrille. »Mir

fällt nichts Ungewöhnliches auf. Keine Drähte, keine Laser, keine Wärmedetektoren in den Ritzen. Das scheint … einfach nur eine Tür zu sein.«

»Dann sollten wir sie öffnen.«

Ich löste den Dietrich von meinem Gürtel und steckte ihn ins Schloss. Es klickte und die Tür öffnete sich.

»Guter alter Sami«, murmelte ich.

Ich streckte meine Hand nach dem Knauf aus, aber Pan packte mich am Arm. »Du hast gesagt, wir würden nur gucken.«

»Wir gucken ja auch nur.«

Das war natürlich eine blöde Antwort, aber ich konnte meine Neugier nicht mehr bändigen. Ich *musste* mehr in Erfahrung bringen. Vollkommen geräuschlos schwang die Tür auf. Auch der Hund war jetzt ruhig, nur die Opernsängerin kreischte weiter. Fast wie eine Alarmsirene.

»Sieht so aus, als wäre das hier die Küche«, flüsterte ich.

»Echt? Wie kommst du denn darauf? Wegen der Spüle und dem Kühlschrank?«, flüsterte Pan zurück. »Jake, das ist das stinknormale Zuhause von irgendwem. Und jetzt lass uns endlich abhauen.«

Nein, das war kein stinknormales Zuhause. Das sagte mir mein Bauchgefühl. Und ich hatte gelernt, meinem Bauch zu vertrauen. In einer Schüssel lagen Eier. In der Ecke stand ein Hundekorb. Am Kühlschrank klebte ein Erinnerungszettel, dass der Milchmann noch bezahlt werden musste. Es sah alles so langweilig normal aus.

Und so falsch!

Ich schlich über die Terrakotta-Fliesen in den Nebenraum. Es war ein Esszimmer mit holzgetäfelten Wänden und

Balkendecke. Das Mondlicht warf einen Schatten auf einen langen Eichentisch mit nur einem Stuhl. Die Vase, die auf dem Tisch stand, sah teuer aus. Nach einer wertvollen Antiquität. Die Opernmusik kam aus dem Nachbarzimmer.

»Jake«, zischte Pan. »Lass uns endlich verschwinden!«

Ich kann nicht erklären, was in den nächsten Sekunden geschah. Wenn ich auf Pan gehört hätte, wäre vermutlich alles anders gekommen. Aber irgendetwas in mir sträubte sich dagegen. Das gemütliche Cottage, die kitschige Fußmatte, die Opernmusik … Das wirkte alles so falsch.

Ich glaube, Pan flüsterte noch weiter auf mich ein. Vielleicht hat sie mich sogar am Arm gepackt und versucht, mich wegzuziehen, aber ich hörte nichts und spürte nichts. Ich stand einfach nur da, starrte auf die Tür zum Nebenraum, lauschte der Musik – und kapierte es endlich: Sie wusste, dass wir hier waren!

Keine Ahnung, warum ich mir da plötzlich so sicher war, ich war es einfach. Die Schlangenfrau hatte gewusst, dass wir ihr folgten. Genauso wie sie wusste, dass wir jetzt hier waren. In ihrem Haus.

Sie war im Nachbarzimmer. Sie wartete auf uns.

9

Ich erstarrte, als ich sie erblickte. Und damit meine ich nicht, dass ich einfach nur reglos dastand. Nein, es fühlte sich an, als wären meine Eingeweide und das Blut in meinen Adern schockgefroren.

Die Schlangenfrau stand mit dem Gesicht zum Kamin, sodass wir nur ihr schlohweißes Haar und ihren schwarzen Wollumhang sehen konnten. Trotzdem wusste ich, dass sie grinste. Mit diesem selbstgefälligen, arroganten Grinsen, das mich bis in meine Albträume verfolgt hatte. Dem Grinsen, bei dem ihre Wangenknochen hochrutschten und sich ihre Lippen spöttisch kräuselten.

Ihre Stimme klang wie immer: klebrig süß wie Zuckerwatte.

»Ihr Süßen, herzlich willkommen in meinem Haus!«

Ja, genau, du Hexe, wir haben dich aufgespürt.

Diesen Satz hätte ich ihr am liebsten ins Gesicht geschleudert. Stattdessen setzte ich meine Smartbrille ab und starrte sie an. Ich fühlte mich wie in ihrem Bann. Dem Bann einer

Eiskönigin. Wie oft hatte ich mir diese Begegnung ausgemalt. Immer wieder hatte ich sie in meinem Kopf durchgespielt, ja, ich hatte sie sogar vor dem Spiegel geprobt. Aber jetzt, wo ich tatsächlich vor ihr stand, hatte ich keinen Schimmer, was ich sagen und tun sollte.

Endlich drehte sie sich um. Ihre perfekten weißen Zähne funkelten im Feuerschein. Ich wich zurück, eher vor Schreck als aus Angst. So oft war die Schlangenfrau vor meinem inneren Auge erschienen – aber nie hatte ich sie mir so schön vorgestellt. Sie sah wie eine Filmdiva aus, nicht wie eine Verbrecherin. Nur ihre Augen verrieten, dass sie wirklich so furchtbar war, wie ich sie in Erinnerung hatte. Sie waren extrem dunkel, fast ohne Weißes drum herum, und funkelten auf unheilvolle Weise. Wir nannten sie Schlangenfrau, aber ihre Augen ähnelten eher denen eines Hais.

Jetzt trat sie näher. Ihr Köter, ein kleines braunes Ding, das wie ein größerer Hundehaufen aussah, wuselte ihr schwanzwedelnd um die Füße.

»Ihr Süßen, ich an eurer Stelle würde mich nicht bewegen.«

»Aha«, blaffte Pan. »Und warum nicht?«

»Weil ihr in mein Haus eingedrungen und jetzt von einem elektromagnetischen Spannungsfeld umgeben seid. Einem unsichtbaren Käfig, wenn ihr so wollt. Eine schreckliche Erfindung, die ich gar nicht gerne benutze, aber was soll ich machen? Ich bin nun mal eine schreckhafte Frau und ich lebe ganz alleine hier draußen. Irgendwie muss ich mich ja schützen.«

»So ein Blödsinn!«, schnauzte Pan.

»Ach ja?«

Ich war mir da nicht so sicher. Zwar konnte ich keine technischen Vorrichtungen in der Holzvertäfelung erkennen, die ein solches Spannungsfeld hätten erzeugen können, aber das hieß nichts. Das ägyptische Schlangen-Hauptquartier war mit abgefahrenster Technik ausgestattet gewesen.

Die Schlangenfrau streifte ihre Lederhandschuhe ab, faltete sie sorgsam zusammen und legte sie auf ein kleines Tischchen.

»Nun«, fragte sie, »wer seid ihr?«

Ich wagte mich einen Schritt vor, sodass mein Gesicht vom Feuerschein erhellt wurde. »Tut uns leid, Marjorie, wir sind's wieder.«

Sie starrte uns mit ihren schwarzen Augen an. »Nein, ich meine es ernst, wer seid ihr?«

»Ich …« Die Worte blieben mir im Hals stecken.

Erkannte sie uns wirklich nicht wieder?

»Wir sind's … Jake und Pandora Turner«, antwortete Pan.

»Kennen wir uns denn?«, fragte sie.

Sollte das ein Witz sein? Die Frau hatte versucht, uns umzubringen. Wir hatten ihr Hauptquartier in die Luft gejagt und ihr die Smaragdtafel geklaut, für deren Auffinden sie ein Vermögen ausgegeben hatte.

»Wir … erinnern Sie sich denn nicht mehr an Ägypten …?«, stotterte ich.

Da leuchteten ihre Augen auf. »Oh, ja, natürlich. Aber was um alles in der Welt macht ihr hier in meinem Haus? Wartet mal, habt ihr in der Zwischenzeit jemals an mich gedacht? Das habt ihr, oder? Ihr habt versucht, mich zu finden. Ich bin eure Erzfeindin, stimmt's? Euer Angstgegner. Oh, wie köstlich!«

In mir kochte eine Wut hoch, wie ich sie noch nie erlebt hatte, seit … seit … nun ja, seit ich dieses Weibsstück das letzte Mal gesehen hatte. Sie hatte eine Art an sich, die mir das Gefühl gab, ein kompletter Trottel zu sein. Ein Trottel, der im Sportunterricht bei der Mannschaftswahl immer bis zum Schluss auf der Bank sitzen bleibt. Sie wusste genau, wer wir waren. Sie versuchte nur, uns zu verwirren.

»Sie haben versucht, uns anzuwerben!«, brüllte ich.

Ihr Lächeln verschwand und ihre Marmoraugen funkelten. »Und ihr habt abgelehnt«, sagte sie. »Aber ich gebe euch eine neue Chance.«

»Eine Chance wofür?«

»Für mich zu arbeiten.«

Ich lachte laut auf, aber sie blieb vollkommen ernst.

»Wir haben es nicht nötig, für Sie zu arbeiten«, antwortete Pan. »Wir haben die Smaragdtafel entschlüsselt. Unsere Eltern sind gerade auf dem Weg zu Tafel Nummer zwei. Wahrscheinlich haben sie sie schon gefunden.«

»Tatsächlich? Und warum spioniert ihr mir dann hinterher?«

Sie wusste definitiv, wer wir waren. Und dass wir nicht die geringsten Anhaltspunkte über den Verbleib der übrigen Tafeln hatten.

Sie nahm ein Blatt Papier von dem kleinen Tisch und ließ es in eine Plastikhülle gleiten. Es war der Azteken-Kodex, den sie ersteigert hatte. Von Nahem sah er noch schäbiger aus als im Auktionshaus: ein schmuddeliger Papierwisch mit cartoonhaften Götter-Abbildungen.

Die Schlangenfrau hielt die Plastikhülle näher ans Feuer und betrachtete sie im flackernden Licht.

86

»Das Ding hat mich eine Million Pfund gekostet«, sagte sie und warf das Blatt ins Feuer.

»Hey!«, schrie Pan. »Das gehört in ein Museum!«

Doch der Kodex war bereits Asche. Pan tobte und fluchte, aber ich war nicht im Mindesten erstaunt. Auch in Ägypten hatten die Frau und ihre Söldner unzählige Kunstschätze und Grabanlagen zerstört. Das gehörte zu ihrem Plan. Die Geschichte dieser vergessenen – nein, ausgelöschten – Zivilisation sollte geheim bleiben. Von daher war es logisch, dass sie den Kodex ins Feuer geworfen hatte.

»Darin steckte ein Hinweis, stimmt's?«, fragte ich. »Ein Hinweis auf die nächste Smaragdtafel.«

Die Schlangenfrau rieb sich die Hände. »Natürlich. Wir dürfen nicht zulassen, dass die Tafeln Unbefugten in die Hände fallen. Deshalb müssen wir sämtliche Wegweiser vernichten.«

»Aber jetzt haben Sie selbst auch keinen Anhaltspunkt mehr«, sagte ich. »Vielleicht hätten Sie das Papier doch aufbewahren sollen.«

»Was bist du doch für ein scharfsinniges Kerlchen!«

Sie stocherte im Feuer herum und beobachtete die stiebenden Funken. Eine Million Pfund brannten dort vor sich hin – und sie grinste nur. Aber Geld spielte für ihre Organisation ja keine Rolle. Sie konnten und würden jeden nur erdenklichen Preis zahlen, um ihr Geheimnis zu schützen.

»Die Entdeckung welchen Grabes versuchen Sie diesmal zu verhindern?«, fragte ich.

»Habt ihr schon mal von Quetzalcoatl gehört?«, fragte sie.

»Quetzalcoatl?«, wiederholte Pan. »Der Azteken-Gott, der als gefiederte Schlange dargestellt wird?«

»Die Azteken hatten viele Götter«, sagte die Schlangenfrau. »Aber Quetzalcoatl war besonders. Die Azteken hatten
ihn von älteren mittelamerikanischen Hochkulturen übernommen. Tolteken, Maya, Olmeken … all diese Völker
haben ihn verehrt. Sie hatten unterschiedliche Namen für
ihn, aber sie haben ihn alle auf dieselbe Weise dargestellt:
als gefiederte Schlange. Und für all diese Völker war er der
Überbringer von Kultur und Zivilisation.«

»Wie Osiris in Ägypten«, stellte Pan fest.

Die Schlangenfrau applaudierte – ein schlaffes, patschen-
des Geräusch, als würden zwei rohe Steaks gegeneinander-
klatschen. »Was bist du doch für ein schlaues Mädchen!
Aber wisst ihr, die Azteken haben Quetzalcoatl nicht einfach übernommen. Nein, sie haben ihn *gestohlen*. Sie haben
den Kult um ihn gestohlen – und vermutlich auch seinen
Körper.«

»Seinen Körper? Aber er ist doch ein Gott!«

»Oh, Pandora, meine Süße, hast du in Ägypten nicht auch
gesagt, dass Osiris ›ein Gott‹ ist – bis zu dem Moment, wo du
seinen Sarg entdeckt hast?«

»Sie suchen also nach dem Sarg von diesem Quetzalcoatl-
Gott, weil Sie glauben, dass sich die nächste Smaragdtafel
darin befindet, so wie die erste Tafel in Osiris' Grab versteckt
war?«

»Ich *glaube* es nicht, ich *weiß* es. Pandora, könntest du Jake
erklären, wer Hernán Cortés war?«

»Hernán Cortés war ein spanischer Eroberer. Er führte die
Armee an, die das Aztekenreich eroberte.«

»Eroberte?«, fragte die Schlangenfrau. »Massakrieren trifft
es wohl eher. Cortés und seine Truppe haben die Azteken

abgeschlachtet. Sie haben ihre Tempel zerstört und ihre Siedlungen in Brand gesteckt.«

»Klingt ziemlich nach Ihnen und Ihrer Truppe«, bemerkte ich.

»Oh, du weißt so wenig über ›meine Truppe‹, Jake Turner. Du hast nicht die geringste Vorstellung davon, wie ungeheuer wichtig unsere Bestrebungen sind. Dagegen waren Hernán Cortés und seine Soldaten miese Piraten und Plünderer.«

»Was hat Cortés denn mit der ganzen Sache zu tun?«, fragte Pan.

»Leider sehr viel, Pandora. Die wenigen Azteken, die das Massaker überlebten, rafften zusammen, was sie zusammenraffen konnten – unter anderem Quetzalcoatls Sarg und die Smaragdtafel –, und flohen. Deshalb haben wir ihre Kodizes erworben und zerstört. Weil in ihnen geschrieben steht, wohin die Flucht der letzten Azteken führte – mitsamt dem Sarg des gefiederten Gottes.«

»Also wissen Sie, wo der Sarg versteckt liegt?«

»Ja und nein. Die Kodizes erwähnen gewisse Hügel im Dschungel von Honduras, Mittelamerika.«

»Vielen Dank, wir wissen, wo Honduras liegt«, fauchte Pan.

»*Du* weißt es, Pandora, aber Jake hat keinen blassen Schimmer. Deshalb habe ich mir erlaubt, diese kleine Information einzustreuen.«

Ich verfluchte sie, obwohl es mir eigentlich egal war, was sie über mich dachte. Das Einzige, was jetzt zählte, war, mehr über dieses Grab zu erfahren.

»Was für Anhaltspunkte enthielten die Kodizes noch?«, fragte ich.

Sie sah mich einen Moment aus zusammengekniffenen Augen an, dann trat sie näher.

»Sie enthielten tatsächlich noch mehr Hinweise«, sagte sie schließlich. »Die Azteken wollten verhindern, dass das Wissen um das Grab verloren ging. Die Kodizes sind deshalb nur die erste von drei Quellen, die zusammengenommen den Weg zu Quetzalcoatls Grab weisen. Es heißt, dass sich der nächste Hinweis an einem Ort befindet, der sich ›Stätte des Jaguars‹ nennt.«

»Stätte des Jaguars«, wiederholte Pan. »Was könnte das bedeuten?«

»Genau das ist die Frage«, antwortete die Schlangenfrau. »Wir haben zwei der besten Schatzjäger darauf angesetzt, um das herauszufinden.«

»Lassen Sie mich raten: Die beiden haben versagt.«

»Nein. Sie sind verschwunden.«

»Verschwunden?«

»Willst du, dass ich dir das Wort erkläre, Jake?«

»Nein! Nur … wie können sie verschwunden sein?«

»Das letzte Mal, als wir von ihnen hörten, glaubten sie, in der Nähe des ersten Hinweises zu sein. Und dann: nichts mehr. Aber das ist nur die eine Hälfte des Geheimnisses. Die beiden – intern nannten wir sie das ›Alpha-Team‹ – hatten einen Sender dabei, über den wir ihre Fortschritte verfolgen konnten. Komischerweise ist mit ihrem Verschwinden auch das Signal verschwunden. Fast einen Monat lang dachten wir, die beiden hätten sich in Luft aufgelöst. Dann, letzte Woche, war das Signal plötzlich wieder da.«

»Wieder da?«

90

»Jake-Schätzchen, bist du ein Papagei? Ja, *wieder da*. Vom Alpha-Team haben wir trotzdem nichts mehr gehört. Es ist wirklich höchst seltsam. Nur ein Gedanke tröstet mich: Das Alpha-Team gehörte zwar zu den Besten der Branche, aber sie waren nicht die Allerbesten. Es gibt ein Team, das noch besser ist.«

»Welches?«, fragte ich.

»Sie meint Mum und Dad, Jake.«

Dieses Mal war mein Lachen echt. »Ha, und Sie glauben im Ernst, unsere Eltern würden für Sie arbeiten? Keine Chance! Selbst wenn Sie uns als Geiseln nehmen.«

»Ach was, ich nehme euch doch nicht als Geiseln. Ihr habt euer Können in Ägypten unter Beweis gestellt. Und ich brauche das bestmögliche Team. Das heißt: die Turner-Familie. Die komplette Familie.«

»Aber …« In meinem Kopf drehte sich alles. »Wenn Sie uns gehen lassen, wieso sollten wir dann mit Ihnen zusammenarbeiten?«

»Ah, jetzt kommt der Moment der Enthüllung!«

Die Schlangenfrau nahm ein Tablet vom Tisch und tippte auf den Bildschirm. Die Holzvertäfelung hinter ihr glitt zur Seite und ein Waffenarsenal kam zum Vorschein.

»Mist, falsche Taste«, murmelte sie.

Erneutes Tippen und ein weiteres Holzpaneel verschwand. Mein Blick fiel auf ein Kontrollzentrum mit schwarz gekleideten Leuten, unzähligen Holosphären, Landkarten und Fotografien an Pinnwänden.

»Wieder falsch«, schimpfte sie und die Holzverkleidung glitt an ihren Platz zurück.

Es kam mir so vor, als würde sie auf Knöpfe in meinem

Körperinneren drücken – und mit jedem Knopfdruck meine Wut weiter anheizen. Sie verarschte uns, zog uns die Ohren lang. Und dann kochte meine Wut plötzlich über und entlud sich. Ich weiß nicht mehr, was genau passierte, ich erinnere nur noch die sprühenden Funken und den Stromschlag, der mich rückwärts zu Boden warf. Es fühlte sich an, als wäre ich ... na ja, als wäre ich in ein elektromagnetisches Spannungsfeld gerannt. Speichel lief mir über das Kinn und ich sah kleine weiße Sternchen.

»Nie im Leben werden wir für Sie arbeiten«, stöhnte ich, während Pan mir aufhalf.

Die Schlangenfrau blickte auf. Ihre Kiefermuskeln waren angespannt und ihre Wangenknochen standen noch stärker hervor als sonst.

»Ach, Jake«, sagte sie, »natürlich werdet ihr das.«

Wieder tippte sie auf ihrem Tablet herum, diesmal ohne hinzusehen. Eine dritte Wandverkleidung glitt beiseite und gab den Blick in einen weiteren Raum frei. Er war in warmes rötliches Licht getaucht, sah ansonsten aber aus wie ein Krankenhauszimmer. Ein Patient, angeschlossen an diverse Überwachungsgeräte, lag in einem Bett, bewacht von zwei Söldnern in schwarzer Kampfmontur. Ex-Militärs, die die Schlangenleute zum Schutz ihres Geheimnisses anheuerten.

»Jake!«, keuchte Pan.

Ich schüttelte den Kopf und versuchte, die tanzenden weißen Sterne vor meinen Augen loszuwerden. Verschwommen nahm ich wahr, dass irgendetwas hier ziemlich schieflief. War das etwa ...? Nein, das konnte nicht sein. Mit zitternden Händen streifte ich meine Smartbrille über und sprach ins Mikrofon.

»Sami?«, fragte ich. »Sami, kannst du mich hören?«

Keine Antwort.

Er war nicht da.

Weil er in dem Bett lag.

Die Schlangenfrau betrat den Raum und blieb neben dem Bett stehen. Sanft legte sie eine Hand auf Samis Brust und beobachtete, wie sie sich mit dessen schwachen Atemzügen hob und senkte. Plötzlich richtete sich Sami abrupt auf. Seine Augen waren hervorgequollen und blutunterlaufen und er krümmte sich vor Schmerz. Es schien, als würden beißende Insekten über seine Haut laufen. Seine Hände verkrampften sich und seine Schreie waren so markerschütternd, dass selbst die Söldner entsetzt zurückwichen. Als sie sich von ihrem Schreck erholt hatten, fixierten sie Sami am Bett und injizierten ihm irgendeine Flüssigkeit, die den Anfall jäh stoppte. Bewusstlos sackte er zurück in die Kissen.

»Was haben Sie mit ihm gemacht?«, brüllte Pan.

»Oh, das ist kompliziert«, antwortete die Schlangenfrau. »Es ist ein Gift. Aber ich kann euch nicht verraten, welches. Nur so viel: Es wirkt schnell. Die Maschinen werden ihn noch zwei Wochen am Leben halten, spätestens dann braucht er ein Gegengift, sonst ist finito.«

»Geben Sie es ihm! Jetzt sofort! Worauf warten Sie noch?«, schrie ich.

Diesmal versuchte die Schlangenfrau nicht, ihr Lächeln zu unterdrücken. Im rötlichen Licht sahen ihre Zähne aus wie in Blut getaucht.

»Nein, so läuft das Spielchen nicht«, erklärte sie. »Ihr werdet nach Honduras fliegen. Ihr werdet das Grab von Quetzalcoatl finden. Und ihr werdet mir die Smaragdtafel liefern. Danach werde ich ihm das Gegengift geben.«

Ihr Lächeln wurde noch breiter. »Oder hast du noch andere Scherze auf Lager, Jake? Irgendwelche neunmalklugen Schachzüge oder albernen Drohungen? Nein? Dachte ich's mir doch. So, und jetzt wird euch einer meiner Männer zu euren Eltern fahren. Er gibt euch eine Tasche mit gefälschten Pässen, Visa, Flugtickets und Kreditkarten mit. Ihr findet darin auch die Daten unserer Kontaktperson in Honduras. Die wird euch mit dem nötigen Equipment für die Expedition ausstatten. Falls ihr zu spät zurückkehrt, wird Sami sterben. Falls ihr mit leeren Händen zurückkehrt, ebenfalls.«

Tränen verschleierten meinen Blick. »Und was, wenn wir gar nicht zurückkehren?«

»Oh, ich wünschte, ich könnte sagen, dass Sami dann überleben würde. Dass ich es nicht so werten würde, als hättet ihr es nicht versucht. Aber heutzutage ist es so einfach, seinen eigenen Tod vorzugaukeln.« Sie wackelte streng mit dem Finger. »Also: keine Schummelei. Denn solltet ihr wirklich sterben und ich lasse Sami am Leben, dann verfolgt er mich, um Rache zu üben, und das ist echt lästig. Deshalb sagen wir lieber: Wenn ihr sterbt, stirbt Sami auch. Das ist doch klar und deutlich und gut zu merken, oder? Haben wir uns verstanden, ihr Süßen?«

»Wenn er stirbt, bringe ich Sie um«, schrie Pan, außer sich vor Wut.

Die Schlangenfrau fasste sich an die Brust, als hätte ihr Pan einen Dolch ins Herz gerammt. »Aber Schätzchen, Pandora, nach allem, was ich für euch getan habe?«

»Für uns getan?«

»Ich habe euch groß gemacht. Meine Organisation und unsere Mission sind der Grund, warum eure Eltern aus ihrem Loch gekrochen und wieder aktiv geworden sind. Wir sind der Grund, warum sie euch trainiert haben. Obwohl, mal Hand aufs Herz, das Training geht eher schleppend voran, oder?«

Sie trat noch näher. Ihre Augen funkelten, als sie die Verblüffung in unseren Gesichtern bemerkte.

»Oh! Dachtet ihr wirklich, ihr würdet euch verstecken?«, fragte sie. »Habt ihr wirklich nicht gewusst, dass wir jeden eurer Schritte verfolgt haben, nachdem ihr uns in Ägypten so viele Scherereien gemacht habt? Wir haben Dr. Thorns Haus verwanzt und jedes eurer Gespräche abgehört. Gott, ihr wart so scharf darauf, mich zu finden, dass ihr euch ständig gestritten habt. Ich hab mich richtiggehend geehrt gefühlt. Jake, Pandora, ihr glaubt gar nicht, wie viel Zuneigung ich euch entgegenbringe. Es ist fast …«

Sie fasste sich wieder ans Herz, diesmal mit einem kleinen Streicheln.

»… ein mütterliches Gefühl. Aber egal, ich habe einen Job zu erledigen. Ihr haltet mich für eine Verbrecherin, aber ihr habt keine Vorstellung von den Gefahren, die ihr heraufbeschwört, wenn ihr euch uns widersetzt. Wenn ich im Dienste unserer Mission Verbrechen begehen muss, dann ist das eben so.«

Hinter ihr schloss sich die Wand zu Samis Krankenzimmer und abermals glitt die Holzverkleidung des Kontrollraumes beiseite. Der braune Kläffer folgte der Schlangenfrau, als sie den Raum betrat.

»Also, ab heute ist Schluss mit Training«, sagte sie. »Jetzt wird es ernst. Bringt mir die Smaragdtafel oder euer Freund stirbt.«

Noch während sie sprach, schob sich die Holzvertäfelung wieder an ihren Platz und wir waren allein.

10

Einer der Söldner fuhr uns nach Yorkshire zurück. Während der ganzen Fahrt sprach er kein einziges Wort und Pan und ich redeten auch kaum. Wir wussten nicht, was wir sagen sollten. Okay, es hätte schlimmer kommen können. Immerhin hatten wir erhalten, was wir wollten: einen Hinweis auf die nächste Smaragdtafel. Aber wir standen in Diensten der Schlangenfrau. Und wenn wir sie enttäuschten, war Sami tot.

Mum und Dad warteten am Küchentisch auf uns. Sie flippten aus, als sie uns sahen, und als wir ihnen erzählten, was passiert war, flippten sie noch mehr aus. Dad schrie herum, Türen wurden geknallt und Mum verfiel in ihren Schweige-Modus. Sie saß da, starrte aus dem Fenster und nestelte an dem ägyptischen Amulett herum, das sie um den Hals trug – ein sicheres Zeichen, dass sie kurz vor der Explosion stand.

Am nächsten Tag saßen wir im Flugzeug nach Honduras. Wir waren also tatsächlich wieder auf Schatzjagd, nur dass ich wünschte, wir wären es nicht. Mir ging Sami einfach nicht aus dem Kopf, wie er in diesem Bett lag, die Augen vorgequollen, die Hände verkrampft ... Er hatte uns so oft ermahnt, vorsichtig zu sein und kein Risiko einzugehen, doch ich hatte nicht auf ihn gehört. *Ich* hatte ihm das angetan. Sami, meinem Freund.

Niemand machte mir Vorwürfe, doch alle wussten, dass es meine Schuld war. Ich hatte auf meine Eltern geschossen, war der Schlangenfrau hinterhergejagt und in ihr Haus eingebrochen. Mum hatte recht: Ich war leichtsinnig, waghalsig, draufgängerisch. Und ich würde vielleicht einen unserer besten Freunde auf dem Gewissen haben.

Aber noch konnten wir ihn retten.

Und wir *würden* ihn retten.

Während des ganzen Fluges redeten wir kein Wort miteinander. Mum schlief und Pan informierte sich über die Azteken. Ich sah einen Indiana-Jones-Film, um mich von den Gedanken an Sami abzulenken. Dad schaute auch ein bisschen mit, aber der Film schien ihn nicht sonderlich zu beeindrucken.

»In Ägypten wird man die Bundeslade wohl kaum finden«, murmelte er.

Er schien sich etwas beruhigt zu haben, deshalb versuchte ich es mit ein bisschen Small Talk.

»Warst du schon mal in Honduras?«, fragte ich.

Dad sah mich an. Ich merkte, dass er am liebsten das Thema gewechselt hätte, aber dann sah er wohl selbst ein, dass es unsinnig wäre, noch weitere Geheimnisse voreinander zu haben.

»Nein«, sagte er. »Nie. Es war immer zu unsicher.«

»Zu unsicher?«

»Honduras hat die höchste Mordrate weltweit. Dort

herrscht fast Gesetzlosigkeit. Das Gebiet, in das unsere Expedition führt, befindet sich im Osten des Landes. Es nennt sich Moskito-Küste. Es ist einer der wildesten, unerschlossensten Landstriche der Erde.«

»Und das Team der Schlangenfrau hat genau dort nach dem Grab von Quetzalcoatl gesucht?«

»Ja, irgendwo dort.«

»Aber Menschen verschwinden doch nicht einfach so. Jedenfalls nicht im echten Leben.«

Dad dachte einen Moment darüber nach. Dann rückte er ein Stück näher. Er sah aus, als hätte er wieder etwas Feuer gefangen.

»Urwälder sind anders als alle Orte, an denen du je warst, Jake«, sagte er. »Dort kann man sehr wohl einfach verschwinden. Das passiert sogar ziemlich oft. Du bist nie weiter als fünf Meter von etwas entfernt, das dich umbringen kann. Wilde Tiere. Giftige Insekten. Und die Moskito-Küste ist obendrein einer der gefährlichsten Urwälder. Schmuggler und Banditen nutzen das Gebiet, um von Süd- nach Nordamerika zu gelangen. Massenhaft Entführer und illegale Holzfäller treiben sich dort herum. Eine ständige Gefahr sind auch Dehydrierung, Erschöpfung oder irgendwelche Krankheiten. Wenn du dort stirbst, ist es äußerst unwahrscheinlich, dass du je gefunden wirst. Urwälder sind feucht und heiß, der Verwesungsprozess läuft wie in Zeitraffer ab, unterstützt von unzähligen Kreaturen, die sich auf dein Fleisch stürzen. In manchen Fällen kann man sogar sagen, dass man tot besser dran ist als lebendig. Erleidest du an einem solch abgelegenen Ort eine ernsthafte Verletzung, gibt es wenig Hilfe. Nekrose kann sich in den Wunden festsetzen und dann verrottest du bei lebendigem Leib. Klar, dass du dann eine leichte Beute für Raubtiere bist. Du kannst dann nur noch mit Grauen verfolgen, wie sie dich näher und näher umkreisen und auf den Moment warten, um …«

»John?«

Dad blickte auf. Mum funkelte ihn quer über den Gang an. »Ich glaube, Jake hat genug gehört.«

»Na schön«, sagte Dad. »Dann mach ich mal ein Nickerchen.«

Bei mir war jetzt natürlich nicht mehr an Schlaf zu denken. Und so kam es, dass ich, als wir Honduras endlich erreichten, alle vier Indiana-Jones-Filme gesehen und kein Auge zugetan hatte.

Wir landeten in San Pedro Sula. Ich würde euch gerne etwas über die Stadt erzählen, aber mehr als den Flughafen bekam ich nicht zu sehen. Ich wusste schon vorher, dass es heiß sein würde. Nicht trockenheiß wie in der Wüste, sondern feuchtheiß wie nach dem Duschen im Bad. Selbst der kurze Weg vom Flugzeug ins Flughafengebäude, mitten in der Nacht, reichte, um mein T-Shirt an meinem Rücken festzukleben. Die Luft roch nach feuchter Wäsche.

Erst als wir in der Schlange zur Einreisekontrolle warteten, fiel mir wieder ein, dass wir ja gesuchte Kriminelle waren. Dad hatte das offensichtlich nicht vergessen: Immer und immer wieder checkte er die falschen Pässe, die uns die Schlangenfrau ausgehändigt hatte.

»Denkt dran«, flüsterte er, »wir sind Familie Brown. Nicht Turner. Wir heißen *nicht* Turner.«

»Dann hör endlich auf, von den Turners zu sprechen«, zischte Pan.

»Wir sind eine ganz normale, glückliche Familie auf Ferienreise«, schärfte uns Mum ein.

»Ins gefährlichste Land der Welt«, fügte ich hinzu.

Dad murmelte, dass wir auf jeden Fall »zusammenbleiben« und »auf alles gefasst sein« sollten, und Mum knetete die ganze Zeit an ihrem Amulett herum. Ich versuchte, das Thema zu wechseln, um sie etwas zu entspannen.

»Du hast etwas über das Grab gelesen, das wir besuchen werden, oder, Pan? Dieses Quezakillall?«

»Quetzalcoatl«, sagte Pan.

»Ja, okay«, knurrte ich. »Und? Was sind die fünf Top-Fakten?«

»Geschichte ist keine Top-Fünf-Fakten-Liste, Jake.«

»Okay, dann eben die drei wichtigsten Fakten.«

Pan versuchte, genervt auszusehen, aber natürlich konnte sie nicht widerstehen. Mum rückte ebenfalls näher, obwohl sie so tat, als würde sie nicht zuhören.

»Quetzalcoatl war eine der Hauptgottheiten der Azteken«, begann Pan.

Ist euch schon mal aufgefallen, dass schlaue Leute immer ›Gottheiten‹ statt ›Götter‹ sagen?

»Er hat die Azteken-Hochkultur begründet«, fuhr Pan fort. »Er hat den Leuten gezeigt, wie sie Siedlungen bauen, schreiben und Feldfrüchte anpflanzen sollen.«

»Hatte ja viel zu tun, der Typ«, murmelte ich. »Und sonst?«

»Es gab einen Pyramidentempel in der aztekischen Hauptstadt, der ihm geweiht war und wo Menschenopfer gebracht wurden.«

Die Warteschlange schob sich vorwärts, aber ich blieb wie angewurzelt stehen.

»*Was* für Opfer?«

»Menschliche«, wiederholte Pan, ohne eine Miene zu verziehen. »Die Azteken haben Menschen geopfert, um ihre Götter gnädig zu stimmen.«

»Aber … wie?«

»Auf verschiedene Weise«, erklärte Dad. »Aber hauptsächlich durch rituelle Kardiektomie.«

»Du weißt genau, dass ich nicht weiß, was das bedeutet!«, schimpfte ich.

»Sie haben dem Opfer bei lebendigem Leib das Herz rausgeschnitten.«

Mir war plötzlich kotzübel. »Bei lebendigem Leib? Aber warum?«

»Wegen des Blutes«, erklärte Dad. »Wenn man noch lebt, blutet man mehr. Und die Azteken wollten, dass ihre Opfer stark bluteten. Sie brauchten fontänenweise Blut …«

»John!«, schnappte Mum. »Das reicht an Informationen.«

»Die Azteken glaubten, das Blut würde ihre Gottheiten ernähren«, sagte Pan. »Sie fürchteten Erdbeben oder sogar den Weltuntergang, wenn die Götter nicht genügend Blut bekämen.«

»Die klingen ja wie Monster aus einem Horrorfilm!«

»Nein, Jake«, sagte Mum. »Mach nicht den Fehler zu glauben, alte Kulturen wären primitiv. Das waren hochzivilisierte Menschen mit einem tief verwurzelten Glauben. Die Azteken haben außergewöhnliche Bauwerke und wunderschöne Kunstobjekte erschaffen.«

»Eigentlich waren die Spanier die Wilden«, fuhr Pan fort. »Die kamen einfach hierher und töteten alles, was ihnen vor die Flinte kam.«

»Das stimmt nun auch nicht ganz, Pandora. Es steht uns einfach nicht zu, über die Menschen vergangener Zeiten zu urteilen.«

»Aber es steht uns zu, ihre Schätze zu stehlen«, bemerkte ich.

So eklig die Geschichten über Menschenopfer waren – sie hatten den Vorteil, dass sie uns ablenkten. Deshalb sorgten wir uns auch nur noch halb so sehr über unsere gefälschten Pässe, als wir schließlich vor den Grenzbeamten standen. Die Frau hinterm Schalter nahm die Pässe entgegen und beäugte uns neugierig.

»Sie sind auf Urlaubsreise?«, fragte sie.

»Ja, Ma'am«, antwortete Dad.

»Honduras ist ja eher ein ungewöhnliches Reiseziel für Familien.«

»Ja, Ma'am.«

Die Frau guckte Dad an wie den letzten Volltrottel und stempelte unsere Pässe ab.

Wir marschierten auf direktem Weg zum Mietwagenschalter im Untergeschoss des Flughafengebäudes, wo es Gott sei Dank etwas kühler war. Pan und ich lehnten uns erschöpft gegen eine Säule, während Mum und Dad einen Wagen aussuchten. Ich hatte meine Schwester selten so müde erlebt. Sie sah aus wie ein Zombie, mit roten Augen und kreidebleichem Gesicht. Aber es war garantiert nicht nur die Erschöpfung vom Flug – seit wir das Haus der Schlangenfrau verlassen hatten, sah sie irgendwie krank aus. Ich fragte mich, ob ihr dasselbe Bild im Nacken saß wie mir – Sami, der sich vor Schmerzen in seinem Bett krümmte – und ob sie das schlechte Gewissen ebenso plagte. Ich hätte ihr gerne ge-

103

sagt, dass es nicht ihre Schuld war. Aber zu meiner Schande muss ich gestehen, dass mich der Gedanke ein bisschen erleichterte, Pan könnte ebenfalls ein schlechtes Gewissen haben. Dadurch kam es mir vor, als wäre ich nicht der einzig Schuldige in der Familie.

Der Mietwagen war eine einzige Enttäuschung, denn eigentlich hatte ich einen Jeep oder einen Dschungel-Buggy erwartet.

»Eine Großraumlimousine?«, fragte ich entgeistert.

»Das ist am sichersten«, sagte Mum.

»Aber wir müssen ein verschollenes Grab finden«, wandte Pan ein. »Und zwar am gefährlichsten Ort der Welt. Da macht ein bisschen mehr oder weniger ›sicher‹ doch garantiert keinen Unterschied, oder?«

Mum fingerte an ihrem Amulett herum. »Oh doch, das tut es. Bis Trujillo fahren wir auf ganz normalen Straßen, immer die Moskito-Küste entlang. In Trujillo treffen wir dann die Kontaktperson der Schlangenfrau.«

So uncool das Auto aussah, so bequem war es, das musste ich zugeben. Pan und ich hatten jeweils zwei Sitze, auf denen wir uns breitmachen konnten, während Mum und Dad sich mit dem Fahren abwechselten. Ich hätte gern aus dem Fenster geschaut und alle neuen Eindrücke aufgesogen, aber ich konnte meine Augen beim besten Willen nicht aufhalten. Ich erinnere mich nebelhaft an zwei, drei Verkehrsszenen, an Autogehupe, Straßenarbeiten, Streit zwischen Mum und Dad, an auseinandergefaltete und wütend zusammengeknüllte Straßenkarten. Irgendwann zwischendurch blickte ich auf und sah ein schwarzes Motorrad dicht hinter uns.

104

Ich wachte auf, als wir an einer Tankstelle hielten, und rannte zum Klo neben dem Tankhäuschen. Es war nicht mehr als ein Loch im Boden, bis oben hin vollgekackt und von Fliegen umschwirrt, aber zum Ekeln war ich zu müde. Als ich fertig war, schlurfte ich zurück zum Auto, um weiterzuschlafen.

Doch ich stockte.

Da war das Motorrad wieder!

Selbst in meinem Dämmerzustand hätte ich schwören können, dass es dasselbe war. Es stand auf dem Grasstreifen, der Fahrer war nicht zu sehen. Wollte er auch tanken? Oder verfolgte er uns?

Um ehrlich zu sein: In dem Moment war ich zu müde, um mir darüber den Kopf zu zerbrechen. Warum auch? Was machte es schon, wenn uns die Schlangenfrau verfolgen ließ? Schließlich waren wir in ihrem Auftrag hier. Wir gehorchten ihren Anweisungen, und wer immer uns hinterherschnüffelte, konnte ihr das gerne berichten.

Später sollte ich natürlich bitter bereuen, das Motorrad Mum und Dad gegenüber nicht erwähnt zu haben. Vielleicht hätten sie es sich näher angeschaut – oder wären zumindest wachsamer gewesen. Vielleicht hätten wir dann etwas früher kapiert, was hier wirklich abging, direkt vor unserer Nase. Und nicht erst, als es zu spät war …

11

Als ich aufwachte, brannte mir der Schweiß in den Augen und irgendetwas versuchte, sich in meinen Schädel zu bohren. Verwirrt blickte ich mich um. Pan lag zusammengerollt auf der Rückbank und Dad schlief ebenfalls. Er schnarchte so laut, dass ich zuerst dachte, das Geräusch wäre die Ursache für meine Kopfschmerzen.

Ich schob die Seitentür auf, stolperte nach draußen und rieb mir den Schlaf aus den Augen. Es war bewölkt. So stark bewölkt, dass nicht das kleinste bisschen Sonne zu sehen war. Wie zum Teufel konnte es dann so heiß sein? So ekelhaft klebrig heiß? Und wieso schmeckte die Nasse-Wäsche-Luft auf meiner Zunge wie Schimmel?

Mum stand vor dem Auto und starrte einen Hügel hinab. Sie drehte sich zu mir und warf mir eine Flasche Wasser zu.

»Austrinken«, befahl sie. »Dehydrierung ist die Todesursache Nummer eins im Dschungel.«

»Im Dschungel?«, murmelte ich.

Ich schlurfte zu ihr – und zwei Sekunden später war ich hellwach.

Dschungel.

Ich blickte auf eine armselig wirkende Siedlung, die zwischen einer riesigen grünen und einer noch größeren blauen Fläche eingeklemmt war – den urwaldbedeckten Hügeln, die weiter hinten zu Bergen wurden, und dem Ozean. Die grüne Fläche sah wie der reinste Bilderbuchdschungel aus: Es war ein dichtes Gewirr von herabhängenden Lianen, stacheligen Palmen und brokkoliartigen Bäumen. Eine dünne Nebelschicht umhüllte die Berghänge. Affen schwangen sich von Ast zu Ast, bunte exotische Vögel schossen umher und riesige Schlangen wanden sich um Baumstämme.

Okay, die Tiere sah ich natürlich nicht, aber sie waren definitiv da, das wusste ich.

»Wo sind wir hier?«, fragte ich.

»Am Ende der Straße«, sagte Mum. »In Trujillo.«

Tatsächlich endete die Straße in dem Ort. Die dichte Urwaldvegetation wucherte die Hänge hinab und bis in die staubigen Straßen hinein. Es sah aus, als schöben sich dicke grüne Finger zwischen die Reihen der kartonartigen Häuser mit ihren rostigen Wellblechdächern. Erst später sah ich auf einer Karte, dass man den Ort »Trujillo« schrieb, was mich total wunderte, denn Mum sprach ihn »Truxillo« aus, mit »x«, was irgendwie cooler klang.

»Wo treffen wir den Kerl der Schlangenfrau?«, fragte ich.

»Die *Kontaktperson*«, korrigierte mich Mum. »Im Strandcafé.«

Aber weder sie noch ich sahen zum Strand, wir konnten den Blick einfach nicht vom satten Grün des Urwalds ab-

wenden. Der Dschungel wirkte so dicht, so undurchdringlich. Wie sollten wir darin ein verschollenes Grab finden?
Das Alpha-Team hatte sechs Wochen gesucht, bevor es verschwunden war. Und die beiden hatten zur absoluten Schatz-
jäger-Elite gehört.

»Glaubst du wirklich, dass wir das schaffen?«, fragte ich.

Ich brauchte ein bisschen Zuversicht. Ich wollte, dass
Mum eine Karte herausholte, sie kurz studierte und mir dann
sagte, dass das alles halb so wild war. Aber das tat sie nicht.
Sie sah mich an – und ich wusste, was sie dachte: Ist Jake
wirklich der Richtige für diese Mission?

Dann seufzte sie. »Ich weiß es nicht, Jake. Aber wir müssen es versuchen.«

Ich hatte Mum noch nie so angespannt erlebt. Deshalb
beschloss ich, ihr nichts von dem Motorrad zu erzählen, das
ich gesehen hatte. Ich fürchtete, dass sie uns beim kleinsten
Gefahrenhinweis sofort ins Auto stopfen und zum Flughafen
zurückrasen würde. Und überhaupt: Das Motorrad war weit
und breit nicht zu sehen. Vielleicht hatte ich es mir ja wirklich nur eingebildet.

Wir warteten, bis Dad und Pan aufwachten, und liefen
dann gemeinsam in den Ort hinunter. Trujillo war ein stau-
biges, verwahrlostes Nest mit kreuz und quer herumhängen-
den Stromleitungen und engen, zugemüllten Gassen. Die
Häuser sahen nicht besser aus. Betonblöcke mit verrostetem
Wellblech, hässlich und eng stehend. Es war nicht leicht,
durch dieses verschachtelte Labyrinth zum Strand zu gelangen. Viele Bewohner saßen vor ihren Behausungen und ver-
kauften irgendwelches Zeug. Eine alte Frau hatte einen
Schwung DVDs auf dem Gehweg ausgebreitet, und ein noch

älterer Mann verkaufte Wassermelonen von der Pritsche seines Pick-ups. Keine Ahnung, wer sich für die Sachen interessieren sollte, wir waren die einzigen Touristen weit und breit.

»Haltet die Augen auf«, warnte uns Mum. »Und Jake: Bleib ruhig.«

»Wieso ich?«

»Wow, guckt euch den Strand an!«, rief Pan.

Wir traten von der asphaltierten Straße in schneeweißen Sand. Hängematten hingen zwischen Palmen, in deren Schatten räudige Hunde schliefen. Das Meer war so kristallklar, dass es aussah wie eine Glasscheibe. Wie gerne wäre ich da jetzt hineingesprungen, einfach nur, um dieser klebrigen Hitze zu entkommen. Aber wir waren ja nicht zum Spaß hier, sondern auf einer Mission. Wenn Sami gerettet war, konnte ich immer noch baden.

Das Café, wo wir den Kontaktmann treffen sollten, war eine mit Palmwedeln gedeckte Hütte. Eine Leuchtreklame gab die Bude als »Pedro's Place« aus, was allerdings nicht leicht zu entziffern war, denn die Hälfte der Buchstaben war kaputt. Ein verbeulter Coca-Cola-Kühlschrank brummte lautstark. Hinter der Bar stand ein Greis und beobachtete uns. Trotz der Affenhitze trug er einen Rollkragenpulli. Er nuckelte an einem Fruchtshake, in dem gleich mehrere Strohhalme und ein Papierschirmchen steckten.

»Sind Sie unsere Kontaktperson?«, fragte Dad.

Der Typ nickte und schlürfte weiter.

»Wir sind Familie Turner.«

Nicken und noch mehr Schlürfen.

»Ich glaube nicht, dass das unser Mann ist«, murmelte Pan.

109

Mit zitternder Hand tastete der Typ unter dem Tresen herum. Instinktiv schob sich Mum vor mich und Pan, um uns vor der Waffe zu schützen, die er vielleicht hervorzog. Doch was er uns schließlich reichte, waren vier Speisekarten.

»Bestellt, worauf ihr Lust habt«, ermunterte uns Dad. »Die Schlangenfrau zahlt.«

»Aber keine kohlensäurehaltigen Getränke«, sagte Mum.

Dad bestellte in fließendem Spanisch. Ich hatte keine Ahnung, dass er Spanisch sprach, aber ich sagte nichts – ich hatte mich daran gewöhnt, ständig neue Seiten an meinen Eltern zu entdecken.

Mum hatte irgendetwas Fischiges bestellt, Dad einen kompletten Krebs, Pan ein vegetarisches Omelett und ich einen dreifachen Cheeseburger. Aber was der Alte uns am Ende brachte, waren Käsesandwiches für alle. Eine Riesenenttäuschung, aber Mum sagte, wir sollten die Klappe halten und einfach essen.

»Ist das hier auch ganz sicher der richtige Ort?«, fragte ich.

»Ja.«

»Vielleicht gibt es noch ein anderes Strandcafé?«

»Das ist der richtige Ort, Jake.«

Ich wusste nicht, wieso sie sich da so sicher waren. Es fühlte sich jedenfalls an, als würden sie mich mal wieder außen vor lassen. Schmollend zupfte ich die Salatblätter aus meinem Sandwich.

»Was glaubt ihr, wann wird der Kontaktmann eintreffen?«

»Meiner Erfahrung nach kommen Kontaktpersonen nie zu spät«, antwortete Dad.

Ich blickte auf. »Du meinst, wir werden beobachtet?«

»Benehmt euch einfach ganz normal«, sagte Mum.

»Also sollen wir streiten?«, fragte Pan.

»Nein, Pandora, ihr sollt euch *ganz normal* benehmen.«

»Sag ich doch. Streiten ist unser Normalzustand. Wenn dieser Kontakttyp über uns informiert ist, dann weiß er, dass wir uns andauernd zoffen. Wenn wir's nicht tun, wird er am Ende noch misstrauisch.«

»Pandora hat recht, Jane«, sagte Dad. »Vielleicht sollten wir uns ein bisschen streiten.«

»Worüber denn?«

»Egal, denk dir was aus. Wir könnten darüber diskutieren, ob die Azteken eine vornehmlich landwirtschaftlich oder kriegerisch orientierte Gesellschaft waren.«

»Das steht doch gar nicht mehr zur Debatte, John«, widersprach Mum. »Da ist man sich längst einig.«

»Nee, das ist nicht fair!«, meckerte ich. »In dem Thema kennt ihr drei euch aus und ich kann nicht mitreden. Ich will mich lieber darüber streiten, welches der beste Indiana-Jones-Film ist.«

»Wir streiten uns über *gar nichts*«, schnauzte Mum.

»Aber das tun wir doch schon«, sagte Pan.

»Spitzenleistung, Leute«, bemerkte ich.

Wir verfielen wieder in Schweigen, was auch okay war. Wenn wir gerade nicht stritten, schwiegen wir.

Unterm Tisch begann mein Knie auf und ab zu hüpfen. Wir saßen tatenlos hier rum, während Sami Höllenqualen litt. Ich sah ihn vor mir, wie er sich in seinem Krankenbett vor Schmerzen krümmte …

Der alte Mann kam, um unsere Teller abzuräumen. Er grinste. Doch als er sich umdrehte und wieder abzog, be-

111

merkte ich etwas Seltsames. Schmierölflecken. Hinten auf seiner Jeans. Flecken, wie man sie sich zum Beispiel beim Motorradfahren holt. Außerdem zitterten seine Hände nicht mehr. Und überhaupt: Wieso trug der Typ bei dieser Hitze einen Rollkragen? Nein, irgendetwas stimmte hier nicht.

»Will jemand Nachtisch?«, fragte Dad. »Es gibt eine raffinierte ...«

Wir sollten nie herausfinden, was Dad Raffiniertes entdeckt hatte, denn in dem Moment sprang ich auf den Tisch und von dort aus dem Mann auf den Rücken. Als die Teller zu Boden krachten, hatte ich den Typen schon mit meinen Knien in den Sand gedrückt.

»Jake!«, brüllte Mum.

»Du hattest recht, Mum«, sagte ich. »Wir wurden tatsächlich beobachtet, und zwar aus größerer Nähe, als ihr dachtet. Der Typ ist tatsächlich unsere Kontaktperson. Aber ein alter Mann ist er nicht. Er trägt eine Maske.«

Ich fasste in den Rollkragen des Kerls, tastete nach dem Rand der Maske ... und erstarrte. Panik stieg in mir auf. Da war keine Maske!

»Ich ... ähm ... ich glaube, das war keine so gute Idee ...«

Mum wollte schon wieder losschreien, als eine andere Stimme quer über den Strand brüllte. In all der Aufregung hatten wir nicht bemerkt, dass sich ein Pick-up genähert hatte. Der Typ, der aus dem Wagen gestürmt kam, trug einen Stetson-Hut und lange Lederstiefel und sah auch sonst aus wie ein Cowboy.

»Was machst du da mit meinem Großvater?«, brüllte er und rannte mit geballten Fäusten auf mich zu.

Ich schätze, er hätte mich windelweich geprügelt, hätte

112

Mum ihn nicht am Arm gepackt und zu Boden geworfen, wo sie ihn neben seinen Großvater in den Sand drückte.

»Wer sind Sie?«, fragte sie.

»Ich bin Pedro«, keuchte er. »Ihr Kontaktmann.« Und an mich gewandt: »Wieso kniest du immer noch auf meinem Opa?«

Ich kletterte von dem alten Mann herunter und half ihm auf die Füße. Der Greis nahm das Ganze ziemlich gelassen, grinsend und nickend, als wäre das alles Teil des Jobs.

Mum half Pedro hoch und Dad reichte ihm seinen Hut.

»Sie kommen spät«, stellte Mum fest.

»Ich habe Medikamente für meinen Großvater geholt. Ich konnte ja nicht ahnen, dass Sie über ihn herfallen.«

»Das hätten wir auch nicht gemusst, wenn Sie pünktlich gewesen wären«, bemerkte Pan.

»Das hättet ihr überhaupt nicht gemusst«, beharrte Pedro.

»Können wir jetzt mal zur Sache kommen«, sagte Mum. »Sie sollen uns für die Expedition ausstatten.«

Der Mann – Pedro – geleitete seinen Großvater zu einem Stuhl und brachte ihm einen frischen Fruchtshake. Dabei behielt er meine Eltern unentwegt im Blick, als würde ihre Gegenwart ihn beunruhigen.

Als er zu uns zurückkam, dachte ich schon, er würde uns wieder anschreien – aber dann verzog sich sein Gesicht zu einem breiten Lächeln, das eine Zahnreihe entblößte, die fast noch weißer war als der Sand.

»Sie sind also wirklich Jane und John Turner? Das ist ja … wirklich unglaublich!«

»Unglaublich?«, fragte Mum.

»Sie sind lebende Legenden! Ich habe in den letzten Jahren mit bestimmt hundert Schatzjägern zusammengearbeitet, und alle haben sie mir Geschichten über Sie beide erzählt. Stimmt es, dass Sie den Schatz des Piraten Blackbeard gefunden haben?«

»Ich würde auf solche Geschichten nichts geben«, sagte Mum.

»Aber stimmt es?«, bohrte er nach.

»Piraten interessieren uns nicht. Wir sind hier, um …«

»Stimmt es denn?« Er ließ einfach nicht locker.

»Das ist jetzt nicht das Thema …«

»Ist das wahr?«, wollte jetzt auch Pan wissen.

»Ja, ist es«, sagte Mum knapp.

Pedro riss sich den Hut vom Kopf und knallte ihn auf seinen Schenkel. »Ich wusste es!«

Er brach in schallendes Gelächter aus und klatschte mich ab – was ich reflexhaft erwiderte. Ich mochte den Typen, obwohl meine Eltern nicht ganz so begeistert aussahen.

»Das Alpha-Team«, sagte Dad. »Waren Sie auch deren Kontaktmann?«

Pedros Lächeln erlosch. »Ich habe ihnen die Ausrüstung beschafft und sie in den Dschungel geflogen. Wegen des Rücktransports sollten sie sich bei mir melden, aber ich habe nie wieder etwas von ihnen gehört.«

»Was, glauben Sie, ist passiert?«

»Raten Sie mal. Banditen, Fallen, Schlangen, Erschöpfung. Menschen verschwinden im Dschungel, einfach so. Zwar waren die beiden absolute Topjäger, die besten, die ich je gesehen habe, aber …« Er hob ein bisschen Sand auf und blies ihn sich von der Handfläche. »… genützt hat es ihnen nichts. Sie sind trotzdem verschwunden.«

Mum und Dad wechselten einen Blick. Ich konnte ihn schwer deuten, dabei hatte ich Monate damit verbracht, ihre »Blicke« zu entschlüsseln. Aber Mum wirkte verängstigt. Nicht gestresst oder verärgert, nein, richtig verängstigt.

»Und? Haben Sie jetzt Ausrüstung für uns oder nicht?«, fragte Pan.

Wir folgten Pedro zu dem Coca-Cola-Kühlschrank hinter dem Tresen. Als er sich zu uns umdrehte, versuchte er vergeblich, ein Grinsen zu unterdrücken.

»Soll ich Ihnen ein Geheimnis verraten?«, fragte er.

»Der Kühlschrank ist kein Kühlschrank«, vermutete Mum. »Er ist der Eingang zu einer Geheimkammer, in der Sie Ihre Schatzjägerausrüstung aufbewahren.«

»Wir haben so ein Ding schon mal gesehen«, erklärte Dad.

Ah, *deshalb* also hatten sie gewusst, dass wir am richtigen Ort waren.

Pedro murmelte etwas auf Spanisch, dann öffnete er den Kühlschrank und nahm eine Colaflasche heraus, worauf der komplette Kühlschrank beiseiteglitt und den Eingang zu einem Raum freigab.

»Standardausführung«, sagte er, als hätten Pan und ich das alles auch schon öfter gesehen.

Wir folgten ihm in den Raum, der mit seinen Metallwänden aussah wie das Innere eines Schiffscontainers. Er erinnerte mich an Samis und Kits Hauptquartier im Kairoer Basar: Dort hatten ähnliche Glasvitrinen mit montierten Waffen gestanden. Auch der Holosphären-Tisch ähnelte dem in Kairo. Es musste irgendeine Art von Kühlsystem geben, denn es fühlte sich tatsächlich so an, als wären wir in einen Kühlschrank spaziert.

»Also, was brauchen Sie?«, fragte Pedro.

Jetzt übernahmen Mum und Dad. Sie bellten Pedro ihre Bestellungen zu und suchten sich auch selbstständig Zeug für die Mission zusammen. Ehrlich gesagt, fand ich ihren Ton ziemlich ruppig, denn letztlich wollte Pedro uns doch nur helfen.

»Eine Enterhaken-Pistole und Bungee-Seile«, orderte Dad.

»Karabiner und Sicherungsseile«, ergänzte Mum.

»Wie sieht's mit GPS-Trackern aus?« Wie ein übereifriger Autoverkäufer flitzte Pedro zu einem Regal und hielt ein smartphoneähnliches Teil hoch.

»Ein Quadliteration-Satelliten-Tracker«, trumpfte er auf. »Sehr viel genauer als ein normales GPS. Wenn Sie eine bestimmte Ameise im Dschungel suchen – damit finden Sie sie.«

Mum schnappte sich das Teil. »Ameisen suchen wir nicht. Die Frage ist: Führt uns das Ding zum Tracking-Signal des Alpha-Teams?«

»Natürlich.«

»Dann nehmen wir es.«

»Eine Drohne, die wir über den Baumkronen schweben lassen könnten, wäre auch sinnvoll.«

»Das Alpha-Team hat unsere einzige Drohne mitgenommen«, sagte Pedro entschuldigend. »Vielleicht finden Sie sie in deren Camp.«

Ich stöberte durch die kakifarbenen Hemden und Hosen, die an einer Kleiderstange hingen. Sie fühlten sich ultraleicht an, fast wie die Wüstenanzüge, mit denen Sami uns in Ägypten ausgestattet hatte.

»Ist das spezielle Dschungel-Kleidung?«, fragte ich.

Wie der Blitz sauste Pedro zu mir. »Ja, aber nicht einfach normale Outdoor-Kleidung. Die Sachen bestehen aus Bio-Steel-Gewebe mit ultrastabilen Graphen-Fäden und sind darüber hinaus mit kühlendem Kristallpolymer beschichtet. Darin überlebt man den Biss eines Krokodils.«

»Nicht, wenn es einen in den Kopf beißt«, murmelte Dad. »Ich hab mal ein Krokodilopfer gesehen, dessen Kopf aussah wie eine geplatzte Wassermelone.«

»John!«, schimpfte Mum, während sie einen Dschungel-anzug von der Stange nahm und den Stoff befühlte. »Haben Sie die erfunden?«

»Ich?«, fragte Pedro. »Nein. Ich verleihe sie nur. Die hat Ihr Freund erfunden, Dr. Sami.«

Wir alle fuhren herum.

»Wie bitte?«, fragte Pan.

Pedro setzte seinen Cowboyhut ab und drückte ihn sich an die Brust, wie ein Trauergast bei einer Beerdigung. »Ich … ich glaube, Ihre Auftraggeber haben das Patent geknackt und ihm die Technologie geklaut. Sie haben ihm so einiges gestohlen, schätze ich.«

»Sie sind nicht unsere Auftraggeber«, stellte Pan klar. »Wir sind hier, um Sami zu retten.«

»Und ich hoffe, dass euch das gelingt«, erwiderte Pedro.

»Haben Sie Smartbrillen?«, wechselte Mum das Thema.

»Natürlich«, sagte Pedro.

»Und Ausrüstungsgürtel?«

Pedro holte einen Gürtel aus einem der Schränke. Er sah denen, die Sami für uns angefertigt hatte, täuschend ähn-lich: das gleiche superleichte Titan-Material, die gleichen

Haken, Laschen und Ösen zum Befestigen des Equipments.

»Er enthält die Standardausrüstung«, erklärte er. »Smartbrille, Signalpistole, Ultraschall-Sprengvorrichtung und einen Micro-Laser-Steinschneider. Darüber hinaus ist er aber auf Dschungelbedürfnisse zugeschnitten. Sehen Sie den Knopf an der Klammer hier? Den drücken Sie dreimal, wenn Sie sich schnell vor irgendetwas schützen müssen. Der Gürtel sendet dann Ultraschallwellen aus. In jede Richtung. *Sehr viele* Ultraschallwellen.«

»Und was machen die?«, fragte ich.

»Die schaffen ein Kraftfeld«, erklärte Dad.

»Stark genug, um den Gürtelträger vor fast allem zu schützen«, fügte Mum hinzu. Sie klang beeindruckt, was bei ihr etwas heißen wollte.

»Aber das Ultraschalldingens funktioniert nur ein einziges Mal«, schärfte uns Pedro ein. »Und auch nur für eine Sekunde. Außerdem schließt es alle anderen Ausrüstungsgegenstände kurz, auch die Smartbrille. Und wenn ihr Pech habt, macht es euch bewusstlos. Also setzt es nicht leichtfertig ein, etwa wenn euch ein Mückenschwarm nervt oder so. Cooles Teil, oder?«

Keiner von uns antwortete, obwohl das Teil natürlich wirklich supercool war und Pedro eine Riesenhilfe. Ich glaube, wir alle vier waren mit den Gedanken weniger beim Equipment als bei Sami. Eigentlich wäre es sein Job gewesen, uns für die Mission auszurüsten. Es fühlte sich wie Verrat an, die Ausrüstungsgürtel der Schlangenleute umzuschnallen.

»Na schön.« Mum versuchte sich zu sammeln. »Wir brauchen zwei Gürtel.«

Ihr Satz löste einen Alarm in meinem Inneren aus. Ich schoss Pan einen Blick zu, um zu sehen, ob es ihr auch aufgefallen war.

»Aber Jake und ich bekommen doch auch Gürtel, oder?«, fragte sie.

Mum und Dad wechselten einen Blick, der in einen weiteren ihrer stummen Ringkämpfe mündete. Normalerweise passierte das immer dann, wenn Mum Dad zum Schweigen bringen wollte. Diesmal war es umgekehrt, das spürte ich: Sie stritten sich darum, wer von ihnen das Wort ergreifen sollte.

»Wir begleiten euch doch, oder?«, fragte ich.

»Es tut mir leid«, sagte Mum schließlich. »Aber du und Pandora, ihr bleibt hier bei Pedro. Es ist nur für eine Woche, so lange, bis wir das Grab und die Smaragdtafel gefunden haben.«

»Was?«, brauste Pan auf. »Das ist ja wohl nicht euer Ernst!«

»Darüber diskutieren wir nicht, Pan. Es ist viel zu gefährlich.«

»In Ägypten war es auch gefährlich, schon vergessen?«

»Aber nicht so. Das hier ist ein anderes Kaliber.«

»Wir sollen also einfach eine Woche am Strand abhängen?«

»Ihr werdet es lieben. Es ist das reinste Paradies hier«, schwärmte Pedro. »Wir können Beach-Volleyball spielen oder schnorcheln. Obwohl, es gibt natürlich Tigerhaie …«

»Also kein Schnorcheln«, entschied Mum.

Sie stritten noch eine Weile, aber ich hörte nicht mehr zu. Ich wusste, dass Mum und Dad ihre Meinung nicht mehr ändern würden. Sie vertrauten mir nicht, daran lag es. Sie trauten es mir nicht zu. Und ich konnte nicht mal behaupten, dass sie falschlagen. Schließlich war es meine Schuld, dass Sami mit dem Tod rang. Aber genau deshalb würde ich nicht Beach-Volleyball spielen. Nicht, solange ich versuchen konnte, ihn zu retten.

Mein Blick fiel auf ein Betäubungsgewehr in einem der Waffenständer. Sollte ich …?

Nein! Ich konnte Mum und Dad wohl schlecht noch einmal ausknocken.

Oder doch?

Ich spürte, wie mein innerer Vulkan erwachte und die Lava zu brodeln begann. Ich musste dringend Luft schnappen. Runterkommen. Wenn ich wieder klar denken konnte, würde mir vielleicht einfallen, wie ich Mum und Dad davon überzeugen konnte, dass sie uns auf der Mission brauchten.

Ich ging zurück zum Strand, starrte in die bewaldeten Berge und sog gierig die feuchte, schwüle Luft ein. Verdammt, vielleicht würde ich dem Dschungel überhaupt nicht näher kommen als jetzt gerade.

In der Nähe parkte das schwarze Motorrad. Auf einem Mäuerchen vor dem Strand saß der Fahrer und beobachtete uns – schwarze Lederkluft, schwarzer Helm, Tasche über der Schulter.

»Ihr solltet eurer Mum und eurem Dad vertrauen.«

Ich fuhr herum. Pedro drückte seinen Hut an die Brust. Er sah verlegen aus.

»Sie sollten *uns* vertrauen!«, erwiderte ich.

»Aber bei dieser Mission geht es nicht um euch, oder? Es geht darum, euren Freund zu retten. Und überhaupt: Wir drei werden hier jede Menge Spaß haben. Es heißt, in einer der spanischen Küstenfestungen sei ein Schatz versteckt. Vielleicht eine gute Gelegenheit für dich und deine Schwester, doch noch ein bisschen Abenteuer zu erleben?«

Ich musste lächeln. Sein Versuch, mich aufzuheitern, rührte mich irgendwie. »Das bezweifle ich, Pedro. Viel Platz für Abenteuer wird's zwischen Ihnen und dem Motorradtypen, der uns die ganze Zeit beobachtet, wohl kaum geben.«

»Dem Motorradtypen?«

»Dem Kerl, der uns gefolgt ist. Ein Spion der Schlangenfrau.«

Pedro starrte mich verblüfft an. »Sie hat keine Spione. Ich bin ihr Kontaktmann vor Ort. Wen meinst du?«

Aber ich antwortete nicht. Ich war schon losgerannt. Die ganze Zeit über hatte ich den Motorradfahrer für einen Handlanger der Schlangenfrau gehalten, der uns im Auge behalten sollte. Deshalb hatte ich ihn für unbedenklich gehalten. Aber offenbar hatte er nichts mit der Organisation zu tun. Wer also war er? Und warum beobachtete er uns?

Der Motorradtyp sah mich kommen und rannte zu seiner Maschine zurück. Ich hörte, wie mich meine Eltern riefen, aber die Schreie gingen im Aufheulen des Motors unter. Noch im gleichen Moment riss der Fahrer das Motorrad herum und beschleunigte, dass der Sand nur so aufspritzte.

Aber noch hatte ich eine Chance. Um auf die Hauptstraße zu gelangen, musste der Typ sich durch die engen Gassen fädeln. Ich nicht. Wenn Trujillo ein Heckenlabyrinth war, konnte ich direkt durch die Hecken schlüpfen.

Also sprintete ich los. Ich befand mich in diesem Zustand, wo ich intuitiv wusste, was zu tun war. Ich stürmte durch die

Hintertür eines Hauses, hechtete durchs Wohnzimmer, rief einer alten Frau vor dem Fernseher eine Entschuldigung zu und verließ das Haus durch die Vordertür. Weiter ging's, die Straße entlang und ab durch eine weitere Hintertür. Diesmal drohte mir eine Frau mit dem Besen, als ich durch ihre Küche rannte, aber ich hielt mich auf den Beinen und kam heil vorne durch die Haustür. So ging es weiter: über Straßen hinweg, durch Häuser hindurch.

Irgendwann stand ich auf der Straße mit dem Wassermelonen-Pick-up. Erschöpft lehnte ich mich dagegen und schnappte nach Luft. Die wütenden Schreie aus den Häusern verfolgten mich. Auch das empörte Gebrüll von Mum und Dad, die mir hinterherliefen, war nicht zu überhören. Vor allem aber näherte sich mit lautem Geknatter das Motorrad.

Es kam auf mich zu, in vollem Tempo. Ich hatte es tatsächlich überholt – aber keinen Gedanken an einen weiteren Plan verschwendet. Also überließ ich mich wieder ganz meinen Reflexen. Ich lief zum Heck des Pick-ups und entriegelte die Ladefläche. Lawinenartig polterten die Melonen auf die Straße und blockierten sie.

Doch anstatt zu bremsen, gab der Biker Gas – offenbar wild entschlossen, die Barrikade zu durchbrechen. Aber es waren einfach zu viele Melonen. Er kam ins Schleudern, das Motorrad kippte und rutschte ein paar Meter über die Straße. Der Fahrer wurde abgeworfen, überschlug sich einmal und krachte gegen eine Hauswand. Oh Gott, hoffentlich hatte ich recht und er war tatsächlich ein mieses Schwein.

»Hey!«, keuchte ich.

Der Typ rappelte sich hoch, hielt sich die Seite und taumelte davon. Ich folgte ihm, doch ich war noch so außer Atem, dass ich vor dem Motorradwrack, neben dem die Tasche des Bikers lag, stehen blieb.

In dem Moment stürzten Mum und Dad aus dem Haus neben dem Pick-up, die Gesichter knallrot vor Anstrengung.

»Jake!«, brüllte Mum. »Was zum Teufel …?«

Da erspähte sie den Melonenhaufen, das geschrottete Motorrad und den flüchtenden Fahrer. Ich glaube, sie erfasste die Lage sofort, denn sie änderte die Richtung ihrer Attacke. »Wieso hast du ihn laufen lassen?«, blaffte sie mich an.

Ich antwortete nicht, sondern nestelte weiter an der Taschenschnalle herum. Als die sich endlich öffnete, flogen mehrere Zettel auf die Straße.

Nein, das waren keine Zettel, das waren Fotos. Ich hob eins auf … und dann noch eins und noch eins … Was ich sah, verschlug mir die Sprache.

Die Aufnahmen waren aus größerer Entfernung geschossen worden, aber von sehr guter Qualität: Unsere Familie war auf jedem einzelnen Bild gestochen scharf zu erkennen.

12

An der Bar von Pedros Café starrten Mum und Dad fast eine Stunde lang auf die Fotos. Die ganze Zeit fummelte Mum an ihrem Amulett herum, während Dad nach jedem Schluck Kaffee einen weiteren Löffel Zucker in die Tasse rührte. Normalerweise erlaubte Mum ihm nicht, seinen Kaffee zu süßen, doch jetzt fand sie offenbar, er bräuchte das.

Pan und ich saßen mit Pedro an einem Tisch am Strand und spielten Karten. Pedro hatte seinen Cowboyhut tief in die Augen gezogen und brauchte jedes Mal ewig, um die Karten in seiner Hand zu checken.

»In meinem Kasino wird nicht gemogelt«, erklärte er.

»Das hier ist kein Kasino, Pedro«, antwortete Pan.

»Außerdem spielen wir bloß Snap«, fügte ich hinzu.

»Traut niemandem, Kinder«, mahnte er. »Das ist die wichtigste Regel.«

»Die wichtigste Snap-Regel?«, fragte ich.

Ich mochte Pedro, aber ich hatte den Eindruck, dass er zu viel Zeit alleine mit seinem Großvater verbrachte.

Er blickte über die Schulter zu Mum und Dad. Die hatten schon wieder angefangen zu streiten. Ihre Stimmen waren laut, aber nicht laut genug, um zu verstehen, was sie sagten.

»Erzählt doch mal ein bisschen von euren Eltern«, sagte Pedro.

Pan spielte eine Karte aus – kein Snap. »Sie wissen wahrscheinlich mehr über sie als wir.«

»Mögt ihr euch nicht so?«

Ich schaute Pan an, gespannt, wie sie reagieren würde, und irgendwie war ich erleichtert, als sie nur mit den Achseln zuckte und nichts Negatives sagte.

Jetzt legte ich eine Karte auf den Tisch. Auch kein Snap. »Früher haben wir uns gehasst«, erklärte ich. »Aber das war, bevor wir wussten, womit unsere Eltern in der Vergangenheit ihr Geld verdient haben. Jetzt ist das Problem, dass sie uns nicht vertrauen. Also zumindest mir nicht.«

»Und du würdest erwarten, dass sie dir vertrauen?«

»Wie meinen Sie das?«

Pedro drehte sich wieder um, doch diesmal schaute er am Café vorbei in die nebelverhangenen Berge. »Sieht wunderschön aus, oder? Aber fühlt euch nicht betrogen. Die Moskito-Küste ist kein Trainings-Simulator. Sie ist einer der gefährlichsten Landstriche der Welt. Und ihr seid erst zwölf.«

»Zwölfeinhalb«, korrigierte Pan.

»Egal. Eure Eltern sind jedenfalls erfahrene Schatzjäger. Kennt ihr die Geschichte, wie sie das antike Ubar entdeckten?«

Sofort saßen Pan und ich aufrecht. Wir kannten sie nicht und waren scharf darauf, sie zu hören.

»Schießen Sie los«, sagte ich.

Pedro wollte eine Karte ausspielen, doch er zögerte. »Nein, das müssen sie euch selbst erzählen. Aber ihr könnt mir glauben, dass sie wirklich erfahren sind! Vielleicht solltet *ihr* besser *ihnen* vertrauen ...«

»Aber Sie haben doch gerade gesagt, wir sollen *niemandem* trauen«, sagte Pan.

Jetzt endlich legte Pedro seine Karte ab und rief grinsend: »Snap!«

Mum und Dad kamen zu uns herüber, doch auf halbem Weg blieben sie stehen, um erneut zu streiten. Worum auch immer es ging, Mum schien noch nicht überzeugt.

Als sie sich wieder in Bewegung setzten, beleuchtete die Sonne sie von hinten, sodass sie als dunkle Silhouetten bei uns ankamen. Mum warf die Fotos neben die Spielkarten auf den Tisch. Direkt nachdem ich sie von der Straße aufgesammelt hatte, hatte sie sie mir aus der Hand gerissen, sodass mir kaum Zeit blieb, sie anzusehen. Aber das brauchte ich auch gar nicht. Ich erinnerte die abgebildeten Szenen gut genug: unsere Familie in der Einreiseschlange am Flughafen, am Schalter der Autovermietung, Mum und ich oben auf dem Hügel über Trujillo. Der Biker hatte die Fotos mit Teleobjektiv geschossen.

Pedro schwor Stein und Bein, dass die Bilder nichts mit ihm oder den Schlangenleuten zu tun hatten. Aber für wen arbeitete der Biker dann? Und was wollte er mit Fotos von uns?

»Wir können euch nicht hierlassen«, verkündete Mum. »Nicht nach diesem Vorfall. Es ist sicherer, wenn ihr uns begleitet.«

Ich warf Pan einen raschen Blick zu. Aber sie lächelte

nicht. Ebenso wenig wie ich, obwohl wir unser Ziel doch erreicht hatten. Aber Pedros Worte klangen uns noch in den Ohren: Wir würden an einen der gefährlichsten Orte der Welt vordringen. Wenn das stimmte, gab es keinen Grund zu jubeln.

»Wir sollten bald aufbrechen«, sagte Pedro. »Ein Sturm ist im Anmarsch.«

Ich blickte zum Himmel. Nichts als Blau, in allen vier Richtungen.

»Ich sehe keinen Sturm.«

»Junge«, sagte Pedro. »Hier ist immer ein Sturm im Anmarsch.«

Wir starrten ihn an.

»Auch jetzt gerade?«, fragte Dad verblüfft. »Oder sagen Sie das nur, weil man das eben so sagt?«

Pedro zuckte die Achseln. »Ja.«

»Was ja?«

»Ja, weil man das eben so sagt.«

»Können wir jetzt bitte einfach gehen?«, fragte Mum.

13

Mühsam schraubte sich das klapprige Mini-Flugzeug, das hinten nur zwei Sitze hatte, über dem Dschungel in die Höhe. Es schien wirklich jedes Schlagloch im Himmel mitzunehmen, jedenfalls wurden wir so heftig hin und her geworfen, dass mein Gesicht gegen den Rucksack und die ganze Familie in die Ausrüstungssäcke gedrückt wurde. Von außen war die Maschine total verbeult, wahrscheinlich durch denselben Crash, bei dem auch die Tür abgefallen war. Pedro hatte sie durch einen Vorhang ersetzt – als würde der irgendetwas zur Flugsicherheit beitragen.

Insgeheim rechnete ich damit, dass Pedro das Flugzeug durch Betätigen eines geheimen Hebels in einen Hightech-Jagdbomber verwandeln würde. Aber das Flugzeug blieb, was es war: eine fliegende Schrottkiste. Permanent wurden wir durch Böen seitwärts abgedrängt, wodurch schwarzer Qualm durch den Vorhang in die Kabine drang.

Nach einer gefühlten Ewigkeit wurde der Flug etwas ruhiger und wir konnten uns unterhalten, ohne zu schreien.

»Jake, dein Stiefel bohrt sich in meinen Rücken«, beschwerte sich Pan.

»Und ich hab den Hintern von jemandem im Gesicht«, meckerte ich.

»Das ist ein Ausrüstungssack.«

Ich stemmte das Ding beiseite und wischte über die beschlagene Scheibe, um den Dschungel sehen zu können. Pedro hatte eine Lichtung erwähnt, auf der wir landen würden, aber von hier oben sah man nicht die kleinste Lücke im dichten Grün. Nicht mal eine, auf der ein Vogel hätte runtergehen können. Baumkronen, so weit das Auge reichte, unterbrochen nur von einem braunen, wild sich schlängelnden Fluss. Weiter hinten verschwand der Fluss zwischen zwei zerklüfteten Bergen, die aus dem Blätterdach herauswuchsen und an deren Steilwänden Wasserfälle in die Tiefe donnerten. Beide Berge schienen ihr eigenes Wettersystem zu haben. Dunkle Wolken, in denen Blitze zuckten, ballten sich um die Gipfel – als würden Hexenmeister dort hausen und mit Verwünschungen um sich werfen.

»Die Storm Peaks«, brüllte Pedro vom Pilotensitz. »Die werden im Azteken-Kodex erwähnt.«

»Befindet sich dort der erste Hinweis auf das Grab?«, brüllte ich zurück. »Diese ›Stätte des Jaguars‹?«

»Ja, in der Nähe der Berge«, bestätigte Pedro.

»Das ist auch genau der Ort, wo sich die Spur des Alpha-Teams verliert«, fügte Pan hinzu.

Ich beobachtete die Blitze, die rund um die Storm Peaks zuckten. Das Alpha-Team war dort verschollen, aber irgendjemand hatte ihr Tracking-Signal reaktiviert. Wer? Und warum?

129

Umständlich rutschte ich hin und her, zerrte an meinem Tropenoutfit und dem Ausrüstungsgürtel und versuchte, eine bequemere Position zu finden. Dabei waren die engen Sitze gar nicht das Problem. Das Problem war, dass ich innerlich angespannt war. Die Mission war ein einziges Mysterium – und bei alledem durften wir uns keinen Fehltritt, kein Scheitern leisten. Samis Leben lag in unseren Händen.

»Glaubt ihr, dass wir die Alpha-Leute lebend antreffen werden?«, fragte ich.

»Es gehört jedenfalls nicht zu unserer Mission, sie zu suchen«, antwortete Mum. »Wir sind hier, um das Grab und die Smaragdtafel zu finden, nichts sonst.«

»Genau das, was das Alpha-Team auch vorhatte«, bemerkte Pedro.

Ich wühlte mich um die Ausrüstungssäcke herum und schaffte es irgendwie, meine Smartbrille von meinem Gürtel zu lösen und überzustreifen.

»*Zoom!*«, befahl ich.

Im Bruchteil einer Sekunde verwandelte sich die Brille in ein Fernglas. Das ging so schnell und der Effekt war so stark, dass ich kurz dachte, aus dem Flugzeug gerissen worden zu sein. Ich fluchte und schüttelte den Kopf über meine Dummheit. Dann blickte ich wieder durchs Kabinenfenster – und fluchte noch einmal, sehr viel lauter. »Da unten!«, brüllte ich.

Mum und Dad, die die Panik in meiner Stimme hörten, schoben hektisch die Säcke beiseite.

»Was ist da, Jake?«

Ich blickte wieder raus, betete, dass ich mich verguckt hatte.

»Auf dem Boden. Ich … ich glaube, ich hab da jemanden mit einer Waffe gesehen.«

»Was für einer Waffe?«, rief Dad. »Wir fliegen sechshundert Meter hoch. Kein Gewehr hat eine solche Reichweite.«

»Das war auch kein Gewehr. Es sah eher aus wie …«

»Wie *was*?«, schrie Pan.

»Ein Raketenwerfer«, sagte ich.

Mum packte mich am Arm. »Bist du sicher, Jake?«

Trotz Smartbrille hatte ich nicht allzu viel erkennen können, aber ich war mir sicher, dass dort unten jemand gestanden hatte, der etwas auf der Schulter trug, das aussah wie die Raketenwerfer in Filmen.

»War es das M68-Modell oder ein RL83?«, fragte Mum.

»Häh? Woher soll ich das wissen?«

»Das sieht man am Kontaktschalter des hinteren Auslösers.«

»Nicht dein Ernst, oder?«, brüllte ich.

»Da wurde gerade was abgeschossen«, schrie Pedro.

Ein Rauchstreifen stieg aus dem Blätterdach auf und kam direkt auf uns zu.

»Raketenabwehr einschalten!«, schrie Dad.

»Wir haben keine Raketenabwehr!«, krächzte Pedro.

»Haltet euch fest! Egal an was!« Dad packte mich und Mum umklammerte Pan. Mit dem Gewicht ihrer Körper drückten sie uns auf die Ausrüstungssäcke. Ich hörte Pan schreien, als die Rakete einschlug.

Sie traf den Schwanz des Flugzeuges, das sofort ins Trudeln geriet. Wir knallten erst gegen die eine, dann gegen die andere Wand. Schwarzer Rauch quoll aus dem Heck in die Kabine, und plötzlich war die Welt nur noch ein verschwommener Strudel. Ich kam mir vor wie bei einem Zeitraffer-Walzer.

Pedro hantierte an den Bedienungselementen herum. »Wir stürzen ab!«

Blanke Panik erfasste mich. Aber dann plötzlich war ich wieder völlig klar. Wie immer in gefährlichen Situationen. Ich packte die Ausrüstungssäcke und schob sie durch die Öffnung mit der flappenden Gardine nach draußen. Blieb nur zu hoffen, dass wir sie, falls wir überlebten, wiederfanden. Jetzt, wo die Kabine frei war, entdeckte ich ein Fach in der Seitenverkleidung. Ich riss die Klappe auf. Zwei Beutel fielen heraus.

»Fallschirme!«, rief ich.

Mum versuchte, Pan einen überzustreifen, aber die Zeit reichte nicht. Als die Türgardine kurz aufflatterte, sah ich, wie nahe wir den Baumkronen schon waren.

Also schnappte ich mir den Fallschirm, drückte das eine Ende Mum und das andere Pan in die Hand und schubste die beiden nach draußen, bevor sie protestieren konnten.

Blieben noch drei Leute an Bord – und ein Fallschirm.

Pedro versuchte immer noch, die Kontrolle über die Maschine zurückzugewinnen. »Raus mit euch!«, rief er. »Jetzt.«

Dad zog mich zu der Öffnung, aber ich schüttelte seine Hand ab und krabbelte zu Pedro. Wenn es sein musste, würde ich ihn aus seinem Sitz ziehen. Da hörte ich einen Schrei und drehte mich gerade noch rechtzeitig zur Tür, um Dad rückwärts rausfallen zu sehen. Das trudelnde Flugzeug hatte ihn buchstäblich abgeworfen. Ihn und den letzten Fallschirm.

»Um Himmels willen, Jake, spring hinterher!«, rief Pedro.

Ich kroch zurück zur Türöffnung, vor lauter Qualm und Angst bekam ich kaum Luft. Zum Glück konnte ich nicht sehen, wie hoch wir noch waren, denn das Flugzeug drehte sich zu schnell. Ich umklammerte den Türrahmen, um zu springen, aber meine Finger ließen einfach nicht los. Die Panik hatte mich wieder im Griff.

»Los, Jake!«

»Ich stehe nicht so auf Höhe, Pedro!«

»Stehst du auf Flugzeugcrashs? Jake, mach schon!«

Schließlich nahm mir das Flugzeug die Entscheidung ab. Es kreiselte so wild, dass ich einfach rausrutschte, genauso wie Dad kurz zuvor. Ich schoss am Rumpf vorbei nach hinten, kam kurz mit den Flammen am Heck in Berührung und fiel dann einfach. Schreiend.

Ruhig, Jake, denk nach!

Wieder übernahmen meine Instinkte die Kontrolle und ich sah die wesentlichen Elemente der Katastrophe glasklar vor mir. Ich fiel schnell, wie ein Stein. Ohne Fallschirm würde ich die Landung nicht überleben. Aber Dad hatte einen Fallschirm. Wo war er?

Etwas weiter unten sah ich, wie sich ein Schirm öffnete. Mum und Pan klammerten sich daran und glitten langsam auf die Baumkronen zu.

Dad hatte sich doch garantiert in die bestmögliche Situation gebracht, um mir zu helfen. Im Vorbeisausen würde ich ihn sicher nicht zu fassen bekommen, aber falls ich über ihm war, wenn sich sein Schirm öffnete, dann hätte ich eine Chance.

Ich blickte nach unten – und da war er! Er hatte es irgendwie geschafft, sich zu drehen, sodass er im Fallen nach oben schaute und mir etwas zurief. Ich brüllte zurück, aber der Wind riss meine Worte mit sich.

Dad zog an einer Strippe und der Fallschirm schoss aus dem Beutel. Ich versuchte, ein Stück auszuweichen, doch zu spät, ich rauschte voll hinein und brachte Dad schwer ins Trudeln. Ich konnte ihn gerade noch am Knöchel packen. So hing ich also an seinem Bein, während der zusammengeknautschte Schirm sich mit Luft füllte und unseren Fall abbremste. Allerdings fand ich uns immer noch verdammt schnell …

»Jake!«, rief Dad, »wie ist dein erster Fallschirmsprung?«

»Könnte besser laufen.«

»Wir rauschen gleich in die Bäume. Versuche, dich an einem Ast festzuhalten, irgendwo, Hauptsache, du schlägst nicht ungebremst auf dem Boden auf. Und lass mich bloß nicht los.«

»Dad …«

»Du schaffst das, Jake!«

Und da war es auch schon so weit. Meine Füße streiften Holz. Von oben hatte das Blätterdach weich und anheimelnd ausgesehen, fast wie ein Mooskissen. Aber jetzt war mir schlagartig klar, dass ich mir entsetzlich wehtun würde. Zweige peitschten mir ins Gesicht, zerkratzten meine Haut. Mein Kopf knallte gegen einen Ast – und dann krachte ich runter. Mein Schrei brach jäh ab, als ich zehn Meter über dem Boden mit einem Ruck hängen blieb. Verblüfft blickte ich hoch: Ich hing immer noch an Dads Knöchel. Der Fallschirm hatte sich im niedrigsten Ast des Baumes verhakt.

»Alles in Ordnung mit dir?«, fragte Dad.

»Ja, Dad, alles bestens …«

»Klammer dich an meinen Stiefel. Ich klettere am Seil hoch und zieh dich mit rauf.«

Dicke Lianen, verlockend nah, reichten bis in einen Bach hinunter, der sich gurgelnd seinen Weg durchs Unterholz bahnte. Irgendein größeres Tier saß am Wasser und schaute zu mir hoch. Meine Augen tränten und mein Blick war verschwommen, aber ich hätte schwören können, dass es eine Raubkatze war. Plötzlich sprang es auf und verschwand, offenbar aufgescheucht von Pan und Mum, die sich rufend näherten.

»Jake! John! Haltet durch!«

»Haltet *fest*, meinst du wohl eher!«, krächzte Dad.

»Na ja, lasst nicht locker!«, rief Pan.

»Super Tipp!«, rief ich zurück.

»Guck nicht runter, Jake!«

»Hey, spar dir deine blöden Kommentare!«

»Na schön«, schnappte Pan beleidigt. »Dann helf ich halt nicht.«

»Wie wolltest du mir denn helfen? Hast du eine Klappleiter in deinem Ausrüstungsgürtel?«

»Na ja, fang ich dich eben nicht auf, wenn du fällst.«

»Pandora!«, bellte Dad. »Natürlich fängst du Jake auf, wenn er fällt.«

»Ich werde nicht fallen!«

»Red keinen Unsinn, Jake«, sagte Mum. »Natürlich wirst du fallen.«

»Nein, Dad klettert am Fallschirm hoch. Stimmt doch, Dad, oder?«

»Um ehrlich zu sein, Jake, hab ich das nur so gesagt. Du wirst hundertprozentig runterfallen, bevor ich den nächsten

Ast erreicht habe. Aber dein Anzug wird einiges vom Aufprall abfangen. Und deine Mutter fängt dich auf. Und du ebenfalls, Pandora.«

»Erst, wenn Jake sich entschuldigt«, maulte Pan.

Meine Hände an Dads Stiefeln wurden langsam rutschig. Sie hatten recht: Lange würde ich mich nicht mehr halten können.

»Dad, wenn du mich ein bisschen hin und her schwingst, komme ich vielleicht an die Liane ran.«

»Du bist nicht Tarzan!«, rief Pan.

Dad verstärkte seinen Griff um die Fallschirmleine und begann seine Beine hin und her zu schwingen, erst nur ganz leicht, dann stärker. Ich schwang mit ihm, die eine Hand um seinen Stiefel geklammert, die andere ausgestreckt, um die Liane zu fassen zu bekommen. Ich griff daneben – und fluchte.

»Achte auf deine Sprache, Freundchen«, rief Mum.

»Mum«, knurrte ich, »ich versuche gerade, mein Leben zu retten.«

»Auch dabei kann man ordentlich sprechen!«

Dad schaukelte heftiger. Meine Hand rutschte tiefer. Ich konnte mich nicht länger halten …

»Jetzt, Jake!«, drängte er. »Pack sie!«

Ich ließ los, in der Hoffnung, wie ein Trapezkünstler zu der Liane hinüberzuschwingen. Nur leider riss mein Gewicht sie vom Baum. Mit dem Ding in der Hand wurde ich über Mum und Pan hinweg gegen einen Stamm geschleudert und von dort platschte ich mit dem Gesicht voran in den Bach.

Mum zog mich ans Ufer. Dort lag ich auf dem Rücken und

blickte in die Gesichter meiner Familie. Aber ich sah sie nur verzerrt – durch einen Schleier aus Schmerzen und … na ja, Schmerzen.

»Das ist ja schon mal super gelaufen«, stöhnte ich.

Pan lachte. »Willkommen im Dschungel, Bruder.«

14

»Wie gesagt, wir befinden uns in einem der bedrohlichsten Naturräume der Erde. Tretet bitte nur dorthin, wohin ich trete. Seid wachsam, jede einzelne Sekunde. Weicht nicht einen Zentimeter vom Pfad ab, egal aus welchem Grund. Wenn ich ›Halt‹ sage, bleibt ihr stehen, wenn ich ›Rennen‹ sage, sprintet ihr los. Habt ihr mich verstanden?«

»Und was, wenn du nichts sagst?«

Mum funkelte Pan wütend an. »Dann macht ihr das auch, Pandora!« Sie sah aus, als würde sie ihre Tochter am liebsten beißen. Und eigentlich hätte ich es ganz gut gefunden, wenn sie das gemacht hätte – dann hätten wir wenigstens ein bisschen Normalität gehabt.

Aber Mums Stimme blieb ruhig, ihre Augen waren schmale Schlitze. Das letzte Mal, dass ich sie so hoch konzentriert und angespannt erlebt hatte, war in Ägypten gewesen – und da hatten wir bis zum Hals in Schwierigkeiten gesteckt.

Verdammt, wir hatten gerade erst einen Fuß in den Urwald gesetzt und schon liefen die Dinge aus dem Ruder. Wer zum Teufel hatte uns abgeschossen? Und warum? Hatte Pedro überlebt? Und wo waren die Ausrüstungssäcke, die ich aus dem Flugzeug geschmissen hatte? Da sie leider auch unsere Essensvorräte, die Wasserreinigungstabletten und die Zelte enthielten, besaßen wir jetzt nur, was wir am Körper trugen: unsere Ausrüstungsgürtel, die Smartbrillen und Pedros Tropenanzüge.

Dad legte mir eine Hand auf die Schulter. »Bleib bitte wachsam. Konzentrationsverlust ist die Todesursache Nummer eins im Dschungel.«

Ich nickte und setzte den Punkt auf meine »Top-Todesursachen-im-Dschungel«-Liste. Welches wohl die allertödlichste der tödlichen Todesursachen war?

Zumindest hatten wir den Tracker noch. Vielleicht führte der uns ja zum Alpha-Team. Dad löste das Gerät von seinem Gürtel und tippte einen Code ins Display. Das Ding funktionierte! Zwei Punkte leuchteten vor einem grünen Hintergrund auf.

»Der rote Punkt sind wir«, erklärte er. »Der blaue sind die Männer vom Alpha-Team … oder das, was von ihnen übrig ist. Wahrscheinlich nicht viel, wenn die Wildschweine sie schon gefunden …«

»John!«, schimpfte Mum.

»Sorry.«

»So, auf geht's«, drängte Mum. »Wir müssen noch ein ganzes Stück laufen.«

Laufen. Ich war es gewohnt zu laufen. Ich lief die ganze Zeit. Setzte einen Fuß vor den anderen. Kein Problem. Aber im Dschungel gab es nicht viel zu laufen. Es war allenfalls ein Dahinschleppen. Ein mühsames Stapfen auf völlig

139

durchweichtem, matschigem Untergrund. Mit jedem Schritt versanken meine Stiefel tiefer in der Schicht aus glitschigen Blättern und verfaultem Holz. Alles war nass, klitschnass. Selbst die Luft. Und die Nebelschwaden, die uns umwaberten, waren so heiß, dass ich mir wie in einer riesigen Dampfsauna vorkam.

Pedro hatte uns Macheten eingepackt, mit denen wir uns durch das Gestrüpp hätten hacken können, doch ich hatte sie ebenfalls aus dem Flugzeug geworfen. Also mussten wir uns den Weg mit bloßen Händen bahnen. Wir rissen Riesenfarne und gewaltige wächserne Palmwedel aus und zwängten uns an hängenden Samenschoten und Schösslingen mit langen Dornen vorbei, die aussahen wie Folterbambus. Wir krochen unter Lianen hindurch und kletterten über umgestürzte Baumstämme.

Pedro hatte uns gewarnt, dass man sehr schnell die Orientierung verlieren könne, und ich verstand sofort, was er meinte. Hätte ich mich auch nur wenige Meter von meiner Familie entfernt, ich hätte sie nicht wiedergefunden, nie. Das Licht fiel in merkwürdigen Winkeln und Bündeln durch die Baumkronen – und es kam nie einfach nur als Licht unten an. Manchmal waren es Lichtschwerter, die senkrecht in der Luft standen, manchmal gitterförmige Muster, erzeugt von Palmwedeln, die aussahen wie eine Jalousie. Und auf den wenigen Lichtungen knallte es von oben, als würde ein Alien-Flugobjekt den Wald mit seinem Suchscheinwerfer ableuchten, auf der Suche nach menschlichen Entführungsopfern. Aber die meiste Zeit liefen wir im Schatten, denn in der Regel war das Blätterdach so dicht, dass es gar kein Sonnenlicht durchließ.

Zu allem Überfluss sah der Waldboden überall gleich aus. Und alles darüber auch: nichts als Zweige, Lianen und dunkle Schatten von herumstreichenden Tieren.

»Was war das?«, fragte Pan.

»Ein Brüllaffe«, antwortete Dad. »Vorsicht, berührt auf keinen Fall die Pflanze dort!«

Erschrocken riss Pan ihre Hand zurück. »Warum nicht?«

»Weil sie giftig ist.«

»Eine giftige *Pflanze*?«

»Ja, die Gift-Brechnuss. Sie ist sogar hochgiftig.«

»Welcher Teil?«

»Alles.«

Meine Schwester hatte offenbar das Gefühl, jeder Quadratzentimeter Dschungel wolle ihr nach dem Leben trachten – und erst recht alles, was sich darin bewegte. Eigentlich erstaunlich, dass sich trotz der unglaublichen Gefährlichkeit des Ortes so viele Tiere hier angesiedelt hatten. Es war ein unfassbarer Krach, eine Art Daueralarm: eine Mischung aus Gezirpe, Sirren, Summen, Fiepen, Schreien, Brüllen, Krächzen, bis hinauf in die Baumwipfel. Hin und wieder hörten wir auch ein bedrohliches Knurren, meist in größerer Entfernung, manchmal aber auch erschreckend nah.

»Ist der Käfer giftig?«, fragte Pan.

»Nein«, antwortete Dad.

»Und die Ameisen dort?«

»Auch nicht.«

»Der Frosch?«

»Nur, wenn du dran leckst.«

»Wieso sollte ich das tun?«

»Tu's einfach nicht.«

»Und was ist mit der Schlange da?«

Dad blieb stehen und schob seine Brille zurück auf die Nase. »Welche Schlange?«

»Die, die gerade unter dem Busch verschwunden ist. Schwarz mit einem gelben rautenförmigen Muster.«

Dad starrte Pan einen Moment lang an und ich hatte den Eindruck, dass er ein bisschen grün geworden war. »Wir sollten ein bisschen schneller gehen«, drängte er.

»Bitte sag, dass sie nicht ›gelbes rautenförmiges Muster‹ gesagt hat«, rief Mum.

»Los, schneller!« Dad schrie jetzt.

Um mich herum ein einziges Summen, Flügelschlagen, Kriechen, Krabbeln und Hin- und Herschwingen. Schwärme verrückter grüner Fliegen. Käfer so groß wie Mäuse und mit rhinozerosartigen Hörnern. Rote Feuerameisen, die Blätter schleppten, fünfmal größer als sie selbst. Ich sah einen Affen mit einem Baby an der Brust und einem auf dem Rücken und einen Schmetterling, groß wie ein Suppenteller, mit grellgemusterten Flügeln.

Nacktschneckenartige braune Blutegel standen senkrecht auf den Enden der Blätter, wie übereifrige Schüler, die sich hektisch meldeten, um von ihrem Lehrer drangenommen zu werden. »Ich! Ich! Hallo, hier!« Ihr hättet Pans Geschrei hören sollen, als sie eines der Viecher auf ihrem Handgelenk entdeckte. Sie versuchte, es wegzuschnipsen, aber Mum schnauzte sie an, stillzuhalten. Man darf Blutegel nämlich nicht wegschnipsen. Sie bohren sich dann nur noch tiefer in die Haut. Man muss sie abbrennen.

»Pedro hat uns doch irgendein Gerät mitgegeben, um Blutegel zu entfernen«, erinnerte ich mich.

»Dann gib's mir!«, kreischte Pan.

»Ich hab's aus dem Flugzeug geworfen.«

Pan bedachte mich mit einer Tirade deftigster Schimpf-
wörter und nestelte an ihrem Ausrüstungsgürtel herum.
»Okay, nehm ich halt das Ultraschall-Kraftfeld.«

»Pandora!«, schnauzte Mum sie an. »Das ist für Notfälle!«

»Wenn das hier kein Notfall ist!«

»Das ist kein Notfall, das ist ein Blutegel. Bleib stehen,
ich entferne ihn mit meinem Laser-Cutter.«

Es war eine ziemliche Herausforderung für Mum, den
Laserstrahl so auszurichten, dass er nicht Pans Arm, sondern
den Egel wegbrutzelte. Es gab eine Menge Gebrüll, aber am
Ende schaffte sie es irgendwie. Und sie behielt den Laser
gleich griffbereit, denn es saugten sich alle naselang Blutegel
an uns fest – ich habe irgendwann aufgehört, sie zu zählen –
und jeder einzelne hinterließ eine schmierige Blutspur,
nachdem er zischend und verschmort abgefallen war.

Aber so eklig die Egel waren – sie waren bei Weitem nicht
unser größtes Problem. Dafür gab es zu viele giftige Spinnen
und Schlangen und herumschleichende Raubkatzen. Und
natürlich Moskitos. Klar, die Gegend hieß ja nicht umsonst
»Moskitoküste«. So wie es aussah, kam jede verdammte Mücke dieses Planeten irgendwann in ihrem Leben hier vorbei.
Teilweise konnte man vor Mücken überhaupt nichts sehen.
Und ihr Sirren war ohrenbetäubend. Außerdem waren sie
riesig und ihre Beine waren so lang wie die von Weberknech-
ten. Leider lag auch unser Mückenspray mit dem restlichen
Gepäck irgendwo im Wald verstreut, sodass uns nichts anderes übrig blieb, als unsere T-Shirts übers Kinn zu ziehen und
die Mücken auf unseren Armen und Beinen totzuklatschen.

143

Ehrlich gesagt empfand ich den Urwald als einen einzigen Albtraum. Allein die Suche nach dem Alpha-Team brachte uns ja schon an unsere Grenzen. Wie sollten wir danach noch die Kraft aufbringen, das verschollene Grab zu finden?

Dad war der Einzige von uns, der sich wohlzufühlen schien. Ständig deutete er auf irgendwelche Krabbelviecher oder Blumen und belehrte uns mit deren lateinischen Namen, wie auf einem Schulausflug.

»Warst du früher schon mal im Dschungel, Dad?«, fragte ich.

»Schon oft.«

»Wo?«

Dad checkte das Tracker-Signal und korrigierte unseren Kurs. »Das letzte Mal waren wir in Malaysia, oder, Jane?«

Mum schob ein paar Lianen beiseite. »Komm jetzt nicht mit der Geschichte.«

»Warum nicht?«, fragte ich.

»Euer Vater hat versucht, sich mit Angehörigen eines Stammes anzufreunden«, sagte Mum. »Er hatte gehofft, von ihnen die Koordinaten eines Tempels verraten zu bekommen, wenn er im Gegenzug ihre halluzinogenen Drogen probiert.«

»Und was ist passiert?«, fragte Pan.

»Ich …« Dad zögerte und wählte vorsichtig seine Worte. »Nun ja, Archäologie hat auch viel damit zu tun, den richtigen Umgang mit eingeborenen Völkern zu pflegen …«

»Euer Vater hat zwei Tage auf einem Baum gehockt und sich für einen Affen gehalten«, erzählte Mum.

Pan und ich prusteten los und selbst Mum musste lachen. Ich wollte Dad gerade damit necken, als er warnend die Hand hob.

»Nicht bewegen!«, zischte er.

Noch in derselben Sekunde stand Mum neben ihm. »Was ist los?«

»Das Signal«, flüsterte Dad. »Wir sind ganz in der Nähe.« Er drehte sich einmal um sich selbst, die Augen auf den Tracker geheftet. Die zwei Leuchtpunkte blinkten fast übereinander.

»Mum, Dad, Pan«, sagte ich. »Ihr geht nach Norden, Osten und Süden, ich nach Westen, jeder zehn Schritte.«

Sie sahen mich überrascht an und ich selbst wusste auch nicht, warum ich plötzlich das Kommando übernahm. Es war einfach aus mir herausgeplatzt.

»Okay, zehn Schritte«, stimmte Dad zu. »Aber keiner bewegt sich außer Sichtweite.«

Wir blickten in die unterschiedlichen Richtungen. Da ich ehrlich gesagt keinen Schimmer hatte, wo Westen war, wartete ich, bis die anderen losgingen, und nahm die übrig gebliebene Richtung.

Ich bewegte mich langsam, ließ die Augen über den Boden schweifen und nahm auch die Baumkronen ins Visier, drehte abgebrochene Äste um und trat Steine beiseite. Der Dschungel wirkte wie eine undurchdringliche Wand.

Er sah fast *übertrieben* undurchdringlich aus.

Ich ging ein paar Schritte auf die grüne Wand vor mir zu und streckte eine zitternde Hand danach aus. Fast rechnete ich damit, dass irgendetwas daraus hervorsprang und mir in die Finger biss. Vorsichtig ließ ich meine Hand in den Blättervorhang gleiten. Ziemlich schnell stießen meine Finger auf etwas, das *nicht* aus Blättern bestand.

Es fühlte sich … wie ein Netz an.

145

Ich umklammerte es und zog daran.

Mit einem Rutsch fiel es herab. Ein Dschungel-Tarnnetz – das jetzt den Blick freigab auf das Camp des Alpha-Teams. Hängematten waren zwischen Baumstämmen gespannt, militärische Hightech-Geräte im Schutz eines Sonnensegels verstaut. Es gab einen Holosphären-Monitor und Ausrüstungssäcke wie die, die Pedro uns gegeben hatte, außerdem Lebensmittelvorräte und Tropenanzüge. Eine große, spinnenartige Maschine stand auf einem Camping-Tisch. Ich kannte das Ding von Samis Technikunterricht – es war eine Megadrohne, ein ultrastarker Flieger, der in der Lage war, Kunstschätze aus einem Grab abzutransportieren.

Das Hightech-Zeug war ziemlich cool, doch es interessierte mich gerade nicht halb so sehr wie das, was ich neben der Drohne auf dem Tisch erspähte: einen Mars-Riegel.

Ich wollte ihn mir gerade schnappen, als ich Dads Hand auf meiner Schulter spürte.

»Nicht bewegen«, zischte er. »Setz die Smartbrille auf. Infrarot-Funktion.«

Als ich sein ernstes Gesicht sah, war mir klar, dass das hier nicht der Moment war, Anweisungen infrage zu stellen. Also streifte ich die Brille über. Und keuchte! Die Infrarot-Sicht offenbarte Dutzende von Laserstrahlen, die im Zickzack rund um die Lichtung verliefen. Es war eine Alarmsicherung, wie man sie aus Banktresorräumen in Agentenfilmen kennt.

»Rühr dich nicht«, wies mich Dad an, während er mit einer schnellen Ganzkörperaufwärmung (Schulterrollen, Beinmuskeldehnungen) begann. Wahrscheinlich, um sich geschmeidig durch die Zickzackstrahlen ins Camp zu fädeln.

»John, ist das dein Ernst?«, fragte Mum.

Dads Blick schweifte zwischen ihr und den Laserstrahlen hin und her. »Na ja, vielleicht sollte das wirklich jemand anderes machen …«, murmelte er.

»Ich mach's«, bot ich an.

»Nein«, kam es wie aus der Pistole geschossen von Mum. Ohne ihre Entscheidung zu begründen und ohne sich aufzuwärmen, setzte sie sich selbst in Bewegung. Über den ersten Strahl sprang sie hinweg, unter dem zweiten duckte sie sich hindurch. Mal rollte sie auf dem Boden, dann machte sie Riesenschritte. Nach einer gefühlten Ewigkeit erreichte sie den Holosphären-Monitor. Sie hatte ihn kaum angeschaltet, da fuhren schon die ersten Dateien hoch und die Laser erloschen.

Ich würde euch jetzt gerne erzählen, dass ich – vollgepumpt mit Adrenalin – das Camp sofort nach Hinweisen auf den Verbleib des Alpha-Teams absuchte. Aber das genaue Gegenteil war der Fall: Pan und ich ließen uns in die Hängematten plumpsen und stopften uns je eine Hälfte des Mars-Riegels rein, einig darüber, dass wir noch nie im Leben etwas so Köstliches gegessen hatten. Ich konnte mich einfach nicht mehr aufraffen, alles tat mir weh, vor allem die Beine und der Rücken. Außerdem hatte ich dröhnende Kopfschmerzen und das Gefühl, nicht einen Tropfen Schweiß mehr im Körper zu haben.

Träge beobachtete ich, wie Mum die Hologramme durchsah: Karten des Urwalds waren dabei, Satellitenfotos und Abbildungen der Azteken-Kodizes, die die Schlangenfrau gekauft und zerstört hatte.

»Gibt's irgendeinen Hinweis, was mit dem Alpha-Team passiert ist?«

Mum schüttelte den Kopf. »An dem Abend, an dem sie verschwunden sind, haben sie noch einen Status-Bericht von diesem Camp geschickt. Sie haben die Gegend rund um die Storm Peaks nahezu lückenlos nach dem ersten Wegweiser zum Grab, dieser ›Stätte des Jaguars‹, abgesucht – ohne Erfolg.«

»Aber was ist mit ihnen passiert? Das Camp wirkt nicht so, als sei es überfallen worden. Und wer hat das Tracker-Signal wieder aktiviert?«

»Vielleicht irgendein Tier?«, überlegte Mum.

Dad hatte die ganze Zeit geschwiegen und an dem Tracker herumgefummelt. Er wirkte gedankenverloren, und seiner Miene nach zu urteilen, waren es eher düstere als heitere Gedanken, denen er nachhing. Jetzt hob er den Kopf, schob seine Brille hoch und blickte Mum an.

»Es war kein Tier«, sagte er.

»Bist du sicher? Brüllaffen sind ziemlich clevere Kerlchen.«

»Clever genug, um sich einen vierstelligen Code zu merken und in ein Touchpad zu tippen?«

Selbst ich kannte die Antwort darauf. »Also muss jemand zwei Wochen nach Verschwinden der beiden hierher zurückgekehrt sein und das Signal reaktiviert haben«, sagte ich. »Aber warum?«

»Wahrscheinlich, weil derjenige wusste, dass ein zweites Team anrücken und nach dem Alpha-Team suchen würde«, folgerte Pan.

Mum und Dad starrten einander immer noch an. Und als Dad schließlich nickte und Mum stöhnend die Augen schloss, wusste ich, was sie dachten. Ich setzte mich in meiner Hängematte auf und fragte mich, ob Pan es auch wusste. Ja, tat sie.

»Wer auch immer den Tracker reaktiviert hat, wollte, dass wir kommen«, sagte sie.

»Das Signal war ein Köder«, ergänzte ich.

Mum wandte sich von der Holosphäre ab und wühlte in einem der Ausrüstungssäcke herum. Sie förderte eine Machete zutage und starrte gedankenverloren auf die Klinge.

»Ja«, sagte sie. »Man hat uns in eine Falle gelockt.«

15

Keiner von uns schlief sonderlich viel in dieser Nacht. Irgendwie war es bei Dunkelheit noch feuchter als tagsüber und meine Klamotten waren klamm und müffelten. Wir zogen Moskitonetze über unsere Hängematten, sodass wir in einer Art Kokon lagen. Trotzdem trieb mich das Sirren der Mücken fast in den Wahnsinn. Aber jedes Mal, wenn ich wütend in der Gegend herumschlug, schwankte meine Hängematte so dermaßen, dass ich am Ende fluchend auf dem Waldboden landete.

Und dazu noch die ganzen anderen Geräusche! Tagsüber war es schon ein Höllenlärm gewesen, aber nachts ging es erst richtig los. Dad hatte den Laseralarm für die Nacht wieder scharf gestellt, damit zumindest größere Tiere nicht unbemerkt ins Camp eindringen konnten. Dafür schlichen sie ganz in der Nähe herum. Tausende Viecher lauerten dort. Ich hörte es knurren und brüllen, kreischen und pfeifen, alle nur erdenklichen Sounds in Stereo. In den Baumkronen raschelte es, unterm Laub wühlte es. Zweige und Äste wurden bewegt und knallten aneinander – und ich hörte es in einem riesigen Umkreis. Pan schrie mehrmals laut auf vor Angst und ich fragte mich, ob sie wohl auch mit aufgesetzter Smartbrille und eingeschalteter Nachtsicht in ihrer Hängematte lag – so wie ich.

Mum und Dad hielten abwechselnd Wache. Ich bot an, auch eine Schicht zu übernehmen, aber Mum schnauzte nur, ich solle endlich schlafen.

Und irgendwann döste ich dann tatsächlich ein. Kein Wunder, so erschöpft, wie ich war. Als ich aufwachte, stachen Sonnenstrahlen durch das Blätterdach – mir direkt in die Augen. Mein Kopf dröhnte und mein Rücken schmerzte von meiner zusammengekrümmten Haltung. Mein Mund war so trocken, dass ich das Gefühl hatte, auf Sand herumzukauen.

»Wasser!«, krächzte ich.

Dad reichte mir eine Feldflasche aus den Beständen des Alpha-Teams. Das Wasser war mit Jodtabletten gereinigt, weshalb es nach Metall schmeckte, aber ich schluckte jeden Tropfen begierig weg.

»Schlaf noch ein bisschen«, sagte Dad. »Erschöpfung ist die Todesursache Nummer eins im Dschungel.«

Ich hätte liebend gerne noch geschlafen, aber es war einfach zu unbequem und ich war zu unruhig. Ich versuchte, aus der Hängematte zu klettern, aber das Ding drehte sich und warf mich schon wieder ab. Der Fluch, den ich ausstieß, war der lauteste unserer bisherigen Reise.

Zum Frühstück gab es vakuumverpackte Trockennahrung. Laut einer Vorratsliste sollte in einigen Tüten Porridge drin sein, in anderen Rindereintopf, aber die Packungen selbst waren nicht beschriftet – und die Inhalte schmeckten alle gleich: nach Pappe. Aber egal – es war etwas zu essen und ich war hungrig.

Waschen konnten wir uns nicht, aber Mum bestand darauf, dass wir uns die Zähne putzten. Ich schätze, sie wollte das Gefühl haben, wenigstens eine Sache zu kontrollieren. Wir behielten unsere Tropenkleidung an – sie war einfach der beste Rundum-Schutz –, aber Mum zwang uns, frische Socken anzuziehen: und zwar welche aus den Beständen des Alpha-Teams. Sie beharrte darauf, dass Fußfäule die Todesursache Nummer eins im Dschungel sei.

Beide, Mum und Dad, versuchten, entspannt und gelassen zu wirken, so als liefe alles nach Plan, aber sie waren hochgradig nervös, das spürte ich. Mum fummelte immer wieder an ihrem Amulett herum und machte ständig albern-positive Bemerkungen: »Das sieht ja nach einem richtig schönen Sonnentag aus!« Oder: »Vielleicht entdecken wir heute ja mal einen Tukan?« Sie wollten uns vergessen lassen, dass wir in eine Falle gelockt worden waren. Von denselben Typen, die unser Flugzeug abgeschossen hatten? Ob sie uns gerade beobachteten? Letztlich war es egal. Ob mit oder ohne Beobachtung: Wir mussten zusehen, dass wir das Grab von Quetzalcoatl und die Smaragdtafel fanden.

Bis jetzt war der Dschungel ein einziger Kampf gewesen. Aber nachdem wir unser Papp-Frühstück verschlungen und Pläne gemacht hatten, sah die Welt schon anders aus. Mum hatte gesagt, Pan könne ihnen helfen, was mich nicht sonderlich erstaunte. Überraschend war, dass sie auch mich einplante. Vielleicht hoffte sie, mich dadurch abzulenken.

Wir hockten rund um die Holosphäre, studierten Karten und Abbildungen der Azteken-Kodizes und versuchten die

Notizen des Alpha-Teams zu entschlüsseln. Die Aufzeichnungen ließen Mum ziemlich unbeeindruckt.

»Was waren denn das für Schatzjäger?«, fragte sie. »Die sind einfach nach dem Zufallsprinzip vorgegangen. Haben hier mal an einem Fluss geschaut, dort mal an einem Fluss, alles in der Nähe der Storm Peaks, das war's.«

»Ist das nicht gut?«, fragte ich.

Mum blickte mich überrascht an. »Hast du dir die Kodizes nicht angesehen?«

»Ich ... äh ... welchen Teil davon?«

»Jake versteht kein Nahuatl, Mum«, sagte Pan. »Ich übrigens auch nicht.«

Mum sah nicht so aus, als würde ihr das als Ausrede reichen. »In den Kodizes nennen die Azteken zwei Flüsse in der Nähe der Storm Peaks als Koordinaten für die ›Stätte des Jaguars‹.«

»Du meinst den Ort, wo der zweite Wegweiser versteckt ist?«, fragte ich. »Okay, an welchem Fluss sollen wir zuerst schauen?«

»Das ist genau die Frage«, sagte Dad. »Schließlich kann der Hinweis nicht an zwei Orten gleichzeitig sein. Was die Alpha-Jungs scheinbar nicht wussten, ist, dass man Azteken-Texte immer sehr genau und wörtlich lesen muss. Zwei Flüsse bedeuten zwei Flüsse.«

»Du meinst ... Häh? Was meinst du?«

»Einen Zusammenfluss zweier Flüsse.«

Dad vergrößerte ein Gebiet auf der Hologrammkarte, zoomte einen der kaffeebraunen Flüsse rund um die Storm Peaks heran und suchte die Stelle, wo er in den zweiten, sehr viel breiteren Strom floss.

»In diesem Teil des Dschungels gibt es zwei größere Flüsse«, erklärte er. »Und genau hier treffen sie sich.«

Die Projektion spiegelte sich in seinen Brillengläsern, als er den Zusammenfluss der zwei dicken braunen Schnüre noch dichter heranzoomte.

»Dort müssen wir suchen«, sagte er.

Ich ließ mir nichts anmerken, aber ich hatte Gänsehaut vor Ehrfurcht. Das Alpha-Team hatte sechs Wochen lang vergeblich nach der »Stätte des Jaguars« gesucht – und meine Eltern hatten sie nach nicht mal zwei Minuten lokalisiert – am Computer! Na ja, vielleicht.

»Ist das hier in der Nähe?«, fragte Pan.

Dad warf einen erneuten Blick auf die Karte. »Acht Stunden Fußmarsch, würde ich sagen. Wenn wir morgen in aller Frühe aufbrechen, könnten wir …« Er zuckte zurück, als ein neues Hologramm aus dem Monitor schoss – ein kleiner Leuchtpunkt, der sich blitzartig zu einem Live-Video vergrößerte. Ich erkannte das schmierige Grinsen sofort – und wie immer, wenn ich es sah, ballte sich meine Faust.

Trotz der schlechten Videoqualität sah man das Funkeln in den Augen der Schlangenfrau.

»Da sind Sie ja!«, rief sie. »Wie schön! Wie gefällt's Ihnen im Dschungel? Jake, warst du auch schön brav?«

Ich ließ eine Salve Flüche vom Stapel, woraufhin sie einen Schmollmund zog.

»Wie gemein«, sagte sie. »Aber Schwamm drüber, geben Sie mir lieber einen ersten Zwischenbericht.«

Dad hielt ihrem Blick unerschrocken stand. »Wir sind hier, um die Smaragdtafel zu suchen. Bevor wir sie nicht gefunden haben, gibt's nichts zu berichten.«

Das Lächeln der Schlangenfrau verschwand, dafür funkelten ihre Augen noch stärker. »Ach nein? Gibt es nicht, John? Ich würde sagen, es gibt reichlich zu berichten. Vergessen Sie nicht, dass Sie für *mich* arbeiten, und meine Angestellten haben mir regelmäßig zu berichten.«

»Wir arbeiten nicht für Sie«, schnauzte Pan. »Wir wissen ja nicht mal, ob Sami noch lebt.«

Die Schlangenfrau drehte die Kamera und Sami in seinem Krankenbett kam ins Bild, angeschlossen an eine Herz-Lungen-Maschine.

Mum keuchte, als sie ihren alten treuen Freund sah, und Dad ballte die Hände zu Fäusten, bis sie ganz weiß und blutleer waren. Natürlich waren die beiden extra hergeflogen, um Sami zu retten, aber ich glaube, dass ihnen tatsächlich erst jetzt aufging, in welch großer Gefahr er schwebte. Samis Zustand schien sich verschlechtert zu haben. Seine Haut war noch blasser, sie wirkte fast weiß. Dafür waren die Adern dunkel, als würde Tinte darin fließen.

Mein Herz trommelte wie wild – vor Wut und weil ich so ein schlechtes Gewissen hatte. Mum merkte offenbar, wie kurz davor ich war, auszuflippen. Sie fasste mich am Arm und versuchte, mich zu beruhigen.

»Ihr Gebiss«, sagte sie.

Die Schlangenfrau drehte die Kamera wieder so, dass sie selbst ins Bild kam. »Entschuldigung?«

»Wenn Sami stirbt«, sagte Mum, »werde ich Sie finden und Ihnen jeden Zahn einzeln ausschlagen.«

Das war ernst gemeint, kein Zweifel, trotzdem kräuselte sich der Mund der Schlangenfrau wieder zu diesem ekelhaften Lächeln. Sie fuhr sich mit der Zunge über die Zähne und flüsterte in die Kamera, so als würde sie uns ein Geheimnis verraten: »Die sind sowieso alle künstlich.« Dann klatschte sie in die Hände. »So, und was ist jetzt mit dem Zwischenbericht?«

»Wir wurden ab dem Flughafen verfolgt, unser Flugzeug ist abgeschossen worden und Pedro ist tot«, zählte Dad auf.

Bei diesen Worten verging ihr das Grinsen. Tatsächlich war es das erste Mal, dass ich die Schlangenfrau betroffen sah.

»Ich … können Sie das bitte noch mal wiederholen?«, fragte sie.

»Sie haben es sehr gut verstanden«, schnappte Pan. »Haben *Sie* uns vom Himmel schießen lassen?«

»Nein, wieso sollte ich?«

Ausnahmsweise glaubte ich ihr. Schließlich war es in ihrem Interesse, dass wir die Smaragdtafel fanden. Sie hatte keinen Grund, die Mission zu sabotieren. Außerdem verriet ihr Gesicht, dass sie von den Ereignissen tatsächlich nichts wusste. Das typische Funkeln in ihren Augen war heilloser Verwirrung gewichen.

»Hören Sie mir zu.« Sie klang todernst, ihre Stimme hatte alles Süßliche verloren. »Sie müssen extrem vorsichtig sein. Es gibt dort …«

»Schönen Dank für den Hinweis«, unterbrach Mum sie. »So weit unser Zwischenbericht.«

»Sami …«, murmelte Pan. »Er sieht entsetzlich aus.«

Dad nahm seine Brille ab und rieb sich die Augen. Mum warf mir einen Blick zu und strich gedankenverloren über ihr Amulett. Dann wandte sie den Blick ab, doch ich fühlte mich, als würde sie mich immer noch anstarren.

156

Dachte sie das Gleiche wie ich? Dass ich schuld war an Samis Zustand?

»Noch drei Tage«, sagte sie schließlich. »Dann haben wir noch einen Tag für die Rückreise. Es ist ein Acht-Stunden-Marsch bis zur Stätte des Jaguars. Wir müssen sofort aufbrechen.«

»Hilfe, was war das?«, kreischte Pan plötzlich. »Da drüben! Da hat sich was bewegt!«

Dad rannte zu der Stelle, auf die Pan zeigte. Im Laufen streifte er seine Smartbrille über und scannte den Wald hinter dem Camp.

»Was hast du gesehen, Pandora?«, rief er.

»Ich ... irgendetwas hat sich zwischen den Bäumen bewegt. Oder irgendjemand.«

Mum und Dad tauschten einen Blick, Mum runzelte die Stirn. Ihrer Miene nach zu urteilen, glaubte sie Pan.

Energisch schnappte sie sich einen der herumstehenden Ausrüstungssäcke und begann ihn mit Sachen zu füllen, die wir für unseren Marsch brauchen würden.

»Stiefel anziehen«, rief sie im Kasernenton. »Abmarsch in fünf Minuten!«

16

Ich weiß nicht, wie weit wir schon gelaufen waren. Mum hatte gesagt, der Marsch würde acht Stunden dauern, aber acht Stunden im Dschungel fühlten sich an wie achtzig Stunden irgendwo anders. Ich weiß nur, dass es ein ewig langer, nicht enden wollender Tag war.

Und es war nicht nur die körperliche Anstrengung – die Anstrengung, die es kostete, permanent durch Matsch zu waten und über umgestürzte Bäume zu klettern. Der Dschungel zermürbte einem auch das Gehirn und die Sinne. Um uns herum wucherten so viele Dinge. Jeder Baum war sein eigener kleiner Urwald, jeder Stamm war mit Moos und Farn bedeckt. Es fühlte sich klaustrophobisch an, so als würden wir in einer grünen Gefängniszelle herumtigern. Ich konnte es nicht erwarten, den Fluss zu erreichen und dort ein freies Stück Himmel zu erblicken. Ich wollte endlich die Arme ausstrecken, ohne dass sofort ein Heer Moskitos über mich herfiel.

Pan war noch nie ein Outdoor-Freak gewesen, aber jetzt

hättet ihr sie mal erleben sollen: Sie hatte sich Kopfhörer aufgesetzt und die Musik so laut gedreht, dass sie, wenn sie über irgendein Krabbelvieh schimpfte, unwillkürlich brüllte, um die Musik zu übertönen. Alle naselang wanderte ihre Hand zu ihrem Ausrüstungsgürtel und jedes Mal fragte ich mich, ob sie ihre Ultraschallwaffe gegen eine Mücke einsetzen würde.

Obwohl wir Netze um unsere Köpfe geschlungen hatten, waren die Moskitos die reinste Pest. Aber irgendwann, warum auch immer, verschwanden sie – und plötzlich sah ich den Dschungel und nicht mehr nur Moskitoschwärme durch ein Netz. Ab dem Moment realisierte ich, wie schön die Gegend eigentlich war. Der Wald war nämlich nicht nur grün und braun, wie man meinen könnte, sondern voller Farben. Und selbst das Grün war nicht einfach nur Grün, sondern hatte unzählige Nuancen. Es gab die leuchtend grünen Farne, die tiefgrünen Palmen, die gelblich-grünen Lianen. Dazwischen huschten weißgesichtige Äffchen herum, flatterten purpurfarbene Schmetterlinge, hockten winzige blaue Frösche auf Blättern, blühten rosa Orchideen und knallrote Blumen, die mich an die Lippen der Schlangenfrau erinnerten. Als ich eine der Blüten zertrampelte, bekam ich einen Anschiss von Mum.

Ungefähr eine Stunde hielt sich meine positive Meinung über den Urwald. Eine Stunde, in der ich ihn einfach nur wunderschön fand. Fantastisch.

Und dann begann es zu regnen.

Okay, es war ein Regenwald, von daher hätte ich nicht wirklich überrascht sein dürfen. Aber mich machte auch weniger die Tatsache sprachlos, *dass* es regnete, sondern *wie* es regnete. Es gab keine Vorwarnung. Kein Donnergrollen oder so. Es begann einfach so zu schütten. Sturzbäche von Wasser rauschten vom Himmel, spritzten von den Blättern und liefen in Strömen die Baumstämme hinab. Es war ein Höllenlärm, wie ein Trommelwirbel in Dauerschleife. Es war so laut, dass wir uns ohne die Mikros in unseren Smartbrillen überhaupt nicht hätten verständigen können.

»Das ist nur ein Schauer«, meinte Dad.

Ja, ein Power-Schauer. Binnen Sekunden waren unsere Klamotten durchtränkt und klebten uns auf der Haut. Pedro hatte damit geprahlt, wie ultraleicht seine Tropenkleidung wäre, aber in nassem Zustand fühlte sie sich an wie ein Bärenfell.

Wir schleppten uns gebeugt und mit hochgezogenen Schultern vorwärts, während sich der ohnehin schon matschige Boden in einen wahren Sumpf verwandelte. Rechts und links neben uns rauschten plötzlich Bäche, alle naselang rutschten wir aus und landeten fluchend im Morast. Einmal verschwand Pan bis zu den Schultern in einem Matschloch. Ich konnte ihr vor lauter Lachen leider nicht helfen, und als Mum und Dad sie endlich rausgezogen hatten, musste ich noch mehr lachen, weil Pan von oben bis unten von Blutegeln übersät war. Allein auf ihrem Hals und ihren Armen klebten Dutzende. Selbst auf dem Augenlid hatte sie einen.

»Ist das ekelig!«, schrie ich und kriegte mich überhaupt nicht mehr ein. »Einer saugt an deinem Augapfel!«

»Halt die Klappe, Jake!«, schnauzte mich Mum an. »Und Pandora, du beruhigst dich jetzt! Alles halb so wild. Der Egel klebt nur auf dem Lid.«

»MACH IHN WEG! MACH IHN WEG! MACH IHN

WEEEGGGG!!!« Pan hörte gar nicht mehr auf, zu schreien und um sich zu schlagen. Entsprechend lange dauerte es, bis Mum den Blutsauger entfernt hatte. Keine Ahnung, wie sie es überhaupt schaffte, ich bekam davon nichts mit, weil ich mir vor Lachen die Seiten halten und mich hinsetzen musste.

»Das ist das Witzigste, was ich je gesehen habe«, japste ich.

»Jake!«, zischte Dad. »Ganz ruhig, nicht bewegen, du hast einen auf der Lippe …«

»WAS??? MACH IHN WEG! MACH IHN WEG! MACH IHN WEEEGGGG!!!«

Der »Schauer« dauerte Stunden. Selbst wenn wir Zeit gehabt hätten, uns unterzustellen, hätten wir keinen Unterschlupf gefunden. Manchmal konnte ich Mum, Dad und Pan vor lauter Regen gar nicht erkennen, es war, als wären sie aus dem Bild gewaschen worden. In diesen Momenten, alleine vor mich hin trottend, war es schwierig, nicht an Sami zu denken.

Letztlich merkte ich aber, dass mir diese Gedanken guttaten. Es tat gut, mich daran zu erinnern, warum ich mich durch diese Matschhölle kämpfte, und dass es lebensentscheidend war, weiterzugehen, einen Schritt vor den anderen zu setzen, nicht aufzugeben. Ich fragte mich, ob der Gedanke an Sami die anderen ebenso vorantrieb wie mich.

»Ihr habt uns nie erzählt, wie ihr Sami kennengelernt habt«, sagte ich zu Mum und Dad.

»Das … das ist eine lange Geschichte«, erwiderte Mum.

»Da trifft sich's ja gut«, meinte ich, »dass wir gerade richtig lange Zeit haben …«

Ein paar Minuten trotteten wir schweigend nebeneinander her. Ich schätze, Dad überließ es Mum zu antworten. Sie war immer so zugeknöpft, was ihre Schatzjäger-Vergangenheit betraf. Wahrscheinlich, weil sie nicht wollte, dass Pan und ich auf die Idee kamen, ihnen nachzueifern. Aber ich denke, Dad wusste, warum ich fragte.

»Zum ersten Mal sind wir ihm 1983 in Bagdad begegnet«, sagte er schließlich.

Mum ging schneller, um uns einzuholen.

»Blödsinn«, widersprach sie. »Das war 1981 in Kairo. Wir waren auf der Suche nach dem Grab einer ägyptischen Prinzessin. Andere Schatzjäger hatten die Fährte bereits aufgenommen, wir mussten uns also beeilen, wenn wir die Grabbeigaben retten und in ein Museum bringen wollten.«

»Hat Sami für eines der Konkurrenzteams gearbeitet?«, fragte Pan.

Mum lachte. »Sami? Nein. Bis zu dem Zeitpunkt hatte Sami mit Schatzjägerei nichts am Hut. Wir haben ihn in seinem Forschungslabor in der Universität von Kairo aufgesucht. Wir hatten gehört, dass er sich wie kein anderer in neuen Technologien auskannte. Wir brauchten seine Hilfe für unsere Arbeit. Konkret wollten wir, dass er uns einen Roboter baut, mit dem wir unzugängliche Höhlen oder Hohlräume erforschen konnten. Es ging um einen Job. Wir wollten, dass er etwas für uns erfindet.«

Dad schnaubte. »Erinnerst du dich an seine Reaktion, als wir ihm erzählten, was wir machen? Ich habe noch nie jemanden so aufgeregt erlebt. Die nächsten zwei Stunden hat er uns nonstop Vorschläge unterbreitet, wie er uns helfen könnte.«

»Es ging längst nicht mehr nur um den Roboter«, fügte

Mum hinzu, »sondern auch um andere Erfindungen. Frühe Versionen des Ausrüstungsgürtels und Enterhakenseile, die er für das Militär designt hatte – obwohl er eigentlich gar keine Lust hatte, Soldaten auszurüsten. Da fand er die Idee, Schatzjäger zu unterstützen, viel spannender.«

»Aber wir selbst waren auch ziemlich aufgeregt, Jane. Wir haben doch sofort erkannt, dass uns Samis Technik einen Riesenvorsprung vor den anderen verschaffen würde. Ich weiß noch, wie wir alle drei gekichert haben. Wir haben uns gefühlt, als hätten wir das letzte Teil eines 1000er-Puzzles gefunden. Es hat sich alles so wunderbar zusammengefügt.«

»Und dann hat er uns ein paar Minuten später gleich das Leben gerettet«, murmelte Mum.

»Was?«, fragte ich. »Wie?«

»Eher nebenbei«, erklärte Mum. »Er führte uns gerade eine Wärmebildkamera vor, die er konstruiert hatte, als das Display die Wärmesignatur eines Schatzjägers auf dem Labordach anzeigte. Der Typ war uns gefolgt und kurz davor zuzuschlagen. Ich schätze, er wollte uns entführen und Informationen über das Prinzessinnengrab aus uns herauspressen. Es war ein Schweizer, wenn ich mich recht erinnere.«

»Nein«, korrigierte Dad, »es war Adrian Kosikowski, ein Amerikaner.«

»Nein, Liebling, Kosikowski hat uns in Äthiopien angegriffen, das war der Typ, der am Ende in eine Krokodilgrube gefallen ist, erinnerst du dich nicht mehr?«

»Ich bin mir ziemlich sicher, dass die Krokodilgrube in Sambia war, Schatz.«

»Es gab mehrere Krokodilgruben, Liebling. Egal, damals in Samis Labor gab es jedenfalls einen Kampf, mit wem auch immer. Sami hat den Typen ausgeknockt, indem er ihm einen toten Fisch an den Kopf geknallt hat. Warum hatte Sami eigentlich einen toten Fisch in seinem Labor? Das hat er uns nie erzählt, oder?«

»Ihr habt den Kampf jedenfalls gewonnen?«, fragte ich.

»Ja, natürlich«, antwortete Mum. »Und ab da war Sami ganz selbstverständlich Teil unseres Teams. Ich kann gar nicht zählen, wie oft er uns mit seinem Equipment schon das Leben gerettet hat. Wir waren noch nie ohne ihn auf Expedition, das hier …«

Sie verstummte, aber wir wussten auch so, was sie meinte: *Das hier ist das erste Mal.*

Es schüttete immer noch wie aus Eimern, aber das kümmerte mich nicht mehr. Was störte es schon, wenn unser Trip anstrengend war? Wir waren auf Schatzjagd – und Schatzjagden waren nun mal anstrengend. Ich würde mich jedenfalls nicht mehr beschweren. Ab jetzt würde ich mich nur noch auf die Mission konzentrieren. Ich war wild entschlossen, wiedergutzumachen, was ich verbockt hatte. Ich würde die »Stätte des Jaguars« finden, die verschiedenen Wegweiser, das Grab selbst und die Smaragdtafel! Ich würde Sami retten!

17

Wir stapften weiter durch den Regen. Wir stolperten in Wasserlöcher und kletterten wieder raus. Wir rutschten auf Felsen aus und rappelten uns wieder hoch. Es war so glitschig, dass wir teilweise das Gefühl hatten, auf Eis zu laufen.

»Bleibt zusammen«, rief Dad. »Wir dürfen uns nicht aus den Augen verlieren!«

Wir waren jetzt fast acht Stunden unterwegs und noch immer war die Stelle, wo sich die zwei Flüsse vereinten, nicht in Sicht. Ich machte mir langsam Sorgen, dass wir uns in all dem Regen und Matsch verlaufen hatten.

Aber wir marschierten unverdrossen weiter, immer Dad hinterher, quer über einen Berghang, den breite Ströme an Regenwasser hinabliefen. Pan wäre, als sie wieder einmal ausrutschte, um ein Haar mit einem dieser Sturzbäche abwärtsgerauscht, doch sie konnte sich in letzter Sekunde an einem Baumstamm festhalten. Ich wollte ihr aufhelfen, aber sie schlug meine Hand weg und stieß einen frustrierten Schrei aus.

»Hör mit dem Gekreische auf, Pandora!«, rüffelte Mum sie.

»Aber ich bin von oben bis unten voller Matsch.«

»Das ist kein Grund herumzukreischen!«

»Das bin ich nicht, das ist Jake.«

Ich drehte mich um, rieb mir den Matsch aus den Augen und strich meine nassen Haarsträhnen zurück. Es stimmte: Irgendjemand kreischte hier, aber *ich* war es nicht. Dad wischte sich über die beschlagenen Brillengläser und ließ seinen Blick über den Berghang schweifen. Das Geräusch wurde lauter, wie das Martinshorn eines sich nähernden Polizeiwagens.

»Bleibt stehen«, sagte Dad unnötigerweise, denn wir standen ja längst. Blinzelnd drehten wir uns um. Das Geräusch kam von weiter oben.

»Affen?«, fragte Mum.

»Nein«, murmelte Dad. »*Tayassu pecari.*«

»Was?«, fragte Pan.

»Eine Art Wildschwein.«

Ehrlich gesagt klang es nach einer ganzen Rotte Wildschweine. Wir konnten sie noch immer nicht sehen, aber wir hörten, dass sie sich definitiv näherten. Ihr schrilles Quieken tönte über den Abhang, als würden sie von allen Seiten gleichzeitig kommen.

»Keine Panik«, beruhigte uns Mum. »Die sind nicht sonderlich gefährlich.«

»Nicht sonderlich?«

»Ich seh sie!«, schrie Pan.

Ungefähr ein Dutzend plumper Schweine mit drahtigem braunem Fell rannte den Berg hinunter. Sie kamen direkt auf uns zu – vor Angst quietschend.

»Keine Panik«, wiederholte Mum, obwohl sie selbst ziemlich panisch klang. »Wenn sie uns für eine Bedrohung halten, spießen sie uns vielleicht auf. Wenn wir ruhig stehen bleiben, rennen sie einfach vorbei.«

»Hast du gerade aufspießen gesagt?«, kreischte Pan.

Erst jetzt sah ich die kurzen, aber spitz zulaufenden Stoßzähne, die rechts und links der Schnauzen aus dem Fell ragten. Aber die Schweine sahen eigentlich nicht so aus, als seien sie im Angriffsmodus. Im Gegenteil: Es wirkte eher so, als flüchteten sie selbst. Irgendetwas Fieses passierte hier gerade – und es hatte nichts mit den Schweinen zu tun.

»Wir sollten hier weg«, drängte ich.

»Nein«, widersprach Mum. »Ihr bleibt, wo ihr seid. Die rennen einfach an uns vorbei.«

»Ja, aber warum rennen *sie*? Wovor rennen sie weg?«

Wir verharrten still, starrten auf den Berghang hinter den Schweinen. Irgendetwas kam hinter ihnen her. Es sah nicht nach einem Lebewesen aus, eher nach einer Art Welle. Einer dunklen Welle, die den Hang hinabrollte.

»Eine Schlammlawine!«, brüllte Dad. »Weg hier!«

Er packte mich am Arm und zerrte mich hinter sich her den Berg hinunter. Pan und Mum waren bereits vor uns. Der Abhang wurde jetzt steiler. Hinter uns hörten wir die Schweine quieken. Das Nächste, was ich mitbekam, war, dass ich rutschte, und zwar schneller, als ich jemals hätte rennen können. Ich warf einen Blick über die Schulter und sah, dass die Schlammlawine zu einer hohen, braunen Wand geworden war. Direkt hinter uns.

»Rutscht!«, rief ich meiner Familie zu. »Werft euch auf den Boden und rutscht!«

Ich drehte mich etwas, sodass ich in Pans Richtung glitt, und kegelte sie um. Sie fiel auf mich drauf und ich hielt sie fest, während wir gemeinsam runtersausten. Obwohl ihre Augen voller Matsch waren, sah ich die Panik darin.

»Steck dir deinen Atemschlauch in den Mund«, rief ich, aber sie schien mich durch das Tosen der Lawine hindurch nicht zu verstehen. Ich tastete nach meinem Ausrüstungsgürtel, löste das kleine Metallröhrchen aus dem Karabiner und hielt es Pan vors Gesicht. Sie biss auf das Mundstück. Ich selbst holte auch noch einmal tief Luft – dann war die Lawine über uns.

Sie verschluckte uns und riss uns mit sich den Berg hinunter. Unter der Wucht des Aufpralls konnte ich Pan nicht mehr festhalten, zumal ich mich mehrfach überschlug. Zum Glück spülte es mich kurz an die Oberfläche, sodass ich wenigstens einmal Luft holen konnte. Ich riss die Augen auf und sah, dass ich direkt auf einen riesigen Baumstamm zuraste. Das Ultraschall-Kraftfeld schoss mir durch den Kopf. Sollte ich es aktivieren, um mich vor dem Aufprall zu schützen? Nein, keine Zeit mehr.

Ich knallte mit einer solchen Wucht gegen den Baum, dass ich mir ohne die Graphen-Panzerung in meinem Tropenanzug wahrscheinlich die Wirbelsäule gebrochen hätte. Der Baumriese hielt mich fest, während die Lawine über mich hinwegbrandete und an mir zerrte. Binnen Sekunden waren mein Mund und meine Nase mit Schlamm gefüllt. Ich bekam keine Luft mehr, drohte im Matsch zu ersticken.

Und dann war der Spuk plötzlich vorbei. Mühsam öffnete ich die Augen, spuckte Unmengen von Erde aus und schnappte keuchend nach Luft. Ich war zwar halb begraben – aber ich lebte.

»Jake!«

Hastig grub ich mich frei. Die Seite, mit der ich gegen den Baum gecrasht war, schmerzte höllisch.

»Pandora!«

Das war Mums Stimme. Und dann hörte ich auch Dad nach uns rufen. Ich stöhnte ein Lebenszeichen. Und dann dämmerte es mir plötzlich: Mum und Dad sahen Pan nicht. Sie musste verschüttet sein!

Ich biss die Zähne zusammen, ignorierte den Schmerz in den Rippen und kroch hastig durch den Morast. Die Lawine hatte uns bis zum Grund einer Schlucht mitgerissen und am Ufer eines reißenden Stromes liegen lassen. Ein Großteil des Schlamms hatte sich in den Fluss ergossen, der Rest bildete eine Art Wall am Ufer. War Pan darunter begraben oder war sie ins Wasser gespült worden?

Ich rannte jetzt und rief unablässig nach meinen Eltern.

»Jake!«, brüllte Mum zurück. »Gott sei Dank!«

»Wo ist Pan?«

»Schwärmt aus«, keuchte Dad. »Und grabt!«

Ungefähr fünfzig Meter in jede Richtung hatte sich der Schlamm ausgebreitet. Wir würden sie niemals rechtzeitig finden.

»*Wärmebildkamera!*«, rief ich.

Mum und Dad kapierten und setzten ihre Wärmebildkameras auf. Ich wies meine Brille an, mir jeden Wärmepunkt in der Umgebung anzuzeigen. Dabei drehte ich mich hektisch um die eigene Achse, scannte den Boden, betete …

Da!

Ich rannte zu dem orangen Leuchtpunkt, den meine Brille mir unter der Oberfläche anzeigte, und begann wie ein Besessener zu buddeln. Dabei rief ich unentwegt den Namen meiner Schwester. Wie lange lag sie schon unter dem Schlamm? War es bereits zu spät?

»Jetzt mach schon!«, brüllte ich ungeduldig und grub noch hektischer.

Unter mir bewegte sich etwas.

»Pan! Halt durch! Ich bin gleich da!«

Ich langte in die Erde und bekam etwas zu fassen …

Nein! Himmel, was war das denn?! Das durfte doch nicht wahr sein!

Eines der Wildschweine quiekte mir entgegen, als ich es an den Vorderbeinen aus dem Matsch zog.

»Hierher!«, rief Dad.

Das Wildschwein machte sich vom Acker, während Mum und ich zu Dad rannten und ihm halfen, meine Schwester aus der Erde zu befreien. Sie sah schwer mitgenommen aus, aber sie lebte. Sie saugte sogar immer noch an dem Atemröhrchen. Und das brauchte sie auch, denn Mum drückte sie so fest, dass sie fast keine Luft bekam.

»Alles gut, ich hab's überlebt!«, keuchte sie.

Dad bekam vor Erleichterung einen hysterischen Lachanfall. »Und schaut mal, wo wir sind«, sagte er.

Ich rieb mir eine weitere Fuhre Matsch aus den Augen und blickte am Ufer entlang – bis zu einer Stelle, wo ein kleiner Nebenfluss in den Strom mündete. Dort strudelte das Wasser in einem noch kräftigeren Braun – es sah fast so aus, als ob der breite Fluss dem schmaleren den Zutritt verwehren würde.

Wir standen an der Flusskreuzung, wo wir den nächsten Hinweis auf das Grab zu finden hofften.

Und jetzt?

18

Die »Stätte des Jaguars«. Was die Azteken wohl darunter verstanden hatten?

Unsere Eltern waren erfahrene Schatzjäger und Experten für alte Hochkulturen, aber selbst sie hatten keinen blassen Schimmer. Wir hatten gehofft, es würde sich uns erschließen, sobald wir bei dem Zusammenfluss angekommen wären, aber jetzt, vor Ort, waren wir genauso schlau wie vorher. Und obendrein nasser und dreckiger. Insgeheim hatte ich gehofft, hier auf einen Tempel zu stoßen, mit einem steinernen Jaguarkopf auf dem Dach und der Aufschrift in Aztekisch: »Der nächste Hinweis auf die Smaragdtafel befindet sich hier drinnen.« Aber so leicht war es nun mal nicht.

Wir setzten uns ans Ufer, hielten unsere Gesichter in den warmen Regen und ließen uns den Matsch abspülen. Von hier aus konnten wir den Verlauf des schokobraunen Flusses bis zu den beiden Storm Peaks verfolgen. Immer noch zuckten Blitze um die Gipfel und an der Steilwand des höheren Berges donnerte ein Wasserfall herunter.

»Die Stätte des Jaguars …«, murmelte Pan.

»Stätte … des … Jaguars …«, wiederholte ich nachdenklich.

»Es ständig zu wiederholen, hilft uns auch nicht weiter«, blaffte Mum.

Wir waren acht Stunden gelaufen, um hierherzugelangen, wir waren klatschnass, hatten uns von Blutegeln aussaugen, von Wildschweinen verfolgen und fast von einer Schlammlawine begraben lassen. Wir brauchten unbedingt eine Pause. Aber wir hatten keine Zeit. Um Samis willen mussten wir weiter.

Wir mussten diesen verdammten Hinweis finden.

Ich holte ein paarmal tief Luft und schloss die Augen, um mich zu konzentrieren.

»Wir müssen uns aufteilen«, sagte ich schließlich. »Jeder von uns nimmt sich zwanzig Meter des Uferstreifens vor. Stellt eure Brillen auf Ultraschallorientierung, dann zeigt sie euch mögliche Öffnungen im Untergrund. Dad, wir müssen uns überlegen, wie wir über den Fluss kommen, wenn wir auf dieser Seite nichts finden. Mum, wir müssen herausfinden, wie tief das Wasser ist und ob die Gefahr besteht, von Krokodilen, Piranhas oder was auch immer angegriffen zu werden. Kann ja sein, dass wir schwimmen müssen.«

Mum starrte mich überrumpelt an. Wahrscheinlich hatte sie daran zu kauen, dass ich so selbstverständlich das Kommando übernahm. Jedenfalls sah sie so aus, als würde sie meinen Plan erst mal auf alle möglichen Fehler abklopfen. Aber am Ende hatte sie nur einen Einwand: »Wieso Schwimmen?«

»Laut der Aztekenschrift befindet sich die Stätte des

173

Jaguars am Zusammenfluss der beiden Ströme«, sagte ich. »Und Dad meinte, dass die Aufzeichnungen der Azteken immer sehr wörtlich zu nehmen sind. Deshalb kann es doch sein, dass wir den Ort tatsächlich genau dort suchen müssen: am Zusammenfluss.«

»Du meinst, *im* Fluss?«, fragte Pan. »Also unter Wasser?«

Ich zuckte die Achseln. Es war einfach nur ein Gedanke, der mir gekommen war.

Dad sah Mum an und ich hatte den Eindruck, dass sich seine Lippen zu einem kleinen Lächeln verzogen.

Mum nickte nur.

»Okay«, sagte sie. »Das ist dann also unser Plan. Wir kommunizieren über unsere Brillen. Aber keiner begibt sich außer Sichtweite.«

»Und denkt dran: Die Azteken haben die drei Hinweise gesetzt, um ihren eigenen Leuten den Weg zu Quetzalcoatls Grab zu weisen. Sie *wollten*, dass die Hinweise gefunden werden. Sie werden sie also an Stellen angebracht haben, wo sie sicher sein konnten, dass sie dauerhaft sichtbar sind.«

»Zum Beispiel auf Stein?«, fragte Pan.

»Zum Beispiel«, stimmte Dad zu.

Wir teilten uns auf und jeder von uns nahm sich einen Uferbereich vor. Ich wusste immer noch nicht, wonach ich überhaupt suchen sollte, deshalb scannte ich mit der Ultraschallfunktion den Untergrund nach Löchern und Hohlräumen ab. Durch die Schlammlawine hatte sich der Boden extrem verdichtet, deshalb ging ich an verschiedenen Stellen in die Hocke und grub mit den Händen. Aber das Einzige, was ich fand, waren Ameisen.

»Und? Habt ihr schon etwas gefunden?«, rief Dad.

174

»Schlamm«, antwortete Pan. »Und Schlamm.«

Ich starrte zu den gewitterumtosten Storm Peaks und fragte mich, ob wohl irgendwann mal jemand dort hinaufgeklettert war. Von meinem Standpunkt aus wirkten die zwei Berge so, als würden sie sich leicht überlappen. Zusammen formten sie einen Umriss, wie Wolken, die sich am Himmel begegnen. Ich trat zur Seite und entdeckte ein Gesicht im Fels. Es sah ein bisschen so aus wie Mum, wenn sie wütend war. Als ich ein paar Schritte weiterlief, hellte sich die Miene auf und am Ende schien das Gesicht zu lächeln und sah ganz und gar nicht mehr aus wie Mum. Da durchzuckte es mich, als wäre einer der Blitze in mich gefahren.

»Der Platz des Jaguars …«, murmelte ich.

War das möglich?

Mein Herz begann zu trommeln, während ich weiter durch den Matsch stapfte, die Augen fest auf die Storm Peaks geheftet.

»Jake?«, rief Mum. »Entferne dich nicht zu weit.«

Ich hörte sie, lief aber unbeirrt weiter. Alle paar Schritte blieb ich stehen und betrachtete die Form, die die zwei Berge bildeten. Dann rieb ich meine beschlagenen Brillengläser sauber und schaute noch einmal.

»Leute?«, brüllte ich schließlich. Ich sah wieder ein Gesicht, aber diesmal nicht das eines Menschen … sondern das einer Raubkatze.

Eines Jaguars.

Nein, das war keine Einbildung! Die mandelförmigen Augen waren zwei Felshöhlen, die breite Nase und die geschwungene Schnauze wurden von Rissen und Vorsprüngen im Fels gebildet.

»LEUTE!«, brüllte ich noch einmal.

Okay, das Gesicht war nicht hundertprozentig perfekt. Die Ohren saßen nicht ganz richtig. Ich änderte meinen Blickwinkel, ging in die Hocke und legte mich schließlich flach auf den Boden.

»Bingo!«, rief ich.

Aus der Felswand starrte mich ein Jaguar an. Von der Stelle, wo ich lag, sah er perfekt aus. Aber nur von diesem Punkt aus. Das hier musste die »Stätte des Jaguars« sein.

Pan, Mum und Dad kamen angerannt, erstaunt und atemlos.

»Fühlst du dich nicht gut?«, fragte Mum.

»Jake, bitte antworte ehrlich«, bat Dad. »Hast du an irgendeinem Frosch geleckt?«

Aber ich starrte einfach nur weiter auf das Katzengesicht in den Bergen, die Wange in den warmen Matsch gepresst. »Ich sehe den Jaguar«, murmelte ich. »Dort drüben, in der F...«

Weiter kam ich nicht, denn in dem Moment biss mir etwas ins Gesicht und mein Blickfeld löste sich in schrillbunte Schmerzfetzen auf.

19

Als ich die Augen aufschlug, lag ich auf einer Plane und blickte in den Himmel. Die eine Seite meines Kiefers fühlte sich betäubt an, wie nach einer Zahn-OP. Die andere Seite schmerzte so dermaßen, als hätte der Zahnarzt dort ohne Betäubung gebohrt. Ein dicker Speichelfaden lief mir aus dem Mund übers Kinn. Ich versuchte zu sprechen, brachte aber nur ein Stöhnen zustande.

Pan, Mum und Dad waren ganz in der Nähe. Wie die Besessenen wühlten sie an der Stelle, wo ich vorher gelegen hatte, im Matsch herum.

Was ist passiert?, wollte ich fragen, doch was herauskam, hörte sich an wie: »Wschipsscht?«

Komischerweise verstand Pan mich trotzdem. »Du hast dich mal wieder vor der Arbeit gedrückt, das ist passiert.«

»Du bist von einer Tropischen Riesenameise gebissen worden«, erklärte Mum. »Du kannst froh sein, dass du ohnmächtig geworden bist. Der Schmerz ist kein Zuckerschlecken.«

177

Kein Zuckerschlecken war die krasseste Untertreibung, die ich je gehört hatte. Ich fühlte mich, als hätte jemand einen Zelthering in meinen Kiefer gehämmert.

»Wasch mascht ihr da?«, nuschelte ich.

»Wir graben«, sagte Pan. »Das Jaguargesicht, du erinnerst dich?«

Ich schloss die Augen, damit das Drehen in meinem Kopf endlich aufhörte. Das Jaguargesicht. Ach ja, ich hatte die Stätte des Jaguars gefunden! Den ersten der drei Wegweiser zum Grab von diesem Quetzalcoatl. Nicht dass irgendeines meiner Familienmitglieder das mal würdigte. Sie schienen einfach nur total genervt, dass ich nicht beim Graben half.

Ich versuchte mich aufzusetzen, aber sofort wurde mir schwummerig, meine Arme knickten ein und ich sackte zurück auf die Plane. Mein Körper gehorchte mir einfach nicht. Obendrein fühlte ich mich, als hätte man mir die Hälfte des Blutes abgepumpt.

»Wir haben die Gesteinsschicht erreicht«, verkündete Mum irgendwann.

»Weitergraben«, entschied Dad. »Wir müssen alles freischaufeln.«

»Hier ist was«, rief Pan. »Eine Kerbe im Fels. Keine natürliche, dafür ist sie zu gerade.«

»Hier ist auch eine«, keuchte Mum. »Sie bilden den Rand von irgendetwas.«

»Grabt in einem größeren Umkreis. Findet heraus, wo sich die Spalten treffen«, befahl Dad.

Alles, was ich tun konnte, war, zuzuschauen, wie meine Familie aufgeregt im Matsch wühlte und Rillen im Fels freilegte. Nach dem, was ich mitbekam, bildeten die Rillen ein Rechteck von der Größe unseres Küchentisches zu Hause.

»Sieht nach einem Eingang aus«, stellte Pan fest.

»Das ist ein Eingang«, bestätigte Dad.

»Mmmmm rghhhh brrrr«, fügte ich hinzu.

»Seht mal, da ist etwas in den Fels geritzt.« Mum verfiel vor Aufregung fast in Schnappatmung.

Aus ihrer Feldflasche träufelte sie Wasser auf den Felsen und betrachtete staunend die freigespülte Fläche.

»John!«, rief sie. »Das Symbol des Jaguars!«

Dad trat näher, um die Schnitzerei zu betrachten, und dann grinsten sie und umarmten sich. Es war wirklich irre, sie so glücklich zu sehen. Pan warf mir einen Blick zu und ich fragte mich, ob sie das Gleiche dachte wie ich. In diesem Moment waren Mum und Dad die zwei Menschen, die sie vor unserer Geburt gewesen waren: Schatzjäger mit Leib und Seele, die sich keine Gedanken um irgendwelche nervigen Kinder machen mussten.

»Irgendwie müssen wir das Ding aufbekommen«, sagte Dad. »Sucht spitze Steine, irgendetwas, mit dem wir die Innenfläche aufhebeln können.«

Argh! Ich wollte auch mitmachen!

Ich biss die Zähne zusammen und stützte mich erneut auf meine Ellbogen. Ein bisschen mehr Energie konnte ich diesmal aufbringen, aber nicht genug, um bei der steinernen Tür zu helfen. Mir blieb nichts anderes übrig, als zuzuschauen, wie Pan am Flussufer hin und her flitzte und Steine sammelte, während Mum sie mit ihrem Laser-Cutter in dünne Scheiben schnitt. Dad säbelte Äste von einem Baum und verband sie mit den Steinscheiben zu drei Schaufeln.

Inzwischen war wenigstens so viel Kraft in meine Beine zurückgekehrt, dass ich näher heranrobben konnte. Und mein Kiefer war so weit abgeschwollen, dass ich Mum, Dad und Pan zurufen konnte, auf mich zu warten. Doch sie beachteten mich nicht, sie hatten ihre Schaufelspitzen bereits in den Türrahmen gebohrt.

»Gut«, sagte Dad. »Und jetzt anheben.«

»Eins, zwei, drei, los!«, rief ich, einfach nur, um auch etwas zu sagen, aber sie hoben und stemmten bereits. Selbst Pan, die es sonst nicht so mit körperlicher Anstrengung hatte, machte mit. Ihre Arme zitterten, doch die Aufregung schien sie anzutreiben.

»Sie hebt sich …!«, stieß Mum zwischen zusammengebissenen Zähnen hervor.

»Luft anhalten!«, befahl Dad.

Die Steinplatte hob sich um maximal einen Zentimeter. Ein Zischen war zu hören, so als hätten die drei die Abdeckung einer Schlangengrube geöffnet. Dann quoll ein bräunlicher Luftschwall aus dem Spalt. Pan prustete, spuckte und taumelte rückwärts, doch Mum und Dad stemmten sich weiter gegen ihre Schaufeln und hebelten die Steinplatte Zentimeter für Zentimeter höher. Dads Gesicht war puterrot und seine Brille rutschte ihm von der Nase. Der Spalt war inzwischen so breit, dass ich die tiefe Schwärze dahinter sehen konnte. Doch die Schaufeln waren nicht stabil genug, um die Platte noch höher zu wuchten. Die Äste bogen sich durch und drohten zu brechen.

»Achtung, gleich kracht sie runter«, stöhnte Mum.

Aber noch war sie offen. Zwar nur einen halben Meter, aber das reichte.

Es war genau die Art von Situation, vor der Mum mich immer warnte. Eine Situation, die blitzschnelles Handeln erforderte. In der man nicht lange über die Konsequenzen nachdenken konnte. Der nächste Grabwegweiser befand sich dort unten und deshalb mussten wir dorthin! Jetzt! Und ich konnte das, da war ich mir sicher.

Mit zitternden Händen tastete ich nach meinem Ausrüstungsgürtel und drückte auf den Knopf, der das Bungee-Seil aus dem Innenfutter abrollte.

»Jake?«, fragte Mum alarmiert. »Was machst du da? JAKE!?«

Ich war nur noch wenige Meter vom Eingang entfernt.

»Jake!«, bellte mich Dad an. »Weg da! Die Steinplatte knallt jeden Moment runter.«

Aber ich hörte nicht. Wie ein Wurm schlängelte ich mich durch den Schlamm, direkt auf die Öffnung zu. Das betäubende Gefühl war weg. Mein Verstand arbeitete wieder messerscharf. Ich war total fokussiert auf das, was vor mir lag. Meine Augen scannten den Boden nach einer Befestigung für das Bungee-Seil. Aber da war nichts außer Schlamm.

»Jake! Ich halte es!« Pan kam angerannt und schnappte sich das Seilende, um mich zu sichern. Sie wusste genau, was ich vorhatte. »Los, rein mit dir!«, rief sie.

Mit dem Kopf voran zwängte ich mich durch den Spalt und stürzte mich in die Finsternis. An meiner Hüfte spürte ich, wie sich das Seil in rasender Geschwindigkeit abrollte.

20

»*Taschenlampe!*«

Am Seil baumelnd drehte ich mich langsam um mich selbst, während der Lichtstrahl aus meiner Smartbrille Kreise auf die Steinwände malte. Der Hohlraum, in dem ich hing, ähnelte einem Brunnenschacht. Er war vor 500 Jahren von den Azteken ausgehoben worden, während ihrer Flucht vor den spanischen Eroberern. Über mir hatte die Steinplatte den Eingang wieder versiegelt und das Bungee-Seil eingeklemmt. Ich war also gesichert.

Ich leuchtete mit der Brille nach unten. Die Azteken hatten gar nicht so tief graben müssen: Etwa drei Meter unter mir weitete sich der Schacht zu einer natürlichen Höhle. Was erwartete mich dort, außer endloser Finsternis? Befand sich der Hinweis irgendwo dort unten? War dort überhaupt irgendetwas? Na, zumindest hatte ich keine Höhenangst. Wie auch? Ich konnte den Boden ja nicht sehen.

»Jake? Kannst du mich hören?«, tönte Dads Stimme in meinem Headset.

»Alles okay«, antwortete ich.

»Das gibt Hausarrest, aber reichlich!«, schnauzte Mum.

»Was? Wieso das denn?«

»Dafür, dass du ohne Erlaubnis durch eine Geheimtür gegangen bist.«

Ich musste lachen. Obwohl, vielleicht wäre Hausarrest gar nicht so übel. Jedenfalls gemütlicher als das hier.

»Was siehst du?«, fragte Pan.

»Eine Höhle.«

»Wir versuchen, die Tür wieder aufzubekommen.« Mum klang atemlos, so als würde sie rennen. Wahrscheinlich suchte sie das Ufer nach Steinen für stabilere Schaufeln ab. »Du bewegst dich nicht von der Stelle, hörst du?«

»Ich seile mich ab.«

»Hast du nicht gehört, was ich gerade gesagt hab?«

»Ich kann dich nicht verstehen. Es rauscht so.« Eine glatte Lüge. Na ja, eine Notlüge. Ich hatte einfach keine Zeit, nutzlos hier herumzubaumeln.

Per Knopfdruck ließ ich das Bungee-Seil weiter abspulen. Der Taschenlampenstrahl glitt mit mir in die Tiefe und beleuchtete raue Steinwände.

»Langsam, Jake«, ermahnte mich Dad. »Denk dran: Die Azteken wollten verhindern, dass die Spanier den Wegweiser finden. Sie könnten Fallen eingebaut haben.«

»Todesdornen zum Beispiel«, fügte Pan hinzu. »Mit vergifteten Spitzen.«

»Aber wir sind bei dir, Jake!«, sagte Dad.

Nein, waren sie nicht. Sie standen weit über mir, auf der anderen Seite einer massiven Steinplatte. Trotzdem tat es gut, ihre Stimmen zu hören.

»*Nachtsicht!*«, befahl ich, als ich die Höhle erreichte. Sofort flimmerte die Unterwelt auf meinen Brillengläsern auf. Ein riesiger gewölbter Hohlraum. Stalagmiten bildeten ein wildes Durcheinander auf dem Höhlenboden. Nichts hier sah aus, als sei es von Menschenhand gemacht. Es gab keine Wandmalereien, keine Nischen mit Heiligtümern, nichts.

Ich kam in der Mitte der Höhle auf dem Boden auf. Sofort nahm ich die Signalpistole aus meinem Gürtel und schoss eine Leuchtkugel ab. Sie zischelte auf dem Höhlenboden und warf einen roten Lichtschein an die Felswände. Das war mein Landepunkt. Falls es meiner Familie gelang, die Steinplatte noch einmal anzuheben, würden sie dort ein Seil hinunterlassen, um mich wieder hochzuziehen. Zumindest hoffte ich das.

Ich nahm meinen Gürtel ab und ließ ihn am Bungee-Seil hängen, dann schüttelte ich energisch den letzten Rest Benommenheit aus meinem Kopf. Wenn ich jetzt nicht auf Zack war, hatte ich keine Chance, hier unten etwas zu finden. Aber verdammt, wo sollte ich anfangen zu suchen?

Denk, Jake, denk!

Okay, das erste Etappenziel hatten die Azteken ganz konkret beschrieben: den Jaguar. Warum sollten sie es beim zweiten Hinweis anders halten?

Ich tappte zu einer Ansammlung von Stalaktiten, die auf der einen Höhlenseite von der Decke hingen. Ihre Spitzen berührten die von unten heraufwachsenden Stalagmiten. Die Formation sah aus wie ein Gebiss mit spitzen Zähnen. Fangzähnen. Hinter dem Gebiss führte ein Felsspalt tiefer in das Höhlensystem. Es war ein niedriger, extrem schmaler Durchlass.

»Hier ist ein Tunnel«, meldete ich nach oben.

»Passt du hindurch?«, fragte Dad.

Ich ging in die Hocke und leuchtete in den Gang. Unwillkürlich entfuhren mir ein paar krasse Flüche.

»Jake!«, schimpfte Mum.

»Was siehst du?«, fragte Pan. Sie klang begeistert. Offenbar ahnte sie, dass ich etwas Fieses entdeckt hatte.

Sehnsüchtig wanderte mein Blick zurück zu der zischenden Leuchtkugel. Am liebsten hätte ich gesagt, dass hier nichts zu holen war. Und fast wünschte ich auch, es wäre so. Denn dann hätte ich mich dem, was ich im Tunnel gesehen hatte, nicht aussetzen müssen.

»Was ist es denn, Jake?«, drängte Dad.

»Spinnweben«, antwortete ich.

»Ach so«, sagt Mum. »Aber ein paar Spinnweben werden dich ja wohl nicht ...«

»Nicht *ein paar*. Der ganze Tunnel ist voll.«

Im Ernst: Ich hatte noch nie so viel Spinnenseide auf einem Haufen gesehen. Es war gar kein Durchkommen, alles war zugesponnen. Der Lichtstrahl meiner Brillenlampe durchdrang die Netze nur ein paar Meter weit, dann blieb er gewissermaßen zwischen den Fäden stecken.

Ich hörte Pan schallend lachen, während Mum und Dad die Spinnenarten durchgingen, die an der Moskitoküste beheimatet waren. Entnervt blendete ich meine Familie aus und blickte wieder in den Tunnel. Sollte ich mich wirklich dort hineinwagen?

»Jake, hör mir zu«, sagte Mum. »Die Netze stammen höchstwahrscheinlich von Taranteln.«

»Ach, soll ich mich jetzt besser fühlen, oder was?«

»Taranteln sind nicht tödlich«, erklärte Dad.

»Aber sie beißen«, fügte Pan hinzu.

»Halt die Klappe, Pan!«, zischte ich. »Ihr stellt euch also vor, dass ich einfach so entspannt durch einen Tunnel voller Taranteln krieche.«

»Ja.«

»Großartig! Schönen Dank auch.«

»Okay, dann los«, drängte Pan.

Ich atmete ein paarmal tief durch, um mich zu beruhigen.

Ich schaffe das. Ich schaffe das.

Nein, never ever. Völlig unmöglich.

Aber es geht nicht anders. Um Samis willen!

Ich musste daran denken, wie Sami in Ägypten sein Leben gleich mehrfach für uns riskiert hatte. Wie er mit uns geflohen war und uns geholfen hatte, die Schlangenfrau aufzuspüren. Nein, ich hatte keine Wahl. Ich *musste* in diesen Tunnel. Das war ich ihm schuldig.

Ich schloss die Augen und streckte zögernd eine Hand vor. Hinein in die Netze. Sie fühlten sich sogar noch dichter und stabiler an, als sie aussahen. Sie gaben überhaupt nicht nach, ich musste richtiggehend hineinboxen. Leider stieß meine Hand am anderen Ende nicht ins Freie. Es war so, wie ich befürchtet hatte: Der ganze Tunnel war ein einziges Netz. Resigniert bohrte ich meinen Arm hinein.

»Du zitterst doch nicht etwa?«, fragte Pan. »Das könnte die Spinnen hervorlocken.«

»HALT DIE KLAPPE, PAN!«

»Ich schätze, das war das letzte Mal, dass du einfach so durch eine Geheimtür geschlüpft bist, was?«

»KLAPPE!!«

Ich bückte mich und kroch in den Tunnel. Die Felsspalte hatte die Form eines umgedrehten »V«, ich musste auf den Ellbogen vorwärtsrobben, anders passte ich nicht hindurch. Ich konnte meine Arme also nicht benutzen, um die Spinnweben wegzureißen, was wiederum bedeutete, dass ich mich mit dem Kopf voran durch die Netze bohren musste.

Mum und Dad hatten sich offenbar darauf geeinigt, mir eine befristete Fluch-Erlaubnis zu erteilen, denn es kamen keine Ermahnungen – obwohl ich fluchte, was das Zeug hielt. Meine Brillengläser waren bereits so verklebt, dass das Licht der Taschenlampe nur noch gedimmt hindurchdrang. Immer dicker wurde die Maske aus Spinnenseide. Und bei jedem Fluch, den ich ausstieß, bekam ich etwas von dem Zeug in den Mund.

»Entspann dich«, mahnte Mum.

»Toll, das sagt sich so leicht! Warst du schon mal in einem Taranteltunnel?«

»Jake, wir waren zwanzig Jahre Schatzjäger, in einer Zeit, als an dich noch niemand dachte. Wir sind durch Dutzende von Taranteltunneln gekrochen.«

»Na ja, es waren keine richtigen Tunnel«, mischte sich Dad ein.

»Okay«, räumte Mum ein. »Es waren Gruben und Fallen.«

»Erinnerst du dich noch an die Tarantelkönigin von Cochabamba?«, fragte Dad.

»Sehr schön, ihr da oben, und was mache ich jetzt?«, unterbrach ich meine Eltern.

»Pinkel dir in die Hose«, riet Pan. »Urin soll Taranteln abschrecken.«

»Echt?«

»Nein, Jake, deine Schwester nimmt dich auf den Arm.«

»Mum, jetzt hast du's versaut. Er hätte es gemacht!«

Tatsächlich war ich kurz davor, mir in die Hose zu pinkeln, allerdings nicht zur Abschreckung, sondern vor Angst. Aber wenigstens näherte ich mich dem Tunnelende. Vor mir schien sich eine weitere Höhle aufzutun.

»Bin gleich durch«, keuchte ich.

In dem Moment spürte ich es. Ein Platschen auf meinem Rücken. Irgendetwas war dort gelandet.

»Irgendetwas ist auf mir«, zischte ich.

»Jake, keine Panik jetzt, okay?« Mum bemühte sich um einen ruhigen Ton. »Eine Tarantel ist nicht ...«

Noch ein Patschen.

»Nummer zwei«, stöhnte ich.

Und dann noch eins und noch eins und noch eins. Ich weiß nicht, wie viele Spinnen auf mir landeten, es müssen Hunderte gewesen sein, bei dem Riesennetz.

Jetzt fingen sie an zu krabbeln. Beine liefen mir über den Rücken. Ich konnte sie nicht sehen, aber ich wusste, dass es Taranteln waren. Keine andere Spinnenart war so dermaßen groß und schwer. Und es kamen immer noch mehr hinzu.

»Ganz ruhig, Jake, sie werden auch wieder wegkrabbeln.«

Inzwischen war auch mein Kopf spinnenbedeckt. Sogar mein Gesicht und meine Brille ...

Hilfe, ich hielt es einfach nicht länger aus! Ich schoss hoch und knallte meinen Kopf gegen die Felsdecke, einfach nur, um die Viecher loszuwerden. Dann kroch ich weiter, volles Tempo, und die ganze Zeit schnipste ich wie ein Irrer Spinnen weg. Als ich das Ende der Felsspalte endlich erreichte, stampfte ich auf, sprang und hüpfte, schlug mir auf die Beine und schüttelte mich, wie besessen von dem Gedanken, dass noch immer etwas auf mir herumkrabbelte.

»Alles okay?«, fragte Dad.

»Wie ein Baby, echt!«, schnaubte Pan.

»Wo bist du jetzt, Jake?«, fragte Mum.

Aber ich konnte noch nicht antworten. Ich musste erst mal durchschnaufen und die Spinnweben von der Brille wischen. Als ich mich halbwegs beruhigt hatte, nahm ich im zitternden Licht der Taschenlampe die Umgebung in Augenschein.

»In einer deutlich kleineren Höhle«, antwortete ich schließlich. »Und auch hier geht ein Tunnel ab. Vielleicht ja der Ausgang …«

Ich bückte mich, um in den zweiten Gang zu spähen. Soweit ich erkennen konnte, war er länger als der erste.

»Da sind noch mehr Spinnweben drin«, stöhnte ich. »Aber sie sind zerrissen.«

»Was sagst du da? Zer…?«, fragte Dad.

»Und hier ist noch etwas anderes«, unterbrach ich ihn.

Eine Steinplatte, etwa schreibtischgroß, lehnte an der Wand. Doch als ich näher trat, stellte ich fest, dass die Platte die Wand war. Der Fels ringsum war weggekratzt worden, sodass die Steinplatte wie eine Art Altar dastand.

»Jake«, sagte Mum. »Erzähl uns bitte einfach, was du siehst.«

Tja, was sah ich? Ich trat noch näher und richtete den Lichtkegel auf eine merkwürdige Form, die über der Platte in die Höhlenwand geritzt war. Es schien eine Art Symbol zu sein, vielleicht ein altes aztekisches Zeichen. Aber das Regenwasser, das fünfhundert Jahre lang darübergelaufen war, hatte die Konturen fast komplett ausgewaschen. Ich konnte nur noch erkennen, dass es einmal sehr groß und fein gemeißelt gewesen sein musste. Wahrscheinlich hatte es ewig gedauert, es in den Stein zu ritzen. Ob das der gesuchte Wegweiser war?

»Siehst du den Hinweis, Jake?«

»Hm … ja, vielleicht«, antwortete ich. »Zumindest ist hier etwas in die Wand geritzt.«

»Mach ein Foto, dann schauen wir es uns an.«

Ich blinzelte drei Mal und meine Brille blitzte auf. Blieb nur zu hoffen, dass Mum und Dad mit dem Foto etwas anfangen konnten.

»Jake.« Dads Stimme klang besorgt. »Dieser zweite Tunnel, den du erwähnt hast … Hast du gesagt, die Spinnweben wären zerrissen?«

»Was? Äh, ja, sind sie.«

»Aber du bist nicht reingekrochen?«

»Nein, ich …«

Da kapierte ich, was Dad meinte, und es fühlte sich an, als würde eine kalte Hand nach meinen Eingeweiden greifen. Wenn nicht ich durch den Tunnel gekrochen war, wer oder was dann?

»Los, raus mit dir, Jake! Schnell!«, rief Mum.

Nichts lieber als das, doch meine Beine waren plötzlich wie mit Blei gefüllt.

»Ich hab was gehört …«, flüsterte ich.

Das Geräusch kam aus dem zweiten Tunnel. Leise Schritte.

»War das ein Knurren?«, fragte Pan.

Ja, es war ein Knurren, sie musste es durch meine Brille

gehört haben. Sie machte sich ausnahmsweise mal nicht über mich lustig. »Jake? Hab ich das gerade richtig gehört? Hat da etwas geknurrt?«

»Jake!«, keuchte Mum. »Mach, dass du da rauskommst!«

Diesmal schreckten mich die Spinnweben nicht. Ich floh geradezu in den Tunnel und krabbelte wie ein Verrückter, die Ellbogen voran. Erneutes Knurren, schon sehr viel dichter – nicht mehr aus dem zweiten Tunnel, sondern aus der Höhle hinter mir. Was auch immer das für ein Wesen war, es fühlte sich offenbar gestört.

»Es ist hinter mir her!«, schrie ich.

»Vielleicht ist es ganz harmlos …«

»Harmlose Kreaturen knurren nicht, Pan!«

»Dann beeil dich, Jake!«

Doch schneller konnte ich nicht. Meine Brillengläser waren schon wieder verklebt, ebenso mein Gesicht und mein Mund. Mein rechter Ellbogen rutschte weg und ich knallte mit dem Kinn auf den Felsboden. Ein hektischer Schulterblick zeigte mir Dutzende von Taranteln, die auf den Lichtstrahl meiner Taschenlampe zukrabbelten. Sie schienen zu fliehen. Aber nicht vor mir.

»Ich sehe was!«, keuchte ich.

»*Was?*«

Ich war mir nicht sicher. Meine Brillengläser waren fast unbrauchbar. Aber es war etwas Großes. Etwas, das sich bückte, um in den Tunnel zu spähen. Plötzlich leuchteten im Lichtkegel zwei bernsteinfarbene Augen auf. Gleichzeitig hallte ein wütendes Fauchen von den Wänden wider.

Mit einer Art Hechtrolle stürzte ich aus dem Tunnel, rappelte mich auf und rannte auf die Leuchtkugel zu, die nur noch ein kleiner glimmender Punkt war. Ich hatte sie gerade erreicht, da wurde ihr Licht durch ein anderes ersetzt – von oben. Tageslicht! Mum und Dad hatten es endlich geschafft, die Steinplatte anzuheben.

Ein Seil fiel von oben herab.

»Festhalten, Jake!«

Noch bevor ich es überhaupt zu fassen bekam, zogen sie es schon wieder hinauf, sodass ich einen Riesensatz machen musste, um es noch zu erwischen. Ich klammerte mich fest und sie hievten mich hoch. Leider fiel meine Brille dabei herunter und die Taschenlampe erlosch.

Unter mir huschte ein Schatten durch die Dunkelheit und dann spürte ich, wie etwas an dem Seil hochsprang. Ich schrie auf und trat wie besessen um mich. Kurz ragten Klauen in den Kegel aus Tageslicht. Augen leuchteten auf. Und dann war nur noch das schauerliche Knurren zu hören, das mir die Bestie aus der Tiefe hinterherschickte.

Ich hatte sie nicht gesehen – aber sie mich. Und auch wenn ihr mich jetzt für verrückt haltet: Ihre Geräusche klangen wie eine Warnung. Eine Warnung, dass wir uns wiedersehen würden! Dass sie noch nicht fertig war mit mir!

21

Als wir zum Alpha-Camp zurückliefen, hätten wir nicht sagen können, ob es noch regnete oder bloß von den Blättern tropfte. Wir wurden jedenfalls wieder klatschnass. Ich schätze, es war später Nachmittag, aber auch da war ich mir nicht sicher. Die Baumkronen schirmten das Sonnenlicht so sehr ab, dass es dauerdämmerig war.

Ich fühlte mich wie gerädert. Mein Kiefer war immer noch geschwollen von dem Ameisenbiss, meine Rippen schmerzten von der Schlammlawine, meine Füßen waren wund und von Blasen überzogen, mein ganzer Körper zerkratzt von dem engen Tunnel und alles juckte von unzähligen Insektenstichen. Sogar auf der Lippe, auf den Augenlidern und in den Ohren hatte ich welche. Sorry, aber was für Viecher krabbeln einem bitte ins Ohr, um Blut zu saugen?

Als wir das Camp erreichten, kletterte ich auf direktem Weg in meine Hängematte und zog das Moskitonetz über mich. Ich weiß, was ihr jetzt denkt: Wenn das Symbol, das ich in der zweiten Höhle abfotografiert hatte, tatsächlich der gesuchte Wegweiser war, dann hätten wir jetzt blitzschnell handeln müssen. Um Samis willen. Aber ich konnte nicht mehr. Ich war fix und fertig. Ich musste mich ausruhen. Wenigstens ganz kurz.

Nach einer halben Stunde brachte mir Mum eine Schale mit warmer, grauer Pampe. Eine weitere Dschungel-Mahlzeit aus den Beständen des Alpha-Teams. Und ein ganz schön deprimierendes Essen für jemanden, der völlig lädiert in den Seilen hing und verzweifelt auf etwas Trost hoffte. Dads »multikulturelles Nahrungstraining« hatte uns leider nicht auf gefriergetrocknete, nach Pappe schmeckende Schleimsuppe vorbereitet. Was hätte ich jetzt nicht alles für einen Milchshake und einen Cheeseburger gegeben! Verdrossen starrte ich auf die Drohne des Alpha-Teams und fragte mich, ob man sie nicht zum Pizzaboten umprogrammieren konnte.

Mum rieb Salbe auf den Stich an meiner Backe, schaute mir in die Augen und wuschelte mir durchs Haar, was sie nur ganz selten tat. Mit der anderen Hand zog sie das Amulett unter ihrem Shirt hervor und umklammerte es.

»Bist du sicher, dass dir nichts fehlt?«, fragte sie.

Ich nickte.

»Du kannst von Glück sagen, dass du noch lebst«, fuhr sie fort.

»Alles okay mit mir, Mum, wirklich.«

»Ich meine es ernst, du hattest ein Riesenglück!«

Moment mal, war das etwa schon wieder ein Vorwurf?

Pan setzte sich in ihrer Hängematte auf. »Mum, Jake hat vielleicht Wegweiser Nummer zwei gefunden!«

»Jake hat sich in ein dunkles Loch gestürzt, ohne die

geringste Vorstellung von dem, was ihn dort erwartet«, entgegnete Mum. »Es hätte genauso gut eine Falle sein können.«

»Erstens hat er sein Bungee-Seil benutzt und zweitens war da keine Falle.«

»Ach, du betrachtest einen Jaguar also nicht als Falle?«

»Wir wissen doch gar nicht, ob es ein Jaguar war.«

»Na, ein Waschbär war's jedenfalls nicht! Wenn Jake die Umgebung sorgfältig gecheckt hätte, wie wir es euch beigebracht haben, dann wären ihm die Exkremente des Tieres aufgefallen.«

»Exkremente?«, fragte ich.

»Die Kacke«, erklärte Pan. »Aber wieso hätte die ihm auffallen sollen? Außerdem: Wenn er nicht bis zu dieser zweiten Höhle vorgedrungen wäre, hätten wir nie von dem eingeritzten Symbol erfahren – immerhin vielleicht dem Wegweiser, den wir brauchen, um Sami zu retten.«

»Ich kenne Sami schon ein bisschen länger als du, junge Dame«, wetterte Mum. »Er würde nicht gerettet werden wollen, wenn der Preis dafür ist, dass euch etwas zustößt.«

»Die Entscheidung triffst nicht du, Mum.«

»Natürlich treffe ich die Entscheidung. Ich bin eure Mutter!«

»Psst, seid mal ruhig«, zischte Dad von der anderen Seite des Camps. Er hockte am Boden und untersuchte einen der Alarmsensoren, die er zwischen den Bäumen versteckt hatte. Seine Miene war ernst, sein Kiefer angespannt, das Grübchen in seinem Kinn trat hervor.

»Was ist, John?«, fragte Mum.

»Dieser Alarm hier wurde ausgelöst.«

195

»Vielleicht durch einen von uns?«, fragte Pan.

»Nein, wir sind von Osten ins Camp zurückgekehrt. Ich habe extra drauf geachtet, nur in der Richtung den Alarm zu deaktivieren.«

Dads Knochen knackten, als er sich wieder aufrichtete und zum Unterstand zurückeilte. Sein Blick schweifte über die Holosphäre, den Tisch, die Drohne …

»Hier war jemand«, sagte er schließlich. »Irgendjemand hat sich unsere Aufzeichnungen angeschaut.«

Mum ging zu ihm, das Amulett immer noch fest umklammert. »Könnte es ein Tier gewesen sein?«

»Hm, vielleicht«, murmelte Dad, aber er klang nicht sonderlich überzeugt.

Irgendjemand war hier gewesen. Vielleicht beobachtete er uns sogar immer noch. Jetzt gerade. Wieder überkam mich dieses mulmige Gefühl, dass hier etwas vor sich ging, das wir nicht durchschauten. Nur eines wusste ich sicher: Wir *mussten* das Grab finden. Und zwar schnell.

»Das hier ist das Foto, das Jake in der Höhle geschossen hat. Wie ihr seht, haben Kalkablagerungen und Erosion die Zeichen ziemlich unkenntlich gemacht. Ich hab das Bild durch ein Geo-Rekonstruktionsprogramm laufen lassen, um die ursprünglichen Strukturen wiederherzustellen.«

Wir saßen rund um die Holosphäre unter der Plane und studierten das Foto, das vielleicht unseren zweiten Wegweiser darstellte. Zum Vergleich hatte Dad andere Hologramme mit Azteken-Zeichen aufgerufen.

»Das Reparaturprogramm hat das Symbol folgendermaßen rekonstruiert …« Dad wischte mein Foto beiseite und öffnete eine Datei, die dasselbe Symbol zeigte – nur mit schärferen Konturen. Tatsächlich sah es so aus, als hätten es die Azteken erst gestern in den Fels geritzt. Außerdem, das stach uns erst jetzt ins Auge, war es nicht nur *ein* Symbol.

»Der Wegweiser besteht aus zwei Zeichen?«, fragte Pan. »Kennt ihr eines von beiden?«

Dad schüttelte den Kopf. »Das Rekonstruktionsprogramm konnte auch nicht mehr machen, als Annahmen zu treffen. Keines der beiden Zeichen stellt exakt dar, was die Azteken in die Wand geritzt haben.«

»Können wir die Zeichen denn nicht mit bekannten Nahuatl-Zeichen abgleichen?«, fragte Mum.

Weitere cartoonmäßig wirkende Schriftzeichen leuchteten auf dem Monitortisch auf. Jetzt erinnerte ich mich wieder: Nahuatl hieß die Sprache der Azteken.

Pan, Mum und Dad begannen, die einzelnen Schriftzeichen mit dem verwitterten Felsenbild zu vergleichen. Einige Zeichen wischten sie sofort beiseite, andere vergrößerten sie und diskutierten heftig darüber.

»Das hier könnte ein zusammengesetztes Logogramm sein«, schlug Pan vor.

»Du siehst es zu kompliziert«, sagte Mum. »Das sind rein phonetische Zeichen.«

»Da muss ich widersprechen«, wandte Dad ein. »Das sind eindeutig kalendarische Zeichen.«

Erleichtert, dass mir die auf Hochtouren arbeitenden Riesenhirne meiner Familie eine kleine Pause verschafften, verzog ich mich in meine Hängematte. Ich glaube, ich schlief sogar kurz ein. Als ich wieder aufblickte, sahen Pan, Mum und Dad total erschöpft aus – aber auch euphorisch. Nur zwei Nahuatl-Zeichen waren übrig geblieben: Sie schwebten neben den zwei fotografierten Symbolen.

Dad tippte auf eines der Nahuatl-Zeichen und zog es durch die Luft, bis es über dem einen Wegweiser-Symbol lag. Nicht hundertprozentig passgenau, aber fast.

»Dieses Zeichen bedeutet ›Feuer‹«, erklärte er.

Mum zog das andere Nahuatl-Zeichen über das zweite Wegweiser-Symbol.

»Und das hier bedeutet ›Wind‹.«

Ich beugte mich aus meiner Hängematte: »Also ist es tatsächlich der zweite Wegweiser?«, fragte ich. »Wind und Feuer? Wie zum Teufel soll uns das zu dem Grab führen?«

Das war der Startschuss für eine hitzige Diskussion über die Bedeutung der Symbole. Ich ließ mich wieder zurücksinken und dachte über den ersten Wegweiser nach. Es hatte sich gezeigt, dass er ganz leicht zu lesen war – vorausgesetzt, man stand am richtigen Ort. Er hatte auf etwas Offensichtliches verwiesen, etwas, das man *sehen* konnte. Warum sollte es diesmal anders sein?

Klar, »Wind« bedeutete wahrscheinlich nicht einfach nur »Wind«. Wo sollte man auch danach schauen? »Feuer« war auch nicht viel hilfreicher. Mum hatte gesagt, dass die Azteken ein Interesse daran hatten, dass ihre Wegweiser langlebig waren. Es musste sich also um eine Art Dauerfeuer handeln. Hm, die Sonne brannte ewig. Vielleicht bezog sich der Hinweis auf einen sonnigen, windigen Ort? Aber das schien mir ein bisschen vage. Damit bräuchte ich Pan, Mum und Dad gar nicht erst zu kommen.

Ein windiger Ort, an dem ein ewiges Feuer brennt …

Ich schoss hoch. »Gibt's in diesem Urwald Vulkane?«

»Nein«, sagte Mum.

Mir war schon ganz schwindelig vor lauter Grübeln. Das war ich nicht gewohnt. Ich ließ mich wieder zurückplumpsen und streifte meine Wanderstiefel ab. Meine Socken waren schon wieder nass, aber ich traute mich nicht, sie auszuziehen – ich wollte die Blasen nicht sehen. Außerdem machte es nicht viel Sinn, sie zu wechseln. Die neuen Strümpfe würden nach wenigen Sekunden ebenfalls feucht sein und die alten würden in dieser schwülen Luft niemals trocknen. In der Ferne grollte Donner. Es würde gleich wieder schiffen.

»Donner …«, murmelte ich.

War das möglich?

Ich starrte in die Baumkronen. Das Regenwasser tropfte noch immer von den Blättern und Zweigen. Als würde über dem Camp ein riesiger Duschkopf hängen. Schließlich kletterte ich aus der Hängematte und zog die Stiefel wieder an. Niemand achtete auf mich, als ich einen der tief hängenden Äste am Rand des Camps herunterzog und mich hinaufschwang.

Ich war so aufgeregt über meine Entdeckung, dass ich überhaupt nicht auf die Höhe achtete. Ich musste ungefähr sieben Meter geklettert sein, als meine Eltern mich erspähten und mir zubrüllten, ich solle sofort runterkommen. Aber ich kletterte weiter. Erst als ich einen freien Blick auf die zerklüfteten Storm Peaks hatte, hielt ich inne. Dunkle Wolken ballten sich um die Gipfel, verquirlt von zornigen Winden. Donner grollte, Blitze zuckten.

Ein Sturm.

Wind.
Blitze.
Feuer.
»Leute!«, brüllte ich. »Haben wir Bergstiefel dabei?«

22

»Was siehst du?«

»Regen«, antwortete Mum.

Sie bekam Live-Aufnahmen von einem der Storm Peaks auf ihre Smartbrille geschickt. Wenn ich den Hals reckte, konnte ich mit Mühe den kleinen roten Leuchtpunkt erkennen, der hoch oben vor der Steilwand schwebte. Puh, mir wurde schon beim Hingucken schwindelig. Wieder zuckte ein Blitz durch die Wolken und die Drohne des Alpha-Teams wurde kurz als dunkle Silhouette sichtbar. Sie sah aus wie eine Fledermaus, die den Eingang zu ihrer Höhle sucht.

Die zwei Berge wurden nicht ohne Grund Storm Peaks, Unwettergipfel, genannt: Das Einzige, was uns die Drohne bislang gesendet hatte, waren regenverschwommene Aufnahmen von regennassen Felsen.

Dad zog mich zurück unter den Felsüberhang. Er bestand darauf, dass wir uns vor dem Regen schützten, warum auch immer. Wir waren eh schon klatschnass. Im Grunde waren wir nass, seit wir vor acht Stunden aus dem Camp aufgebrochen waren. Wir waren dem Fluss bis zu den Storm Peaks gefolgt und hatten ihn erst verlassen, als er um diesen Berg herum zum Wasserfall auf der Rückseite strömte. Ab da waren wir noch eine halbe Ewigkeit durch sumpfiges Gelände gestapft und über bemooste Felsbrocken bis zu dieser Steilwand gekraxelt.

Wind. Feuer.

»*Drei Meter aufsteigen*«, befahl Mum der Drohne. »*Kamera um dreißig Grad nach rechts schwenken.*«

Das, was die Kamera durch ihre Linse sah, wurde 1:1 auf Mums Brillengläser projiziert.

»Noch mehr Regen«, stöhnte sie. »Oben ist ein kleines Plateau mit einem See, aber außer Felsen und Bäumen sehe ich dort nichts.«

»Sollen wir's an der Rückseite versuchen?«, schlug ich vor.

»Nein«, erwiderte Mum. »Der Wasserfall, der dort runterdonnert, ist so gewaltig, dass die Azteken auf der Seite nicht hochgeklettert sein können. Und schon gar nicht werden sie dort einen Wegweiser versteckt haben.« Plötzlich umklammerte Mum den Brillenrahmen. »Moment mal, was ist ...?«

»Was?«, rief Pan.

Mum wedelte ungeduldig mit der Hand und gab der Drohne weitere harsche Anweisungen. Dann setzte sie die Brille ab und gab einen letzten Befehl: »*Rückkehr zum Bediener!*«

»Jane?«, fragte Dad. »Was hast du gesehen?«

»Ich bin mir nicht sicher. Die Sicht zwischen den Wolken ist schlecht, aber in der Nähe des Sees war ein Umriss, irgendein Gebilde.«

»Vielleicht ein Felsen?«, meinte Pan.

»Ich weiß ja wohl, wie ein Felsen aussieht!«, blaffte Mum und rieb sich die Augen. »Tut mir leid, ich weiß nicht, was ich da gesehen habe, aber irgendetwas war da.«

Sirrend senkte sich die fledermausförmige Drohne ab. Mit einem leisen Patschen landete sie auf dem Dschungelboden, die kleinen Lämpchen an den Flügeln erloschen.

»Und jetzt?«, fragte Pan.

Mum und Dad hatten einen ihrer schweigenden Blickwechsel, gefolgt von Nicken, Achselzucken und Augenrollen. Pech für sie, dass Pan diese Geheimsprache mittlerweile verstand.

»Wir klettern da hoch?«, fragte sie entgeistert.

»Nein«, präzisierte Mum. »Nicht *wir*. Euer Vater und ich.«

Und schon stürzten sie sich in die Vorbereitungen und befestigten Equipment des Alpha-Teams an ihren Ausrüstungsgürteln: Kletterhaken, Karabiner, Seile und einen kleinen Gummihammer.

Mums Tonfall sagte mir, dass es zwecklos war, zu widersprechen. Aber ganz ehrlich: Diesmal war ich auch gar nicht scharf drauf, sie zu begleiten. Allein der Blick auf die Felswand brachte meinen Magen in den Schleudergang. Viel zu hoch. Viel zu steil.

»Wie lange werdet ihr brauchen?«, fragte ich.

Dad trat ein paar Schritte zurück und blickte an der Wand hoch. »Rauf und wieder runter? Fünf Stunden, würde ich sagen.«

»Maximal drei«, widersprach Mum. »Ihr zwei seid hier unten sicher. Aber seht zu, dass ihr genügend trinkt. Und haltet die Augen auf. Wenn uns tatsächlich jemand gefolgt ist, beobachtet er uns vielleicht.«

»Was, wenn wir jemanden sehen?«, fragte Pan.

»Im Rucksack ist eine Leuchtkugel. Bringt euch in Sicherheit und feuert sie ab. Wir kommen dann so schnell wie möglich runter. Wer auch immer sich nähern sollte, haltet Abstand.«

Mum funkelte mich an. »Hast du verstanden, Jake? Keine Dummheiten!«

Ich nickte.

»Hast du wirklich verstanden?«

»Hab ich doch gerade gesagt!«

»Nein, du hast genickt. Ich möchte hören, dass du es sagst.«

»Ich werde mich nicht mit Verfolgern anlegen.«

»Sag, dass du es versprichst.«

»Ich verspreche es! Ich lege mich mit niemandem an und mache auch sonst keine Dummheiten. Und überhaupt: Mit wem sollte ich mich anlegen?«

»Du findest doch immer jemanden.«

Bevor ich antworten konnte, waren sie schon über einen Geröllhang davongeklettert. Ich blickte ihnen nach und fand Mum mal wieder furchtbar ungerecht. Warum musste sie mir immer misstrauen? Warum traute sie mir ständig allen Blödsinn und allen Leichtsinn der Welt zu? Okay, wenn ich heute zurückblicke, muss ich zugeben, dass sie nicht ganz unrecht hatte: Ich war nämlich tatsächlich kurz davor, so ziemlich das Blödsinnigste und Leichtsinnigste zu tun, was man sich nur ausdenken kann.

Aber trotzdem …

23

Da ich bis vor wenigen Monaten nicht gewusst hatte, dass Mum und Dad professionelle Schatzjäger waren, setzte ich jede neue Fähigkeit, die ich an ihnen entdeckte, auf eine geheime Liste in meinem Kopf. So verblassten ihre alten, langweiligen Professoren-Versionen immer mehr, während ihre neuen Profile immer aufregender und schillernder wurden.

Sie konnten klettern!

Ich meine, sie konnten *richtig* klettern.

Je länger Pan und ich ihnen hinterherblickten, desto absurder schien es uns, dass wir kurz überlegt hatten, sie zu begleiten. Bis wir herausgefunden hätten, wo man seine Hände und Füße hinsetzt, wären Mum und Dad längst oben gewesen.

Über zwei Stunden beobachteten wie sie. Wir hockten unter ein paar niedrig hängenden Palmwedeln, neben uns die Ausrüstungssäcke und die Drohne. Wir konnten fast die ganze Steilwand einsehen, aber auch den Dschungel hinter uns und den Verlauf des Flusses, bis er hinter dem Berg verschwand. Hoffentlich bemerkten wir auch, falls uns jemand auflauerte.

Nicht, dass wir uns die ganze Zeit umschauten. Unsere Augen waren auf Mum und Dad gerichtet, unsere Brillen auf »Zoom« gestellt.

Mum kletterte voran. Wie ein Salamander bewegte sie sich aufwärts, mit den Fingerspitzen griff sie in schmale Spalten, die Zehenspitzen setzte sie auf winzige Vorsprünge. Nicht ein einziges Steinchen löste sich dabei von der Wand.

Dad war das genaue Gegenteil. Er machte alles mit roher Gewalt. Wenn sich gerade kein Griff für seine Hände bot, dann schuf er sich einen, indem er den Hammer gegen die Wand donnerte, wobei jedes Mal eine Steinlawine abging. Mum tanzte, Dad kämpfte sich die Wand hoch.

»Nicht schlecht«, meinte Pan. Aus ihrem Mund bedeutetes das ein riesengroßes Kompliment. »Aber könnte ein bisschen dauern. Vielleicht sollten wir uns etwas ausruhen.«

Ausruhen. Ja, verdammt, das hatten wir bitter nötig. Wir waren seit vier Uhr morgens auf den Beinen und hatten einen achtstündigen Gewaltmarsch hinter uns. Meine Knochen fühlten sich an wie aus Zement gegossen. Aber ich würde nicht schlafen können, das wusste ich. Seit unsere Eltern aufgebrochen waren, hatte ich ein merkwürdiges Kribbeln im Bauch. Ein Vorgefühl, dass irgendetwas nicht stimmte.

»Glaubst du wirklich, dass uns jemand gefolgt ist?«, fragte ich.

»Na ja, ins Camp ist jedenfalls jemand eingedrungen«, sagte Pan.

»Aber warum? Und wo ist derjenige jetzt?«

Je länger ich darüber nachdachte, desto weniger Sinn ergab das Ganze. Wer auch immer sich in unser Camp geschlichen hatte, er hatte nichts geklaut. Was also hatte er gewollt? Uns ausspionieren? Und wenn es nicht nur einer war, sondern mehrere? Vielleicht dieselben Leute, die hinter dem Verschwinden des Alpha-Teams steckten? In dem Fall sollte man sich wohl besser nicht mit ihnen anlegen.

Auf dem Hinweg hatte Dad die Vermutung geäußert, dass es sich um irgendeinen Kult handeln könnte, der das Grab von Quetzalcoatl schützen wollte. Mum tippte eher auf ein konkurrierendes Schatzjägerteam. Aber egal, wer nun recht hatte – wir konnten wohl ziemlich sicher sein, dass wir gerade beobachtet wurden.

»Und was, wenn sie uns nicht nur beob…?«, murmelte ich.

Blitzschnell streifte ich meine Smartbrille über und schaute an der Steilwand empor. Mum und Dad waren immer noch am Klettern. Immer noch in einem Wahnsinnstempo. Mein Blick wanderte höher, den geplanten Weg bis zum Gipfel entlang, über Felsvorsprünge, Überhänge, Spalten …

Das Kribbeln in meinem Bauch schwoll zu einem nagenden Schmerz an.

»Was ist, Jake?«, fragte Pan.

»Was, wenn wir nicht nur beobachtet wurden? Sondern auch belauscht? Wir haben das Camp nicht nach Wanzen abgesucht. Und wir haben auch nicht gerade geflüstert, als wir über unser Ausflugsziel gesprochen haben.«

»Du meinst, dass derjenige, der im Camp war, jetzt weiß, wo sich der Wegweiser befindet?«

Pan streifte sich ebenfalls ihre Brille über. Sie war offenbar zu demselben Schluss gekommen wie ich. Was, wenn wir nicht *verfolgt* wurden? Was, wenn der Schnüffler uns längst *voraus* war?

»Gott, Jake, da sind noch andere in der Wand!«, rief sie in dem Moment, als ich sie auch entdeckte: zwei Kletterer, deutlich höher als Mum und Dad. Und deutlich schneller. Es war nicht leicht, Details zu erkennen, aber es sah verdammt danach aus, als benützten sie nicht mal Seile. Sie hatten jetzt fast die oberste Baumreihe erreicht. Wenn sie in dem Tempo weiterkletterten, würden sie den Gipfel in ungefähr einer Viertelstunde erreichen. Und mit ziemlicher Sicherheit den Wegweiser zuerst entdecken.

»Wir sollten die Leuchtkugel abfeuern«, sagte Pan.

»Nein, dann steigen Mum und Dad ab und der Wegweiser ist definitiv verloren.«

Aber einfach nur rumsitzen und zugucken konnten wir auch nicht. Wir mussten irgendetwas tun. Ich ließ meinen Blick schweifen, dachte fieberhaft nach. Eine Idee schoss mir durch den Kopf, aber … nein, das war einfach nur verrückt. Völlig abwegig. Oder doch nicht?

»Wir könnten eine Schleuder bauen und sie mit Steinen beschießen«, schlug Pan vor.

»Eine Schleuder? Woraus denn?«

»Keine Ahnung. Du bist doch der Typ mit den genialen Ideen!«

Ich hatte ja eine Idee. Ich traute mich nur nicht, sie laut auszusprechen …

»Wir müssen ihnen zuvorkommen«, sagte ich schließlich.

»Und wie? Du siehst doch selbst, dass Mum und Dad weit hinter ihnen sind.«

»Ich rede ja nicht von Mum und Dad, Pan. Ich rede von *uns*.«

Ihr Blick folgte meinem und ich glaube, sie verstand, was ich meinte, denn sie prustete los, und als sie merkte, dass ich ernst blieb, lachte sie noch mehr.

Ich starrte die Drohne an.

»Blödsinn, Jake! Das ist kein Hubschrauber!«

»Aber einen von uns trägt das Ding bestimmt, mindestens«, sagte ich. »Erinnerst du dich nicht an Ägypten? Da hat eine ganz ähnliche Drohne uns drei getragen, Mum, dich und mich.«

»Na ja, ganz so ähnlich war sie nun auch nicht. Nein, Jake, sorry, der Plan ist so dermaßen bekloppt, dass es gar keine Worte dafür gibt!«

»Aber es ist der einzige Plan, den wir haben. Wenn wir nichts tun, werden sie uns den Wegweiser vor der Nase wegschnappen – wer immer sie sind.«

Pans Blick wanderte zwischen der Steilwand und der Drohne hin und her. »Ich weiß nicht, Jake.«

»Einen von uns wird sie tragen, da bin ich mir ziemlich sicher.«

»*Ziemlich* sicher?«

»Nein, ich bin mir sehr sicher. Also, ziemlich. Einer von uns legt sich auf das Teil drauf, der andere steuert es mit Mums Smartbrille vom Boden aus.«

»Warum sagst du immer noch ›einer von uns‹?«, fragte Pan. »Es ist doch längst klar, dass du derjenige bist, der sich drauflegt.«

»Was? Wieso ich?«

»Weil es dein Plan ist.«

»Eben, ich hab schon den Plan gemacht – also legst du dich drauf.«

Pan starrte mich an, als hätte ich aztekisch gesprochen. »Jake, ich mache solche Actionfilm-Sachen nicht!«

»Hallo? Du machst die ganze Zeit nichts anderes. Du jagst einem verschollenen Schatz im Dschungel nach. Wenn das keine Action ist, weiß ich auch nicht.«

»Aber ich kann nicht so schnell denken wie du. Jedenfalls nicht bei so etwas. Nein, sorry, du musst das machen, und das weißt du. Und überhaupt: Warum zierst du dich so? Normalerweise bist du bei solchen Aktionen doch gar nicht zu stoppen …« Ihr Blick folgte meinem die Felswand hinauf bis zu den Wolken, die um den Gipfel wirbelten. »Ah … äh, ja, verstehe … Hm, das ist wirklich hoch.«

»Allerdings.«

»Und du hast es ja nicht so mit der Höhe …«

»Nein.«

»Du stehst wirklich absolut nicht auf Höhe.«

»NEIN, Pan.«

Sie ärgerte mich zum Spaß, das war mir klar, aber gleichzeitig sah ich die Besorgnis in ihren Augen. Mein Leben würde in ihren Händen liegen.

Sie bückte sich, tippte den Code in das Drohnen-Display, streifte ihre Smartbrille über und imitierte Mums Anweisungen. *»Power, Drohne. Einen Meter aufsteigen.«*

Die Lämpchen der Drohne blinkten, die Rotoren an den Flügeln begannen sich zu drehen. Dann hob das Teil ab und blieb neben uns in der Schwebe.

»Na dann los, aufsitzen«, sagte Pan.

Stellt euch vor, ihr müsstet auf einem fliegenden Mülleimerdeckel das Gleichgewicht halten. Ich kam zwar auf die Drohne rauf, brauchte aber mehrere Anläufe, um auch oben zu bleiben. Mit dem Gesicht nach unten lag ich schließlich da, meine Beine baumelten zu beiden Seiten herunter und meine Arme umklammerten den Rumpf.

»Und du bist wirklich sicher, dass du das machen willst?«, hakte Pan nach.

Das war ich natürlich nicht, aber ich nickte trotzdem.

»Okay, dann los. *Zwanzig Meter aufsteigen*«, befahl sie der Drohne.

Meine Arme verkrampften sich, als das Ding tatsächlich abhob. Pan steuerte es über den Geröllhang zur Steilwand. Bei jedem Ruckeln entfuhr mir ein Angstschrei und ich klammerte mich noch panischer fest. Mir war jetzt schon schwindelig, dabei waren wir noch gar nicht sonderlich hoch – obwohl es wie mehrere Kilometer aussah.

Pans Stimme schrillte in meiner Brille: »Halt dich fest!«

»Was glaubst du, was ich tue?«

Ich hielt mich so sehr fest, dass ich das Teil fast zerquetschte.

In einem Abstand von ungefähr zehn Metern zur Felswand trug mich die Drohne nach oben. Und je höher sie kam, desto heftiger rüttelte der Wind sie hin und her. Ich kam mir vor wie beim Rodeoreiten auf dem Jahrmarkt – nur dass ein Sturz hier garantiert tödlich war. Die Steilwand war mit Farnen und anderem strubbeligen Grün bewachsen, aus Felsspalten ragten kleine Bäume, wie schlaksige Arme. Ich musste mich extrem beherrschen, um nicht nach einem der langen Äste zu hangeln und mich daran festzuklammern. Alles war besser, als auf dieser schaukelnden Todesmaschine zu hocken. Mir war übel vor Angst. Und wer weiß, vielleicht wäre ich vor lauter Panik tatsächlich abgerutscht, hätte ich nicht jemanden meinen Namen schreien hören.

Es war nicht Pan. Die Stimme war deutlich näher.

Da sah ich Mum und Dad in der Felswand hängen und meinen haarsträubenden Flug mit weit aufgerissenen Augen verfolgen. Sie wirkten, als seien sie gerade aus einem Albtraum erwacht. War das wirklich ihr Sohn, der da auf einem Blechteller direkt in ein Unwetter hineinritt?

»Jake!«, brüllte Mum. »Du hast mir ein Versprechen gegeben!«

Ich versuchte es ihr zu erklären, doch meine Rufe gingen in einem Donnergrollen unter. Regen prasselte auf mich nieder und der Wind riss von allen Seiten an mir.

»Jake?«, hörte ich Pan in meiner Brille. »Siehst du die anderen Kletterer?«

Ich blickte auf, konnte durch die Wolken aber kaum etwas erkennen. Und mit jedem Meter, den ich aufstieg, wurde die Nebelsuppe dicker und dunkler. Plötzlich erhellte ein Blitz den Gipfel. Die mysteriösen Kletterer sah ich trotzdem nicht. Waren sie schon oben?

Ich zwang mich, ganz ruhig liegen zu bleiben, während wir weiter an Höhe gewannen. Von unten hatte der Berg nadelspitz ausgesehen, aber jetzt erkannte ich, dass der Gipfel eher ein steiniges Plateau war. Bäume säumten einen runden Kratersee, eine Art Whirlpool voller Regenwasser. Aber Mum hatte doch gemeint, noch etwas anderes dort oben gesehen zu haben …

»Ich bin dicht dran, Pan«, rief ich. »Lass die Drohne auf dem Plateau landen.«

»Ich versuch's.«

Ich hörte, wie sie Befehle brüllte, aber die Drohne reagierte nicht. Sie schraubte sich immer höher, am Gipfel vorbei.

»Zu weit!«, schrie ich.

»Ich hab keine Kontrolle mehr über das Ding, Jake!«

Der Regen peitschte mir ins Gesicht. Meine Brille, die ich in einer Kiste im Camp gefunden hatte, war beschlagen. Als ich sie abnahm, rutschte sie mir aus der Hand – und ich beging den Fehler, nach unten zu blicken. Sofort ging mein Magen in den Schleudergang und ich musste mich übergeben. Ich glaube, ich hatte noch nie in meinem Leben eine solche Angst – ausgerechnet jetzt, wo ich sie am allerwenigsten gebrauchen konnte.

Hilfe, ohne Brille konnte ich nicht mehr mit Pan kommunizieren! Ich war auf mich alleine gestellt, dreißig Meter über einem felsigen Berggipfel. Plötzlich kam mir die Drohne vor wie mein allerbester Freund. Sie war das Einzige, was mich und das Unwetter noch voneinander trennte. Ich überlegte, was Mum jetzt wohl zu mir sagen würde. *Hausarrest, Jake!*

Okay, und was noch?

Konzentrier dich, Jake! Mach deinen Kopf frei und denke!

Ich holte ein paarmal tief Luft und hielt den Atem an. Und tatsächlich, es klappte! Die Wolken in meinem Kopf verzogen sich und machten strahlend blauem Himmel Platz. Ich wusste wieder genau, was zu tun war.

Vorsichtig ließ ich mit einem Arm los und löste die Enterhakenpistole von meinem Ausrüstungsgürtel. Mit einer schnellen Bewegung richtete ich mich auf und feuerte in

Richtung Berg. Fast gleichzeitig erhellte ein gleißender Blitz die Szenerie. Für eine Sekunde war ich blind. Entsetzt ließ ich mich auf die Drohne zurückfallen. Schwarzer Rauch quoll unter ihr hervor, wurde aber schnell vom Wind verweht. Vor meinen Augen tanzten kleine weiße Punkte. War der Schuss nach hinten losgegangen? Hatte ich meinen fliegenden Untersatz getroffen? Nein, ich sah einen Draht, der die Drohne mit einem der Bäume auf dem Plateau verband. Hatte jemand anders auf mich geschossen?

Wieder ein zuckender Blitz. Die Drohne sprühte Funken, dann fing sie an zu stottern und ruckelte noch heftiger als zuvor.

Plötzlich kapierte ich: Niemand hatte auf mich geschossen! Die Drohne war vom Blitz getroffen worden! Wer war auch so blöd, auf einer Blechbüchse in ein Gewitter zu reiten? Verdammt, noch mehr elektrische Ladung würde das Ding endgültig schrotten. Ich musste runter, und zwar sofort.

»Pan!«, brüllte ich und betete, dass sie mich hörte. »Hol mich runter!«

Aber natürlich hörte sie mich nicht. Ich war auf mich selbst gestellt. Okay, also dann. Ich richtete mich auf, wieder nur ganz kurz, und zog an der Enterschnur. Irgendwo in Gipfelnähe hatte sich der Wurfanker in einer Felsspalte oder einem Baum verhakt. Zumindest das hatte geklappt. Ich löste einen Karabiner von meinem Ausrüstungsgürtel und befestigte die Pistole samt Draht an der Unterseite der Drohne. Dann befreite ich mich von meinem Ausrüstungsgürtel und schnallte ihn um den Draht.

Wieder blitzte es, sogar noch heftiger.

Runter von der Drohne!

Verdammt … sollte ich wirklich?

Jetzt, du Idiot!

Mit dem Mut der Verzweiflung klammerte ich mich an meinen Gürtel und sprang. Schreiend rauschte ich an dem Draht entlang in die Tiefe, direkt auf den Berggipfel zu. Auf Höhe der Baumwipfel ließ ich los. Ich krachte ins Geäst, brach im Fallen reihenweise Zweige ab und landete mit dem Gesicht in etwas Weichem.

Stöhnend und nach Luft schnappend lag ich da. Ich konnte einfach nicht glauben, dass ich überlebt hatte. Hm, wenn mich mein erster Eindruck nicht täuschte, war ich in einem Haufen Stöcke und Gräser gelandet. Aber da war noch etwas …

»Eier?«, murmelte ich.

Irgendetwas bohrte sich in meinen Nacken. Ich war kurz vorm Durchdrehen. Waren das die zwei Kletterer?

Erneutes Bohren, diesmal kräftiger. Federn kitzelten mein Gesicht und irgendetwas krächzte. Nein, das war kein Mensch – das war ein Vogel. Was für einer, konnte ich nicht erkennen, ich sah nur, dass das Vieh riesig war und küchenmesserlange Krallen hatte. Offenbar war es schwer genervt von meiner Bruchlandung in seinem Nest.

Ich schlug um mich, war aber zu benommen, um wirklich zu kämpfen. Der Vogel drückte mich mit seinen Krallen in die Zweige und machte sich daran, mein Gesicht mit seinem Meißelschnabel zu traktieren. Hätte ich mich nicht in letzter Sekunde weggedreht, hätte er meinen Augapfel statt meiner Wange aufgeschlitzt.

»Lass mich in Frieden!«, brüllte ich.

Das Biest zielte erneut auf meine Augen, ließ jedoch erschrocken von mir ab, als ein paar Meter vom Nest entfernt etwas gegen einen Felsen krachte. Es war die Drohne, die ihren Geist aufgegeben hatte. Hektisch krabbelte ich aus dem Vogelbau, rappelte mich hoch und wischte mir Blut und Regen aus den Augen. Ich blinzelte, um die gleißenden, tanzenden Punkte loszuwerden, die mir der Blitz auf die Netzhaut gebrannt hatte. Verdammt, ich hätte nicht gedacht, dass es im Inneren eines Gewitters so düster sein konnte. Und ich hatte keine Smartbrille mehr. Also auch keine Nachtsichtfunktion. Wenigstens war mein Ausrüstungsgürtel ganz in der Nähe gelandet. Ich schnallte ihn um und ließ den Blick über das Plateau schweifen. Kein Taschenlampenlicht zu sehen. War ich tatsächlich der Erste hier oben? Aber wo war der Wegweiser, den Mum gesehen hatte?

Ein weiterer Blitz beleuchtete die Szenerie. Von allen Seiten strömte Regenwasser in den kleinen See, der aufgewühlt war wie ein Whirlpool. An seinem Ufer bogen sich ächzend die Bäume im Wind. Ich kam mir vor wie an Bord eines in Seenot geratenen Schiffs.

Plötzlich entdeckte ich einen Umriss am gegenüberliegenden Ufer. Eine Anhäufung von Felsen? Nein, das war ein Gebäude!

Wie elektrisiert lief ich darauf zu, stolperte über Felsen, rappelte mich auf, rannte weiter. Im Licht eines weiteren Blitzes erkannte ich, dass es sich um einen kleinen Tempel handelte. Stufen führten zu einem mit Mustern und Symbolen verzierten Eingang. Darüber ragten zwei steinerne Köpfe aus der Wand: von grinsenden Schlangen mit hypnotisch strudelnden Augen und einem Federkranz um den Hals. Die gefiederte Schlange, Quetzalcoatl!

Ich stolperte die Stufen hoch und trat in einen dunklen Raum. Keuchend wartete ich auf den nächsten Blitz. Als der endlich vom Himmel zuckte, sah ich, dass die Kammer bis auf einen steinernen Altar leer war. Auf dem Altar lag eine Tonplatte, in die ein aztekisches Schriftzeichen eingraviert war.

»Der Wegweiser!«

Die Tafel war nicht schwer, aber meine Arme waren so kraftlos, dass ich es kaum schaffte, sie anzuheben. Ratlos stand ich da, während ein Blitz nach dem anderen das Plateau in weißes Licht tauchte. Ich starrte die Tafel an und versuchte fieberhaft, mir das Schriftzeichen einzuprägen.

Ein Donnerschlag ließ die Wände des Tempels zittern.

Und dann plötzlich eine Stimme: »Jake Turner! Wir wissen, dass du da drin bist!«

Gleißendes Taschenlampenlicht flutete durch den Eingang. Ich war geblendet wie ein Reh von einem Autoscheinwerfer.

Wieder die Stimme: »Komm mit dem Wegweiser raus, dann lassen wir dich vielleicht am Leben.«

Ich wirbelte herum, scannte den Tempel nach einem Fluchtweg, aber da war nichts.

Ich saß in der Falle.

24

»Jake Turner, komm endlich raus und bring den Wegweiser mit. Sonst kommen wir rein und holen ihn uns!«

Ihr werdet's nicht glauben, aber es kümmerte mich nicht die Bohne, wer dort draußen auf mich wartete und woher sie meinen Namen kannten. Ich weiß, es hätte mir nicht egal sein dürfen, denn sie hatten uns ausspioniert, unser Flugzeug abgeschossen und Pedro getötet. Aber tatsächlich war es mir vollkommen schnuppe.

Zitternd und klatschnass stand ich im Licht ihrer Lampen und starrte die Schriftzeichen auf der Tonplatte an. Ich hatte mein Leben riskiert, um hierherzugelangen. Wenn die Typen jetzt mit dem Wegweiser abhauten, wäre alles umsonst gewesen. Sie würden das Wettrennen zum Grab gewinnen und uns die Smaragdtafel vor der Nase wegschnappen. Ich musste an Sami in seinem Krankenbett denken, wie er mit dem Tode rang. Wenn er starb, würde er nie erfahren, wie sehr ich ihn im Stich gelassen hatte. Aber ich würde es wissen. Und ich würde damit leben müssen. Nein, Sami durfte nicht sterben! Ich musste hier irgendwie raus – *mit* dem Wegweiser!

»Jake Turner! Letzte Warnung!« Das war die Stimme einer Frau, rau wie Schleifpapier.

»Hier ist kein Wegweiser!«, rief ich.

»Erzähl keine Märchen«, knurrte der Mann. »Klar, du bist jetzt völlig überfordert, Junge, verstehen wir. Aber dir *muss* nichts passieren, wirklich nicht. Allerdings würden wir dir auch nicht hinterhertrauern, sollte doch was passieren.«

»Sie haben das Alpha-Team umgebracht, stimmt's?«, fragte ich.

Es war mir, wie gesagt, egal, aber ich musste Zeit gewinnen.

»Wer wir sind, spielt keine Rolle«, sagte der Mann. »Das Einzige, was zählt, ist der Wegweiser. Und jetzt bring ihn endlich raus, Junge.«

»Wie ich schon sagte: Hier ist kein Wegweiser«, wiederholte ich.

»Es wird langsam ermüdend«, warnte die Frau.

»Ich schwör's, hier *war* mal ein Wegweiser …«, rief ich, während ich die Tafel vom Altar wuchtete und sie mit zitternden Armen gegen die Tempelwand knallte. Tonscherben flogen in alle Richtungen. Blitzschnell bückte ich mich, suchte die Stücke mit den Eingravierungen heraus und zertrat sie.

»… aber jetzt sind hier nur noch winzige Scherben eines Wegweisers«, beendete ich meinen Satz.

Die Lichtkegel näherten sich hüpfend. Stiefel trampelten über den Steinboden.

»Keinen Schritt näher!«, schrie ich. »Ich habe den Weg-

219

weiser gesehen – als einziger Mensch überhaupt. Er existiert also nur in meinem Kopf. Wenn Sie wissen wollen, was darauf stand, dann lassen Sie mich gefälligst in Ruhe.«

Die Schritte blieben stehen. Ich hörte ein Flüstern.

»Ich schlag dir einen Deal vor, Junge«, sagte der Mann schließlich. »Du erzählst uns, was du gesehen hast, und wir lassen dich ziehen. Dann sind wir ganz normale Konkurrenten im Rennen um das Grab. Ein klassisches Wettrennen.«

»Wieso sollte ich Ihnen glauben?«, entgegnete ich. »Sie haben das Alpha-Team getötet.«

»Nicht ganz, Junge. Wir *sind* das Alpha-Team.«

Ich muss gestehen, das machte mich für einen Moment sprachlos. Zumal der Mann nicht so klang, als würde er lügen. Jetzt, wo ich den Wegweiser zerstört hatte, wollte ich plötzlich mehr wissen.

»Ich komme raus«, sagte ich.

»Aber keine plötzlichen Bewegungen!«, warnte die Frau.

Als wäre ich zu plötzlichen Bewegungen noch in der Lage. Ich war mit einem Überschuss an Verzweiflung und Adrenalin hierhergelangt, doch jetzt bestand ich nur noch aus Schmerzen. Meine Beine waren von oben bis unten zerkratzt und fühlten sich an wie aus Blei, mein linker Knöchel war geschwollen. Die Schnittwunden auf meinen Armen brannten, als hätte jemand Essig hineingegossen, und ein Fingernagel war in der Mitte gespalten. Es klingt albern, aber ich fühlte mich hundeelend.

Trotzdem biss ich die Zähne zusammen und humpelte dem Licht der Taschenlampen entgegen.

Draußen zuckte ein weiterer Blitz über das Plateau und beleuchtete die zwei Gestalten, die in der Nähe des Whirlpool-Sees standen. Die Frau sah aus wie eine zornige Piratenbraut – mit Augenklappe und wirrem roten Haar, an den Seiten ausrasiert. Der Mann trug Glatze und einen struppigen Bart. Sein Nacken war mindestens so dick wie die Baumstämme am anderen Seeufer. Beide steckten in Tropenkleidung und hatten Waffen, die ich schon einmal gesehen hatte: geformt wie die Scheren eines Riesenkrebses, mit einem kleinen silbernen Fass in der Mitte. Betäubungsgewehre, die man auch mit scharfer Munition laden konnte – jedenfalls wenn es dieselben Modelle waren, die die Söldner der Schlangenfrau in Ägypten benutzt hatten.

»Falls Sie wirklich das Alpha-Team sind«, sagte ich, »dann stehen wir auf derselben Seite. Wir arbeiten ebenfalls für die Schlangenleute.«

»Nun ja, die Sache ist ein bisschen komplizierter«, knurrte der Mann.

Die Frau hob ihr Gewehr. »Was stand auf dem Wegweiser?«

»Hören Sie auf, mit Ihrer Waffe herumzufuchteln!«

»Ich höre auf, wenn du endlich redest.«

»Wie soll ich mit einer Waffe vor der Nase einen klaren Gedanken fassen?«

Der Mann funkelte die Frau böse an und sie machten das, was Mum und Dad auch immer machten: Sie stritten sich mit Blicken, ohne ein Wort zu sprechen. Waren die beiden etwa auch ein Paar?

Schließlich seufzte die Frau und senkte ihre Waffe. Allerdings wirkte sie eh nicht so, als würde sie die brauchen. Am liebsten wäre sie mir mit bloßen Händen an die Gurgel gegangen, das war ihr anzusehen.

221

»Na los, spuck's aus!«

»Schon gut, ich überleg ja schon …«

»DU REDEST JETZT ENDLICH!«

»Schreien Sie mich nicht an! Das ist total kontraproduktiv! Jetzt hab ich's vor lauter Schreck nämlich vergessen …«

Sie hob erneut ihre Waffe. »Dann rate ich dir, dich zu erinnern!«

»Okay«, sagte ich, »jetzt weiß ich's wieder. Der Wegweiser war ein Kreis mit zwei Punkten und einem Mund, an dem rechts und links oben je ein Halbkreis dranhing …«

Die Augen der Frau verengten sich zu schmalen Schlitzen, während sie versuchte, sich das Symbol vorzustellen.

»Das kenne ich nicht«, sagte sie schließlich.

»Ich schon«, sagte der Mann. »Das ist Micky Maus, stimmt's?«

Ich grinste und setzte mein Pokerface auf. »Vielleicht befindet sich das Grab in Disneyland?«

Der Mann grinste jetzt ebenfalls. Zwei seiner Zähne waren aus Gold, der Großteil fehlte. »Okay, durchschaut, Junge. Du versuchst, cool zu sein. Wunderbar, ich bin total beeindruckt. Und nun erzähl uns, was du gesehen hast.«

»Falsch«, sagte ich. »Das ist es nicht, was ich versuche.«

»Häh? Was dann?«

»Ich versuche, Zeit zu schinden.«

Es gibt da etwas, was ich euch nicht erzählt habe. Als ich nämlich aus dem Tempel auf das Plateau hinaustrat, hat der Blitz noch zwei weitere Gestalten beleuchtet.

Mum und Dad.

Der Mann wirbelte herum – und kassierte von Dad einen Faustschlag direkt ins Gesicht. Ein Volltreffer, der den Typen

222

niederstreckte und ihm die Smartbrille aus dem Gesicht fegte. Gleichzeitig sprang Mum die Frau an und eine Sekunde später rollten die beiden am Ufer des Sees herum. Mum schnappte sich das Betäubungsgewehr und schleuderte es dem Typen gegen die Nase, gerade als dieser versuchte, auf die Beine zu kommen. Als er sich von dem erneuten Schlag erholt hatte, zog er ein Messer aus seinem Ausrüstungsgürtel und stürmte auf Dad zu. Ich hatte Dad bereits kämpfen sehen, gegen die Söldner der Schlangenfrau. Aber jetzt hatte er es mit einem ausgebildeten Schatzjäger zu tun. Leider bekam ich nicht viel mit, dafür ging es viel zu schnell. Ich sah ein Messer wegfliegen, einen Wirbel aus Fausthieben, Tritten und ninjamäßigen Moves …

Mum hatte ich ebenfalls schon kämpfen sehen und eigentlich dachte ich, dass man ihr so leicht nichts anhaben konnte. Aber jetzt war sie plötzlich in Schwierigkeiten. Sie wich einem Fausthieb aus, doch die Frau traf sie mit einem Tritt aus der Luft. Offenbar war auch sie ninjamäßig geschult. Mum wirkte jedenfalls benommen und blutete an der Stirn. Auch für Dad sah es auf einmal nicht mehr so gut aus. Er musste ebenfalls einen Schlag abbekommen haben, denn er war auf den Knien, schwankend und gefährlich nahe am Wasser. Der Alpha-Typ rannte am Ufer auf und ab und suchte sein Messer.

Verdammt, ich musste Mum und Dad zu Hilfe kommen – auch wenn ich in meinem Leben noch nicht die Fäuste geschwungen hatte. Ich atmete ein paarmal tief durch, um den Kopf frei zu bekommen. Und tatsächlich, es wirkte. Ich sah plötzlich alles glasklar vor mir:

1. Die zwei vom Alpha-Team trugen relativ kleine Rucksäcke.
2. Für den Transport der Tonplatte reichten die kaum. Wahrscheinlicher war, dass sie die Platte mit ihren Smartbrillen abfotografieren und danach zerstören wollten.
3. Da sie wussten, dass Mum und Dad ebenfalls die Steilwand hinaufkletterten, hatten sie vermutlich einen alternativen Rückweg geplant – um eine Begegnung zu vermeiden.
4. Folglich mussten die Rucksäcke Fallschirme enthalten.

Plötzlich spürte ich, wie ich losstürmte. Es war, als hätte sich jemand in mein Gehirn gehackt und darin einen total irren Plan hochgeladen. Einen Plan, den ich aus eigener Kraft nicht mehr stoppen konnte. Ich umrundete den See, patschte alle naselang in irgendwelche Pfützen. Ich musste den Typen erreichen und ihn über die Felskante stoßen. Wenn ich mich dann in letzter Sekunde an ihm festklammerte, würden wir gemeinsam in die Tiefe stürzen. Und wenn er nicht gemeinsam mit mir sterben wollte, musste er die Reißleine seines Fallschirms ziehen.

Ich rannte und rannte, den Blick auf den Rücken des Kerls geheftet. Plötzlich dröhnte es. War das ein Donner?

Ein Licht knallte mir ins Gesicht, so grell und gleißend, dass es sich anfühlte wie etwas Körperliches. Abrupt blieb ich stehen und taumelte zurück. Das Licht war überall um mich herum, aber vor allem kam es von oben. Das Dröhnen wurde lauter und ich merkte, dass es ebenfalls aus dem Himmel kam.

Ein kleiner kompakter Hubschrauber senkte sich über

dem Plateau herab, den Suchscheinwerfer auf mich gerichtet. Ich schirmte die Augen ab und konnte schemenhaft den Piloten im gläsernen Cockpit erkennen. Pedro!

Er hatte tatsächlich überlebt! Und war gekommen, um uns zu helfen! Ich grinste und winkte und rief ihm etwas zu, ich weiß nicht mehr, was ... aber ich brachte den Satz nicht zu Ende. Die Worte blieben mir im Hals stecken.

Denn als sich der Hubschrauber weiter absenkte, sah ich, dass Pan ebenfalls im Cockpit saß. Ich machte ihr ein Zeichen, aber sie starrte mich nur an und schüttelte heftig den Kopf. Ihr Mund war mit Tapeband zugeklebt und es wirkte so, als seien ihre Hände hinter dem Rücken gefesselt.

Verdammt, sie war nicht gerettet worden.

Sie war eine Gefangene.

Und Pedro steckte mit dem Alpha-Team unter einer Decke.

Als Mum Pan erspähte, hörte sie sofort auf zu kämpfen und hob die Arme zum Zeichen, dass sie sich ergab. Dad tat das Gleiche, kniend und übersät von Schnittwunden und blauen Flecken. Der Typ aus dem Alpha-Team hob sein Messer auf. Als er mich durch den Regen angrinste, blitzten seine Goldzähne im Scheinwerferlicht des Helikopters auf.

»Netter Versuch, Junge. Aber das Spiel ist aus.«

25

»Das ist doch schon mal was, oder?«

Pedro klappte einen Campingstuhl auseinander und stellte ihn vorsichtig auf den Fußboden des Tempels. Er setzte sich verkehrt herum darauf und hängte die Arme lässig über die Rückenlehne. Ich glaube, er wollte cool aussehen, ein bisschen cowboymäßig.

Er schob seinen Stetson-Hut zurück und beäugte uns im Zwielicht. »Das geht hier ja zu wie bei einem richtigen mexikanischen Showdown«, sagte er.

»Das ist kein mexikanischer Showdown«, korrigierte ihn Mum. »Ein mexikanischer Showdown zeichnet sich dadurch aus, dass keine Seite gewinnen kann.«

»Außerdem sind wir nicht in Mexiko«, murmelte ich.

»Und drittens ist das ein blöder rassistischer Spruch, Sie Idiot«, fügte Pan hinzu.

Pedro warf seinen zwei Alpha-Kollegen einen Blick zu, aber die zuckten nur mit den Achseln.

»Na ja, wie auch immer, es ist eine komplizierte Situation.«

Ich hockte mit Mum, Dad und Pan auf dem regennassen Tempelboden. Unsere Hände waren mit Kabelbinder auf dem Rücken zusammengebunden, Brillen und Ausrüstungsgürtel hatte man uns abgenommen. Die zwei Schatzjäger bewachten uns, die Betäubungsgewehre griffbereit.

Um ehrlich zu sein: Ich war froh über die Pause. Jeder einzelne Quadratzentimeter meines Körpers tat weh. Ich fühlte mich, als sei ein ganzes Rugby-Team über mich hinweggetrampelt. Mum und Dad waren auch ziemlich übel zugerichtet. Dads Brille war zerbrochen und er hatte so viele Schnittwunden im Gesicht, dass er aussah, als hätte er sich mit einem Rasenmäher angelegt. Mum hatte eine Wunde am Bein, die so stark blutete, dass ihre Hose schon ganz rot war. Sie blickte gequält drein, aber ich glaube nicht, dass das an der Wunde lag. Unsere Widersacher hatten die Oberhand gewonnen, das war es, was sie schmerzte.

Der Alpha-Typ grinste. Sein Bart war blutverschmiert, weil Dad dort ein oder zwei Fausthiebe platziert hatte.

»Sie stellen sich bestimmt eine Menge Fragen über uns«, bemerkte er.

Dad sah ihn durch seine kaputten Brillengläser hindurch an.

»Ihr Name ist Kyle Floete«, sagte er. »Sie sind aus der SAS, der Spezialeinheit der British Army, rausgeflogen, weil Sie auf einen Offizier losgegangen sind. Dann haben Sie zwei Jahre wegen Raubüberfalls im Gefängnis verbracht, nachdem Sie den Tresorraum einer Bank mit einer Panzerbüchse aufsprengen wollten. Aber außer dass Ihre Frau bei der Aktion ihr linkes Auge verloren hat, ist nichts dabei herausgekommen.«

Jetzt übernahm Mum. Sie funkelte die Frau mit der Augenklappe wütend an.

»Sie sind Veronika Floete. Bis Sie sich den Knöchel gebrochen haben, waren Sie Turnerin in der niederländischen Olympia-Auswahl. Dann begannen Sie zu trinken und lernten Kyle kennen: bei den Anonymen Alkoholikern. Als Sie Ihre Haftstrafe wegen Bankraubs abgesessen hatten, sind die Schlangenleute auf Sie zugekommen. Kein Wunder, Sie haben großes akrobatisches Talent und einen ausgeprägten Überlebensinstinkt – ideale Eigenschaften für einen Schatzjäger. Tja, aber was Sie beide an Muskelmasse haben, fehlt Ihnen an grauen Zellen. Die Tatsache, dass Sie eine Tresortür mit einer Panzerbüchse aufsprengen wollten, beweist, dass Sie nicht die Allerhellsten sind.« Mum drehte ihren Hals, bis es knackte, was ihr offenbar Erleichterung verschaffte. »Sie sehen: Wir sind im Bilde über Sie, danke schön der Nachfrage.«

Wären unsere Hände nicht gefesselt gewesen, ich hätte meine Eltern vor Begeisterung abgeklatscht. Obwohl, es überraschte mich nicht, dass sie so gut informiert waren. Sie hatten sich intensiv auf ihre Rückkehr in die aktive Schatzjägerei vorbereitet. Und dazu gehörte eben auch, dass Sami sie detailliert über mögliche Konkurrenten unterrichtete.

»Moment mal«, sagte ich. »Sie heißen Floete?«

»Ja. Und?«, knurrte der Mann.

»Na ja … richtig tough klingt der Name nicht.«

»Es ist ja auch nur ein Name.«

»Ich weiß. Trotzdem wäre ›Stahlfaust‹ hübscher, oder nicht? Floete dagegen – das ist nicht mal ein sonderlich cooles Instrument.«

Kyle sah eher verwirrt aus nach meinem Gerede, aber Veronika schäumte vor Wut, das war nicht zu übersehen. Ihr Gesicht hatte den Rotton ihrer Haare angenommen und die Adern an ihren Schläfen waren hervorgetreten. Ich versuchte, die beiden weiter zu reizen, ihre Aufmerksamkeit auf mich zu lenken. Ich hatte nämlich bemerkt, wie Dad seinen Blick durch den Tempel schweifen ließ – wahrscheinlich auf der Suche nach einem Fluchtweg.

»Sie würden bestimmt mal gern jemandem begegnen, der ›Trompete‹ heißt, hab ich recht?«, fuhr ich fort. »Oder vielleicht …«

»Halt die Klappe, du nervst!«, schnauzte Veronika und richtete ihr Gewehr auf mich.

Pedro klatschte in die Hände. »Großartig! Ich wusste, dass ihr euch gut verstehen würdet.«

»Verstehen?«, fragte Pan.

»Natürlich«, sagte Pedro. »Das hier ist ein Geschäftstreffen. Wir sind alle hinter der gleichen Sache her.«

»Wir sind hier, um unseren Freund zu retten«, entgegnete Pan.

»Ja, aber um ihn zu retten, müsst ihr das Grab von Quetzalcoatl finden. Was auch in unserem Interesse ist. Warum sollten wir unsere Kräfte also nicht bündeln? Das Alpha-Team und die Turner-Familie. Was kann da noch schiefgehen? Und was den Schatz anbelangt: Den werden wir gerecht teilen.«

»Sie wollen die Schlangenleute betrügen?«, fragte Mum. »Riskantes Spiel, Pedro. Haben die Ihnen nicht genug gezahlt?«

»Sie verstehen mich falsch«, sagte Pedro. »Mein Anteil

des Schatzes ist nicht für mich. Er gehört diesem Land, Honduras. Jahrelang statte ich jetzt schon Schatzjäger mit Ausrüstung aus. Reiche Weiße, die davon träumen, einen Schatz mit nach Hause zu nehmen. Aber das steht ihnen nicht zu. Honduras zählt zu den ärmsten Ländern der Welt. Mit Schätzen wie diesem könnte man unzählige Familien ernähren oder Krankenhäuser und Schulen bauen. Es ist unser Recht, unsere Schätze selbst zu behalten. Und damit zu machen, was wir wollen.«

»Moment mal«, hakte ich nach. »Für Sie ist Schatzjägerei eine Art Wohltätigkeitsnummer? Das macht ja einen richtigen *good guy* aus Ihnen!«

»*Good guy, bad guy* – wir sind doch alle auf derselben Seite. Also, was sagen Sie dazu?«

»Abgemacht«, schlug Mum ein.

Verblüfft drehten Pan und ich uns nach ihr um.

»Pedro, Sie können den Schatz gerne haben«, sagte Mum. »Wir brauchen nur eine einzige Sache aus dem Grab.«

Kyle lachte und es klang überraschend hoch und schrill für einen so großen Kerl. »Nee, nee, die Smaragdtafel gehört uns.«

»Das ist jetzt kompliziert«, sagte Pedro. »Meinen ursprünglichen Deal hab ich nämlich mit dem Alpha-Team gemacht: Ich bekomme den Schatz für mein Volk und sie kriegen die Smaragdtafel.«

»Dann müssen Sie das neu aushandeln«, verlangte Mum.

»Moment, Sie sind hier nicht in der Position, über Neuverhandlungen zu bestimmen«, blaffte Veronika.

»Tatsächlich sind wir in einer sehr komfortablen Position«, erklärte Mum. »Es ist doch offensichtlich, was passiert ist.

Sie haben sechs Wochen vergeblich nach dem ersten Wegweiser gesucht. Also haben Sie Pedro kontaktiert und ihm erzählt, Sie würden Leute mit etwas Hirnschmalz brauchen. Unter dem Vorwand, dass das Alpha-Team ›verschollen‹ ist, wurden wir hergelockt. Das war der Moment, wo Sie, Pedro, Ihre Chance gewittert haben. Sie haben einen Flugzeugabsturz fingiert, um zu signalisieren, sie seien ums Leben gekommen. Klar, an einem ›Toten‹ können sich die Schlangenleute nicht rächen, wenn sie rausfinden, dass sie hintergangen wurden. Und dann haben Sie uns munter hinterherspioniert, in der Hoffnung, wir würden Sie zu dem Grab führen.«

»Und Sie haben mich wirklich beeindruckt«, gab Pedro zu. »Alles, was man sich über Sie erzählt, ist wahr.«

»Und jetzt werden Sie uns zu dem Grab führen«, fügte Kyle hinzu. »Wenn Pedro Ihnen die Hälfte seines Schatzanteils abgeben will, kann er das herzlich gerne tun. Aber die Smaragdtafel gehört uns.«

»Warum sind Sie so scharf darauf?«, fragte ich.

Kyle blickte Veronika an, als bräuchte er ihre Erlaubnis, um zu antworten.

Doch seine Frau zuckte nur die Achseln. »Erzähl's ihnen ruhig.«

»Was wissen Sie wirklich über die Missionen der Organisation, die Sie ›Schlangenleute‹ nennen?«, fragte er.

»Genug«, antwortete Pan.

»Ha! Nichts wissen Sie, gar nichts.«

»Sie versuchen, eine Reihe von Gräbern zu zerstören«, fuhr Pan fort, »um der Welt eine bestimmte Version der Menschheitsgeschichte vorzuenthalten. Die Leute, die in diesen Gräbern bestattet wurden, sind Vertreter einer ausgelöschten Zivilisation, viel älter als die alten Ägypter. Die Toten in den Gräbern wurden als Gottheiten verehrt: Osiris in Ägypten, Quetzalcoatl in Mittelamerika und diverse andere. Ihr Symbol: eine Schlange, die sich in den eigenen Schwanz beißt. Die Särge sind allesamt aus Kristall, die Toten halten eine grüne Smaragdtafel in den Händen, von denen jede eine Inschrift trägt. Zusammengenommen weisen diese Inschriften den Weg zu irgendetwas. Aber wir wissen nicht, zu was.«

Kyle starrte Pan blinzelnd an. »Oh, du weißt ja eine ganze Menge. Dann weißt du also auch, wie wertvoll diese Smaragdtafeln sind. Weit wertvoller als alles Gold und alle Juwelen, die ihr euch vorstellen könnt. Wohin auch immer der Weg führt, den die Tafeln weisen – dort liegt der wahre Schatz. Und deshalb noch mal: Die Smaragdtafel gehört uns.«

»Aber wenn wir sie nicht mitbringen, stirbt unser Freund«, sagte Pan.

Veronika Floete stieß mit ihrem Gewehr in Pans Richtung. »Ganz ehrlich: Ihr solltet euch lieber um euer eigenes Leben sorgen.«

Mum fuhr hoch und fauchte die Frau an wie eine Wildkatze: »Wenn Sie die Waffe noch einmal auf meine Kinder richten, dann werde ich sie Ihnen persönlich in den …«

Ich werde euch jetzt nicht verraten, was Mum sagte, nur so viel: Es war keine Drohung, es war ein Schwur. Veronika grinste – senkte dann aber doch die Waffe.

»Das hier ist also ein Geschäftstreffen«, wiederholte Pedro. »Nun, dann wollen wir mal verhandeln. Sie zwei von Team Alpha, würden Sie Ihren Standpunkt bezüglich der Smaragdtafel noch einmal überdenken?«

»Nein«, antwortete Kyle.

»Könnten Sie sich vorstellen, die Tafel zu teilen? Sich vielleicht wochenweise mit dem Besitz abzuwechseln?«

»Nein«, sagte Dad. »Im Übrigen brauchen Sie uns, Pedro. Ohne uns haben Sie keine Chance, diesen Wegweiser hier richtig zu interpretieren.«

»Mal ganz abgesehen davon, dass Sie ihn noch nicht mal kennen«, fügte Mum hinzu. »*Wir* schon.«

Mum und Dad hatten Feuer gefangen! Verstohlen zwinkerte mir Pedro zu. Offenbar fand er, dass wir Turners eine ziemlich coole Familie waren!

Kurz dachte ich, Veronika würde ebenfalls zwinkern, aber das täuschte. Ihr Augenlid zuckte vor Wut. Diesmal hielt sie mir ihr Gewehr direkt vors Gesicht.

»Du erzählst uns sofort, was du auf dieser Tonplatte gesehen hast, sonst ...«

Ich sollte nie erfahren, womit sie mir drohen wollte, denn Mum schoss hoch und knallte ihren Kopf gegen Veronikas Kiefer. Ein furchtbares Knacken war zu hören, dann spritzte Blut und Veronika sackte auf dem Boden zusammen.

Umständlich setzte sich Mum mit ihren gefesselten Händen wieder hin.

»Ich hab sie gewarnt«, zischte sie.

Kyle röchelte. Er hörte sich an wie ein wildes Tier. Sein Betäubungsgewehr klatschte auf den Boden, als er sein Messer aus dem Ausrüstungsgürtel zog. Sofort sprang Dad auf und stellte sich schützend vor Pan und Mum. Ich wappnete mich, um notfalls gegen Kyles Beine zu hechten. Die nächste große Keilerei stand unmittelbar bevor, doch Pedro stellte sich zwischen uns und wedelte panisch mit seinem Hut.

»Hey, Cowboys, immer mit der Ruhe! Kyle, Jane hat Veronika wirklich gewarnt. Ihre Frau hat ihrem Sohn das Gewehr ins Gesicht gehalten.«

»Pah, ein Betäubungsgewehr!« Kyle schäumte vor Wut.

»Ja, aber mitten ins Gesicht, Kyle!«

Pedro ging in die Hocke und inspizierte Veronika. Sie rührte sich nicht, aber sie atmete. Sie war also nur bewusstlos.

»Kyle?«, fragte er.

Kyle schien kurz davor, in die Luft zu gehen. Er funkelte meinen Vater wütend an und umklammerte sein Messer so fest, dass seine Fingerknöchel weiß hervortraten.

»Kyle!«, wiederholte Pedro, deutlich barscher. »Helfen Sie mir, Veronika nach draußen zu bringen. Ich schlage vor, dass wir uns alle eine kleine Auszeit nehmen und nachdenken.«

Es dauerte noch ein paar Sekunden, bis sich Kyles Griff um das Messer lockerte und er Pedro half, seine Frau ins Freie zu schleppen. Im Rausgehen knurrte er eine letzte Drohung:

»Die Smaragdtafel gehört uns! Ehe Sie uns nicht verraten, wie wir dorthin kommen, verlassen Sie diesen Tempel nicht. Jedenfalls nicht lebend.«

26

»Hör auf zu zappeln, Jake!«

»Aber Mum, ich versuche doch nur, freizukommen.«

»Ja, und genau das sieht man dir an. Gib mir mal den Zahn dort.«

»Häh? Was für einen Zahn?«

»Der, der neben deinem Bein liegt.«

Der Zahn stammte aus Veronika Floetes Gebiss und war bei Mums Kopfnuss rausgeflogen. Wollte sie ihn als Andenken behalten?

Mit meinen gefesselten Händen schob ich den Zahn zu Mum rüber.

Die schlug ihn so lange auf den Steinboden, bis er in zwei messerscharfe Stücke zersplitterte. Mit einem davon begann Mum, ihren Kabelbinder zu bearbeiten.

Wir hockten Rücken an Rücken auf dem Tempelboden. Regen sprühte herein und bildete Pfützen im Eingangsbereich, aber insgesamt hatte sich das Gewitter abgeschwächt. Offenbar verzogen sich die Wolken sogar bereits, denn durch

Ritzen in den Wänden fielen Mondstrahlen. Weil es jetzt nicht mehr ständig donnerte, sprachen wir nur noch flüsternd, damit Pedro und Kyle uns draußen nicht hörten.

»Jake«, fragte Dad, »hast du den Wegweiser wirklich zerstört?«

Na toll, ging das wieder los! Unsere Leben waren in Gefahr, aber trotzdem ließen sie keine Gelegenheit aus, um mit mir zu meckern.

»Hätte ich das nicht getan«, zischte ich, »dann hätte das Alpha-Team ihn jetzt.«

»Das sollte gar keine Kritik sein, Jake. Du hast genau richtig gehandelt.«

»Oh, echt?«

»Solange du dich an das Schriftzeichen erinnerst?«

Oh Gott, was hatte ich diesen Moment gefürchtet. Klar, ich hatte mir die Tonplatte angeschaut, aber Kyle und Veronika hatten mich währenddessen angebrüllt und ich hatte zurückgebrüllt, und obendrein war ich noch etwas benommen gewesen von dem Drohnenabsturz. Ich wünschte, Pan mit ihrem fotografischen Gedächtnis hätte die Platte gesehen. Ich war der Falsche für so etwas. Ich hatte ja manchmal schon Mühe, mich an meinen eigenen Namen zu erinnern.

Ich werde euch unsere Flüsterunterhaltung der nächsten zwanzig Minuten jetzt nicht haarklein wiedergeben, nur so viel als Zusammenfassung: Mum drängte mich in Dauerschleife, mich zu erinnern, Pan saß mir im Nacken, mich *noch intensiver* zu erinnern, und Dad wiederholte ständig, dass wir uns beruhigen sollten, um mir dann einzuschärfen, mich doch bitte noch mal *ganz neu* zu erinnern.

Schließlich stöhnte Mum laut auf. »Du hast den Wegweiser zerschmettert. Du bist also der einzige Mensch auf Erden, der etwas dazu sagen kann. Aber wenn du dich nicht erinnerst, dann war das kein sehr schlauer Plan, oder?«

»Immerhin war Jake rechtzeitig hier«, bemerkte Pan spitz.

»Euer Vater und ich hatten die Situation vollständig unter Kontrolle, Pandora!«

»Was? Ihr wusstet, dass das Alpha-Team euch voraus war?«

»Ja. Ziemlich bald, nachdem wir losgeklettert sind, haben wir gesehen, dass kurz vor uns jemand in der Steilwand gewesen sein musste.«

»Und warum habt ihr uns nichts davon gesagt?«, beschwerte sich Pan. »Wir sind doch ein Team!«

»Nein, sind wir nicht!«, schoss Mum zurück. »Wir sind eure Eltern. Wir müssen euch nicht alles auf die Nase binden.«

»Jetzt beruhigt euch doch«, sagte Dad. »Jake. Der Wegweiser?«

Ich gab noch mal alles: Ich kniff die Augen zu und versuchte fieberhaft, mir das Schriftzeichen von der Tonplatte zu vergegenwärtigen. Und ich war erstaunt, an wie viele Details ich mich plötzlich erinnern konnte. Dad ritzte das, was ich beschrieb, mit einer Tonscherbe in den Boden. Insgesamt zehn verschiedene Symbole zeichnete er, bis ich schließlich sicher war, dass das Richtige dabei war. Im Zwielicht konnten wir es mit Mühe und Not erkennen: ein weiteres aztekisches Schriftzeichen, diesmal in Form einer Welle.

»Erkennt ihr es?«, fragte ich.

»Sieht wie das Zeichen für Wasser aus«, meinte Mum.

»Oder für Flut, Überschwemmung, Hochwasser«, ergänzte Pan.

»Ja, guter Gedanke, Pandora.«

»Aber was soll es uns sagen?«, fragte ich. »Wasser? Überschwemmung? Der ganze Dschungel steht bei jedem Regenguss unter Wasser.«

»Der Wegweiser bezieht sich auf etwas Bleibendes, Dauerhaftes«, gab Pan zu bedenken. »Etwas, von dem die Azteken glaubten, dass es Bestand hat. Ein Fluss?«

»Das ist zu vage«, sagte Mum. »Zwei große Flüsse durchziehen den Dschungel, mit Hunderten von Seitenarmen. Nein, der Wegweiser muss sich auf etwas beziehen, das sich genauer eingrenzen lässt.«

»Wartet!« Ich setzte mich abrupt auf, als würden Stromstöße durch den feuchten Boden jagen. Mums Bemerkung hatte eine weitere Erinnerung losgetreten. Ich hatte nicht nur das Flutsymbol auf der Tonplatte gesehen.

»Da war noch etwas!«, wisperte ich, weil mir plötzlich einfiel, dass die anderen womöglich lauschten. »Über dem Flutsymbol war das Bild von Quetzalcoatl, genau wie in deinen Büchern, Pan.«

»Das ergibt Sinn.« Mum nickte. »Es bedeutet, dass es der Wegweiser zu Quetzalcoatls Grabstätte ist.«

»Aber was genau ist mit dem Wegweiser gemeint?«, fragte ich. »Ein Fluss? Der See hier oben?«

»Keins von beidem«, sagte Dad.

Während wir flüsternd diskutierten, war es Dad gelungen, seine Handfessel zu durchtrennen und an die Seite der Kammer zu krabbeln, außer Sichtweite von unseren Bewachern. Mit einer weiteren Tonscherbe zeichnete er etwas an die Wand. Es war sofort zu erkennen: das Felsplateau, der Kratersee und der Tempel, in dem wir festsaßen.

238

»Wir sind hier auf einem der Storm Peaks«, flüsterte er und zeichnete die Rückseite des Berges, ebenso steil wie die Vorderseite, über die wir gekommen waren. »Das ist die Ostflanke des Berges.« Er tippte auf seine Skizze. »Warum sind wir dort nicht raufgeklettert? Wegen des Wasserfalls!«

Dad blickte Mum an und sie hatten wieder einen ihrer »Momente« – weit aufgerissene Augen, Adrenalin in den Adern, Entdeckerfreude.

»Wasserfall«, murmelte Pan, als bei ihr der Groschen fiel. »Das ist mit dem Schriftzeichen gemeint. Wir sollen unter dem Wasserfall nach dem Grabeingang suchen.«

»Nein«, widersprach Dad. »Nicht ganz.«

»Nicht ganz?«, fragte ich.

Mum wandte sich mir zu. Vor lauter Aufregung vergaß sie fast das Flüstern.

»Jake, bist du sicher, dass das Bild von Quetzalcoatl *über* dem Flutsymbol war?«

»Ich … Ja.«

Dad wandte sich wieder seiner Skizze zu und zeichnete strudelnde Linien in den Kratersee. »Dieser See hier ist der Beginn des Wasserfalls«, erklärte er. »Das Regenwasser aus dem See läuft durch einen Tunnel in den Berg und schießt auf halber Höhe als Wasserfall aus der Steilwand.«

»Na und?«, fragte Pan. »Deshalb kann der Grabeingang doch trotzdem irgendwo *unter* dem Wasserfall sein.«

»Denk daran, dass aztekische Schriftzeichen sehr wörtlich zu verstehen sind«, sagte Dad. »Wann immer möglich, haben die Azteken genau das abgebildet, was sie meinten.«

»Ja und?«

»Wenn das Bild der Gottheit also *über* dem Flutsymbol

war, dann glaube ich nicht, dass uns der Wegweiser *unter* den Wasserfall führen will.«

Dad starrte auf seine Zeichnung und schüttelte langsam den Kopf, so als könne er es selbst nicht ganz glauben.

»Nein, das obere Ende des Wasserfalls ist gemeint.«

27

»Okay, wir kommen raus.«

»Aber keine plötzlichen Bewegungen«, warnte Kyle Floete.

»Was zählt als ›plötzliche Bewegung‹?«, rief ich.

»Das wirst du wissen, wenn ich auf dich schieße«, antwortete Veronika.

»Niemand schießt hier auf niemanden«, beschwichtigte Pedro. »Wir sind doch alle Freunde.«

»So 'n Blödsinn, Pedro!«, brüllte Pan. »Wir sind keine Freunde, so was von überhaupt nicht.«

Mum und Dad führten unser Grüppchen an. Sie schirmten Pan und mich mit ihren Körpern ab, als wir aus der Dunkelheit des Tempels ins grelle Licht von Kyles und Veronikas Taschenlampen traten.

Ich bemerkte, dass Pan zitterte, und fragte mich, ob das an dem kalten Wind und den nassen Klamotten lag oder ob es Angst war. Aber egal, ich konnte es ihr nachfühlen. Der Plan, den Mum und Dad ausgeheckt hatten, um uns aus dieser Situation zu befreien, war so verrückt, dass er auch von mir hätte stammen können. Sie glaubten doch tatsächlich, dass der letzte Wegweiser uns direkt den Wasserfall hinunterführte! Dad würde den Sprung machen – der Teil des Plans stand nicht zur Diskussion –, aber er würde natürlich nicht einfach so über die Felskante springen, nach dem Motto: wird schon gut gehen. Nein, er brauchte zwei Dinge: einen Ausrüstungsgürtel und einen der Fallschirm-Rucksäcke. Und hier kam ich ins Spiel. Ich sollte ihm nämlich beides beschaffen. Ich hatte eingewilligt, Kyle und Veronika zu erzählen, was ich auf der Tonplatte gesehen hatte. Allerdings sollte ich dabei so dermaßen herumnerven, dass sich niemand beschweren würde, wenn ich plötzlich weg wäre. Ich würde Dad den Gürtel und den Fallschirm holen, würde für irgendeine Ablenkung sorgen, um ihm die Sachen zuzuschanzen, und dann würde er rennen und springen. Unsere drei Konkurrenten würden entweder glauben, er sei entkommen oder zu Tode gestürzt. Niemals würden sie vermuten, dass er längst auf dem Weg zum Grab und der Smaragdtafel war. Also, das war zumindest die Hoffnung.

Wir schlurften aus dem Tempel.

»Viel Glück euch«, wisperte Dad.

»Keine plötzlichen Bewegungen!«, bellte Kyle Floete.

»Jetzt hören Sie doch mal auf zu stressen!«, fauchte Pan.

Ich schirmte meine Augen vor dem Taschenlampenstrahl ab und spähte verstohlen über das Plateau. Die Fallschirm-Rucksäcke standen ziemlich in der Nähe. Aber unsere Ausrüstungsgürtel lagen auf einem Haufen vor dem Helikopter, und den hatte Pedro auf der anderen Seite des Sees gelandet. Konnte ich die holen, ohne dass es auffiel?

»Kommt, kommt, beruhigt euch«, beschwichtigte Pedro. »Wir sind doch alle Freunde …«

»Hören Sie endlich mit diesem Freunde-Quatsch auf, Pedro«, rief Pan. »Ihre Kollegen richten Waffen auf uns! Da ist ja sogar der Blutegel, der mir neulich am Augapfel hing, ein besserer Freund von mir.«

»Kann ich nur zustimmen«, schnauzte Kyle Floete. »Wir haben die Turners auch nicht ganz oben auf unserer Weihnachtskartenliste.« Er hob seine Waffe. »So, jetzt raus mit euch – schön langsam – und dann ist Schluss mit der Geheimniskrämerei.«

Wir tappten weiter … und spulten unseren Plan ab: Um unsere Verhandlungen mit dem Alpha-Team glaubhafter zu machen, versuchte Dad, einen Dreiviertelanteil der Schatzbeute für uns rauszuschlagen, nur um sich dann nach einigem Murren auf die Hälfte einzulassen. Ich beschrieb den Wegweiser so, wie ich ihn gesehen hatte, denn Pedro richtete ein Gerät auf mich, das jede Lüge angeblich sofort erkannte. Zum Glück hatten Mum und Dad im Vorfeld geahnt, dass er so etwas einsetzen würde. Pedro projizierte das Schriftzeichen auf einen mobilen Holosphären-Monitor und wir alle umringten ihn. Es war ein bisschen, als würden wir uns um ein Lagerfeuer scharen, nur dass nicht warme Flammen unsere Gesichter beleuchteten, sondern kaltes Bildschirmlicht. Und dass Kyle und Veronika die ganze Zeit ihre Finger am Abzug behielten.

»Sieht wie eine Welle aus«, bemerkte Kyle.

»Ich glaube eher, dass damit ein Fluss gemeint ist«, log Mum.

»Glaube ich nicht«, krähte ich dazwischen. »Das ist garan-

243

tiert ein Swimmingpool. Gibt's irgendwelche Pools in diesem Dschungel?«

Alle starrten mich entgeistert an, dann wandten sie ihre Aufmerksamkeit wieder der Holosphäre zu.

»Vielleicht heißt es ja auch Regen?«, nahm ich einen neuen Anlauf. »Wir sollten nach einem Ort suchen, an dem es in den letzten fünfhundert Jahren immer mal wieder geregnet hat.«

»Wir sind im Regenwald«, knurrte Kyle. »Hier regnet's andauernd. Überall.«

»Okay, Sie Klugscheißer«, antwortete ich. »Wie wär's dann mit einer Wasserrutschbahn? Gibt's so was hier?«

Wieder richteten sich alle Blicke auf mich.

»Darf ich ihn erschießen?«, fragte Veronika.

»Vielleicht nicht gleich erschießen, aber ohrfeigen«, grinste Mum. Sie grinste doch tatsächlich! Sie grinste Veronika Floete an! Okay, ich wusste, dass sie nur schauspielerte, aber trotzdem: Das war echt hart! Das tat weh! Jetzt kapierte ich auch, warum Mum mir diesen Job gegeben hatte: Weil niemand mich jemals ernst nahm. Ich war einfach der Nervtyp mit den durchgeknallten Plänen und verrückten Ideen, den niemand vermisste, wenn er mal kurz weg war.

In dem Moment drängte mich Pan sanft ein Stück beiseite. Ihre Art, mich an meine Aufgabe zu erinnern.

Also entfernte ich mich langsam von der Gruppe und umrundete den Kratersee. Genau wie Mum vorhergesagt hatte, bemerkten unsere drei Rivalen meine Abwesenheit nicht – oder es kümmerte sie nicht. Sie waren wohl einfach froh, dass ich sie nicht länger mit meinen Schwachsinnsideen nervte.

Ich musste mich echt beherrschen, nicht zu unseren Gürteln zu sprinten, denn das hätte nur unnötig Aufmerksamkeit erregt. Trotzdem hämmerte mein Herz wie das eines Top-Sprinters, obwohl ich betont entspannt schlenderte. Ich hatte einfach Angst, dass mir einer der beiden Alphas einen Betäubungspfeil in den Hintern jagte. Aber ich schaffte es unbeschadet zu Pedros Helikopter und lehnte mich dagegen, als ob mir langweilig wäre. Mit einem raschen Schulterblick prüfte ich, dass mich niemand beobachtete, bückte mich und schnappte mir einen der Ausrüstungsgürtel.

Okay, jetzt noch den Fallschirm.

Ich setzte mich erneut in Bewegung. Den Gürtel hatte ich umgeschnallt und unter mein durchweichtes Dschungelshirt geschoben. Wieder versuchte ich, langsam und entspannt zu schlendern, doch diesmal ließen mich meine Beine im Stich und beschleunigten, ohne dass ich etwas dagegen tun konnte.

Irgendwie musste Veronika in der Zwischenzeit bemerkt haben, dass ich fehlte – jedenfalls schweifte ihr Blick suchend über das Plateau, und als sie mich erspähte, verstärkte sie den Griff um ihr Gewehr. Ich saß mittlerweile auf den Stufen des Tempels, nur noch fünf Meter von den Fallschirmen entfernt. Doch Veronika behielt mich im Blick. Ich langte unter mein T-Shirt und tat so, als würde ich mich am Bauch kratzen, doch in Wirklichkeit suchte ich meinen Ausrüstungsgürtel nach einem Gerät ab, mit dem ich das Ablenkungsmanöver starten konnte. In der Eile hatte ich nicht darauf geachtet, wessen Gürtel ich mir geschnappt hatte. Jetzt merkte ich, dass es Dads war. Er war mit einer USV, einer Ultraschall-Sprengvorrichtung, bestückt – einer Art

Minibombe, die ich von unserem Ägypten-Aufenthalt kannte. Dort hatten Pan und ich mit so einem Ding ein Grab in die Luft gejagt, wenn auch eher unabsichtlich. Die Explosion hatte uns geholfen, einer Falle zu entkommen und Dad zu befreien, aber trotzdem hatten wir Mum danach schwören müssen, nie wieder eine USV anzurühren. Deshalb war Dad auch der Einzige, der zwei davon an seinem Gürtel trug. Für Notfälle.

Notfälle wie diesen.

Ich löste das hockeypuckartige Teil vom Gürtel und verbarg es in meiner Handfläche. In fünf Minuten würde ich es hochgehen lassen. Vorher würde ich zu der Gruppe zurückschlendern und Mum, Dad und Pan warnen, wie auch immer ich das anstellen würde. Wenn die Bombe dann detonierte, würde ich Dad den Gürtel zuwerfen. Er selbst müsste sich im Laufen dann nur noch den Fallschirm schnappen und – hopp – über die Kante springen.

Ich grinste Veronika an, die mich immer noch misstrauisch beäugte, die Hand am Abzug.

»Sie sind auch nicht die Allerhellste, oder?«, rief ich ihr zu. »Wollen Sie sich hier zu mir auf die Idiotentreppe setzen?«

Die Augen der Frau blitzten wutentbrannt auf, ihre Hand an der Waffe zuckte, aber schließlich wandte sie sich wieder der Gruppe zu.

Schnell aktivierte ich das USV-Display und stellte den Timer auf fünf Minuten. Dann blickte ich mich nach etwas um, an dem ich das Teil befestigen konnte, aber außer dem Tempel war da nichts. Mums Warnung schrillte mir in den Ohren: *Was auch immer passiert, beschädige diesen Tempel nicht!*

Sorry, Mum!

Ich befestigte die USV mit zwei Clips unten an der Wand und drückte auf den Aktivierungsknopf. Auf dem Display leuchtete der Fünf-Minuten-Countdown auf.

Vier.

Drei.

Moment! Das waren keine Minuten, das waren Sekunden! Hilfe, ich hatte das Ding auf Sekunden eingestellt!

Schreiend sprang ich auf und rannte los, doch ich schaffte gerade mal zwei Schritte, da ging die Bombe hoch. Die Wucht der Explosion katapultierte mich wie eine Stoffpuppe nach vorne. Mein Hals wurde nach hinten geworfen und mein kompletter Körper verdreht. Ich musste ohnmächtig geworden sein, denn als ich wieder zu mir kam, lag ich zwischen Schuttbrocken des Tempels. Rauch und Staubpartikel hingen in der Luft, ich blutete im Gesicht. Um mich herum war Geschrei, doch das Schrillen in meinen Ohren war lauter. Die Explosion hatte Teile des Tempels weggefegt. Mum und Dad kämpften mit Kyle und Veronika, während Pedro sie anschrie, doch bitte aufzuhören.

Pan packte mich am Arm und half mir hoch.

Irgendetwas knallte auf den Schutthaufen neben uns, Felssplitter stoben in alle Richtungen. Ich stand kaum, da riss Pan mich schon wieder zu Boden und brüllte mir etwas ins Ohr:

»Sie schießen auf uns!«

Kyle und Veronika hatten die Aufsätze auf ihren Gewehren ausgetauscht und schossen jetzt mit scharfer Munition!

»Los, in den Tempel mit euch!«, schrie Mum.

Pan und ich rappelten uns hoch und flüchteten in das zerstörte Gebäude, Mum und Dad folgten uns und zusammen suchten wir Deckung hinter einer halb eingestürzten Mauer. Mums Blick sprühte Funken. Ich glaube, so wild entschlossen hatte ich sie noch nie gesehen.

»Haben sie einen von euch getroffen?«, fragte sie, aber bevor ich antworten konnte, hatte Mum mich schon am Arm gepackt. »Was hast du dir dabei gedacht, Jake?«

Leider blieb keine Zeit für eine Erklärung und sie hätte wohl auch nichts genützt. Ich hatte es mal wieder verbockt und deswegen wollte man uns jetzt umbringen. Obwohl mir die Explosion noch immer in den Ohren dröhnte, hörte ich, wie Pedro den beiden Alphas zubrüllte, sie sollten endlich mit der Ballerei aufhören.

Doch da streifte bereits die nächste Kugel die Tempelwand. Ein weiterer Splitterhagel ging auf uns nieder. Ich warf einen kurzen Blick über die Mauer und erhaschte einen Blick auf Pedro, der am Boden lag. Blut lief ihm über das Gesicht und sickerte in den See. Hatten Kyle und Veronika ihn erwischt?

Plötzlich hatte ich das Gefühl, als würde sich der Gewittersturm in meinem Kopf entladen. Okay, ja, Pedro hatte uns betrogen, aber letztlich wollte er nur seinem Land helfen. Er war kein schlechter Mensch. Ich schnappte mir eine Handvoll Steine und schleuderte sie auf unsere Angreifer. Einer der Brocken knallte gegen Kyles Brust und er reagierte mit einer wütenden Gewehrsalve.

»Stopp!«, brüllte Mum. »Meine Kinder sind hier drinnen!«

»Pech, Sie hätten sie eben nicht mitschleppen sollen«, brüllte Veronika zurück.

»Glauben Sie, das weiß ich nicht selbst?«, schrie Mum. »Sie können die Smaragdtafel haben.«

»Nein, können Sie nicht«, rief ich.

»Lassen Sie uns einen Deal machen«, schlug Dad vor.

»Für Deals ist es jetzt zu spät«, schnauzte Veronika und schoss weiter.

Als Dad sich schützend vor Pan und mich stellte, wurde er von einem herumfliegenden Steinsplitter getroffen, der seinen Tropenanzug aufschlitzte und sich in seine Schulter bohrte.

»Jane, wir müssen hier raus«, sagte er, während er seine Hand auf die Wunde drückte, um die Blutung zu stoppen.

Mit geballten Fäusten beobachtete Mum unsere Angreifer durch eine Mauerritze. »Ich übernehme sie«, zischte sie.

Aber Dad legte ihr eine Hand auf die Schulter. »Nicht beide, Jane.«

Doch Mum schlug seine Hand weg. »Und ob, John!«

Ich tastete nach dem Ausrüstungsgürtel, zählte die Gerätschaften in ihren Halterungen.

»Wir haben noch eine zweite USV«, sagte ich. »Wir könnten sie als Ablenkungsmanöver werfen und zum Helikopter rennen. Kann einer von euch das Teil fliegen?«

Dad nickte erst, schüttelte dann aber den Kopf. »Selbst wenn wir heil zum Hubschrauber kommen – bevor wir auch nur drei Meter in der Luft sind, haben sie uns abgeschossen.«

»Dann nehmen wir den Wasserfall«, schlug ich vor. »Das ist der einzige Fluchtweg, der noch bleibt. Wir springen in den See und lassen uns mit dem Wasserfall aus dem Berg spucken. Genau so, wie es sich die Azteken vorgestellt haben.«

Mum schüttelte den Kopf. Sie weigerte sich, auch nur weiter zuzuhören.

»Jane«, sagte Dad. »Jake könnte recht haben.«

249

Eine weitere Kugel bohrte sich in die Tempelwand. Das Alpha-Team pirschte näher.

Ich glaube, ich habe noch nie einen so wütenden Blick gesehen wie den, den Mum Dad zuschoss. Und Mum war oft wütend. Ich fragte mich, ob sie sich vielleicht über sich selbst ärgerte, weil sie es zugelassen hatte, dass wir überhaupt in diese Situation geraten waren. Verzweifelt sah sie sich um, auf der Suche nach einem Ausweg.

»Es gibt keine andere Möglichkeit, Jane«, beharrte Dad. »Du weißt selbst, dass der Wegweiser dort entlang führt. Wir müssen den Azteken vertrauen.«

»John …«

»Jane, wir werden das schaffen.«

»Aber wir haben die Kinder bei uns.«

»Genau deshalb müssen wir es tun. Wenn wir hierbleiben, werden wir sterben.«

»Wie konnte es so weit kommen, John? Wir hatten uns doch schon aus alledem zurückgezogen. Wir haben ein sicheres Leben geführt.«

»Jetzt gerade seid ihr aber nicht zurückgezogen«, meldete sich Pan zu Wort. »Jetzt seid ihr hier. Dad hat recht, wir müssen dem Wegweiser folgen.«

Mum starrte erst sie an, dann Dad. Schließlich umklammerte sie ihr Isis-Amulett, die Mutter- und Schutzgöttin, und flüsterte etwas, das wir nicht hören konnten. »Okay, aber wir machen es zusammen.«

Mum löste die USV von meinem Gürtel, bevor ich es tun konnte, und stellte den Timer auf fünf Sekunden. Dann hielt sie das Gerät so, dass sie jederzeit den Aktivierungsknopf drücken konnte.

»Ihr lauft direkt zum See«, ordnete sie an. »Überlasst euch der Kraft des Wassers. Vertraut den Azteken. Erinnert euch an euer Training.«

Ich nickte und betete, dass sie nicht auf ein spezielles Wasserfall-Training anspielte. Wenn ja, dann hatte ich es komplett verpennt, ich erinnerte mich an gar nichts. Pan war so kreidebleich, wie ich sie noch nie gesehen hatte. Ich wusste, dass sie sich das nicht zutraute. Sie hasste solche Action-Sachen. Und das Ganze war ja auch völlig verrückt. Aber es nützte nichts, sie musste da jetzt durch.

Ich klopfte ihr dreimal kurz auf die Schulter, unser Trainings-Signal für »umdrehen«.

»Wettrennen«, flüsterte ich.

»Was?«

»Wettrennen bis zum Grab. Der, der verliert, muss den anderen für den Rest der Mission mit ›mein Herr‹ oder ›meine Dame‹ anreden.«

Sie starrte mich entgeistert an, aber dann konnte sie der Herausforderung doch nicht widerstehen. Sofort kehrte etwas Farbe in ihre Wangen zurück.

»Okay, mach dich auf eine Demütigung gefasst, Bruder.«

»Alle bereit?«, flüsterte Mum.

»Viel Glück euch«, wünschte Dad.

Und dann drückte Mum auf den Aktivierungsknopf der UVS. Kurz sah ich den Countdown aufleuchten, bevor Mum die Bombe über die Tempelmauer warf.

»Rennt!«, rief sie.

28

Kaum war ich ins Wasser eingetaucht, fing ich auch schon an zu strudeln und mich wie verrückt zu drehen. Mit dem Explosionsknall in den Ohren und dem Feuerschein vor Augen versank ich in einer Welt aus Blasen und Panik. Zuerst überlagerte der Kälteschock alle anderen Empfindungen. Ich hatte das Gefühl, in eine Eistruhe gesprungen zu sein. Meine Schreie verwandelten sich in Blasen und verschwendeten wertvolle Luft. Als sich neben der Kälte auch noch andere Empfindungen durchsetzten, hatte mich der Whirlpool längst im Griff.

Ich musste an Mums Anweisungen denken – *Überlasst euch der Kraft des Wassers*. Aber mein Instinkt wollte etwas anderes. Er ließ mich strampeln und gegen die Strömung ankämpfen. Ich wirbelte zu schnell, um irgendjemanden aus meiner Familie zu sehen. Hatten sie den Spurt vom Tempel zum See vielleicht gar nicht überlebt? Schon wieder knallte ich gegen eine Uferseite, blubberte schreiend Blasen hervor und verschwendete noch mehr Luft. Der Pool drehte mich schneller und schneller, und von Runde zu Runde wurde ich tiefer hinuntergezogen. Hinunter in die kalte Finsternis.

Überlasst euch der Kraft des Wassers.

Inzwischen war ich eh zu desorientiert, um dagegen anzukämpfen. Ich kreiselte umher wie eine Socke in der Waschmaschine. Und immer wieder schleuderte es mich gegen irgendeine Uferseite. Ich war inzwischen knapp über dem Grund, kurz davor, durch den Abfluss weggestrudelt zu werden.

Und da passierte es auch schon.

Seid ihr jemals eine Wasserrutsche runtergerutscht? Kennt ihr diesen Moment, wenn die Rutsche einen am Ende freigibt? Genau so war es. Ich hatte das Gefühl zu sterben, ich war überzeugt, dass meine Familie ebenfalls tot war, und ich schrie wie am Spieß.

Ich fiel ungefähr zehn Meter in kompletter Dunkelheit und platschte dann in ein kleines Becken. Von oben donnerte Wasser auf meinen Kopf. Kurz meinte ich, jemanden kreischen zu hören, aber das war vielleicht auch nur das Wasser. Ich versuchte zu rufen, aber da ging es schon weiter: Auf dem Rücken rutschte ich eine ziemlich glatt polierte Rinne entlang. Von allen Seiten spritzte mir Wasser ins Gesicht. Verdammt, die Dunkelheit nahm mir jede Orientierung, ich sehnte mich so nach Licht. Und plötzlich sah ich welches – während ich im selben Moment wünschte, ich würde es nicht sehen.

Tageslicht.

Die Rutsche würde mich gleich aus dem Berg spucken. Ich war kurz davor, Teil des Wasserfalls zu werden.

Überlasst euch der Kraft des Wassers!

Nein, stopp, anhalten!

Eben noch hatte ich glatt polierten Stein unter meinem Hintern gehabt, im nächsten Moment war da nichts mehr. Nur noch Himmel. Ich wurde aus der Steilwand geschossen, direkt in die Gischt des Wasserfalls. Es musste ein Hundertmeterfall sein, und ich hatte keine Zeit, mir einen Plan zurechtzulegen. Ich konnte nichts machen, außer zu fallen, zu strampeln und mit den Armen zu rudern. Als würde mir das irgendwie helfen.

Im allerletzten Moment schlang ich meine Arme um den Körper und verschränkte die Füße, sodass die Beine zusammenblieben. Das führte dazu, dass ich wie eine Harpune ins Wasser glitt und unfassbar tief eintauchte. Hilfe, ich musste atmen, aber wo war oben? Das Wasser donnerte mit einer solchen Wucht herunter, dass das Becken nur aus blubbernden Blasen bestand, die mich wie eine Badewannen-Ente hin und her warfen. Immer tiefer drückte es mich nach unten – und es war nicht nur der Wasserfall, sondern zusätzlich ein unsichtbarer Sog.

Überlasst euch der Kraft des Wassers!

Egal, ich hatte eh keine andere Wahl. Ich hatte nicht mehr genug Kraft, um mich an die Oberfläche zu kämpfen. Wenn ich es versuchte, würde ich in diesem Becken ertrinken, das ahnte ich. Also unterdrückte ich meine Reflexe, hörte auf zu strampeln und überließ mich den Kräften des Wassers.

Sekunden später sog es mich durch ein weiteres Loch und ich wurde erneut in einen Tunnel gespült, ebenfalls nachtschwarz. Andauernd schwappten mir Wellen ins Gesicht, ich konnte kaum nach Luft schnappen.

Erinnere dich an dein Training. Bring die Situation unter Kontrolle.

Nirgends Licht, nicht der kleinste Schimmer. Ich streckte meinen Arm nach oben und meine Fingerspitzen schrappten über die felsige Tunneldecke. Die Röhre wurde immer steiler, führte immer tiefer in den Berg hinein. Es ist nicht leicht, ruhig zu bleiben, wenn man in völliger Finsternis und totaler Unkenntnis des Ziels abwärtsrauscht, aber ich rief mir krampfhaft in Erinnerung, dass all dies Teil des Aztekenplans war ...

Nach einer gefühlten Ewigkeit platschte ich in ein weiteres Becken, das sich offenbar durch aufgestautes Wasser vor einem weiteren, sehr viel engeren Tunnel gebildet hatte. Ich quetschte mich hinein und rutschte weiter. Die Röhre war nur halb so breit wie die vorigen und fast vollständig mit Wasser gefüllt. Nur unter der Decke war etwas Luft zum Atmen.

Nach ein paar Sekunden gelangte ich in ein neues Becken vor einer weiteren Felswand, wieder mit einer Öffnung. Das nachströmende Wasser drückte mich gegen die Wand, aber das Loch war zu eng. Vielleicht hätte ich gerade eben hindurchgepasst, aber wie hätte ich atmen sollen? Auf der anderen Seite: Hatte ich eine Wahl? Zurück, den Wasserfall hinauf, ging's jedenfalls nicht. Ich konnte entweder hierbleiben oder weiterrutschen.

Verdammt, ich hämmerte gegen die Felswand und brüllte nach meiner Familie. Ich musste einfach wissen, dass ich nicht alleine hier war, im Stockdunkeln. Plötzlich knallte etwas seitlich gegen meinen Kopf. Ich sank unter Wasser und tauchte benommen wieder auf.

»Jake! Jake, bist du das?«

»Pan!«, rief ich.

Wir packten einander an den Armen, so unendlich erleichtert, nicht mehr alleine zu sein. Ich spürte, wie meine Schwester vor Kälte, Angst und Erschöpfung zitterte, ungefähr genauso heftig wie ich.

»Wo sind wir hier, Jake?«

»Im Berg. Der Tunnel wird jetzt enger, aber es ist der einzige Weg nach draußen.«

»Wo sind Mum und Dad?«

»Keine Ahnung, wir müssen auf jeden Fall weiter.«

»Und was, wenn wir da drinnen ertrinken?«

»Nein, das ist der Weg, den die Azteken im Sinn hatten. Und Mum hat gesagt, wir sollen ihnen vertrauen, weißt du nicht mehr?«

»Und wenn es nun gar keinen Ausgang gibt?«

»Es wird einen geben. Komm, du rutschst nach mir. Du kannst nicht hierbleiben. Bereit?«

Sie war genauso wenig bereit wie ich, aber was nützte das? Ich versuchte, zuversichtlich zu klingen, ihr Mut zu machen, obwohl mir klar war, dass Mum und Dad es vielleicht nicht geschafft hatten. Und wer weiß? Vielleicht schafften wir es auch nicht weiter? Aber wenn wir hierblieben, würden wir genauso sterben. Wir hatten schlicht keine andere Wahl.

»Okay«, keuchte Pan. »Bereit.«

Ich holte noch einmal tief Luft und glitt mit den Füßen voran in die Öffnung. Der Tunnel war nicht ganz so steil wie die anderen, dafür war das Wasser wilder. Ich konnte nicht mal nach oben fassen, denn die Decke war nur wenige Zentimeter von meiner Nasenspitze entfernt. Und die Röhre war komplett voller Wasser. Schon nach wenigen Sekunden hatte ich keine Luft mehr. Ich spürte einen Druck auf der Brust, als würde ein Riese auf mir sitzen und meine Rippen zerquetschen. Und dann blieb ich plötzlich stecken. Irgendjemand packte meinen Oberkörper. Ich wand mich, um freizukommen, doch der Griff wurde nur noch fester. Es war der Griff einer Hand, wie ich verblüfft feststellte. Und da entdeckte ich auch den Umriss eines Menschen in einem Loch in der Decke.

Dad!

Gerade als ich sein Handgelenk packen wollte, rauschte Pan von hinten in mich hinein und riss mich los. Ich rutschte weiter durch den Tunnel und knallte ein Stück weiter unten gegen eine Felswand. Die Kraft des Wassers, das auf eine noch engere Felsröhre zuströmte, hielt mich dort fest. Ich war gefangen – unfähig weiterzurutschen, unfähig zurückzuklettern, unfähig zu atmen.

Nach einer Weile klatschte etwas gegen mein Gesicht. Es fühlte sich an wie ein nasses Bettlaken. Mit letzter Kraft bekam ich es zu fassen und wollte mich gerade davon befreien, als ich merkte, dass es die Hose eines Tropenanzugs war. Sie war an ein Tropenhemd geknotet, das wiederum an einer anderen Hose befestigt war: Meine Familie hatte sich entkleidet und aus den Klamotten eine Rettungsleine improvisiert, um mich zurückzuziehen.

Ich umklammerte das Ende und strampelte mit den Beinen, um Mum, Dad und Pan zu unterstützen, die die Leine gegen den unglaublichen Wasserwiderstand ziehen mussten. Zentimeter für Zentimeter ging es so durch den Tunnel zurück. Mittlerweile fühlte sich mein Brustkorb an, als sei eine ganze Elefantenherde darübergetrampelt. Ich hatte keine Luft mehr, null, nicht das kleinste bisschen. Ich spürte, wie meine Kräfte nachließen und sich mein Griff lockerte. Aber da bekam Dad einen Zipfel meines Shirts zu fassen und zog und zog und ließ nicht mehr los. Obwohl ich, mittlerweile zu schwach, nicht helfen konnte, schaffte er es irgendwie, mich durch das Loch in der Decke zu hieven.

»Jake? Jake!«

Ich hustete und prustete und dann richtete ich mich auf und kotzte einen Riesenschwall Wasser aus.

»Mir geht's … gut«, japste ich.

Ich weiß nicht, ob das stimmte, aber es schien Mum zu beruhigen. Sie umarmte mich kurz und ließ mich dann wieder auf den Boden fallen.

»Wir haben's geschafft, Jake!«, rief Pan.

Dad wrang das Wasser aus den Dschungelklamotten und die drei zogen sich wieder an. Offenbar war es ihnen lieber, das verschollene Grab in nasser Kleidung als in Unterwäsche zu entdecken. Ich war natürlich auch bis auf die Knochen durchnässt, aber ehrlich gesagt empfand ich das als angenehme Kühlung, denn es war stickig heiß hier … Wo waren wir überhaupt?

Ich setzte mich auf und versuchte, die Umgebung irgendwie einzuordnen. Wir befanden uns in einer unterirdischen Kammer, deren Wände mit Abbildungen von aztekischen Alltagsszenen dekoriert waren. Ein rechteckiger Durchgang mit ein paar Steinstufen führte noch tiefer in die Dunkelheit.

»Ich glaube, wir sind im Inneren des zweiten Storm Peak«, sagte Dad, der immer noch an seinen Hemdzipfeln herumwrang. »Das Tunnelsystem scheint die Berge miteinander zu verbinden.«

Mum löste die Smartbrille von meinem Ausrüstungsgürtel, schaltete die Taschenlampe an und betrachtete die bemalten Wände.

»Diese Szenen hier zeigen Quetzalcoatl«, sagte sie.

Sie ging an der Wand entlang und kommentierte die Abbildungen mit einem leisen Murmeln.

»Was bedeuten sie, Mum?«, fragte Pan. »Ist das hier das Grab?«

»Die Bilder sind für uns bestimmt«, erklärte Mum.

»Für uns?«

»Für denjenigen, der den Wegweisern bis hierher gefolgt ist.«

»Und was erzählen sie?«

Mum streckte den Arm aus und ließ ihre Finger über die eingeritzten Schriftzeichen gleiten, während sie gleichzeitig übersetzte: »*Ihr seid die Auserwählten. Ihr habt die drei Wegweiser gefunden, die euch zum Grab der Gefiederten Schlange geführt haben.*«

»Also ist das hier das Grab«, staunte Pan.

Mum ging weiter: »*Ihr seid die Großen Auserwählten. Diener des Quetzalcoatl. Ihr habt die erhabene Pflicht ... ihr sollt ... ihr sollt ...*«

Sie verstummte, den Blick auf die uralte Schrift geheftet. Als sie sich schließlich zu uns umdrehte, sah sie aus, als hätte ihr jemand ins Gesicht geschlagen. Benommen, verwirrt, gequält.

»Mein Gott, John«, murmelte sie. »Was haben wir getan?«

»Was ist denn, Jane? Was steht da?«

259

Mit dem Rücken zur bemalten Wand, die Augen hilflos auf uns gerichtet, gab sie den Rest der Botschaft wieder: »*Ihr sollt nun geopfert werden und den Gott mit eurem Blut nähren, auf dass er bis in alle Ewigkeit lebe.*«

Sie knetete ihr Hals-Amulett so fest, dass es ihr in die Hand schnitt. Ein dünner Blutstreifen lief an ihrem Handgelenk hinab.

»Und wir dachten die ganze Zeit, dass die Azteken ihren eigenen Leuten den Weg zum Grab weisen wollten. Was für ein Irrtum! *Uns* wollten sie herführen. Um uns ihrem Gott zu opfern. Wir sind nur aus einem Grund hier: um zu sterben.«

29

Ich wollte als Erster gehen, aber Pan zwängte sich vor mir in den quadratischen Durchgang. Das wiederum passte Mum nicht. Sie zog Pan am Arm zurück, um selbst voranzugehen, was wiederum Dad verhinderte, indem er sich in letzter Sekunde an ihr vorbeidrängte. Als wir den Tunnel endlich betraten, war ich ganz hinten und wir waren alle genervt voneinander.

»*Nachtsicht*«, befahl Dad und führte uns mit seiner Smartbrille in die Dunkelheit des Berges. Wir stiegen eine Steintreppe hinauf und trotteten durch einen Gang, der so eng war, dass ich, ohne die Arme auszustrecken, die Wände berühren konnte. Sie waren warm, fast heiß. Ich kam mir vor wie in einem Pizza-Steinofen. Die Luft war stickig und klamm.

Die Azteken hatten uns hierhergeführt, um uns ihrem Gott Quetzalcoatl zu opfern. Wir mussten also mit Fallen rechnen. Vielleicht sogar mit einem ganzen Fallenlabyrinth.

Jedes Mal, wenn Dad stehen blieb, um mithilfe der Infrarot-, Nachtsicht- oder Taschenlampenfunktion die Wände und die Decke zu inspizieren, rannten wir in ihn hinein. Dads Vorsicht war vernünftig, keine Frage, aber ich musste trotzdem die ganze Zeit an Sami denken, dessen Leben von uns abhing. Und je tiefer wir in den Berg vordrangen, desto ungeduldiger und frustrierter wurde ich. War es wirklich nötig, dass wir in diesem Schneckentempo vorwärtsschlichen?

»Wir müssen mehr Gas geben«, rief ich nach vorne.

»Jake!«, schnauzte Mum. »Dein Vater weiß, was er tut!«

Ich biss mir auf die Lippe. Ein Streit würde uns jetzt auch nicht voranbringen.

Anfangs hörte man noch Tropfen aus unseren nassen Tropenanzügen auf den Boden klatschen, aber das war schnell vorbei. Es war so unglaublich heiß hier drinnen, dass die Klamotten in Windeseile trockneten. Bald liefen wir in vollkommener Stille dahin. Der Gang wand sich mal nach rechts, mal nach links, mal stieg er steil an, mal führte er bergab. Es war das reinste Labyrinth. Und dann endete er plötzlich abrupt. Verblüfft standen wir da und starrten in das Licht von Dads Taschenlampe.

Vor uns tat sich ein gewaltiger Felsspalt auf, mindestens zehn Meter breit und fünfzig hoch. Die eine Wand bestand aus nacktem Stein, an der anderen stapelten sich Schädel. Tausende von menschlichen Schädeln. Sie lagen so dicht an dicht, dass der Fels dahinter nicht mehr zu sehen war. Leere Augenhöhlen starrten auf uns nieder, die Kiefer waren aufgeklappt, als ob die Köpfe lachten. Ein Publikum aus Totengerippen bei einer Comedyshow.

»Was ist das denn?«, stieß ich hervor.

Mum strich mit der Hand über einen der unteren Schädel.

Ihre Finger zitterten leicht, als hätte sie Angst, der morsche Kiefer könnte zuschnappen.

»Das ist ein *tzompantli*«, sagte sie.

»Ein was?«

»Eine Schädelwand«, erklärte Dad. »Die Schädel von Menschenopfern wurden für die Götter zur Schau gestellt. Das war in Aztekentempeln und -gräbern so üblich.«

»Aber ... Hier lagern ja mindestens zehntausend Schädel!«, krächzte ich.

Mum schritt an der Wand entlang und betrachtete die groteske Dekoration. »Ich würde sogar sagen: dreißigtausend.«

»Moment mal«, sagte ich, »die Azteken haben also nicht nur den Sarg von Quetzalcoatl hier runtergeschleppt, sondern auch noch dreißigtausend Totenschädel? Aber warum?«

»Sie brauchten sie, um zu überleben«, antwortete Mum.

»Überleben?«

»Menschenopfer haben die Götter gnädig gestimmt«, erklärte Dad. »Die Azteken glaubten, dass die Welt bereits viermal zerstört wurde – immer, weil die Götter nicht genug Menschenopfer bekommen hatten. Mit diesen Schädeln wollten die Leute beweisen, dass sie gottesfürchtig waren.«

»Wenn die Totenköpfe also hier ausgestellt wurden, damit Quetzalcoatl sie sieht, dann muss das Grab ganz in der Nähe sein, stimmt's?«, fragte Pan.

Dad drehte sich zu Mum um. Seine Smartbrille beleuchtete ihr besorgtes Gesicht. Wieder nestelte sie an ihrem Isis-Amulett herum. Kein gutes Zeichen. Ich musste an einen ihrer Leitsätze denken: *Je näher man einem Grab kommt, desto gefährlicher wird's.*

Dad wandte sich der gegenüberliegenden Felswand zu

und leuchtete bis nach oben. Hier und da waren kleine Löcher zu sehen, wie Pockennarben auf einer ansonsten glatten Haut, aber sie lagen viel zu weit auseinander, um sie als Kletterhilfe zu benutzen. Es gab weder Risse noch Vorsprünge, die Wand wirkte, als sei sie glatt poliert worden, um jegliches Hinaufklettern zu verhindern. Nein, es gab nur einen Weg nach oben.

»Wir müssen an den Schädeln hochklettern«, sagte ich.

»Sieht so aus, als wäre dort oben ein Vorsprung«, fügte Pan hinzu.

Dad befühlte einen der Schädel, prüfte, ob er sich von der Wand löste, und bohrte mit dem Finger in den Augenhöhlen herum.

»Die wirken ziemlich stabil. Eigentlich die ideale Kletterwand – mit all diesen Handlöchern und Fußstützen.«

Daraufhin testete Mum die Schädel ebenfalls, nur dass sie dabei missbilligend vor sich hin murmelte. Schließlich seufzte sie und nickte: »Pan und Jake, ihr zuerst.«

Ich sah sie überrascht an. Sie traute es uns zu, die Gruppe anzuführen?

»Damit wir euch auffangen können, falls ihr fallt«, ergänzte sie.

Ich schätze mal, ihr seid noch nie eine Schädelwand hochgeklettert, oder? Mir war schleierhaft, wie die Azteken die Köpfe so gut hatten befestigen können, sie verrutschten wirklich keinen Millimeter, nicht mal, als wir mit unserem ganzen Gewicht dranhingen. Es wirkte fast, als seien sie direkt in die Wand geschnitzt worden. Trotzdem war das Klettern nicht ganz so leicht, wie wir es uns vorgestellt hatten. Wir konnten unsere Finger zwar in die Augenhöhlen

stecken, aber die Stiefelspitzen passten nicht in die Kiefer-
öffnungen. Wir mussten sie erst weiten.

»Darf ich gegen die Schädel treten?«, fragte ich.

»Nein!« Mums Stimme hallte durch die Felsspalte. »Die
müssen alle erst von Archäo-Anthropologen untersucht werden!«

Egal, ich trat trotzdem. Es war die einzige Möglichkeit,
Halt zu finden, und ich glaube, Mum wusste das selbst, denn
sie meckerte nicht, als ich meinen Stiefel in einen der Kiefer
stellte. Kleine Knochensplitter regneten auf Pan und meine
Eltern hinab.

»Hey!«, schnauzte mich Pan an. »Hör auf, mich mit Schä-
delkrümeln vollzustreuseln!«

»Jake, bitte warne Pandora, wenn du gegen einen Schädel
trittst.«

»Achtung, Pan, ich trete gleich gegen einen Schädel.«

Diesmal musste ich meine Stiefelspitze richtig hineinboh-
ren. Wieder rieselte Schädelstaub auf meine Schwester.

»Igitt, ich hab was in den Mund bekommen«, kreischte
sie.

»Dann mach den Mund halt zu.«

»Hört auf zu streiten!«, schnappte Mum.

Ich streckte den Arm aus und bohrte meine Finger in eine
Nasenhöhle. Beim Klettern starrte ich unentwegt in tote
Augen. Zum ersten Mal seit unserer Ankunft in Honduras
war mir kalt.

»Wer waren bloß all diese Leute?«, fragte ich.

»Kriegsgefangene«, antwortete Dad. »Die Azteken haben
andere Völker überfallen, um an Menschen zu gelangen, die
sie opfern konnten.«

265

»Und wie haben sie sie getötet?«

»Meistens, indem sie ihnen das Herz mit einem Messer herausschnitten.«

»Du meinst … während sie noch lebten?«

»Na ja, danach lebten sie sehr schnell nicht mehr. Manche starben auch durch Pfeil und Bogen. Und dann gab es noch eine besonders unappetitliche Zeremonie, bei der man den Opfern die Haut …«

»John!«, unterbrach ihn Mum. »Das reicht!«

In dem Moment zerbrach der Kieferknochen, an dem ich mich festhielt, und ich wäre garantiert abgestürzt, hätte Pan mich nicht reflexhaft zurück an die Wand gedrückt.

»Danke!«, keuchte ich.

»Was ist da oben los?« Mum bemühte sich, mit uns aufzuschließen, um uns besser im Blick zu haben. »Ihr albert doch nicht herum?«

Pan blickte mich augenrollend an. »Nein, Mum!«

»Egal, ihr zwei bleibt erst mal, wo ihr seid«, entschied Mum. »Ich klettere jetzt vor.«

»Alles okay, Mum, uns geht's gut«, versicherte ich.

Aber sie war bereits dabei, uns zu überholen. Da schnappte etwas in mir ein. Es war dumm, ich weiß, aber ich wollte einfach nicht, dass sie vorankletterte. Wir waren vorne und wir machten unseren Job gut. Sie traute uns einfach nichts zu. Oder besser gesagt: *Mir* traute sie nichts zu.

Ich legte einen Zahn zu und trat wie ein Wilder Fußlöcher in morsche Knochen. Mum brüllte mich an, dass ich fast meinte, die Schädel vibrieren zu fühlen. Wieder war sie fast auf meiner Höhe.

»Jake! Du hörst sofort auf zu klettern! Jetzt!«

Ich tastete nach oben und fasste in einen weiteren Kiefer. Der löste sich ein paar Millimeter von der Wand … und dann passierte etwas. Ich wusste nicht genau, was, bis es wirklich passierte. Ich hörte ein Knirschen und spürte einen Luftzug. Dann stach mich irgendetwas in die Wange und der Schädel über mir explodierte. Knochensplitter flogen mir ins Gesicht.

Mum drückte mich an die Wand und verhinderte so, dass ich abstürzte. »Alles in Ordnung mit dir?«, fragte sie. »Jake?«

Blut rann über meine Wange und in meinen Mund. Als ich mir die Knochensplitter aus dem Auge wischte, sah ich einen Pfeil in den Überresten des Schädels stecken. Er war aus einem der Löcher in der gegenüberliegenden Wand abgefeuert worden und hatte meinen Kopf nur um Zentimeter verfehlt.

»Was ist passiert?«, rief Dad.

»Der Schädel«, keuchte ich. »Er hat sich ein Stück von der Wand gelöst, als ich mich daran festgehalten habe.«

Mum beugte sich zu mir, um den Schädel unter die Lupe zu nehmen. Dann drehte sie sich nach dem Loch in der Wand um.

»Hinter dieser Wand sind Bögen gespannt, die Pfeile abschießen, sobald wir bestimmte Schädel berühren«, sagte sie. »Schnell! Sofort runter!«

»Runter? Das ist doch genauso gefährlich wie weiterzuklettern.«

»Darüber diskutieren wir nicht, Jake!«

»Aber wir sind näher am oberen Sims als am Boden«, beschwerte sich Pan.

Mum schloss die Augen und versuchte, ihren Frust wegzuatmen. Ich wusste, was sie dachte: *Nie wieder.*

Dad bemerkte es auch. Er versuchte, ruhig zu klingen, als hätten wir die Situation voll unter Kontrolle. »Wir klettern weiter, aber vorsichtig. Wir behalten die Wandlöcher im Blick und meiden die Schädel, die sich direkt gegenüber befinden.«

»Ich klettere vor«, sagte ich.

»Ganz sicher nicht.« Mum ließ mir gar nicht erst die Zeit zu widersprechen, sondern setzte sich sofort in Bewegung, jetzt allerdings deutlich langsamer. Bevor sie einen Schädel berührte, beäugte sie ihn skeptisch und vergewisserte sich dann mit einem Schulterblick, dass sich gegenüber in der Wand kein Loch befand. Sie erinnerte mich an ein Faultier, das sich ultragemütlich einen Ast entlanghangelt.

»Ihr klettert mir genau nach«, befahl sie.

Es ging nervtötend langsam voran, aber okay, keiner von uns wollte einen Pfeil in den Hals gejagt bekommen. Ich stellte mir all die Bögen vor, die in der Wand hinter mir verborgen waren. Geladene Bögen, gespannte Saiten …

»Vorsicht!«, warnte Mum.

Einer der Schädel hatte sich gelöst und rauschte an uns vorbei. Ein paar Meter weiter unten krachte er gegen einen anderen, der sofort von einem Pfeil pulverisiert wurde.

»Puh, der war lose«, sagte Mum. »Ihr müsst echt aufpassen.«

Ich blickte dem Schädel auf seinem Weg nach unten nach. Immer noch prallte er gegen Köpfe. Ein weiterer Pfeil wurde ausgelöst und dann noch einer und noch einer und noch einer. Nur … der fallende Schädel hatte gar nicht so viele andere Schädel getroffen. Pfeile wurden an Stellen ausgelöst, wo es gar nicht hätte passieren dürfen.

Dad fiel das offenbar auch auf. »Dort unten ist ja einiges los«, murmelte er. »Na ja, hier oben sind wir sicher.«

Er hatte kaum zu Ende gesprochen, da bohrte sich nur einen Meter von seinem Arm entfernt ein Pfeil in die Wand.

Ein weiterer landete in einem Schädel direkt rechts von Pan.

»Die Pfeile werden alle ausgelöst!«, schrie sie.

»Los, klettern!«, brüllte ich.

»Nein«, brüllte Mum zurück. »Nicht bewegen. Keiner rührt sich!«

Aber ich hangelte mich bereits hoch, trat hastig Fußlöcher in die Schädelwand und wollte nur eines: das Felssims über uns so schnell wie möglich erreichen. Pan war direkt hinter mir und auch Mum und Dad schienen zu folgen – ihr Gebrüll, ich solle endlich stoppen, klang jedenfalls ziemlich nah.

Ein weiterer Pfeil bohrte sich in die Wand, direkt über Pans Kopf.

»Los, Beeilung!«, rief ich. »Wir sind fast da!«

Knochensplitter rieselten auf uns herab, schnitten mir in die Wange und landeten in meinem Mund. Spuckend und prustend umklammerte ich den Pfeilschaft und zog mich an ihm hinauf auf das Felssims. Sofort streckte ich eine Hand aus, um Pan hochzuziehen und danach Mum und Dad.

Dann lagen wir eine Weile hustend und keuchend auf dem Vorsprung. Wir waren klatschnass geschwitzt, vollkommen eingestaubt und übersät mit Schnittwunden und Knochenbröseln.

Mum knetete ihr Amulett, dann holte sie tief Luft und hielt den Atem an. Es war dieselbe Beruhigungstechnik, die sie mir auch beigebracht hatte. Aber bei ihr schien sie nicht zu funktionieren, denn sie wirbelte herum und funkelte mich bitterböse an.

»Was hast du dir dabei gedacht, Jake? Ich hab dir doch verboten weiterzuklettern!«

»Dann wären wir vielleicht jetzt tot«, keuchte ich.

»Und so sind wir *fast* tot. Wir hätten in der Wand bleiben sollen!«

»Dann wären wir ein leichtes Ziel gewesen«, widersprach Pan.

»Ich habe *Stopp* gesagt!«, wiederholte Mum. »Abwarten, bis alle Pfeile verschossen sind – das wäre das einzig Vernünftige gewesen.«

»Und du weißt sicher, dass keiner der Pfeile uns getroffen hätte?«, fragte Pan.

»Natürlich weiß ich das nicht sicher, aber es wäre trotzdem weniger riskant gewe…«

»Ich dagegen weiß sicher, dass so, wie wir's gemacht haben, niemand getroffen wurde«, fiel Pan ihr ins Wort. »Jakes Plan hat also funktioniert.«

»Das war kein Plan, das war einfach nur Glück. Ich habe euch einen Befehl erteilt.«

»Einen Befehl?«, schnaubte Pan. »Wir sind doch nicht bei der Armee.«

»Schluss jetzt!«, bellte Dad. »Wir haben es geschafft, das ist das Einzige, was zählt. Kann sein, dass es die falsche Entscheidung war, aber wer weiß das schon? Hauptsache, wir haben's überlebt.«

»Dann war's ja wohl keine falsche Entscheidung, sondern die richtige«, beharrte Pan.

270

»Ich sagte, Schluss jetzt!«, schimpfte Dad.

Pan und Mum seufzten, als glaubten sie beide, durch das abrupte Ende der Diskussion um den Sieg gebracht worden zu sein. Aber Dad hatte recht: Wenn wir das Grab erreichen wollten, mussten wir uns auf die kommenden Gefahren konzentrieren, nicht auf die, die wir gerade überlebt hatten.

30

Es reichte Mum nicht, dass wir eine meterhohe Schädelwand erklommen hatten, Dutzenden tödlichen Pfeilen ausgewichen waren und überlebt hatten. Sie regte sich über die Art und Weise auf, *wie* wir überlebt hatten. Und sie hörte nicht auf, an ihrem Isis-Amulett herumzufummeln. Ein Wunder, dass sie das Ding noch nicht kaputt gerubbelt hatte.

Sie war felsenfest davon überzeugt, dass ich vor Panik durchgedreht war, aber das stimmte nicht. Okay, es war riskant gewesen weiterzuklettern, aber den Pfeile-Beschuss in der Schädelwand auszusitzen, hätte auch schiefgehen können. Ich hatte eine Entscheidung getroffen – und wir hatten überlebt.

Pan war sichtlich sauer. Stinksauer. Sie hatte sich demonstrativ in den Schmollwinkel hinter ihren Haarsträhnen zurückgezogen und fluchte leise vor sich hin.

Schweigend folgten wir Dads hüpfendem Taschenlampenlicht durch einen weiteren Tunnel. Der Schweiß tropfte nur so von meiner Stirn und brannte mir in den Augen. Langsam wurde die Luft trockener und dörrte mir die Kehle aus. Ich drückte meine Hand gegen die Felswand. Sie war nicht nur warm, sondern heiß – und sie vibrierte. Es fühlte sich fast so an, als würden wir ins Innere eines Lebewesens vordringen – durch eine Arterie geradewegs ins Herz des Berges laufen.

»Denkt immer an euer Training«, sagte Dad. »Haltet die Augen auf, achtet auf jede Kleinigkeit.«

Als hätte das hier auch nur im Entferntesten mit den Trainingsgräbern zu tun, die Sami für uns programmiert hatte. Samis Simulationen waren weit verzweigte Labyrinthe gewesen, mit jeder Menge Sackgassen und Irrwegen. Das Grab hier war einfach nur ein Tunnel, da konnte Dad noch so sehr nach Geheimtüren Ausschau schalten. Es war ein Tunnel, durch den uns die Azteken nur zu einem einzigen Zweck leiteten: damit wir an seinem Ende starben.

»Da vorne ist eine Öffnung«, rief Dad.

Sie führte in eine geräumige Höhle mit hoher, gewölbter Decke. Ein steinerner Balken ragte etwa dreißig Meter weit über einen gewaltigen Abgrund, wie ein gigantisches Sprungbrett. Auf der anderen Seite der Schlucht verlief ein schmaler Vorsprung. Eine steinerne Säule erhob sich dort, an der, ziemlich weit oben, eine Art Schilfkorb befestigt war. Vor dem Korb ragte ein steinerner Ring aus der Säule, und zwar so, dass das Ganze aussah wie ein senkrecht hängender Basketballkorb.

Dad löste die Signalpistole von meinem Gürtel und feuerte eine Leuchtkugel in die Dunkelheit. Im Vorbeifliegen tauchte sie eine Reihe beeindruckender Stalaktiten in gleißend rotes Licht. Aus dem Schlaf gerissene Fledermäuse wanden sich an der Decke. Wir beobachteten, wie die Kugel über die Felskante rollte, eine schräge Wand hinunterkullerte und schließlich zischelnd in einem Loch auf dem Grund verschwand. Der Abgrund schien wie ein riesiger Trichter geformt zu sein.

»Was ist das hier?«, fragte ich.

Dad blickte Mum an, die nickte.

»Ein Ballsportplatz«, antwortete er.

»Wie bitte?«

»Eine Sportart der Azteken nannte sich *Ulama*«, erklärte Mum. »Seht ihr den steinernen Ring dort an der Säule? Zwei Teams haben um einen Ball gekämpft und versucht, ihn durch den Ring zu werfen.«

»Wie beim Basketball?«, fragte ich.

»So ähnlich«, stimmte Pan zu. »Nur dass den Verlierern die Herzen rausgerissen wurden.«

»Klar, alles andere hätte mich auch gewundert«, sagte ich. »Bei der Vorliebe der Azteken für rausgerissene Herzen.«

»Jake, wir sind nicht hier, um über sie zu urteilen.«

Klar, das wusste ich, Mum hatte es mir ja oft genug eingeschärft. Aber es war verdammt schwer, *nicht* über sie zu urteilen: Immerhin wollten sie unseren Tod. Obwohl, inwieweit dieser komische Sportplatz eine Todesfalle sein sollte, war mir schleierhaft.

Ein kleiner Holztisch stand auf unserer Seite der Schlucht und darauf lag eine Kugel von der Größe eines Tennisballs. Ich nahm sie hoch. Sie fühlte sich an wie aus hartem Gummi.

»Sie wollen, dass wir ihr Spiel spielen«, sagte Mum. Der Satz klang, als würden die Azteken noch leben. »Der Ball muss durch den Reifen dort.«

»Seht ihr den Korb darunter?«, fragte Dad. »Wenn der Ball dort hineinfällt, wird wahrscheinlich irgendein Mechanismus ausgelöst, durch den sich eine Tür oder so öffnet …«

»Und wenn wir nicht treffen?«, fragte Pan.

»Dann fällt der Ball in die Schlucht und wir hängen hier fest.«

»Und … das ist es dann?«, sagte ich.

Aus dieser Entfernung zu treffen, würde nicht leicht sein, wenn nicht sogar unmöglich. Aber ehrlich gesagt hatte ich mir eine viel schlimmere, unappetitlichere Prüfung vorgestellt. Irgendetwas mit Giftschlangen oder Dornen an den Wänden oder so. Ich sah an Mums Schulterhaltung, dass sie sich ebenfalls entspannte. Sie schien heilfroh, ihre Kinder nicht einer neuen Lebensgefahr aussetzen zu müssen.

»Ich werfe«, entschied sie.

»Was?« Ich hielt den Ball außer Reichweite. »Pan ist mit Abstand die beste Werferin weit und breit.«

»Jake, gib mir den Ball!«

Mum streckte ihre Hand danach aus, aber ich drehte mich weg. »Pan soll werfen.«

»Jake, das steht nicht zur Diskussion. Und jetzt gib mir den Ball.«

»Nein, Pan wirft.«

Während dieses ganzen Wortwechsels funkelte Pan mich böse an. Ich schätze, sie wollte, dass ich sie aus der Sache raushielt, aber das konnte ich nicht. Ich war absolut überzeugt, dass Pan die beste Werferin war, und sie selbst wusste das auch. Außerdem war es eine weitere Gelegenheit, Mum und Dad zu beweisen, dass wir das Zeug zu Schatzjägern hatten.

Ich reichte Pan den Ball, die ihn so fest umklammerte, dass ihre Fingerknöchel weiß hervortraten. Mum versuchte, ihr das Ding zu entreißen, aber Dad legte ihr eine Hand auf den Arm.

»Jake hat recht, Jane.«

Die nächsten zehn Minuten standen Dad und Pan am Ende des steinernen Sprungbretts und diskutierten über den besten Wurfwinkel. Je länger ich darüber nachdachte, desto schwieriger erschien mir das Unterfangen. Stellt euch vor, ihr steht im Keller eines Hauses und sollt einen Ball durch eine winzige Dachluke werfen. Und das Ganze mit dem Druck im Nacken, dass das Leben eines Freundes von eurem Wurf abhängt.

Mum wartete neben mir auf dem Felssims und knetete ihr Amulett, während sie die Szene beobachtete. Wahrscheinlich musste sie sich extrem beherrschen, um nicht auf das Sprungbrett zu marschieren und sich den Ball zu schnappen. Aber sie wusste, dass Pan sich konzentrieren musste. Also drehte sie sich zu mir und schnauzte mich an:

»Jake, konzentriere dich!«

»Häh?«

Mum sah leicht durcheinander aus. »Ich ... also, *falls* Pan trifft«, sagte sie mit Betonung auf dem ›falls‹, »dann müsste sich irgendeine Tür oder so öffnen. Vielleicht aber nur ganz kurz. Wir müssen sie also schnell entdecken. Sie muss irgendwo hier in der Nähe sein.«

Ich nickte und spähte das Felssims entlang. Nirgends eine Tür. Was für eine verrückte Geschichte! Ein Ballspiel? Das war alles? Oder hatten wir irgendetwas übersehen?

»Okay«, rief Dad. »Wir sind bereit.«

Seit ich Pan den Ball in die Hand gedrückt hatte, hielt sie ihn umklammert, hoch konzentriert. Doch jetzt schien die Konzentration blankem Entsetzen zu weichen. Dachte sie das Gleiche wie ich? Ihr Wurf entschied darüber, ob wir das Grab finden würden oder nicht, ob Sami eine Chance hatte oder sterben musste. Kein Wunder, dass sie verkrampfte und sich den Kopf zermarterte.

Die anderen Male, die sie sich als Scharfschützin betätigt hatte, war sie vor lauter Hektik gar nicht zum Grübeln gekommen, sondern hatte ganz ihren Reflexen vertraut. Vielleicht würde das jetzt auch helfen? Ein bisschen Hektik?

Kurz entschlossen rannte ich auf das Sprungbrett, wild gestikulierend, als wäre der Teufel persönlich hinter mir her: »Mach schon, Pan, wirf! Da nähert sich irgendwas!«

Pan und Dad wirbelten herum und blinzelten in die Dunkelheit, eher verwirrt als erschreckt.

»Häh?«, machte Pan.

»Wo nähert sich was?«, fragte Dad.

»Ich sehe nichts«, ließ sich Mum aus dem Hintergrund vernehmen. »Hast du Halluzinationen? Willst du dich vielleicht kurz hinlegen?«

Ich seufzte und zuckte mit den Achseln. »Nein … es war nur … ach, egal.«

Pan grinste. »Ich brauch keine Hilfe, Brüderchen. Ich schaffe das.«

Und sie drehte sich um und warf.

Ich hielt die Luft an, als könnte mein Atem die Flugbahn durcheinanderbringen. Der Ball schoss durch den Lichtkegel von Dads Taschenlampe, flog durch den Reifen und landete direkt im Korb.

Pan quietschte vor Freude auf und klatschte Dad ab. Dann rannte sie auf das Felssims zurück und rempelte mich ausgelassen an. »Astreiner Wurf, was, Jake?«

Ich lächelte, aber Pan schaute nicht mich an, sondern Mum.

Die nuschelte etwas in Richtung »gut gemacht«. Sie schritt bereits den Felsvorsprung ab, den Blick starr auf die Wand gerichtet.

»Sieht einer von euch hier irgendwo eine offene Tür? Eine Felsspalte, was auch immer?«

Pan und Dad rannten ebenfalls auf dem Felssims hin und her, aber ich blieb stehen. Das Kribbeln in meinem Bauch verstärkte sich: das untrügliche Gefühl, dass hier irgendetwas nicht stimmte. Ich betrat das Sprungbrett, ging bis zum Ende und starrte hinüber zu der Säule mit dem Steinreifen. Der Korb hatte sich unter dem Gewicht des Balls zur Seite geneigt, genau wie Mum vermutet hatte. Komisch, die Azteken wollten doch, dass wir starben – nur deshalb hatten sie uns in diesen Berg gelockt. Warum sollte es dann einen Ausweg aus der Situation geben?

Es sei denn, sie gaukelten uns nur vor, dass wir eine Überlebenschance hatten … Damit wir den Ball warfen. Sie *wollten* uns dazu bringen, den Ball zu werfen. Was, wenn das bereits die Falle war?

Fast im selben Moment hörte ich ein knirschendes Geräusch, wie das Schrappen von Stein auf Stein. Dann begann die Säule zu wackeln und sich nach vorne zu neigen. Ich wich zurück, als mir klar wurde, was da passierte. Die Säule musste so präzise ausbalanciert gewesen sein, dass das Gewicht der Kugel ausreichte, um sie zum Kippen zu bringen …

278

Sie stürzte um.

Ich taumelte rückwärts und fiel hin, als die Säulenspitze auf das Ende des Sprungbretts krachte. Felssplitter flogen mir entgegen und sprühten rechts und links in den Abgrund.

Grinsend setzte ich mich auf und gab meiner Familie ein erleichtertes Zeichen, dass mir nichts passiert war.

Mum und Pan kamen mir entgegen, doch plötzlich blieben sie entsetzt stehen.

»Nicht übel«, sagte ich.

»Jake!«, schrie Pan. »Hinter dir!«

Schwarze, rasant sich verbreiternde Risse durchzogen das Sprungbrett. Es war kurz vorm Einstürzen.

Ich rappelte mich hoch und rannte. Hinter mir krachten erste Felsbrocken in die Schlucht. Der Abgrund kam näher, verfolgte mich.

»Jake!«

In der Sekunde, in der der Boden unter mir wegbrach, bekam ich Mums Hand zu fassen. Aber sie konnte mich nicht halten und rutschte mit mir weg. Ebenso erging es Pan, die Mum am Handgelenk packte. Jetzt stand nur noch Dad aufrecht. Mit der einen Hand hielt er sich an der Felswand fest, mit der anderen umklammerte er Pan, an der Mum und ich wie eine lebende Kette hingen.

»Haltet euch fest«, keuchte er.

»Blöde Bemerkung!«, schimpfte Pan.

»Macht's einfach!«

»Tun wir ja ganz offensichtlich, deshalb ist es ja eine blöde Bemerkung.«

»Haltet euch fest!«

»Mensch, Dad, halt die Klappe.«

Die Frage war wohl eher, wie lange *er* sich noch festhalten konnte. Pan schrie auf, als ihr Mums Hand entglitt. Gleichzeitig ließ Dad die Wand los und wir alle vier fielen.

Wir rutschten die Trichterwand hinunter, wobei wir immer wieder gegen Felstrümmer des Sprungbretts knallten. Leider verlangsamte sich unser Tempo dadurch nicht.

Ich schoss geradezu durch die Öffnung, die sich am Boden des Trichters befand, und landete auf einer Art Steinrutsche. Erneutes Fallen und Rutschen, eine weitere Steinröhre, eine weitere Kammer, dann wurde der Untergrund endlich flacher. Die Rutschpartie war vorbei. Der Rest meiner Familie trudelte nach und nach ein und dann lagen wir alle vier hustend und fluchend in der Dunkelheit.

»Ist irgendjemand verletzt?«, keuchte Dad.

»Ich«, stöhnte Pan.

»Ich auch«, sagte ich.

»Ist irgendjemand schwer verletzt?«, fragte Mum.

»Immer noch ich«, sagte Pan.

»Immer noch ich auch«, echote ich.

»Hat irgendjemand etwas Schlimmeres als Prellungen und blaue Flecken?«

Schwer zu sagen. Ich wusste nur, dass ich mich über einen Mangel an Prellungen und blauen Flecken nicht beklagen konnte. Am Kopf hatte ich eine Schnittwunde. Und ich schmeckte Blut im Mund, doch ich hatte nicht den Eindruck, dass die Wunden sonderlich tief waren.

»Wo sind wir?«, schnaufte ich.

»Mitten in einem Tunnel«, antwortete Pan. »Hm, vielleicht wollen die Azteken ja, dass wir noch weiterrutschen …?« Aber sie klang nicht überzeugt.

Mum hatte gesagt, dass der ganze Berg eine einzige, fein ausgetüftelte Todesfalle war. Leider hatte ich das Gefühl, dass wir diese Falle noch nicht ansatzweise durchschauten. Dass wir nicht alles sahen. Oder es nicht richtig deuteten. Sollte diese Rutschpartie tatsächlich schon alles gewesen sein? Kaum vorstellbar.

In diesem Moment hörten wir ein Knurren.

»Jane?«, fragte Dad. »Bist du verletzt?«

»Alles okay«, antwortete Mum.

Erneutes Knurren, tiefer diesmal.

»Du klingst aber nicht gut«, stellte Pan fest.

»Du meinst das Geräusch? Das war ich nicht …«

Dad tastete den Schutt nach seiner Smartbrille ab und scannte die Finsternis im Infrarotmodus. Nach einer Weile setzte er sich ruckartig auf.

»Nicht bewegen!«, warnte er.

»Was ist denn da?«, fragte Pan.

»Ein Jaguar. Offenbar hier eingeschlossen.«

Pan keuchte. »Du meinst einen *Jaguar*? Also die … Großkatze?«

»Natürlich! Was sollte er sonst meinen?«, zischte Mum.

»Na ja, das … Auto vielleicht.«

»Und wieso sollte hier ein Jaguar parken?«

»Ich … weiß nicht, war nur so eine Hoffnung.«

»Nicht bewegen!«, wiederholte Dad. »Das Biest ist zwanzig Meter entfernt und beobachtet uns. Und vor allem: Keine Panik. Jaguare greifen nur an, wenn sie sich bedroht fühlen.«

»Wie bedroht?«, fragte ich.

»Wenn sie sich in die Enge getrieben fühlen oder man ihrem Unterschlupf zu nahe kommt.«

»Also das, was wir gerade machen?«

»Ich glaube, er bewegt sich«, wisperte Pan.

»Wir müssen aufstehen und uns langsam zurückziehen«, sagte Dad. »Er muss sehen, dass wir keine Gefahr darstellen. Jake, tu bloß nichts, das ihn erschrecken könnte!«

»Wieso ich? Glaubst du etwa, ich geh zu ihm und bohre ihm in der Nase?«

»Nicht reden …«

Ich krabbelte ein Stück zurück, rappelte mich hoch und half Pan auf. Als das Tier erneut knurrte, krampfte sich ihre Hand um meinen Arm.

»Also, das hier kann doch nun wirklich keine Falle sein, oder?«, fragte ich.

»Reicht dir eine menschenfressende Katze nicht als Falle?«, erwiderte Pan.

»Ich meine, die Azteken können das doch nicht geplant haben«, sagte ich. »Nicht vor fünfhundert Jahren.«

»Lasst uns ein Problem nach dem anderen angehen«, schlug Mum vor. »Der Jaguar beobachtet uns, schon vergessen? Weicht also so weit wie möglich zurück, damit er kapiert, dass wir ihm nichts tun wollen.«

Ritsch – klonk!

Von hinten schwallte ein warmer Luftzug an uns vorbei. Instinktiv schob ich Mum und Pan ein Stück nach vorne. In dem Moment löste sich etwas von der Tunneldecke und schlug auf dem Boden auf. Funken sprühten und in dem flüchtigen Licht erkannte ich eine graue Wand hinter uns, die vorher noch nicht da gewesen war. Sie war aus der Decke gekommen und hatte uns von Dad getrennt – und uns mit dem Jaguar eingesperrt.

»Was war das?«, kreischte Pan.

»Schrei doch nicht so«, zischte Mum. »Die Katze ...«

Das Knurren wurde lauter. Keine Ahnung, ob das Biest näher kam oder einfach nur wütender war. Oder beides.

Wir drückten uns gegen die Wand. Sie war glatt und kalt und wirkte wie aus Kristall, ganz anders als der Rest der Höhle.

»Was ist das für ein Ding?«, fragte Pan.

Dad antwortete von der anderen Seite der Barriere, die nicht dicker als zwei, drei Zentimeter sein konnte: »Das ist aus Obsidian ausgeschnitten, einem vulkanischen Gesteinsglas. Sieht so aus, als wäre es aus einer Ritze in der Decke gefallen. Die Unterseite ist scharf wie eine Rasierklinge.«

»Obsidian? Bist du dir sicher, John?«, fragte Mum.

»Hauptsache, ihr verhaltet euch ruhig da drüben ...«

»Was ist so besonders an Obsidian?«, wollte ich wissen.

»Bleibt ganz dicht bei mir«, sagte Mum. »Dann reizen wir den Jaguar nicht.«

»Aber was ist mit diesem Obsidian?«, hakte ich nach.

»Obsidian war ein extrem wertvoller Stein für die Azteken«, erklärte Pan. »Sie haben spezielle Messer daraus gefertigt.«

»Was für Messer?«

»Messer für Menschenopfer.«

Ritsch – klonk.

Eine weitere steinerne Guillotine löste sich aus der Decke, diesmal ein paar Meter vor uns. Funken sprühend schlug sie auf dem Boden auf. Wir drückten uns rücklings gegen die erste Wand, während der Jaguar hinter der zweiten knurrte und tobte.

»Ha! Ausgesperrt!«, rief ich. »Da guckst du blöd, was?«

In dem Moment fuhren beide Obsidian-Wände wieder nach oben, zurück in die Ritzen in der Decke. Wir taumelten in Dads Arme.

»Nachtsicht!«, befahl er und fast im gleichen Moment zerrte er Pan und mich am Arm zurück.

»Er kommt näher«, warnte er.

Ich tastete nach dem Laser-Steinschneider an meinem Ausrüstungsgürtel. »Ich lasere ihn«, sagte ich.

»Nein, Jake!«, rief Mum. »Damit machst du ihn nur wütend!«

»Er ist schon wütend, Mum.«

»Bleibt einfach hinter mir.«

»Nein, du gehst hinter mich. Ich hab eine Waffe.«

»Jetzt beruhigt euch doch.« Das war mal wieder Dad.

»Beruhigen?«, zischte Pan. »Vor uns lauert eine menschenfressende Raubkatze und um uns herum donnern Guillotinen aus der Decke. Ähnelt das zufällig einer dieser irre lustigen Situationen, in die ihr früher andauernd geraten seid und aus der ihr bestimmt einen Ausweg wisst?«

»Nicht genau so, nein«, murmelte Dad.

Ritsch – klonk.

Ein drittes Obsidian-Fallbeil donnerte aus der Decke und trennte den Jaguar erneut von uns.

Ritsch – klonk.

»Lauft!«, brüllte Dad und schob uns vorwärts, während hinter uns schon wieder eine Steinplatte herabfiel – genau dort, wo wir eben noch gestanden hatten.

Ritsch – klonk.

Die nächste Platte kam wenige Zentimeter vor uns herunter, doch kurz darauf zischte sie wieder nach oben, ebenso wie die hinter uns.

»Zurück in den Gang!«, rief Dad. »Wir müssen herausfinden, wie wir den Mechanismus ausgelöst haben, dann können wir ihn vielleicht stoppen.«

Ich versuchte zurückzuweichen, aber eine weitere Steinplatte versperrte mir den Weg. Offenbar wollten die Azteken mit allen Mitteln verhindern, dass irgendjemand die Höhle lebend verließ. Wir waren dazu bestimmt, in Scheiben geschnitten ihren Göttern geopfert zu werden.

Ritsch – klonk.

Ritsch – klonk.

Steinplatten sausten Funken sprühend hoch und wieder runter, wie Zylinderkolben. Ich machte einen Satz nach vorne, um einem Fallbeil auszuweichen, während Mum, Dad und Pan zurücksprangen.

»Zurück nach hinten!«, rief Mum.

Aber was, wenn es dort keine Möglichkeit gab, diesen Irrsinn zu stoppen? Dann säßen wir hier fest. Allerdings schien die Flucht nach vorne noch riskanter. Durch das Dröhnen der Steinplatten konnte ich hören, wie sich der Jaguar immer mehr in Rage knurrte. Verdammt, wie war das Biest bloß hier reingekommen? Egal, er würde auf jeden Fall auch wieder rausfinden. Wir könnten ihm folgen.

Ich blickte an die Decke und versuchte die Rillen zu erkennen, aus denen die Steinplatten herabfielen. Aber es war zu dunkel und meine Augen brannten vor Schweiß.

»Pandora! Jake!«

Eine weitere Steinplatte rauschte herunter. Ich konnte gerade so weit zurückweichen, dass ich nicht erschlagen wurde, doch die Platte erwischte einen Zipfel meines Ärmels und pinnte mich am Boden fest. Ich versuchte, den Ärmel abzureißen, aber genauso gut hätte ich an einer Eisenkette ziehen können. Das Shirt war aus BioSteel.

Ritsch – klonk.

Direkt hinter mir donnerte eine Platte runter und klemmte meinen zweiten Ärmel ein, während ich mich in letzter Sekunde an die Platte vor mir presste. Ich war gefangen. Steckte fest. Wenn jetzt direkt von oben ein Beil herunterkam, würde es mich zweiteilen.

Schreiend wartete ich, bis die Steinplatten vor und hinter mir wieder nach oben rumpelten. Und auch dann blieb ich noch liegen, versuchte, trotz meiner Panik einen klaren Gedanken zu fassen. Direkt über mir befand sich kein Spalt. Der Abstand zwischen den Platten, die mich eingeklemmt hatten, musste also ungefähr einen Meter betragen.

»Jake!«, schrie Pan.

»Wirf dich gegen eine Steinplatte!«, schrie ich zurück.

»Was?«

»Das nächste Mal, wenn eine runterkommt, drück dich dagegen. Wenn sie wieder nach oben verschwindet, mach einen Schritt nach vorne und bleib stehen. Dann kommt eine weitere vor dir runter, da machst du das Gleiche.«

»Jake, ich …«

»Mach's einfach!«

Ich wusste, dass sie es kapierte, aber würde sie mir auch vertrauen? Und wo war der Jaguar? Ich lauschte, konnte vor lauter Donnern und Rumpeln jedoch nichts hören.

Direkt vor mir krachte schon wieder eine Steinplatte herunter. Ich unterdrückte den Impuls zurückzuweichen, tat stattdessen einen Schritt vor und presste mich gegen die kühle Platte.

Fast augenblicklich verschwand sie wieder und ich nahm all meinen Mut zusammen, trat vor und wartete. Sekunden später donnerte eine neue Klinge herunter, nur wenige Zentimeter vor mir. Ich schrie auf vor Schreck, rückte aber wieder ein Stück vor – und zwang mich, ganz still zu stehen. Meine Fäuste waren vor Anspannung geballt. Ich musste all die anderen Fallbeile ausblenden – und auch den Jaguar, der am Ende der Strecke lauerte. Meine Welt bestand nur noch aus dem kleinen Raum zwischen der Steinplatte vor und der hinter mir.

Die Platte vor mir hob sich. Ich rückte vor.

Mit jedem Schritt wuchs meine Angst. Wie lange würde mein Glück noch anhalten? Ich presste die Arme eng an meinen Körper, damit sie endlich aufhörten zu zittern. Wieder rumpelte eine Platte nach oben, wieder trat ich vor, wieder blieb ich stehen.

»Wie viele von diesen verdammten Dingern kommen denn noch?«, brüllte ich entnervt.

Der Funkenregen, den die nächste Platte beim Herunterdonnern verursachte, sprühte hoch bis zu meinem Gesicht. Vor Schreck machte ich einen Riesensatz nach vorn … und erstarrte. Verdammt, ich hatte keine Ahnung, wie weit ich gegangen war. Einen Meter? Zwei? Wie weit musste ich jetzt zurück? Musste ich überhaupt zurück?

Einen Moment lang stand ich einfach nur da, während hinter mir ein Dutzend messerscharfe Obsidian-Scheiben rotierten und Funken sprühten. Aber vor mir tat sich nichts mehr, wie ich nach einer Weile verdutzt feststellte. Ich hatte das Ende der Falle erreicht.

Blieb also nur noch der …

In der Dunkelheit konnte ich die Umrisse des Jaguars gerade eben so ausmachen. Ungefähr zehn Meter entfernt kauerte er vor der Wand. Die Ohren waren angelegt, das Maul stand offen und entblößte eine Reihe spitzer Zähne. Aber das Tier gab keinen Laut von sich. Ich wünschte, ich könnte euch jetzt sagen, dass wenigstens ein kleines Fünkchen Respekt in seinem Blick lag, aber das stimmte leider nicht. Was mir da entgegenblickte, war eine Raubkatze, die schwer genervt war, dass ich in ihren Unterschlupf eingedrungen war. Die Ultraschallwaffe an meinem Gürtel fiel mir ein. Das Kraftfeld, das ich damit auslösen konnte. Pedro hatte uns eingeschärft, sie nur im äußersten Notfall einzusetzen. Aber wenn das hier keiner war …

»Schnuckikätzchen«, flüsterte ich, während ich vorsichtig nach meinem Gürtel tastete. Sekunden später schwebte mein Finger über dem Auslöserknopf.

Keine Ahnung, ob der Jaguar meine Schreckstarre für Entschlossenheit hielt, er drehte sich jedenfalls unvermittelt um und verschwand durch eine Spalte in der Felswand.

Plötzlich streifte etwas meinen Arm. Ich wirbelte herum, so erschrocken, dass ich fast das Kraftfeld ausgelöst hätte. Aber es war nur Pan. Sie hatte mir tatsächlich vertraut und war mir gefolgt.

»Sind wir durch?«, japste sie.

Statt einer Antwort fiel ich ihr um den Hals und drückte sie an mich. »Wir sind durch!«

»Und der Jaguar?«

Mit breitem Grinsen deutete ich auf die Felsspalte. »Da geht's lang.«

In dem Moment spürten wir, wie die Felsen rings um den Spalt zu vibrieren begannen. Ein paar Brocken stürzten von der Decke, ein ächzendes, knirschendes Geräusch hallte von den Höhlenwänden wider.

Es klang so, als würde über uns irgendein Mechanismus einrasten. Und dann hoben sich plötzlich alle Steinbeile gleichzeitig und verschwanden in den Deckenritzen. Wahnsinn, es hatte sich angefühlt, als wären wir kilometerweit gelaufen, aber jetzt sahen wir, dass die Höhle höchstens dreißig Meter lang war.

»Wir haben den Auslösemechanismus entdeckt«, rief uns Mum vom anderen Ende zu. »Aber lange können wir die Steinplatten nicht oben halten.«

»Dann beeilt euch«, rief Pan zurück. »Ihr müsst nur drunter hindurchlaufen.«

»Nein, ihr kommt hierher«, befahl Dad.

»Wir müssen einen Weg nach draußen suchen«, fügte Mum hinzu.

»Was? Nein! Wir müssen weiter! Hier entlang geht's zum Grab«, rief ich.

»Vergesst das Grab!«, schrie Mum. »Unsere Mission lautet jetzt: überleben. Und das heißt, wir kehren um.«

»Nein!«, brüllte ich. »Unsere Mission lautet: Sami retten. Wir müssen weiter, hier lang.«

»Ihr habt euch eben fast umgebracht«, rief Dad.

»Aber nur fast. Wir haben die Falle durchquert – lebend.«

»Das ist kein Spiel, Jake. Ihr hattet einfach Glück.«

»Mit Glück hatte das nichts zu tun«, widersprach ich. »Ich

habe mir einen Plan überlegt und er hat funktioniert. Und jetzt lasst uns nicht länger rumdiskutieren, Sami hat nicht mehr viel Zeit. Hier geht's lang.«

»Jake«, sagte Dad. »Wir wollen das Grab genauso finden wie du. Aber man muss sich auch Niederlagen eingestehen können. Dann durchdenkt man alles noch mal neu und fängt von vorne an.«

»Kann ja sein, dass man das hin und wieder muss – aber nicht jetzt«, widersprach ich. »Wieso sollten wir eine Niederlage eingestehen, wo wir doch gewonnen haben?«

»Jetzt hör uns mal zu.« Das war wieder Mum. »Wir wissen, wovon wir sprechen. Bis jetzt hatten wir einfach unglaubliches Glück.«

»Jetzt hört doch mal endlich mit diesem Glück auf.« Meine Stimme hallte von den Wänden wider. »Das war kein Glück! Wenn ihr uns vertraut hättet, stündet ihr jetzt neben uns.«

»Darüber diskutieren wir nicht!«, sagte Mum.

»Ach nein? Wir sind doch angeblich ein Team!«

»Wir sind kein Team. Wir sind eure Eltern!«

»Mum«, versuchte ich es noch einmal. »Ihr müsst uns vertrauen.«

»Müssen wir das, Jake? Hätte ich dir auch vertrauen sollen, als Sami vergiftet wurde?«

»Das war nicht unsere Schuld!«

»Stimmt, es war *deine* Schuld! Du bist der Schlangenfrau direkt ins Netz gerannt. Und wenn du jetzt weitergehst, tappst du in die nächste Falle. Wenn wir jedoch zurückgehen, haben wir eine Chance, hier rauszufinden.«

»Aber wir sind doch nicht hergekommen, um einen Weg raus zu finden. Wir sind hier, um das Grab zu finden.«

»Nicht heute«, antwortete Mum. »So, und jetzt kommt. SOFORT!«

»Nein, ihr kommt.«

»Können wir uns alle mal wieder beruhigen?«, sagte Dad. »Und dann ruhig darüber sprechen?«

»Die Steinklingen donnern gleich wieder runter«, drängte Mum. »Um Himmels willen, John, geh jetzt und hol die beiden her!«

»Wenn ihr das versucht«, warnte ich, »dann löse ich das Ultraschall-Kraftfeld aus, das schwör ich.«

Erneutes Knirschen des steinernen Mechanismus. Wieder bebten die Wände, wieder lösten sich ein paar Felsbrocken von der Decke. Es schien wirklich, als würden die Obsidian-Klingen jeden Moment herunterdonnern. Dann wären wir endgültig von Mum und Dad getrennt.

»Jake …«, zischte Pan.

»Nein, Pan. Und überhaupt: Wir brauchen ihre Hilfe nicht.«

»Hier, Jake!«, krächzte Dad und schleuderte mir seine Smartbrille entgegen. Sie landete direkt vor unseren Füßen, nur eine Sekunde, bevor …

Ritsch – klonk.

Eines der steinernen Fallbeile sauste herunter und krachte auf den Höhlenboden. Ich hörte, wie Mum unsere Namen schrie, aber dann wurde sie vom Getöse der anderen Stein-platten übertönt, die nach und nach herabfielen und den Tunnel verschlossen.

»Jake, ich sehe sie nicht mehr!«, schrie Pan.

In ihrer Stimme lag Panik. Wahrscheinlich dämmerte ihr erst jetzt, dass wir uns gerade selbst von unseren Eltern ab-geschnitten hatten.

Sie starrte mich an. Ihre Arme zitterten und selbst im Dunkeln sah ich, dass ihr Gesicht kreideweiß war.

»Jake, was haben wir uns da eingebrockt?«

Ich betrachtete die Obsidian-Platten und hoffte, dass unsere Eltern irgendwie aus dem Höhlensystem herausfänden. Ehrlich gesagt entsetzte mich der Gedanke ebenso sehr wie Pan, ohne Mum und Dad weitergehen zu müssen. Ich hatte unsere Eltern mehrfach beschworen, mir zu vertrauen, aber mein Selbstvertrauen schöpfte sich zum großen Teil aus ihrer Anwesenheit. Aus dem Wissen, dass sie meine Fehler notfalls korrigieren konnten. Jetzt waren wir völlig auf uns alleine gestellt. Aber was hatten wir für eine Wahl? Es gab kein Zurück mehr, der Weg war verbaut. Also versuchte ich, wenigstens selbstsicher zu klingen.

»Wir haben getan, was wir tun mussten«, sagte ich. »Für Sami.«

»Und jetzt?«

Ich hob Dads Smartbrille auf und richtete die Taschenlampe auf den Spalt in der Felswand. Hoffentlich war der Jaguar tatsächlich abgehauen. Obwohl, wenn wir erst mal in den Spalt geklettert waren, war das Biest wahrscheinlich das kleinste unserer Probleme. Die Azteken waren noch nicht fertig mit uns, sie hatten unser Blut noch nicht.

31

»Das ist eine Sackgasse, Jake.«

Fluchend trat ich gegen die Wand – und fluchte gleich noch lauter, diesmal vor Schmerz. Wir hatten uns durch den Spalt gequetscht, überzeugt, dem Grab von Quetzalcoatl näher zu kommen. Aber der Gang schien nirgendwohin zu führen … außer in weitere enge Höhlen mit weiteren Felswänden.

»Und wenn wir umdrehen?«, fragte Pan.

»Nein«, sagte ich. »Der Weg zurück existiert nicht mehr.«

Immer noch konnten wir die Obsidian-Platten hinter uns herunterkrachen hören. Und selbst wenn es eine Möglichkeit gäbe, an ihnen vorbeizukommen, würde ich nicht umdrehen. Denn das würde bedeuten, Sami aufzugeben. Und es wäre auch ein Eingeständnis Mum und Dad gegenüber, dass sie recht hatten. Dass ich ein Hitzkopf war, dem sie nicht vertrauen konnten.

Mein Puls raste immer noch von unserem Streit. Wie konnten Mum und Dad, nach allem, was wir zusammen

293

durchgestanden hatten, an uns zweifeln? Wir waren ein Team, aber sie führten sich auf wie die alleinigen Chefs. Nein, es gab nur eine Lösung: Wir mussten das Grab finden. Dann würden sie schon sehen.

»Fühlt sich merkwürdig an ohne sie«, meinte Pan.

»Besser«, sagte ich.

Das stimmte nicht, ich war nur wütend. Pan hatte recht: Es war merkwürdig. Unheimlich.

Das letzte Mal, als Pan und ich in einem Grab gewesen waren, hatten wir Mum und Dad *gesucht*. Jetzt *entfernten* wir uns von ihnen. Und steuerten vielleicht geradewegs auf die nächste Falle zu. Aber wir waren gerüstet. Das Training hatte uns auf Gefahren aller Art vorbereitet – dank Mum, die immer so oberbesorgt um unsere Sicherheit war, die kein Risiko eingehen und nichts dem Zufall überlassen wollte. Okay, sie hatte gesagt, dass dies keine Simulation mehr war, kein Spiel. Und da hatte sie natürlich recht. Aber ich hatte auch recht: Das hier war echt – und wenn wir versagten, war Sami tot. Eben deshalb *mussten* wir weitergehen, egal wie gefährlich es war.

Ich drehte den Kopf und der Lichtkegel hüpfte durch die Höhle.

»Der Jaguar ist weg«, stellte ich fest. »Also muss es hier irgendwo weitergehen.«

Wir suchten die Wände ab, kletterten auf Felsvorsprünge, schoben dicke Steine beiseite, schalteten nacheinander die Nachtsicht-, die Infrarot- und die Ultraschallfunktion ein.

»Hier ist ein Spalt in der Decke«, rief ich und richtete den Lichtstrahl nach oben. »Sieht so aus, als würde er sich nach oben fortsetzen.«

Die Öffnung war nicht mal einen Meter breit und geformt wie das zerklüftete Grinsemaul eines Monsters. Der Spalt wirkte natürlich, nicht wie etwas, das die Azteken in den Fels gehauen hätten. Der Taschenlampenstrahl scheuchte ein paar längliche Krabbelviecher auf, eine Art Tausendfüßler mit spitzen Greifzangen.

»Hundertfüßler«, bemerkte Pan.

»Sind die tödlich?«

»Für Fledermäuse ja.«

»Da haben wir ja Glück, dass wir keine Fledermäuse sind.«

Aber Pan war mit ihren Gedanken schon woanders. »Jake, wir können da nicht hochklettern. Das ist zu gefährlich.«

»Das soll auch gefährlich sein. Schließlich befinden wir uns in einem verschollenen Grab. Und ich denke, wir *sollen* da hochklettern. Genau das ist der Zweck.«

Obwohl meine Schwester das Gleiche sah wie ich, sah sie offenbar etwas völlig anderes.

»Jake, das ist eine stinknormale Spalte im Fels. Eine Spalte, in der wir festklemmen, abrutschen oder aus der wir rausfallen können.«

»Pan, das Grab muss ganz in der Nähe sein.«

»Das hier ist ein stinknormales Höhlensystem, Jake. Das Einzige, was wir dort oben finden werden, ist der Jaguar. Lass uns umdrehen.«

»Nein.«

»Uns bleibt nichts anderes übrig. Nun komm schon.«

Sie packte mich am Handgelenk und versuchte mich zurückzuziehen. Instinktiv holte ich mit dem Arm aus und schubste sie. Sie stolperte, taumelte rückwärts und knallte mit dem Kopf gegen die Wand.

Der Aufprall war unerwartet hart, das gebe ich zu, aber Pan schaute mich an, als hätte ich ihr einen Dolch in die Brust gerammt. Man muss dazu sagen, dass wir Handgreiflichkeiten gewohnt waren: Wir hatten uns schon immer geboxt, geschubst, an den Haaren gezogen, das war völlig normal bei uns. Und noch vor wenigen Monaten hätte sie mir als Vergeltung einen gewaltigen Tritt versetzt oder einen Stein nach mir geworfen. Aber seit unserem Schatzjäger-Training waren wir total dicke miteinander.

»Tut mir leid«, murmelte ich. »Pass auf, du gehst jetzt einfach zurück und erzählst Mum und Dad, was ich vorhabe. Auf dich hören sie, Pan.«

Ich streckte die Hand aus, um ihr hochzuhelfen, aber sie schlug sie weg.

»Ich lass dich doch hier nicht allein!«, sagte sie. »Es ist nur leider so, dass du gerade dein Gehirn ausgeschaltet hast, weil du sauer auf Mum und Dad bist. Du hast keinen Plan. Du überlegst nicht. Du tust all das nicht, worin du sonst so gut bist ...«

»Ich hab absolut einen Plan. Diese Felsspalte ist ...«

»... auf keinen Fall ein Plan! Es sei denn, du willst dich umbringen. Aber das würde Sami nicht wollen. Jake, seit wir in diesem Höllendschungel sind, standen wir mindestens zehn Mal mit einem Bein im Grab. Trotzdem tust du die ganze Zeit so, als wäre das alles null gefährlich – und wunderst dich dann, warum Mum dir nicht vertraut.«

Ich funkelte sie wütend an – so als hätte *sie mich* gerade geschubst. Klar, ich wusste selbst, dass Mum Pans Hilfe schätzte und meine nicht. Dass sie sich von Pan beim Entschlüsseln der Wegweiser helfen ließ und sie andauernd irgendwelche Aztekensachen fragte und mich nicht. Dass sie in Pan eine echte Schatzjägerin sah und mir nicht über den Weg traute. Ich wusste das alles, aber es so unverblümt aus dem Mund meiner Schwester zu hören, tat echt weh. Wie ein Schlag in die Magengrube.

Pan seufzte, streckte mir ihre Hand entgegen und ließ sich endlich hochziehen.

»Mum hat einfach Angst, Jake.«

»Angst, dass ich mal wieder Chaos verbreite!«

»Nein, Angst, dass es mit dem Chaosverbreiten mal nicht klappt.«

»Häh? Was meinst du damit?«

»Also, meine Schlauheit bereitet Mum keinen Stress«, erklärte Pan. »Ich lese Bücher, schaue mir Karten und Fotos an, lerne Sprachen. Das ist ungefährlich, damit kann sie umgehen. Aber das, was du am besten kannst, ist ein anderes Kaliber. Du läufst immer dann zu Höchstform auf, wenn die Dinge aus dem Ruder laufen. Wenn es gefährlich wird. Dir zu vertrauen heißt für Mum, dich ganz bewusst in eine gefährliche Situation laufen zu lassen. Deshalb war sie so erleichtert, als du zu Hause das Simulationstraining vergeigt hast. Das hat sie davon überzeugt, dass du noch nicht so weit bist. Und ihr einen guten Grund gegeben, dich noch eine Weile von Gefahren fernzuhalten.«

»Aber wir sind doch gar nicht hier, um in Gefahr zu geraten. Wir sind hier, um Sami zu retten. Und Samis Leben ist jedes Risiko wert.«

»Für dich ja. Aber nicht für Mum und Dad. Und für Sami wahrscheinlich auch nicht. Nicht mal für mich, Jake.«

Ich wusste nicht, was ich dazu sagen sollte. Ich verstand,

was Pan meinte. Aber ich stimmte ihr nicht zu. Wir waren
dem Grab näher als je zuvor. Wir *konnten* jetzt nicht auf-
geben.

»Ich verspreche, dass ich aufpasse und es langsam angehen lasse«, sagte ich.

Pan blickte zurück zu dem Loch, durch das wir gekrabbelt
waren, und dann hoch zu dem Spalt, durch den wir hindurch-
mussten. Sie schloss die Augen.

»Okay, ich helf dir rauf«, seufzte sie schließlich.

Es war ein ziemlicher Akt, überhaupt an den Spalt heran-
zukommen. Wir mussten Felsbrocken aus der ganzen Höhle
zusammentragen und aufstapeln, damit wir uns hochziehen konnten. Einmal oben, war es deutlich leichter. Immerhin hatten wir so etwas intensiv trainiert. Wir keilten uns in
dem Spalt fest, pressten den Rücken gegen die eine Wand,
stemmten die Füße gegen die andere und schoben uns
hoch.

Nach einer Weile hörten wir Rufe, hallend und ziemlich
weit entfernt: »Jake! Pandora!«

Pan brüllte so laut zurück, dass sie scharenweise Krabbelviecher aufscheuchte, aber eine Antwort bekamen wir
nicht.

»Offenbar suchen uns Mum und Dad«, sagte Pan.

»Sieht so aus, als würde sich die Spalte dort oben öffnen«,
keuchte ich.

Ich kletterte schneller und tastete suchend nach dem
oberen Rand der Röhre. Dabei verloren meine Füße bei-
nahe ihren Halt. Verdammt, ich hatte schon wieder eine
wichtige Lektion missachtet: mich vor dem Eindringen in
einen unbekannten Raum abzusichern. Ich hätte ein paar

Steine hochwerfen sollen, um Tiere dort oben zu verjagen. Tja, jetzt war es zu spät. Als ich die obere Kante erreichte, hievte ich mich in die Höhle und ließ den Lichtkegel meiner Lampe wandern.

»Pan!«, keuchte ich.

Ich half ihr hinauf und wir starrten sprachlos auf die unzähligen steinernen Wasserspeier, die rechts und links in einer langen Reihe aus den Wänden ragten. Es waren lauter grinsende Schlangen mit hypnotisch strudelnden Augen und einem Federkranz um den Hals. Genau wie über dem Eingang des Bergtempels.

»Quetzalcoatl«, sagte Pan ehrfürchtig. »Jake, ich glaube, wir sind ganz nah dran.«

Wir folgten der Schlangenkopfreihe durch die lang gezogene Höhle. Am Ende tat sich eine weitere Öffnung im Fels auf. Aber es war kein bloßer Spalt, sondern ein Abgrund, so groß, dass er sich zu beiden Seiten in der Dunkelheit verlor. Drei lange Seile, geflochten aus Lianen, waren über die Kluft gespannt. Sie waren an Holzpfählen befestigt, die diesseits und jenseits des Abgrunds in den Fels gekeilt waren. Eines der Seile befand sich in Fuß-, die zwei anderen in Hüfthöhe. Die beiden oberen Taue hingen leicht durch.

»Eine Seilbrücke«, sagte Pan.

Ich berührte eine der Lianen. Unglaublich, wie stabil die Dinger wirkten, selbst nach fünfhundert Jahren noch. Wir hatten diese Art Brücke in unserem Training kennengelernt. Sie stellte die einfachste Möglichkeit dar, einen Fluss oder eine Schlucht zu überqueren. Ein Seil für die Füße, die zwei anderen als Geländer. Allerdings gab es normalerweise Sicherheitsnetze an den Seiten, damit man nicht runterfiel, wenn man die Konstruktion mit seinem Gewicht zum Schaukeln brachte.

Die Brücke war ungefähr fünfzig Meter lang und führte zu einer quadratischen Öffnung im Fels. Selbst auf die Entfernung waren die Schnitzereien ringsum zu erkennen.

»Der Grabeingang«, murmelte ich.

»Jake …«

Ich wusste, was sie dachte, und sie hatte recht. Es wäre blanker Wahnsinn, dieses Wackelding von Brücke ohne irgendeine Sicherung zu überqueren. Ich tastete meinen Ausrüstungsgürtel nach irgendeinem geeigneten Equipment ab.

»Wir könnten die Karabiner nehmen. Und uns damit an den Seilen festhaken«, schlug ich vor.

»Jake! Pandora!« Die Rufe hallten von sämtlichen Wänden wider, wir konnten sie erst gar nicht orten.

»Hier oben!«

Suchend ließ ich den Lichtkegel schweifen, bis er Mum und Dad streifte. Sie standen auf einem Felsvorsprung etwa dreißig Meter über der Stelle, wo die Brücke endete.

»Wir haben den Grabeingang gefunden«, rief ich. »Wir müssen nur noch die Brücke überqueren.«

»Bleibt, wo ihr seid!«, rief Mum zurück. »Wir versuchen rüberzukommen.«

»Aber der Eingang ist direkt gegenüber von uns!«

»Nein, Jake, auf keinen Fall überquert ihr diesen Abgrund.«

»Warum nicht? Wir holen die Smaragdtafel aus dem Grab und stoßen dann zu euch. Wir schneiden einfach das Brückenseil durch und werfen es zu euch rauf, dann könnt ihr uns hochziehen.«

300

»Viel zu unsicher!«, brüllte Dad.

»Alles hier ist unsicher. Daran haben wir uns längst gewöhnt«, antwortete ich.

»Der ganze Berg ist eine aufwendig konstruierte Todesfalle, Jake«, warnte Dad. »Jeder einzelne Quadratmeter. Die Azteken würden niemals einfach so eine Zubringerbrücke zum Grab bauen. Die Brücke ist eine Falle. Wie alles hier. Bitte, vertrau uns!«

»Nein, zur Abwechslung vertraut ihr mir mal«, beharrte ich. »Das Grab ist zum Greifen nah. Direkt gegenüber von uns.«

»Jake ...«, sagte Pan.

»Nein!«, unterbrach ich sie. »Sie wollen nicht, dass wir in das Grab gehen und die Smaragdtafel rausholen, weil es beweisen würde, dass wir für den Job taugen. Sie hätten dann keinen Grund mehr, uns die Schatzjägerei zu verbieten.«

»Jetzt schalte endlich mal dein Hirn ein!«, schimpfte Pan. »Glaubst du wirklich, wir können einfach so über diese Brücke spazieren, ohne am anderen Ende in die nächste Falle zu tappen? Die Azteken wollen unseren Tod, schon vergessen? Es wäre Selbstmord, die Brücke zu betreten.«

Ich wünschte, ich hätte mich in dem Moment auf mein Training besonnen. Oder wenigstens ein paarmal tief ein- und ausgeatmet und meine Gefühle unter Kontrolle gebracht. Jetzt weiß ich natürlich, dass Mum, Dad und Pan recht hatten mit ihren Warnungen, aber damals wollte ich das einfach nicht wahrhaben. Ich kochte nur so vor Wut. Ich war mir sicher, dass meine Eltern mich von dem Grab fernhalten wollten, damit ich scheiterte. Damit ein für alle Mal bewiesen war, dass ich als Schatzjäger nicht taugte.

Wobei, dass die Brücke eine Falle war, das war auch mir klar. Ich spähte über den Rand des Abgrunds.

Etwa fünfzig Meter unter dem quadratischen Loch befand sich eine weitere Öffnung. Nicht einfach nur eine Felsspalte, nein, ein richtig großes Loch. Allerdings war es nicht mit Skulpturen verziert wie das Loch, in das die Brücke führte.

»Jake, die Brücke ist tabu«, wiederholte Pan.

»Wir werden auch nicht rübergehen …«, antwortete ich.

»Okay, endlich siehst du's ein. Vielleicht können wir …«

»… wir werden rüberschwingen«, beendete ich meinen Satz.

»Wie bitte?«

»Guck mal nach unten. Das Loch dort. *Das* ist das wahre Grab. Der Eingang am Ende der Brücke ist eine Falle. Und jetzt schau dir die Entfernungen an. Wenn wir dieses Seil durchtrennen, können wir damit durch das untere Loch schwingen – direkt ins Grab.«

»Das soll ein Witz sein, oder?«

Ich schüttelte den Kopf. Ich glaube, mir war noch nie so wenig zum Scherzen zumute wie in diesem Moment.

»Jake, jetzt bist du endgültig übergeschnappt. Sorry, aber das ist so dermaßen hirnverbrannt.«

»Wir suchen gerade eine Möglichkeit, zu euch rüberzukommen«, rief Mum. »Jake, du überquerst diese Brücke NICHT, hörst du?«

»Nein, werde ich nicht«, versprach ich.

»Stattdessen wird er rüberschwingen«, brüllte Pan.

Ich zog eines der beiden locker hängenden Lianenseile zu mir heran und schlang es einmal um mein Handgelenk. Sobald ich es durchtrennte, würde es losschießen und mich mitreißen.

»Jake!«, schrie Mum. »Bitte bleib, wo du bist. Lass uns in Ruhe darüber reden.«

Ich löste den Lasercutter von meinem Ausrüstungsgürtel. Da er eigentlich für Steine gedacht war, würde er das Seil hoffentlich durchtrennen wie ein Stück weiche Butter.

»Jake!«, krächzte Dad. »Du hörst bitte auf deine Mutter!«

Meine Hand zitterte vor Nervosität, als ich den Cutter an das Seil hielt. Doch als ich zu meinen Eltern hochblickte, zwang ich mich zu einem Lächeln.

»Ich weiß, dass ihr mir nicht vertraut. Ihr glaubt, ich bin dieser Sache nicht gewachsen. Aber das bin ich, ihr werdet's sehen. Ich bringe euch die Smaragdtafel.«

»Jake, wehe!«

Keine Ahnung, wer von beiden diese letzte Warnung gerufen hatte, aber es war auch egal, denn inzwischen brüllten sie alle drei, selbst meine Schwester. Ich versuchte, das Geschrei auszublenden, holte noch einmal tief Luft, um meine Angst in den Griff zu bekommen … und kappte das Seil.

»Pan! Nicht!«, keuchte ich entsetzt.

Verdammt, ich hätte es wissen müssen. Ich hätte wissen müssen, dass sie sich dranhängen würde. Klar, ich selbst hätte sie ja auch nicht alleine springen lassen, nie im Leben. Wie ein nasser Sack hing Pan an mir, als wir quer über den Abgrund auf den Grabeingang zuflogen.

Doch plötzlich ruckte es am Seil, als versuchte noch jemand, Halt daran zu finden. Moment mal, waren das etwa …?

Ich blickte hoch. »Was macht ihr denn da?«, brüllte ich.

Mum und Dad waren von ihrem Felssims gesprungen und

hatten sich – perfektes Timing – ebenfalls an das Seil gehängt.

»Jake!«, motzte Mum. »Das gibt Hausarrest!«

»Hausarrest?«

»Mensch, pass auf die Wand auf!«

Durch das zusätzliche Gewicht waren wir von unserer Schwungbahn abgekommen. So, wie es aussah, würden wir zehn Meter seitlich vom Grabeingang gegen den Fels knallen.

»Festhalten!«

Ich schaffte es, uns etwas zu drehen, sodass wir nicht frontal, sondern seitlich gegen die Wand prallten. Steine bröckelten ab und fielen in den Abgrund. Der Aufprall verschlug uns im wahrsten Sinne des Wortes den Atem. Meine Hände begannen zu rutschen und ich wäre wahrscheinlich abgestürzt und hätte Pan mitgerissen, wenn Mum nicht das Unglaublichste getan hätte, was ich je gesehen habe. Sie musste geahnt haben, dass wir kurz vorm Fallen waren, denn sie tat das Gleiche, nur eine Sekunde früher: Sie ließ sich fallen! Ungefähr drei Meter stürzte sie, dann packte sie erneut nach dem Seil, genau über Pan und mir, und pinnte uns mit ihren Beinen gegen die Wand.

Eine irre Leistung: das Timing, der Reflex, die Umsicht. Heute kann ich das neidlos anerkennen. Aber während ich am Seil hing, nervte es mich nur. Wieder einmal hatte Mum angenommen, dass ich es vergeigen würde. Wieder einmal hatte sie es mir nicht zugetraut.

»Macht euch bereit«, knurrte sie, nachdem sie uns von der Wand gelöst hatte und wir auf den Eingang zuschwangen. »Das wird eine unsanfte Landung.«

304

Während wir auf das Loch zusausten, erwürgte mich Pan fast mit ihrem Klammergriff. Aber sie ließ rechtzeitig los und stolperte in die Höhle, fast gleichzeitig mit Mum und mir. Dad dagegen fand keinen Halt unter den Füßen und schwang zurück in die Finsternis.

Wieder reagierte Mum in Lichtgeschwindigkeit. Sie ließ sich der Länge nach zu Boden fallen und streckte die Hand aus. Dad bekam gerade noch ihre Fingerspitzen zu fassen und klammerte sich fest. Er baumelte jetzt unterhalb des Eingangs. Pan warf sich ebenfalls hin, packte Mum an der Taille und drückte sie fest auf den Höhlenboden.

Ich hätte wahrscheinlich auch helfen sollen, zumindest sehe ich das heute so. Schließlich waren wir ein Team. Aber in dem Moment kam mir das irgendwie nicht in den Sinn. Ich war bereits anderweitig beschäftigt: Ich leuchtete mit meiner Smartbrille in den Gang, der vom Höhleneingang wegführte. Es gab zahlreiche Skulpturen und Schnitzereien an den Wänden, jede Menge grinsende Schlangenköpfe. Verdammt, wir waren so nahe dran! Aber was, wenn auch hier eine Falle lauerte? Eine Art Timer? Was, wenn uns nur ganz wenig Zeit blieb, um den Sarg zu finden?

Mit einem Schulterblick vergewisserte ich mich, dass Mum und Pan meine Hilfe nicht mehr brauchten, sie hatten Dad inzwischen hochgezogen. Also überließ ich die drei sich selbst und machte mich alleine auf den Weg. Warum ich das tat? Der Zeitdruck spielte auf jeden Fall eine Rolle, ich hatte wirklich das Gefühl, dass wir uns beeilen mussten. Aber das war es nicht allein. Ich wollte die Smaragdtafel unbedingt als Erster finden. Ich wollte Mum beweisen, dass ich es notfalls auch alleine schaffte. Dass auf mich Verlass war. Tja, das war wohl ein bisschen zu einer Besessenheit geworden.

Ich hörte Mum sogar noch rufen, aber ich drehte mich nicht um, sondern stolperte weiter durch den Gang in die nächste Kammer.

Dort blieb ich wie angewurzelt stehen.

»Der Schatz!« Meine Stimme war eher ein Krächzen.

Überall, wo ich hinguckte, funkelte es. Auf steinernen Regalen standen goldene Trinkbecher, goldene Teller und kleine goldene Götterstatuen. Weidenkörbe waren randvoll gefüllt mit Edelsteinen: Ohrgehängen, dicken Jade-Armreifen, Halsketten mit türkisen Schlangenanhängern. Lebensechte Masken aus Gold starrten mich von einem anderen Regalbord an und dann gab es natürlich reihenweise Schädel. Die Azteken liebten ja Schädel. Aber diese hier waren anders als die, die wir bisher gesehen hatten. Sie waren echt, mit echten Zähnen und allem, aber bedeckt von glänzenden türkisfarbenen Mosaikplättchen und schwarzen Edelsteinen anstelle der Augen. Unter den Schädeln lehnten aztekische Waffen an der Wand – Speere, Bögen, Köcher voller Pfeile und ein vergoldetes, mit türkisen Edelsteinen besetztes Schild.

»Jake!«, hallte Mums Stimme durch den Gang. »Warte!«

Aber ich lief schon weiter. Atemlos vor Aufregung folgte ich dem Lichtkegel meiner Taschenlampe durch eine Türöffnung. Und wieder blieb ich abrupt stehen, diesmal vor Entsetzen.

Eine Steintreppe führte hinunter in einen quadratischen Raum, der tief in den Fels gehauen war. Aber richtig sehen konnte ich nur die ersten beiden Stufen, der Rest der Treppe war von Knochen übersät. Übereinandergestapelte menschliche Skelette füllten die Kammer bis auf Höhe der Stufen. Ich konnte keine Schädel erkennen, nur Arm- und Beinknochen, Brustkörbe und Wirbelsäulen. Es mussten Tausende sein. Die abgesenkte Kammer sah aus wie ein prallvolles Bällebad – nur dass sie leider nicht mit Bällen gefüllt war.

Ich hatte inzwischen genug über die Azteken gehört, um zu wissen, dass es sich um die sterblichen Überreste ritueller Menschenopfer handeln musste. Die dazugehörigen Schädel waren wahrscheinlich die, die wir als Kletterwand benutzt hatten. An manchen Knochen hingen noch Kleiderfetzen. Einige der Brustkörbe schien man gewaltsam aufgebrochen zu haben, wahrscheinlich um die Herzen herauszuschneiden. Es war unglaublich ekelig, aber in dem Moment war mir das ehrlich gesagt egal – meine Taschenlampe beleuchtete bereits etwas anderes. Aus der Mitte der Knochengrube ragte ein steinerner Sockel empor, dessen vier Ecken mit Schlangenköpfen verziert waren.

Und auf dem Sockel stand ein Sarg.

»Hier ist er!«, brüllte ich.

»Jake!«, echote Mums Stimme. »Bleib, wo du bist. Beweg dich nicht.«

Einen Moment lang konnte ich mich tatsächlich nicht bewegen. Es ging einfach nicht. Ich war wie hypnotisiert vom Anblick des Sarges, von seiner unglaublichen Schönheit – dabei hatte ich in Ägypten ja schon diverse, fast identische Modelle gesehen. Der Sarg bestand aus extrem stabilem Kristall. In die Seiten waren Symbole geschnitzt, die ich von der Smaragdtafel kannte: eine Mischung aus mathematischen Gleichungen und altertümlichen Piktogrammen, an deren Entschlüsselung sich Mum und Dad immer noch die Zähne ausbissen. Aber das Symbol, das den Sargdeckel schmückte, das kannte ich nur zu gut. Es befand sich als eingraviertes Bild auch an der Decke der Kammer, direkt über dem Sarg: eine kreisförmig zusammengerollte Schlange, die sich in den eigenen Schwanz biss: das Erkennungszeichen des untergegangenen Volkes, das seine Toten rund um den Erdball in Kristallsärgen wie diesem bestattet hatte.

Ich stand noch ungefähr zehn Meter vom Sarg entfernt. Um dorthin zu gelangen, musste ich nur über die Gebeine laufen. Eigentlich keine große Sache, oder? Zögernd hob ich einen Fuß an und machte einen Probeschritt. Unter mir knirschten, knackten und verdichteten sich die Knochen. Okay, es war eine unebene und wackelige Angelegenheit, aber die Gebeine schienen mich zu tragen.

Ich holte tief Luft und wagte noch einen Schritt. Ein paar Knochen rutschten unter meinen Füßen weg, dafür wurden andere dichter zusammengepresst. Noch ein Schritt, dann noch einer und noch einer, mit ausgestreckten Armen, um das Gleichgewicht zu halten. Nach ein paar Metern konnte ich hinter der Kristallscheibe die verschwommene Silhouette des Toten ausmachen – und auch den grün schimmernden Gegenstand, den er in Händen hielt!

»Die Smaragdtafel«, flüsterte ich.

Im nächsten Moment zerbrach ein Brustkorb unter meinem Gewicht, und ehe ich mich versah, war ich bis zum Hals in den Gebeinen versunken. Fluchend versuchte ich mich aus dem Knochenchaos zu befreien, aber je mehr ich strampelte, desto mehr Skelette rutschten auf mich zu. Ich kam mir vor wie in einer makabren Umarmung. Schließlich gab ich den Versuch auf, nach oben zu gelangen, und probierte stattdessen, mich unten durchzuwühlen.

Ich schaffte genau einen Schritt, da sackte plötzlich der Boden ab, untermalt von einem knirschenden Geräusch. Und dann begannen sämtliche Knochen um mich herum zu vibrieren.

Mir war sofort klar, was ich getan hatte, und die Erkenntnis bohrte sich wie ein Dolch in meine Brust, so schmerzhaft, dass ich aufschrie. Taumelnd ließ ich mich auf die Skelette fallen. Die Knochen vibrierten nicht mehr nur, sie rasselten.

»Nein ...«, keuchte ich. »Bitte nicht ...«

Ich musste auf einen unter der Knochenschicht verborgenen Stein getreten sein, der irgendeinen Mechanismus ausgelöst hatte. Eine Falle.

Hektisch krabbelte ich auf dem Boden umher und schob Knochen beiseite. Aber um den Stein zu finden, war es zu dunkel – und es gab zu viele Knochen. Panik erfasste mich und ich drosch wie ein Wilder auf die Skelette ein. Ich weiß nicht, wie, aber irgendwie schaffte ich es tatsächlich, mich zurück an die Oberfläche zu wühlen. Und da kam der nächste Schock: Aus dem Augenwinkel sah ich, wie eine Steinplatte vor die Türöffnung glitt. Ganz langsam, von oben nach unten. Wie ein Gefängnistor.

Reflexhaft kroch ich zum Sarg statt zum Ausgang. Ich strich über die Kristallwände und spähte durch den dicken Deckel. Dort schimmerte sie, die Smaragdtafel, direkt vor meiner Nase. Und doch unerreichbar, das wusste ich. Denn es war unmöglich, die Kristallsärge zu öffnen – diese bittere

Erfahrung hatten wir in Ägypten machen müssen. Nur die Schlangenleute wussten offenbar, wie das geht.

Ich warf einen Blick über die Schulter und ein Angst- und Frustschrei brach aus mir heraus. Die Steinplatte hatte sich ein ganzes Stück weiter abgesenkt. Niemals würde ich den Sarg rechtzeitig durch die Türöffnung bekommen.

Auf der Knochenschicht kniend starrte ich das grüne Ding hinter dem Kristall an. Samis Leben hing daran. Und das Glück meiner Familie. Verdammt, ich war so nah dran …

Lass den Sarg hier! Sieh zu, dass du rauskommst!

Ich drehte mich um und versuchte, zum Ausgang zu gelangen, aber wieder versank ich bis zum Hals. Und wieder versuchte ich wie ein Besessener, mich freizuschaufeln.

»Jake? Jake! Komm da raus!«, brüllte Dad.

Bloß keine Panik jetzt! Mit einem Blick zur Tür versicherte ich mich, dass ich noch etwas Zeit hatte. Es gelang mir, mich an die Oberfläche zu wühlen und ein paar Meter in Richtung Ausgang zu krabbeln – bevor ich wieder versank. Es war, als würden die Toten nach mir greifen.

»Jake! Hörst du nicht? Komm raus!«

Ich trat und schlug um mich. Nur mein Kopf schaute jetzt noch aus den Gebeinen heraus. Der Türspalt war auf etwa einen Meter geschrumpft und ich begriff, dass ich es nicht mehr schaffen würde. Es war aussichtslos. Gleich würde ich hier eingeschlossen sein. Allein.

Und dann, buchstäblich in letzter Sekunde, tauchte Mum auf.

Mit den Füßen voran schob sie sich durch den schmalen Spalt unter der Steinplatte. Aber wie wollte sie das noch schaffen? Die Platte würde ihren Kopf zerquetschen! Mit

310

der Kraft der Verzweiflung versuchte ich, zu ihr zu gelangen. Aber es ging einfach nicht! Wieder versank ich zwischen den Skeletten ... und verlor Mum genau in dem Moment aus den Augen, als die Platte mit einem schaurigen Geräusch auf den Boden traf und die Grabkammer versiegelte.

32

»Mum? Mum! MUM!« Meine Stimme überschlug sich, übertönte sogar die Rufe von Dad und Pan auf der anderen Seite der Steinplatte.

Hatte Mum es durch den Spalt geschafft ... oder ... war sie eingequetscht worden? Hektisch schaufelte ich Knochen beiseite und arbeitete mich in Richtung Ausgang vor.

»*Wärmebild!*«, keuchte ich.

Die Taschenlampe erlosch und die Smartbrille schaltete um auf die typische grobkörnige Schwarz-Weiß-Optik.

Verzweifelt krabbelte ich umher. Plötzlich erspähte ich zwei orange Wärmepunkte, direkt nebeneinander. Aber es waren nur Dad und Pan, die auf der anderen Seite der Steinplatte nach uns riefen. Also weitersuchen ...

Da!

»Mum!«, schrie ich. »*Taschenlampe!*«

Im Lichtstrahl meiner Brille sah ich, dass sie halb in die Knochengrube eingesunken war. Um sie herum Blutspritzer. Sie stammten aus einer Wunde an Mums Schläfe.

»Mum …!«

Vorsichtig bettete ich ihren Kopf auf meinen Schoß und versuchte, Platz zu schaffen, die Knochen beiseitezuschieben. Aber es war hoffnungslos. Für jeden Knochen, den ich aus dem Weg räumte, rutschten Dutzende nach.

Ich beugte mich über meine Mutter, um sie so gut es ging gegen diese Knochenflut abzuschirmen. Wieder hörte ich Dad rufen. Seine Stimme hatte noch nie so verzweifelt geklungen.

»Ich habe Mum gefunden«, brüllte ich.

»Lebt sie?« Das war Pans Stimme.

»Ich … ich weiß nicht. Die Steinplatte hat sie am Kopf erwischt. Sie blutet. Sie …«

»Sie lebt«, stöhnte es auf meinem Schoß.

Ich schrie auf vor Erleichterung, als Mum ihre Augen öffnete. Sie schien nur halb bei Bewusstsein und das Atmen fiel ihr schwer.

»Alles … in Ordnung … mit dir?«, stieß sie hervor.

Moment mal, das fragte sie *mich*?

Ich nickte.

»Dann … nimm doch bitte … diesen Lichtstrahl … aus meinem Gesicht«, murmelte sie.

Vor lauter Aufregung hatte ich gar nicht gemerkt, dass ich ihr direkt in die Augen blendete. Ich schaltete die Brille aus, klemmte sie zurück an meinen Gürtel und wartete, dass sich meine Augen an die Dunkelheit gewöhnten.

»Bleibt ruhig«, rief Dad. »Wir versuchen, euch da rauszuholen.«

»Kein Weg raus«, krächzte Mum.

»Wie meinst du das?«, fragte Pan.

»Na ja, da wir Quetzalcoatl geopfert werden sollen, werden die Azteken wohl sichergestellt haben, dass es keinen Fluchtweg gibt«, antwortete ich.

»Egal, wir werden verdammt noch mal einen finden!«, brüllte Dad.

Ich hörte, wie sie in der Schatzkammer Grabbeigaben aus den Regalen zerrten und durch die Gegend warfen, auf der Suche nach einem verborgenen Türöffner. Die ganze Zeit fluchte Dad, völlig untypisch für ihn. Plötzlich krachte etwas mit lautem Getöse zu Boden, vermutlich eine weitere Kostbarkeit.

Mum hatte es auch gehört. »John?«, fragte sie mit schwacher Stimme.

»Dad!«, schrie ich. »Mum spricht mit dir.«

Dad eilte zurück zur Steinplatte. »Was ist los, Liebling?«

»Wenn du dort drüben noch eine einzige Grabbeigabe beschädigst, verfluche ich dich für den Rest deines Lebens.«

»Dad, sie hat gesagt ...«

»Ich hab's verstanden, aber wir versuchen einfach nur, euch da rauszuholen«, antwortete Dad. »Jake, glaubst du, du findest den Stein, der den Türschließmechanismus ausgelöst hat? Schau, ob du ihn wieder in seine ursprüngliche Position zurückbringen kannst.«

Mum lächelte mich an und ich bettete ihren Kopf vorsichtig auf den Boden. Dann wandte ich mich um und wühlte mich erneut zum Sargsockel hindurch. Ich tastete den Boden ab und drehte wirklich jeden Knochen um, um diesen verdammten Türschließer zu finden. Als ich ihn nach einer halben Ewigkeit endlich entdeckte, wusste ich sofort, dass er uns nichts nützen würde. Er war ungefähr so groß wie ein

Tablett und gar nicht mal sonderlich tief in den Boden eingedrückt, aber doch so, dass es völlig unmöglich war, ihn wieder hochzuziehen. Außerdem war ja gar nicht klar, ob sich die Tür überhaupt öffnete, wenn man den Stein in seine ursprüngliche Position zurückbrachte. Es war sogar eher unwahrscheinlich. Eine Falle, die ihre Beute entkommen ließ, ergab keinen Sinn.

»Jake, wie steht's mit den Geräten an deinem Gürtel?«, fragte Pan.

Ich wühlte mich wieder zurück und gab mich betont optimistisch, als ich das wenige verbleibende Equipment an der Steinplatte ausprobierte. Aber eigentlich war mir klar, dass nichts davon funktionieren würde, und ich schätze, Pan und Dad wussten das auch. Die Platte war mindestens einen halben Meter dick. Der Minibohrer hatte nach ungefähr dreißig Zentimetern keinen Saft mehr, und selbst wenn er länger durchgehalten hätte – er hätte nur ein winziges Loch in die Platte gebohrt. Der Laser-Steinschneider wäre vielleicht hilfreich gewesen, aber der war bei der Lianenaktion in den Abgrund gefallen.

»Was ist mit dem Bungee-Seil?«, fragte Pan.

»Was soll damit sein?«

»Keine Ahnung! Lass dir was Schlaues einfallen!«

»Dad«, rief ich. »Ich hab immer noch das Ultraschall-Kraftfeld.«

Ich hörte Dads Stiefel über den Boden stampfen. Er tigerte immer noch umher, suchte unverdrossen nach einem Zugang zu unserem Verlies.

»Ich hab dich verstanden, Jake«, sagte er schließlich. »Und ich denke, es ist einen Versuch wert.«

»Auf keinen Fall!«, krächzte Mum.

Ich nahm sie beim Arm und half ihr die letzten Stufen aus der Grube hinauf. Dann hockten wir uns nebeneinander auf die Gebeine, den Rücken gegen die Steinplatte gelehnt. Mums eine Gesichtshälfte war blutverschmiert, ihr Tropenhemd blutgetränkt. Aber ihr Blick war deutlich wacher als noch vor ein paar Minuten.

»Das Kraftfeld verscheucht wilde Tiere«, sagte sie, »aber gegen so eine dicke Steinplatte kann es nichts ausrichten. Es knockt höchstens uns aus.«

»Ihr beide unternehmt jetzt erst mal gar nichts«, sagte Dad. »Ich klettere hier raus und hole das Alpha-Team. Sie suchen uns bestimmt schon. Meinetwegen können sie die Smaragdtafel haben. Und auch sonst alles, was sie wollen. Hauptsache, sie helfen uns, diesen verdammten Stein wegzubewegen.«

»Sie werden dich umbringen, sobald sie dich sehen, John«, sagte Mum.

Das wusste Dad garantiert selbst. Und überhaupt musste er ja erst einmal aus dem Berg herauskommen. Aus diesem unterirdischen Labyrinth, das so angelegt war, dass man eben *nicht* lebend wieder herauskam.

»Okay, und was machen wir dann?«, fragte Pan.

»Nichts«, sagte Mum.

»Nichts?«

»Das ist manchmal der beste Plan. Einfach durchschnaufen und nachdenken.«

Mum rutschte wieder in Liegeposition, legte ihren Kopf auf meinen Schoß und schloss die Augen. Ich betrachtete ihr Gesicht – das Blut, die blauen Flecken, die unglaubliche Erschöpfung. Mein Blick wanderte weiter über die Knochengrube bis zu dem kristallenen Sarg. Das Ding hatte die Welt für mich bedeutet, monatelang. Jetzt hätte ich die Kiste liebend gerne hergegeben, wenn nur Mum lebend hier rauskäme. Ich hatte es mal wieder so dermaßen vergeigt. Ich war so verblendet gewesen von dem Wunsch, in dieses Grab zu gelangen, dass ich die simpelsten Schatzjäger-Regeln missachtet hatte.

»Das ist alles meine Schuld«, sagte ich zerknirscht.

»Da hast du verdammt noch mal recht!«, schnauzte Dad. »Was hast du dir bloß dabei gedacht, Jake? Einfach draufloszurennen! Als hätten wir dir nichts, aber auch gar nichts beigebracht.«

»Ich wollte einfach die Smaragdtafel finden.«

»Das wollten wir alle, Jake«, erwiderte Pan. »Wir sorgen uns alle um Sami. Aber du hast einfach dein Hirn ausgeschaltet. War doch klar, dass uns hier eine Falle erwartet. Ich meine, es ist die Grabkammer! Die schreit doch gerade danach.«

»Ich weiß ...«

»Verdammt, Jake«, sagte Dad. »Das ist genau der Grund, warum wir die Sache abbrechen wollten. Weil du einfach noch nicht so weit bist.«

»Ich weiß, Dad, und es tut mir leid.«

»Leidtun reicht jetzt leider nicht mehr. Wir hätten es wissen müssen. Es war nur eine Frage der Zeit, bis du ...«

»Warum hackt ihr jetzt noch auf mir herum? Jetzt, wo Mum und ich durch meine Schuld sterben werden?«, schrie ich. »Du kannst es lassen, Dad, ich hab's kapiert. Ich bin ein Versager. Ich bin nicht wie du und Mum und Pan. Ich bin leichtsinnig und ein Draufgänger und ich werde dafür sterben. Ebenso wie Mum und Sami. Ja, ihr hattet recht, ihr beide hattet die ganze verdammte Zeit recht. Ich bin einfach nicht schlau genug für diese Arbeit, nicht so wie ihr drei. Ich hab's kapiert, okay?«

Ich kniff die Augen zu, um die Tränen zurückzuhalten, aber sie bahnten sich trotzdem einen Weg und tropften auf Mums Kopf. Ich sah den völlig geschwächten Sami vor mir, in seinem Krankenbett, wie er nach uns Ausschau hielt. Vergeblich. Denn nicht wir kamen, sondern die Schlangenfrau. Ich sah ihr dreckiges Grinsen und ihre schwarzen Hai-Augen. Und dann stellte ich mir vor, wie Mum, Dad und Pan ohne mich nach der Grabkammer suchten, wie sie sie fanden, die Smaragdtafel an sich nahmen und den Rückweg antraten. Wie sie alles richtig machten. Erfolgreich.

»Ich hätte niemals in diesem Team mitmachen sollen«, sagte ich. »Ich hab alles versaut.«

»Versaut?« Mums Stimme klang weich. Sie öffnete die Augen und blickte zu mir hoch. »Das ist komisch, Jake.«

Ich blinzelte und starrte sie durch einen Tränenschleier an. »Komisch?«

»Ja.«

»Verstehe ich nicht.«

»Es stimmt, Jake, du hast Fehler gemacht. Im Cottage der Schlangenfrau und hier, in der Grabkammer. Du hast vergessen, was du im Training gelernt hast, und dich von deinen Gefühlen übermannen lassen. Das war immer unsere große Sorge ...«

»Ich weiß.«

»Aber in der restlichen Zeit hast du alles goldrichtig gemacht, Süßer. Du hast dir den Motorradfahrer in Trujillo geschnappt. Du hast uns beim Flugzeugabsturz vor dem Schlimmsten bewahrt – durch blitzschnelles Handeln. Du hast die Stätte des Jaguars und *beide* Wegweiser gefunden. Du hast deiner Schwester in der Schlammlawine einen Atemschlauch in den Mund gesteckt und ihr so das Leben gerettet. Du hast uns in der Schädelwand vor tödlichen Pfeilen bewahrt – dank deiner Entscheidung weiterzuklettern. Du hast einen Weg durch die Obsidian-Fallbeile gefunden. Und du hast die Grabkammer entdeckt. All das hast du geschafft, Jake. Ohne dich in unserem Team würden wir noch im Camp sitzen und uns ratlos die Köpfe kratzen. Und Sami wäre sicher längst tot.«

»Ich …« Die Worte blieben mir im Hals stecken. Ich hatte Mum noch nie so über mich sprechen hören. Und auch sonst niemanden. Ich war so an ihre ständige Kritik gewöhnt, dass ich nicht wusste, was ich antworten sollte. Noch mehr Tränen tropften auf sie hinab.

»Ich wollte euch beeindrucken«, sagte ich schließlich.

»Das hast du, Schätzchen. Immer wieder. Ich kenne wirklich niemanden, der unter Stress und Zeitdruck so schnell denken kann wie du. Jake, du bist der geborene Schatzjäger, aber das heißt noch lange nicht, dass du schon perfekt bist. Du bringst dich selbst immer wieder in Gefahr. Meist ziehst du dich da zwar selbst wieder raus, aber eben nicht immer. Diese Momente, in denen du die Kontrolle über dich verlierst, sind es, die uns Sorgen machen. Dort lauert die eigentliche Gefahr. Denn manchmal braucht es nur einen solchen Moment, einen Tritt auf einen falschen Stein, und alles ist vorbei …«

»Ich weiß, Mum …«

»Dein Vater und ich haben die zwanzig Jahre vor eurer Geburt nichts anderes gemacht als das hier. Und von dieser Erfahrung solltest du lernen. Du verlangst immer, dass wir dir vertrauen sollen, aber das können wir nicht, solange du *uns* nicht vertraust. Wenn wir dir sagen, dass du stehen bleiben sollst, dann tun wir das, weil es einen Grund dafür gibt. Wir sagen das nicht zum Spaß oder um dich zu ärgern. Wir denken für dich mit, weil wir einen Erfahrungsvorsprung haben. Wir müssen uns darauf verlassen können, dass du auf uns hörst.« Sie lächelte mich an. »Die wichtigste Schatzjäger-Regel: Vertraue stets deinen Eltern!«

Das klang in meinen Ohren nach einer ziemlich guten wichtigsten Regel.

»Ich wünschte, ich hätte es getan, Mum. Dann säßen wir jetzt nicht hier.«

Wieder ließ ich meinen Blick durch die Kammer schweifen und zum ersten Mal fielen mir die Wandbemalungen auf: grellbunte Darstellungen von Menschen, die den Kristallsarg auf ihren Schultern trugen, und grausige Szenen von Leuten, denen das Herz rausgerissen und den Göttern geopfert wurde.

»Ich mag die Azteken nicht«, murmelte ich.

»Es steht dir nicht zu, über sie zu urteilen«, sagte Mum.

»Du verteidigst sie immer noch, nach allem, was sie uns angetan haben?«

»Nein, ich habe nur beschlossen, nicht über sie zu urteilen. Wir sehen in dieser Kammer nichts als Mord. Die Azteken sahen das anders. Für sie war das Töten von Menschen eine religiöse Pflicht. Es diente einem höheren Zweck.«

»Weil sie glaubten, Menschenopfer würden das Ende der Welt hinauszögern?«

»Ganz genau. Wenn du dich mit einer alten Kultur beschäftigst, betrachte die Menschen stets aus ihrem Blickwinkel, nicht aus deinem. Die Dinge sehen dann meist ganz anders aus.«

»Wieso erteilst du Jake dort drinnen Geschichtsunterricht?«, rief Pan.

»Weil es vielleicht unser Leben rettet«, antwortete Mum.

Ich warf ihr einen neugierigen Blick zu. »Mum, hast du eine Ahnung, ob und wie wir hier rauskommen?«

»Ich habe eine Idee, eine vage Idee.« Sie setzte sich auf, rieb sich die müden Augen und blickte sich um. »John, ich weiß, dass du auch schon daran gedacht hast.«

»Die fünfte Welt?«, fragte Dad.

»Die fünfte Welt«, sagte Mum.

»Oh Mann, jetzt geht das wieder los!«, schimpfte ich.

»Was?«

»Immer wenn ihr eine Entdeckung macht oder einen Einfall habt, tut ihr so unglaublich geheimnisvoll und dramatisch.«

»Ich tue so?«, fragte Mum.

»Ihr beide tut so«, sagte ich.

»Und ich ebenfalls«, gab Pan zu. »Das ist nämlich irre lustig, weil Jake sich immer totärgert.«

»Wir beide tun das auf jeden Fall, Jane«, stimmte Dad zu.

»Ja, zum Beispiel jetzt gerade!«, maulte ich. »Was soll das mit dieser ›fünften Welt‹? Moment mal, ich erinnere mich daran. Die Azteken glaubten, dass es vor dieser Welt schon vier andere gab, die alle zerstört wurden. Ihre Menschenopfer sollten verhindern, dass mit der aktuellen Welt das Gleiche passiert, stimmt's?«

»Stimmt«, sagte Pan. »Wenn die Götter unzufrieden sind, werden sie die fünfte Welt durch ein Erdbeben zerstören, so der Glaube der Azteken.«

»Wodurch wurden denn die anderen Welten zerstört?«, wollte ich wissen.

»Sehr gut, Jake, das ist genau die richtige Frage«, lobte mich Mum. »Pandora?«

»Ich … ich erinnere mich nicht mehr.«

»Schon okay«, sagte Mum, »du musstest ja auch wirklich viel lesen in letzter Zeit. Aber eigentlich müsstest du die Antwort auch so wissen, du hast nämlich viel über die Frage nachgedacht, seit wir auf dieser Mission sind. Die erste Welt wurde durch einen Jaguar zerstört, die zweite durch ein Feuer, die dritte durch einen Sturm und die vierte durch eine Flut.«

»Moment mal«, hakte ich ein. »Jaguar, Feuer, Sturm, Flut … das sind doch die Wegweiser!«

»Sehr gut, Jake.« Diesmal kam das Lob von Dad.

»Wie lange wisst ihr das schon?«, fragte Pan.

»Euer Vater und ich hatten einen ersten Verdacht, nachdem Jake den zweiten Wegweiser entdeckt hatte, aber ganz sicher waren wir erst, als er uns den letzten beschrieben hat.«

»Die Azteken sind vor den spanischen Invasoren geflohen«, erklärte Dad. »Ihre Wegweiser dienten nicht nur dazu, uns hierherzuführen, sie stellen auch ein Zeugnis der Geschichte dar. Sie haben uns durch die vier alten Welten an diesen Ort geführt – den letzten Ort der fünften Welt, der nur ihnen gehörte. Ihre Zuflucht. In den Augen der Azteken stellte dieser Berg alles dar, was ihnen von ihrem Reich noch geblieben war.«

»Aber was nützt uns dieses Wissen jetzt?«, fragte ich.

»Vielleicht gar nichts«, gab Mum zu. »Aber wenn man die Welt einmal durch andere Augen sieht, ergeben sich oft ganz neue Möglichkeiten. Wir müssen weiterdenken. Was kann das bedeuten?«

»Die Azteken wollten, dass wir zu Opfern werden«, fasste Pan zusammen. »Um Quetzalcoatl gnädig zu stimmen. Aber was, wenn wir gar nicht sterben? Was, wenn Quetzalcoatl unzufrieden bleibt?«

»Es würde ihre Welt zerstören«, folgerte Mum. »Und zwar durch ein Erdbeben.«

»Dad, du meintest mal, dass sich die Azteken in ihrer Sprache immer ganz wörtlich ausdrückten«, sagte Pan. »Glaubst du, dass sie eine Möglichkeit vorgesehen haben, den Berg zu zerstören, für den Fall, dass wir nicht sterben? Und zwar so, dass es wie ein Erdbeben aussieht? Wenn wir das irgendwie auslösen und damit auch die Grabkammer zum Einstürzen bringen könnten, dann kommen wir hier vielleicht raus …«

»Das entspricht auf jeden Fall der Art ihres Denkens«, stimmte Dad zu. »Allerdings haben die Azteken ja keine Chance mehr zu erfahren, ob wir nun in ihren Fallen sterben oder nicht.«

Uns gingen die Ideen aus. Die Azteken hatten uns hierhergeführt, in ihre letzte Zufluchtsstätte, damit wir sterben und ihre Welt so am Laufen halten. Aber sie selbst würden davon nichts mehr mitbekommen. Sie würden niemals erfahren, ob ihr Gott nun zufrieden oder unzufrieden ist.

Es sei denn …

Ich schoss von unserem Knochensofa hoch und starrte den Sarg auf seinem Steinsockel an. Gab es vielleicht doch eine Möglichkeit festzustellen, ob Quetzalcoatl unzufrieden war?

»Die Azteken wollten unbedingt diesen Sarg schützen, oder?«, fragte ich.

»Ja«, bestätigte Mum.

»Absolut«, sagte auch Dad. »Dem Sarg irgendeinen Schaden zuzufügen, wäre ein todsicheres Mittel gewesen, Quetzalcoatl zu erzürnen und das Ende der Welt einzuläuten.«

»Aber wie sollten die Azteken erfahren, ob mit dem Sarg irgendetwas angestellt wird?«, fragte Pan.

»Dadurch, dass er bewegt wird«, sagte ich.

Mum blickte mich an und ein Lächeln kräuselte ihre Lippen. »Dadurch, dass er bewegt wird«, wiederholte sie nachdenklich.

»Jake, kommst du an den Sarg heran?«, fragte Dad. Seine Stimme klang plötzlich wieder hoffnungsvoll.

»Ich denke schon.«

»Nicht ohne mich«, beharrte Mum.

Ich half ihr hoch und wir krabbelten gemeinsam über die Knochen. Diesmal verteilte ich mein Gewicht möglichst breit, um nicht wieder einzusinken. Verdammt, das hätte mir auch früher einfallen können. Egal, jetzt war ich jedenfalls hoch konzentriert – ich wollte unbedingt alles richtig machen. Falls es nicht schon zu spät war …

Als wir den Sarg endlich erreichten, waren der Schmerz

und die Sorge aus Mums Gesicht verschwunden. Ihre Augen funkelten fast ebenso wie der kristallene Sargdeckel. Ehrfürchtig fuhr sie mit dem Finger über das kreisförmige Schlangensymbol, dann bückte sie sich, um die Schnitzereien an den Seiten zu begutachten. Mir fiel ein, dass sie ja noch nie einen dieser Särge gesehen hatte. Anders als Pan und ich. Wir hatten einen im Grab des Osiris entdeckt und gleich mehrere im Hauptquartier der Schlangenleute.

»Wunderschön«, murmelte Mum. »Aber aztekisch ist es nicht.«

»Pan sagte damals, dass auf dem Sarg in Ägypten auch nichts Ägyptisches stand. Wer immer in diesem Ding hier bestattet ist, stammt jedenfalls aus einer uralten, verschollenen Hochkultur. Einer Kultur, deren Existenz die Schlangen-Organisation geheim halten will, weshalb sie alle Hinweise darauf zerstört.«

Mums Blick wanderte zu dem eingravierten Bild an der Decke: die Schlange, die ihren eigenen Schwanz verschlang. Das Symbol der verschwundenen Zivilisation, das die Schlangen-Organisation übernommen hatte.

»Wir werden sie daran hindern«, sagte Mum.

Trotz unserer furchtbaren Lage musste ich grinsen. Von einem Ohr zum anderen. Ich hatte so lange darauf gewartet, dass Mum diesen Satz sagte. Und jetzt, hier, im Anblick des Sarges, war das Feuer in ihr endlich wieder entflammt. Sie war nicht länger die dauerbesorgte Mum, sondern endlich wieder die Schatzjägerin.

»Was seht ihr?«, rief Pan.

»Wir stehen neben dem Sarg«, antwortete ich. »Er thront auf einem Steinsockel.«

325

»Könnt ihr ganz bis an den Fuß des Sockels sehen?«, fragte Dad.

Wir gruben tiefer, schoben und warfen Knochen beiseite, versuchten den Boden der Kammer freizulegen. Rund um den Sockel verlief eine Rille, die offenbar ziemlich tief in den Fels geritzt war.

»John«, rief Mum. »Das ist ein Gleitmechanismus.«

»Ein was?«

»Der Sockel ist nicht einfach nur ein Sockel«, erklärte Mum. »Er hat noch eine andere Funktion.«

»Die Funktion, einen weiteren Fallenmechanismus auszulösen?«

Mum nickte langsam, den Blick auf den Sockel geheftet. »Richtig. Wenn wir den Sarg bewegen, wird dieser letzte Fallenmechanismus ausgelöst. Das wiederum wird Quetzalcoatl ärgern und das Ende der fünften Welt herbeiführen. Vermutlich wird durch irgendeinen Mechanismus ein Erdbeben erzeugt, das den ganzen Berg zum Einsturz bringt.« Sie sah mich lächelnd an. »Vielleicht.«

»Okay, und wenn der Berg einstürzt, wird vielleicht auch die blöde Steinplatte bersten und wir kommen hier raus.«

»Vielleicht?«, fragte Pan.

»*Vielleicht* ist aussichtsreicher, als es bislang für uns war«, sagte Mum. »John, du und Pandora, ihr müsst sofort aufbrechen und einen Fluchtweg aus dem Berg suchen. Wir geben euch eine Stunde, um euch in Sicherheit zu bringen, dann schieben wir den Sarg vom Sock…«

»Kommt nicht infrage«, unterbrach Pan. »Wir verlassen den Berg gemeinsam oder gar nicht.«

»John? Bitte bring Pandora hier raus.«

»Sie hat gesagt, ›kommt nicht infrage‹, Jane. Entweder gemeinsam oder gar nicht. Und sie hat recht: Nur so sind wir überhaupt so weit gekommen.«

Na ja, nicht ganz, dachte ich. Wir hatten uns andauernd gestritten und immer wieder getrennt. Nur deshalb war ja alles so furchtbar schiefgelaufen. Und sosehr ich mir Dad und Pan in Sicherheit wünschte, so sehr wusste ich, dass sie recht hatten. Wir brauchten sie und sie brauchten uns. Wir waren ein Team.

Mum drückte ihre Handflächen gegen die Sargwand. »Also schön, ich zähle bis drei, dann schieben wir den Sarg vom Sockel und schauen, was passiert. Seid ihr startklar? Denkt an euer Training. Sollte es gleich chaotisch werden, gibt es nur eine Laufrichtung: zum Tageslicht. Egal, wo ihr es seht.«

Ich legte meine Hände neben Mums auf den Sarg und sie begann zu zählen.

»Eins … zwei …«

»Warte«, sagte ich. »Schieben wir *bei* drei oder *nach* der Drei?«

»Bei drei«, antwortete Mum. »Es ist immer *bei* drei.«

»Das habt ihr uns nie beigebracht.«

»Okay, dann weißt du's jetzt. Also, eins … zwei …«

»Warte!« Diesmal rief Pan. »Nur um sicherzugehen: Das ist jetzt kein Scherz? Wir werden tatsächlich den kompletten Berg über uns zusammenkrachen lassen?«

»Warum sollte das ein Scherz sein?«, fragte Dad.

»Keine Ahnung. Vielleicht, weil es wie ein Scherz klingt.«

»Wir schaffen das«, sagte Dad. »Zusammen schaffen wir das.«

»Okay, also wie war das noch mal?«, fragte Pan. »*Bei* drei oder *nach* der Drei? Ich hab's nicht gehört.«

»Mein Gott!«, seufzte Mum. Und dann stemmte sie sich gegen den Sarg und schob.

33

Die Kiste ließ sich viel leichter bewegen, als ich erwartet hatte. Fast geschmeidig glitt sie vom Sockel, allerdings nicht komplett. Das eine Ende blieb oben auf dem Podest stehen, das andere rutschte herunter und zermalmte die Knochen.

»Leute?«, rief Pan. »Was ist los bei euch?«

Mum riss mich hektisch vom Sockel, wahrscheinlich rechnete sie damit, dass der Berg jede Sekunde über uns zusammenbrechen würde. Und dann knieten wir atemlos auf den Gerippen und warteten. Es war eine absurde Situation: Wir hatten Angst vor dem, was passierte, und gleichzeitig hofften wir, dass es passierte.

»Verlier jetzt bloß nicht deine Konzentration«, warnte Mum. »Und sei auf alles gefasst.«

Meine Hand krampfte sich um den Sockel, so sehr versuchte ich, mein Zittern zu unterdrücken. Aber Moment mal, das war gar nicht ich, der zitterte! Das war der Sockel.

»Mum ...«, flüsterte ich. »Da tut sich was.«

Als das Vibrieren zu einem Beben wurde, krabbelten wir
rückwärts von dem sich langsam absenkenden Sockel weg.

Und wenn wir das Ding als eine Art Fahrstuhl benutzten,
um hier rauszukommen? Ich war kurz davor, aufzuspringen
und Mum mitzureißen, doch ich bremste mich und blickte
sie stattdessen fragend an. War das eine dieser Leichtsinns-
ideen, vor denen sie mich gewarnt hatte?

»Sollen wir aufspringen?«, fragte ich.

»Nicht, bevor wir nicht sehen können, was sich darunter
befindet«, antwortete sie.

Und wenn das bisschen Beben schon alles war? Vielleicht
entsprach es ja der Vorstellung der Azteken von einem Erdbeben? Wir verfolgten, wie sich der Sockel immer weiter absenkte und dabei die umliegenden Skelette zermalmte. Es
staubte so sehr, dass ich blinzeln musste.

»Alles okay mit dir?«, fragte Mum.

»Nur der Knochenstaub«, murmelte ich.

»Welcher Knochenstaub?«

Sie hatte recht – der Sockel glitt ganz sanft und geschmeidig in die Tiefe. Nicht das kleinste bisschen Staub wurde
aufgewirbelt. Nein, der Staub kam von oben, aus einem
schmalen Riss, der sich in der Decke gebildet hatte. Einen
langen, viel zu langen Moment beobachteten wir, wie sich
der Riss vergrößerte – und das Schlangengemälde in zwei
Teile spaltete.

»Jake, weg!«, keuchte Mum.

Sie packte mich am Arm und riss mich herunter, eine
Sekunde, bevor die halbe Decke einstürzte. Wir wären erschlagen worden, hätte Mum mich nicht in den Hohlraum
unter dem Sarg gezogen, der entstanden war, als er halb vom

330

Sockel gerutscht war. Im Schutz der Kristallkiste kauerten wir nebeneinander, während um uns herum Felsbrocken herunterkrachten und die Gebeine zu Pulver malmten.

»Jake! Jane!«

Wir krabbelten unter dem Sarg hervor und blinzelten durch den Knochenstaub, der wie Rauch durch die Kammer waberte. Und da entdeckte ich Dad und Pan. Die Steinplatte vor dem Ausgang war zerborsten. Wir waren frei! Über den Schutt und die zerbröselten Skelette hinweg eilten die beiden auf uns zu.

Ich grinste und wischte mir den Staub aus dem Gesicht. »Nicht übel, oder?«

»Jake«, schimpfte Pan, »so was sagt man nicht!«

»Häh?«

»*Nicht übel*. Das bringt Pech. Das heißt, dass es jetzt nur schlimmer werden kann.«

»Ach komm, Pan, was kann's denn Schlimmeres geben als eine Decke, die auf einen runterstürzt?«

»Jake!«, schimpfte Mum. »Warum sagst du *das* jetzt? Natürlich gibt es Schlimmeres!«

Ich half Mum aus dem Schuttberg hoch. »Na, das würde mich jetzt echt mal interessieren«, murmelte ich.

Wie zur Antwort begannen in dem Moment die Wände zu wackeln. Und urplötzlich verschwand, nur ein paar Meter neben uns, ein Schutthaufen. Und dann ein anderer, deutlich näher. Sie waren einfach weg.

»Der Boden gibt nach!«, schrie Mum. »Rennt. Raus hier!«

Wir sprangen über die Überreste der Steinplatte und sprinteten zurück in die Schatzkammer. Hinter uns sah ich immer mehr Felsbrocken und Gerippe nach unten wegrau-

331

schen. Der Kristallsarg ging noch stärker in Schräglage, dann verschwand auch er – wie die Titanic.

»Los, weiter!«, trieb Dad uns an.

Wir stolperten durch die Schatzkammer, während um uns herum Steine von der Decke prasselten und die goldenen Grabbeigaben demolierten. Alles wackelte und bebte – die Decke, die Wände und der Boden. Ich rutschte aus und fiel hin, während sich direkt neben mir ein Spalt im Boden auftat, was dazu führte, dass ich mit je einem Arm und einem Bein auf einer Seite lag. Fassungslos starrte ich in einen Abgrund, der mit jeder Sekunde breiter wurde. Hätte Dad mich nicht am Arm gepackt und zu sich gezogen, wäre ich wahrscheinlich abgestürzt.

Er half mir auf und eine Weile beobachteten wir fasziniert, wie sich der Spalt durch die Schatzkammer fraß. Es sah aus, als würde der komplette Berg in zwei Hälften zerfallen.

»Komm, weiter!«, drängte Dad.

Ich folgte ihm durch den Gang, der zu der Kluft mit der Seilbrücke führte. Dort sah es noch verrückter aus – nämlich tatsächlich nach Weltuntergang. Gewaltige Felsplatten brachen zu beiden Seiten der Schlucht ab, wie Eisberge von einem Gletscher. Wie in Zeitlupe neigten sie sich, kippten irgendwann, überschlugen sich und krachten schließlich in die Tiefe.

»Und jetzt?«, japste Pan.

Mum und Dad blickten nach oben, suchten die Felswände nach einem Fluchtweg ab – aber da war nichts.

»Achtung!«, kreischte Pan.

Gerade noch rechtzeitig wichen wir von der Kante zurück, als ein Felsbrocken an uns vorbeirauschte, gewaltige Wasserströme in seinem Gefolge. Irgendwo oben fielen Lichtstrahlen in das Inferno. Als wir den Kopf in den Nacken legten, sahen wir einen Kreis voller Sonnenlicht und eine wirbelnde Wolke.

»Die Bergspitze ist eingebrochen!«, rief Dad.

»Tageslicht!«, jubelte Pan. »Kommen wir da irgendwie rauf?«

»Selbst wenn, würde es uns nichts nützen«, sagte Mum. »Der ganze Berg kommt runter. Er würde uns mitreißen. Nein, wir müssen runter.«

Sofort entflammte heftiger Streit über die beste Vorgehensweise. Aber ich hörte nicht mehr zu. Ich atmete ein paarmal tief durch, versuchte, meine Angst in den Griff zu bekommen und einen klaren Gedanken zu fassen. Ich sah, wie eine weitere Felsplatte abbrach und in die Tiefe stürzte. Und da klärte sich das Chaos in meinem Kopf und ich kam in diesen Zustand, wo meine Instinkte das Ruder übernehmen und mein Gehirn alle eingehenden Informationen blitzschnell zu einem Plan verarbeitet. Ja, Mum hatte recht, wir mussten runter. Und wenn wir es richtig timten, konnte das auch klappen …

»Hey, mir nach, schnell!«, rief ich. »Springt, wenn ich springe.«

»SPRINGEN?«, kreischte Pan. »Warum sollen wir denn springen? Mum?«

Mum hatte mich beobachtet, während ich meinen Blick über den Abgrund schweifen ließ. Sie hatten diesen Ausdruck im Gesicht, den ich nur allzu gut kannte: So, als würde sie mir gleich wieder aufzählen, was ich alles falsch gemacht hatte.

Aber dann streckte sie den Arm aus und legte ihn auf meine Schulter. »Bist du sicher, Jake?«

»Ich ... Ja.«

»Dann tun wir, was Jake sagt.«

Moment mal, sie vertraute mir? Ich war mir nicht so sicher, was Dad von der Sache hielt, aber Mum warf ihm nur einen scharfen Blick zu und er seufzte.

»Okay, dann lasst uns mal zusehen, dass wir von hier verschwinden«, sagte er.

Ich wandte mich wieder dem Abgrund zu und betete, dass ich nicht kurz davor war, meine gesamte Familie umzubringen. Als sich langsam eine weitere Felsplatte aus der Wand ablöste und in Richtung Abgrund neigte, sprang ich. Zwei Meter weiter unten landete ich auf der Platte. Ich musste heftig mit den Armen rudern und mich schnell hinhocken, um nicht das Gleichgewicht zu verlieren. Ich drehte mich um und sah, dass Mum, Dad und Pan hinter mir aufkamen. Kurz bevor die Platte endgültig abbrach, sprang ich auf eine tiefer gelegene, die sich gerade aus der gegenüberliegenden Wand löste und ebenfalls schräg in den Abgrund ragte. Von dort hechtete ich auf eine noch tiefere Platte und so ging es weiter nach unten wie auf einer Leiter. Ich sprang durch Sonnenstrahlen, die von oben hinabstachen, und sah Steine an mir vorbeisausen, die in alle Richtungen zerstoben, sobald sie auf größere Felsen knallten.

»Wie weit ist es noch?«, stöhnte Pan.

Ich blickte nach unten. Irgendwo dort funkelte Sonnenlicht auf einer nassen Fläche. Wasser. Felstrümmer knallten hinein und versanken. Wir hatten schon ein ziemliches Stück hinter uns gebracht, aber bis unten waren es noch mindestens hundert Meter.

»Wir sind fast da!«, rief ich.

»Lügner!«, brüllte Pan.

»Jake, lüg deine Schwester nicht an!«, rüffelte mich Mum.

»Willst du dich mit mir streiten? Ausgerechnet JETZT?«

»Konzentrier dich, Jake! Wir müssen runter.«

Ich wollte gerade auf eine andere, tiefer gelegene Felsplatte springen, als ein dicker Gesteinsbrocken auf die Platte knallte, auf der wir gerade standen, direkt hinter Pan, Mum und Dad. Instinktiv hob ich meine Arme über den Kopf, um mich vor herumfliegenden Splittern zu schützen, da hörte ich einen Schrei und wirbelte herum. Mum und Dad waren noch da – Pan nicht. Wir kreischten auf, ließen uns auf die Knie fallen und blickten über die Kante. Ich bekam kaum Luft vor Angst um meine Schwester.

»Pan!«, schrie ich.

»Hier unten.«

»Pandora!«, rief Mum. »Oh Gott sei Dank!«

Pan hatte es irgendwie geschafft, sich an einem vorspringenden Felsen an der Unterseite unserer Platte festzuklammern. Allerdings hing sie nur an einem Arm. Sofort hangelten sich Mum und Dad zu ihr, aber Pans Finger begannen schon abzurutschen. Sie würde sich nicht so lange halten können.

Na los, beweg dich, Jake, tu was!

Ich dachte nicht nach. Ich reagierte einfach. Instinktiv. Ich löste den Haken für das Bungee-Seil aus meinem Gürtel, verkeilte ihn in einer Felsspalte und sprang. In einem Wahnsinnstempo wickelte sich das Seil ab, während ich im freien Fall nach unten rauschte. Ein Ruck riss mich jäh zurück, als das Seil abgerollt war. Aber egal, ich hing auf Pans Höhe und packte sie am Handgelenk. Allerdings bekam ich sie nicht richtig zu fassen und außerdem wackelte das Seil. Lange würde ich sie so nicht halten können.

»Hör auf, mit den Beinen zu strampeln«, fuhr ich sie an.

»Ich kann nicht, das passiert von selbst. Zieh mich hoch.«

»Das versuche ich ja …«

Ich umklammerte sie fester, aber gleichzeitig wackelte auch das Seil stärker: Mum und Dad waren aufgesprungen und glitten zu uns hinab.

Entgeistert starrte ich zu ihnen hoch. »Was soll das?«

»Du hast gesagt, wir sollen dir folgen«, sagte Dad.

»Beim Springen solltet ihr mir folgen, aber doch nicht jetzt.«

»Woher sollen wir das wissen?«

»Und wer zieht mich jetzt rauf?«, fragte Pan.

»Wer zieht *überhaupt jemanden* von uns rauf?«, fragte ich zurück.

»Egal, ich will jetzt jedenfalls rauf!«

Mum und Dad glitten zu uns herunter und schafften es tatsächlich, Pan ein Stück hochzuhieven – bis wir alle vier als ein dicker Klumpen am Seil baumelten. In dem Moment begannen die Wände der Schlucht zu beben. Ich bezweifelte, dass wir jetzt noch hochklettern konnten. Und dass der Bungee-Haken unser Gewicht noch lange hielt. Außerdem konnte die Felsplatte, von der wir uns abgeseilt hatten, jeden Moment abbrechen. Sie würde uns mit in die Tiefe reißen und unter sich begraben. Noch hing sie quer in der Schlucht und schirmte das Tageslicht, das von oben einfiel, weitgehend ab. Doch einige Sonnenstrahlen stachen an den

Seiten hindurch und brachten das Wasser am Grund der Schlucht zum Glitzern. Es waren noch etwa fünfzig Meter bis dorthin. Und jetzt sah ich auch noch etwas anderes dort schimmern: den Kristallsarg!

»Was jetzt?«, fragte Pan.

»Wir müssen das Seil kappen«, sagte ich.

»Jake, selbst wenn wir im Wasser landen, werden wir den Sturz nicht überleben.«

Ich blickte zu Mum und Dad hoch. »Wir haben das Ultraschall-Kraftfeld noch nicht genutzt. Ihr sagtet, dass es gegen Stein nichts bewirkt, aber könnte es unseren Aufprall auf der Wasseroberfläche abfedern?«

»Das … könnte ich mir vorstellen«, meinte Mum.

»Ich wäre mir da nicht so sicher«, sagte Dad.

»Keine Ahnung«, war Pans Kommentar. »Ich weiß nur, dass das Seil nicht mehr lange hält.«

Sie hatte recht. Wir mussten uns entscheiden.

»Okay«, sagte Pan. »Ich bin bereit. Dad, durchtrenne das Seil.«

»Womit?«, fragte er.

»Häh?«

»Das ist ein Bungee-Seil!«

»Jake«, sagte Mum. »Was hast du noch für Gerätschaften an deinem Gürtel?«

»Nichts. Alles aufgebraucht.«

»Und wie sollen wir das Seil durchschneiden?«, fragte Pan.

»Ich nehm einfach den Gürtel ab, dann fallen wir alle.«

»Aber wir brauchen den Gürtel«, sagte Mum. »Oder hast du ein Ersatz-Ultraschall-Kraftfeld in deiner Hosentasche?«

»Beiß das Seil durch«, schlug Pan vor.

»Das kann ich nicht«, sagte Dad.

»Wieso nicht?«

»Weil ich kein weißer Hai bin. Und weil es ein Bungee-Seil ist. Es ist extrem reißfest und dehnbar. So was knabbert man nicht mal eben so durch.«

»Okay, okay, war ja nur eine Idee.«

»Eine blöde Idee.«

»Wartet mal, ich habe eine geniale Idee«, meldete sich Mum.

Gut möglich, dass das stimmte, aber wir sollten die Idee nie kennenlernen, denn der Bungee-Haken riss aus der Felsspalte und wir stürzten in die Tiefe.

34

Romanhelden erzählen gerne, dass die Zeit stehen bleibt oder in Slow Motion wechselt, wenn sie in gefährliche Situationen geraten. Diesen Effekt hätten wir jetzt gut gebrauchen können – aber leider schien das Gegenteil einzutreten.

Wir rauschten fünfzig Meter durch die Dunkelheit, schreiend und aneindergeklammert. Dad brüllte mir zu, ich solle endlich das Ultraschall-Kraftfeld aktivieren, und tatsächlich schwebte mein Finger schon über dem Knopf an meinem Ausrüstungsgürtel. Aber erst als ich unter mir den Kristallsarg auf dem strudelnden Wasser hüpfen sah, drückte ich dreimal.

Ein ohrenbetäubender Donnerschlag zerriss mir das Trommelfell, zumindest fühlte es sich so an. Und dann passierten die verrücktesten Dinge. Anstatt dass ich nach unten platschte, spritzte das Wasser zu mir herauf, während sich die Ultraschallwellen in alle Richtungen ausbreiteten. Sie prallten vom Wasser ab und wirbelten uns zehn Meter zurück

nach oben. Um uns herum änderten herabfallende Stein-
brocken ihre Flugbahn und knallten in irrwitzigem Tempo
gegen die Felswände. Ich stieß ebenfalls gegen eine, plumpste
von dort aus direkt ins Wasser und ging unter.

Dad holte mich zurück an die Oberfläche. Im strahlenden
Licht der einfallenden Sonne stand er da und erteilte Anweisungen. Den hervortretenden Adern an seinem Hals nach zu
urteilen, brüllte er, doch ich hörte nicht mehr als ein Flüstern. Die Ultraschallexplosion hatte mein Gehör geschädigt
und bei Mum und Pan schien es genauso zu sein: Sie schüt-
telten die Köpfe und schrien, um sich verständlich zu machen.

Erneut knallte ein Felsbrocken auf den Kristallsarg und
zerstob in winzige Splitter. Wenn wir nicht als Nächstes
getroffen werden wollten, mussten wir zusehen, dass wir hier
wegkamen.

»Bleibt hier!«, schrie Dad und tauchte unter Wasser, bevor
wir protestieren konnten. Mum zog mich und Pan zu sich
heran und machte das Daumen-hoch-Zeichen, so als liefe alles wunderbar nach Plan.

»Was willst du uns damit sagen?«, fragte Pan.

»Ich wollte ein bisschen Zuversicht verbreiten.«

»Zuversicht? Wir hängen in einem Krater fest, in den es
Steine regnet. Wo bitte nimmst du die Zuversicht her?«

Und dann wurde plötzlich alles schwarz.

Über uns löste sich die Felsplatte, auf der wir zuletzt ge-
standen hatten, weiter von der Wand. Sie blockierte das
Tageslicht jetzt komplett. Es war nur noch eine Frage der
Zeit, bis sie abbrach und uns zerquetschte.

Da tauchte Dad wieder auf. Mit überdeutlichen Mundbewegungen, damit wir ihn auch ja verstanden, rief er uns zu: »Das Wasser fließt durch einen Tunnel ab. Ich denke, wir passen hindurch.«

»Und was, wenn uns das Alpha-Team dort erwartet, John?«, gab Mum zu bedenken.

Dads Blick wanderte zu der Steinplatte, die drohend über uns hing. »Das Risiko müssen wir eingehen«, sagte er.

Er hatte recht. Wir mussten hier weg. Dringend. Es gab nur einen Haken: Wir hatten so unglaublich viel durchgemacht, so viele Hindernisse überwunden – und die Smaragdtafel war zum Greifen nah. Ich sah mich nach dem Kristallsarg um. Er war mit Schutt und Staub bedeckt, aber unbeschädigt. Es war zu dunkel, um die Smaragdtafel zu erkennen, aber sie musste noch drin sein. Und wir konnten sie doch unmöglich zurücklassen, oder?

»Dad, der Sarg!«

»Lass ihn, Jake, wir müssen hier weg.«

»Wir können Sami doch jetzt nicht im Stich lassen!«, schrie Pan. »Das kann doch nicht alles umsonst gewesen sein!«

Dad blickte Mum an in der Hoffnung, sie würde uns zur Vernunft bringen, aber sie schüttelte den Kopf.

»Wir haben sicher noch eine halbe Minute, bevor die Platte runterkommt«, sagte sie. »Wenn wir alle mit anpacken, müsste das reichen.«

Keine Ahnung, wie viel Zeit Mum normalerweise für den Abtransport von Särgen aus einstürzenden Gebirgen einplante, aber ihr Optimismus gab Pan und mir die Kraft, mitzuziehen. Und letztlich schloss sich auch Dad an. Leider verschwendeten wir ein paar wertvolle Sekunden damit, den

341

glitschigen Sarg abzutasten und nach einer Möglichkeit zu suchen, den Deckel aufzuhebeln.

»Den bekommen wir nicht auf.« Ich musste daran denken, was die Schlangenfrau in Ägypten gesagt hatte: Nur die Schlangenleute wüssten, wie man die Särge öffnet. »Wir müssen ihn komplett mitnehmen.«

»Okay, tauchen wir ihn unter«, sagte Pan. »Dad, du kommst auf meine Seite, Mum, du gehst zu Jake. Und jetzt gemeinsam: Drücken!«

Mit vereinten Kräften pressten wir die Glaskiste unter Wasser und tauchten gleich mit ab. Aus dem Tunnel, den Dad entdeckt hatte, drang Licht. Das eine Ende des Sarges rumpelte ein paarmal gegen einen Felsen, aber schließlich schafften wir es, ihn in den schmalen Durchlass zu bugsieren. Jetzt konnten wir nur noch schieben und hoffen.

Im Zwielicht des Tunnels konnte ich den Toten im Sarginneren schemenhaft erkennen – ebenso wie die Smaragdtafel, die auf seiner Brust lag. Ich schätze, Mum, Dad und Pan sahen sie auch und fühlten sich genauso beflügelt wie ich.

Und dann wurde plötzlich alles durchgerüttelt. Hinter uns war die Felsplatte in die Schlucht gekracht und hatte einen Riesenschwall Wasser und Schutt in den Tunnel gepresst. Eine Druckwelle knallte mich gegen den Sarg und spülte mich dann aus dem Tunnel heraus ins Tageslicht.

Keuchend kam ich an die Oberfläche. Ich sah die Welt durch einen roten Schleier, weil mir aus einer Schnittwunde am Kopf Blut in die Augen lief. Die Woge hatte mich in den Fluss gespuckt, der zwischen den zwei Storm Peaks hindurchströmte. Von hier aus hatte ich einen erstklassigen

342

Blick auf das Ende der Welt – oder zumindest auf das Ende der aztekischen Welt.

Immer weitere Teile des Berges kollabierten und krachten in den Dschungel. Über den Bäumen stand eine gewaltige Staubwolke. Nach und nach stürzten weitere Felsplatten in den Fluss. Die Überreste des Berges wackelten wie Götterspeise. Bunte Vögel flatterten von seinen Flanken auf, Affen hüpften von den Steilhängen, alles, was laufen und fliegen konnte, brachte sich in Sicherheit. Der Berg schien kurz vorm Einsturz zu stehen.

»Jake, hier!«

Mum, Dad und Pan hielten sich am Sarg fest und ließen sich vom Fluss aus der Gefahrenzone treiben, tiefer in den Dschungel hinein. Ich kämpfte mich durch die Strömung zu ihnen. Ganz in der Nähe klatschte ein weiterer Felsen ins Wasser und brachte mich zum Strudeln. Ich ging unter, schluckte Wasser und spuckte schreiend Blasen und Blut aus. Die Strömung war so reißend und ich hatte so dermaßen die Orientierung verloren, dass ich glaubte zu ertrinken. Doch plötzlich war da eine Hand, die mich zurück an die Oberfläche zog.

»Hab dich!«, rief Dad. »Halt dich an mir fest.«

Keine Ahnung, woher er diese Kraft nahm. Selbst mit mir im Schlepptau schaffte er es, gegen die Strömung anzuschwimmen und mich zu Mum und Pan zu bringen. Die beiden sahen genauso lädiert aus wie ich, übersät mit Prellungen und Wunden. Ihre Augen waren schreckgeweitet.

»Alles okay mit dir?«, japste Mum.

Ich nickte und klammerte mich an den Sarg wie an ein Rettungsfloß. Mit Ach und Krach brachte ich ein Lächeln zustande. Irgendwie hatten wir es geschafft. Wir hatten uns aus dem Berg befreit – mitsamt dem Sarg. Wenn wir ihn jetzt noch geöffnet bekamen und die Smaragdtafel rechtzeitig nach England schafften, hatte Sami eine Chance. Zumindest wir waren jedenfalls schon mal außer Gefahr.

»Achtung!«, schrie Mum in meine Gedanken hinein.

Ganz in der Nähe klatschte irgendetwas in den Fluss, kein Felsbrocken, etwas Kleineres, Schnelleres, das Wasser nach oben spritzte. Als ich mich umdrehte, sah ich verschwommen eine dunkle Silhouette flussabwärts flitzen. Wieder ein Klatschen. Diesmal traf es die Seite des Kristallsarges. Der Aufprall war so laut und dicht, dass ich sofort hellwach war und die Lage endlich erfasste. Es war das Alpha-Team, das uns mit einem Motorboot verfolgte.

»Die schießen auf uns!«, schrie Pan.

»Los, unter den Sarg!«, rief Dad.

Wir tauchten unter und benutzten den Sarg als Schutzschild. Eine weitere Kugel prallte vom Kristall ab, während eine dritte an uns vorbei durchs Wasser schoss, eine Spur aus Luftblasen hinter sich herziehend.

Dummerweise wurde das Wasser flacher, wir konnten uns nicht mehr lange unter dem Sarg verstecken. Ich schrappte bereits mit den Beinen über das steinige Flussbett, wirbelte Schlamm auf. Schließlich tauchte ich prustend auf. Das Boot war nur noch etwa fünfzig Meter entfernt – und es war schnell. Veronika Floete stand vorne und ballerte mit ihrer Krebsscherenwaffe auf uns. Sie sah mehr denn je aus wie eine Piratenbraut – das eine Auge hinter der komischen Klappe verborgen, das andere böse funkelnd, die feuerroten Haare im Fahrtwind flatternd. Als sie die Waffe hob und eine

344

weitere Salve abfeuerte, verzog sich ihr Mund zu einem irren Grinsen.

»Oh mein Gott«, keuchte Pan. »Schaut euch das an!«

Sie blickte am Motorboot vorbei zu dem Überrest des Storm Peaks, der jetzt endgültig in sich zusammenfiel. Wie ein altes Abrisshaus. Gerade brach ein kompletter, dem Fluss zugewandter Steilhang aus dem Berg – und kam als riesige dunkle Wand auf uns zu.

»Schwimmt!«, brüllte Dad. »Schwimmt um euer Leben!«

35

Keiner von uns blickte sich um. Wir pflügten einfach nur durchs Wasser, keuchend und wie besessen von dem Wunsch, so weit wie möglich wegzukommen von der heranrollenden dunklen Wand. Zwar würde sie uns nicht unter sich begraben, dazu waren wir zu weit weg, aber das Begrabenwerden war ja nicht das einzige Problem, wenn ein halber Berg in einen Fluss stürzte.

»Schneller!«, schrie Mum. »Und nicht umdrehen!«

Jetzt drehte ich mich natürlich doch um – und hörte sofort auf mit Schwimmen, ich konnte nicht anders. Ich war wie gelähmt von dem, was ich sah, teils vor Entsetzen, teils vor Verblüffung.

Die komplette Steilwand krachte gerade ins Wasser und verschüttete die gesamte Uferzone – was eine zehn Meter hohe Flutwelle auslöste. Das alles ging so rasend schnell, dass wir nichts, aber auch gar nichts mehr tun konnten, um uns in Sicherheit zu bringen. Die Welle riss uns mit und fegte uns in den Dschungel. Ich knallte gegen einen Baum und blickte gerade noch rechtzeitig auf, um ein raketen-schnelles Teil auf mich zufliegen zu sehen. Der Kristallsarg! Mit letzter Kraft rollte ich beiseite, da krachte und splitterte es auch schon. Der Sarg hatte den Stamm gespalten.

Ich lag auf dem Urwaldboden und starrte benommen auf die Glaskiste. Bis ich irgendwann feststellte, dass es nicht der ganze Sarg war …

»Das ist ja nur der Deckel«, keuchte ich.

Der Erdrutsch hatte den Sarg geöffnet!

Ich rappelte mich hoch, wischte mir das Blut und die nas-sen Haare aus den Augen und blickte entsetzt über die über-flutete Uferlandschaft. Kyle Floete lehnte an einem Baum und zog sich sein schlammiges Dschungelshirt aus. Er wirkte sichtlich benommen. Mum und Dad halfen sich gegenseitig auf die Beine und riefen nach Pan und mir. Ich entdeckte Pan ein Stück entfernt. Sie kletterte von einem Baum, in den die Welle sie offenbar geschleudert hatte. Ich drehte mich um und suchte die andere Richtung ab. War das dort drüben der Sarg? Mein Puls beschleunigte sich.

Ja!

Die offene Kristallkiste lag halb auf dem Uferstreifen, halb im Wasser. Der Tote, dessen letzte Ruhestätte sie gewesen war, lag ein paar Meter entfernt in einer Pfütze, das Gesicht nach unten. Hielt er die Smaragdtafel noch umklammert?

Ich sprintete los, stieß gegen Baumstämme, rutschte aus, stolperte weiter. Als ich einen Schrei hörte, drehte ich mich nicht um. Ich sah den Toten jetzt deutlicher: eine schlanke Gestalt, teilweise in Tücher gehüllt. Eines seiner Beine war entblößt und in einem entsetzlichen Winkel abgespreizt. Seine Glieder waren dürr und schwarz wie Holzkohle.

Wieder ein Schrei, und wieder ignorierte ich ihn. Es gab nichts und niemanden, der mich jetzt aufhalten konnte.

Bei der Mumie angekommen, blieb ich abrupt stehen.

»Oh Gott ...«

Fassungslos starrte ich den Toten an, unfähig, mein Pech zu fassen. Dunkelrote Ameisen wuselten um den Körper, und dort, wo die Flut ihre Nester überschwemmt hatte, schwammen sie! Tropische Riesenameisen! Ich hatte am eigenen Leib gespürt, was nur ein einziger Biss anrichten konnte – und hier würde ich tausendfach gebissen werden. Völlig ausgeschlossen, dass ich auch nur einen Fuß in die Pfütze setzte. Als ich schließlich aufblickte, sah ich, dass die gesamte Uferzone von Ameisennestern übersät war.

Ich suchte mir einen abgerissenen Ast, beugte mich über die Pfütze, schob den Ast unter die Mumie und versuchte sie umzudrehen. Im Nu krabbelten Dutzende von Ameisen auf das Holz und flitzten auf meine Hand zu.

Hinter mir näherte sich humpelnd Kyle Floete und aus der anderen Richtung rauschte brüllend seine Frau heran. Sie hatte ihre Waffe verloren, aber der wilde Ausdruck in ihren Augen ließ keinen Zweifel daran, dass sie mich zur Not auch mit bloßen Händen umbringen würde.

Ich umklammerte meinen Ast und stocherte weiter. »Na los, du blödes Ding, dreh dich!«

Endlich kippte die Mumie auf die andere Seite. Entsetzt ließ ich den Ast fallen und taumelte zurück. Das Gesicht war noch ekliger als das der ägyptischen Mumie damals – dunkel und zerfetzt, mit abgeschälten Lippen und schwarzen Augenhöhlen. Die dürren Hände waren auf der umhüllten Brust verkrampft und die Smaragdtafel ... war weg.

Ich wirbelte herum und scannte erneut das Ufer. Und da war sie! Fünfzig Meter flussabwärts lag sie glitzernd in der Sonne, direkt neben dem umgekippten Motorboot des Alpha-Teams.

Ich sprintete los, aber Veronika hatte die Tafel ebenfalls entdeckt – und sie war näher dran. Sie erreichte sie zuerst, hob sie auf und hielt sie triumphierend in die Höhe.

»Ich hab sie, Kyle!«, rief sie.

Als sie Pan auf sich zurennen sah, wurde das Grinsen auf ihrem matschverschmierten Gesicht noch breiter. Sie war im Besitz der Tafel und sie sah so aus, als würde sie über Leichen gehen, um sie zu behalten. Pan musste Veronikas Gesichtsausdruck bemerkt haben, trotzdem verlangsamte sie ihr Tempo nicht. Ich hatte meine Schwester noch nie so entschlossen gesehen. Sie betonte andauernd, dass sie nicht der »Action-Typ« war, aber jetzt rannte sie geradewegs in eine Schlägerei mit einer Psychopathin hinein. Mir kam es vor wie ein Selbstmordkommando. Gegen diese Frau hatte meine Schwester keine Chance, nie im Leben.

»Pan!«, schrie ich. »Nicht!«

Buchstäblich im letzten Moment schien Pan kalte Füße zu bekommen. Sie warf sich auf den Boden und kroch unter das umgedrehte Boot.

Veronika brach in ein wahres Hexenlachen aus. »Schlaues Mädchen. Geh mal lieber in Deckung.«

Aber das Lachen verging ihr, als plötzlich der Außenborder ansprang.

Verdutzt blickte Veronika auf die Schraube, die sich wie ein träger Ventilator drehte. »Soll mir das Angst einjagen oder was?«, schnaubte sie.

349

»Nein, *das* nicht. Aber *das hier.*« Pan zog am Gashebel und ließ den Motor aufheulen. Die Schraube, jetzt nur noch als verschwommener Kreis zu sehen, sprühte Veronika in hohem Bogen Matsch und Wasser ins Gesicht – und Tausende von Tropischen Riesenameisen.

»Yeah, Pan!«, jubelte ich.

Ihr hättet Veronikas Schrei hören sollen! Ich schwöre, er übertönte das Getöse des einstürzenden Berges. Sie sank auf die Knie, schlug jaulend mit den Armen um sich, versuchte verzweifelt, die beißenden Viecher abzuschütteln. Dabei rutschte ihr die Tafel aus der Hand und fiel in den Fluss. Die starke Strömung trug sie augenblicklich davon.

Es war eine der typischen Situationen, in denen mein Verstand in den Hintergrund trat und meine Reflexe das Ruder übernahmen. Und die sorgten dafür, dass ich in zwei Sätzen im Wasser war. Irgendwo hinter mir hörte ich ein Platschen. Kyle war mir gefolgt.

Ich schwamm wie ein Besessener, die Augen fest auf die Tafel geheftet, die abwechselnd versank und wieder auftauchte. Kyle war ein deutlich besserer Schwimmer als ich, entsprechend schnell holte er auf. Ich schätze, er plante, erst mich auszuschalten und dann der Tafel nachzujagen.

Die schoss durch die tosenden Fluten und geriet in eine Strömung, die sie zum gegenüberliegenden Ufer trieb. Dort verfing sie sich in den Ästen eines abgeknickten Baumes.

Ich machte mich lang, erwischte gerade noch einen der Zweige und hangelte mich daran entlang. Als ich die Tafel endlich an mich presste, entfuhr mir ein Schrei, halb vor Glück, halb aus Verzweiflung. Ich würde das heißersehnte Objekt nur wenige Sekunden in Händen halten, dann würde

Kyle es mir entreißen – wahrscheinlich auf sehr schmerzhafte Weise.

Aus dem Augenwinkel sah ich, wie Mum, Dad und Pan am gegenüberliegenden Ufer mitliefen. Sie holten auf, aber sie würden es nicht mehr schaffen, Kyle zu stoppen.

Ich war nur ungefähr zehn Meter vom Hochufer entfernt, aber ich bezweifelte, dass ich rechtzeitig die matschige Böschung hinaufkäme. Nein, der umgestürzte Baum war der aussichtsreichste Fluchtweg. Er ragte in steilem Winkel aus dem Wasser und bildete eine Art Brücke zum Hochufer, von wo er abgeknickt war. Wenn ich es schaffte, den Stamm hinaufzuklettern, müsste ich mich relativ schnell auf festen Boden retten können.

Ich klemmte mir die Tafel unter den Arm und zog mich mit der anderen Hand den glitschigen Stamm hoch. Das Holz fühlte sich tot und morsch an. Würde es uns beide tragen falls Kyle hinter mir herkletterte?

Am liebsten wäre ich die Schräge hinaufgerannt, aber ich hatte Angst auszurutschen. Nein, ich musste Mums und Dads Mantra beherzigen: *Ruhig bleiben. Nachdenken!* Also setzte ich meine Füße bewusst vorsichtig, einen vor den anderen. Ich war noch nicht oben angekommen, da scannte ich das Ufer bereits nach möglichen Fluchtrouten. Dabei stach mir etwas ins Auge, das mir das Blut in den Adern gefrieren ließ. Vor Schreck verlor ich das Gleichgewicht, knallte mit dem Bauch auf den Stamm und hätte die Tafel fast losgelassen. Hektisch drückte ich sie mir an die Brust, während ich mit dem anderen Arm den Baum umklammerte. Und die ganze Zeit starrte ich fassungslos auf die Kreatur, die unter mir auf und ab lief.

»Bitte lass das einen Scherz sein!«, murmelte ich.

Der Jaguar blickte zu mir auf, seine bernsteinfarbenen Augen blitzten im Sonnenlicht. Ich war mir ziemlich sicher, dass es sich um dasselbe Tier handelte, dem wir in der Höhle entkommen waren. Jetzt begann er, hochzuspringen und knurrend nach mir zu schnappen.

Aus den Augenwinkeln sah ich, dass Kyle den Baumstamm inzwischen auch erklommen hatte. Sein Oberkörper unter der offenen Tropenjacke war nackt und muskelbepackt. Als er den Jaguar unter mir entdeckte, breitete sich ein schmieriges Grinsen auf seinem stoppelbärtigen Gesicht aus.

»Tja, was für ein Pech, mein Junge.«

»Wieso Pech?« Vorsichtig richtete ich mich auf und drehte mich zu Kyle um. »Pech ist es, wenn ein Berg auf einen draufkracht. Das hier ist ein Kindergeburtstag. Ein Jaguar? Pah!«

»Wer weiß, vielleicht habt ihr ja die Aztekengötter erzürnt ...«

»Ach, halten Sie die Klappe, Sie Idiot.«

Kyles Grinsen wurde breiter, je näher er kam. Seine Fäuste waren dicker als meine Oberschenkel, kein Scherz! Er würde mir mit zwei Fingern das Genick brechen, daran zweifelte ich nicht eine Sekunde.

»So, Kleiner, her mit dem Smaragddingens!«, befahl er.

Ich hatte den höchsten Punkt des abgeknickten Stammes erreicht und sah jetzt, dass es von hier aus keine Möglichkeit gab, auf die Uferböschung zu gelangen. Es gab nicht mal andere Baumstämme, auf die ich hätte springen können. Ich war in eine Sackgasse geklettert.

»Der Stamm trägt uns nicht mehr lange«, bemerkte Kyle.

»Und den Kater wird's nicht unbedingt freuen, wenn wir auf ihn runterkrachen. Obwohl, meine Chancen gegen ihn dürften besser stehen als deine. Also, wie wär's: Du gibst mir die Tafel und ich lass dich wieder zum Fluss runterklettern?«

»Träumen Sie weiter, Kyle!«, zischte ich.

»Hör zu, Junge, du hast mich wirklich beeindruckt. Du hast dich wacker geschlagen – aber du wirst die Schlacht nicht gewinnen. Der kluge Kämpfer weiß, wann er besiegt ist. Aber sei nicht traurig, irgendwann wirst du andere Schlachten schlagen.«

Ich spähte zu dem knurrenden Jaguar unter mir und dann wieder zu Kyle. Meine Gedanken überschlugen sich. Ein halbes Dutzend Szenarien spulten sich in meinen Kopf ab, aber sie endeten alle damit, dass Kyle sich die Tafel unter den Nagel riss und ich hier auf diesem Baum verreckte. Nur ein Szenario endete anders – und das war das irrsinnigste von allen.

Ich presste die Tafel an meine Brust.

»Wagen Sie es nicht, näher zu kommen!«, warnte ich.

»Komm, Jungchen, schieb die Tafel rüber. Das morsche Holz bröselt jeden Moment unter uns weg und dann wird das Kätzchen böse.«

Wie zur Antwort ächzte der Baum unter unserem Gewicht. Kyle hatte recht: Lange würde er es nicht mehr machen.

Ich spähte über Kyles Schulter zu Mum. Eigentlich hätte ich erwartet, sie längst im Wasser und zu mir rüberschwimmen zu sehen. Aber sie stand einfach nur da und beobachtete mich. Und da ahnte ich, dass sie wusste, was ich vorhatte. Ja, ich war mir sogar sicher, dass sie es wusste. Unsere Blicke trafen sich und Mum nickte.

Tu es.

»Kennen Sie die Todesursache Nummer eins im Dschungel, Kyle?«, fragte ich.

Irritiert blickte der Kerl mich an. »Junge, warum erzählst du mir das nicht, *nachdem* du mir die Tafel gegeben hast?«

»Ich erzähle es Ihnen vorher.«

»Also gut, was ist es?«

»Kein Tropenhemd zu tragen, wenn man mit einer Raubkatze kämpft.«

Pedro hatte uns erklärt, dass seine Tropentextilien sogar Krokodilbissen standhielten. Deshalb hoffte ich, dass sie mich auch vor den Zähnen eines Jaguars schützten. Denn anders als Kyle trug ich ein Tropenhemd.

Ich schätze, der Typ realisierte in dieser Sekunde, was ich vorhatte, aber er war zu verblüfft, um zu reagieren. Mit selten dämlichem Blick verfolgte er, wie ich einen Fuß hob und fest aufstampfte. Mehr brauchte es nicht, um den Stamm in der Mitte durchzubrechen. Nur ein Aufstampfen. Ich hörte das Knurren des Jaguars und die Schreie meiner Familie, während ich zusammen mit Kyle und der Smaragdtafel zu Boden stürzte.

36

East Sussex, England
Zwei Tage später

Die Schlangenfrau stellte den Plattenspieler lauter und schloss die Augen, als die melancholische Arie den Raum erfüllte. Sie spürte, wie die Musik durch ihre Adern pulsierte und ihr Herz anschwellen ließ.

Sie holte tief Luft und hielt den Atem an. Eine Entspannungsübung, die sie sich von diesem verhaltensgestörten Turner-Kind abgeschaut hatte. Wo der Junge wohl jetzt war? Wahrscheinlich lag er tot in irgendeinem Straßengraben, zusammen mit dem Rest der Familie, die sich als solche Enttäuschung erwiesen hatte. Und an ihr blieb es wieder hängen. *Sie* musste sich jetzt nach einem neuen Team umsehen. Zum dritten Mal.

Nein, nicht an die Arbeit denken.

Die Schlangenfrau wiederholte die Atemübung. In ihrem Kopf herrschte manchmal ein solches Chaos. Aber es gab ja auch so viele Dinge zu organisieren. Ihr Therapeut hatte ihr dringend geraten, wenigstens ein paar Minuten am Tag den

Kopf frei zu machen, zu entspannen und die Arbeit auszublenden.

Sie drehte die Musik jetzt voll auf. Wie sie diese Oper liebte! Puccinis »La Bohème«, die tragische Liebesgeschichte zwischen einem Dichter und einer Schneiderin in Paris. Wie rein die Liebe der Schneiderin doch war! Manchmal träumte die Schlangenfrau von Paris, von einem einfachen, poetischen Leben, das nichts mit ihrer Arbeit und der gewaltigen Verantwortung zu tun hatte, die auf ihr lastete. Eine kleine Dachwohnung, ein Plattenspieler, ein Stapel Bücher, fertig. Kein Ärger mehr wegen des unauffindbaren Grabes in China. Kein Stress wegen des Umzugs des Hauptquartiers in die Mongolei. Keine schlaflosen Nächte wegen der glücklosen Schatzjagd in Honduras und der zunehmenden Ungeduld ihrer Vorgesetzten. Wenn die ihr doch erlaubten, die Organisation nach ihren eigenen Wünschen zu führen! Ohne diese ganze komplizierte Administration. Dann hätten sie längst *alle* Smaragdtafeln beisammen und wären dabei, sie zu entschlüsseln.

Nein, nicht an die Arbeit denken.

Atmen.

Sie verließ das Wohnzimmer und setzte sich mit ihrem Dinner an den Tisch im Esszimmer. Während sie aß, stellte sie sich vor, wie sie in ihrer kleinen Pariser Wohnung saß und einem langhaarigen Dichter lauschte, der ihr …

Die Plattenspielernadel hüpfte aus der Rille, die Oper stoppte. Die Schlangenfrau seufzte. Sie liebte diesen Plattenspieler, aber er war leider extrem altmodisch und das war anstrengend. Sie ging zurück ins Wohnzimmer und setzte die Nadel wieder auf die Platte. Das Liebeslied der Schneiderin ging in eine neue Runde und die Schlangenfrau wieder zu ihrem Abendessen.

Jetzt kam die Stelle, die ihr am allerbesten gefiel: Der Dichter erklärt der Schneiderin seine Liebe.

Doch wieder stoppte die Musik.

Die Schlangenfrau fluchte.

Entspann dich.

Atme.

Sie machte sich auf den Weg ins Wohnzimmer, aber im Türrahmen erstarrte sie.

Jane Turner stand neben dem Plattenspieler, ein Bein im Schatten, das andere im Schein des Kaminfeuers. Sie trug ein Allerwelts-T-Shirt und Jeans, als wäre sie beim Familieneinkauf im Supermarkt. Trotzdem wusste die Schlangenfrau, dass sie besser stehen bleiben und *nicht* auf den versteckten Alarmknopf drücken sollte.

Jane Turner sah aus, als hätte sie im Dschungel eine anstrengende Zeit gehabt: Sie hatte ein blaues Auge, einen geschwollenen Unterkiefer und allein auf den Händen Dutzende von Insektenstichen. Ihr Gesicht war zerkratzt, als hätte sie mit einer streunenden Katze gekämpft, und sie wirkte deutlich dünner, aber auch zäher und tougher als bei ihrer letzten Begegnung. Ihre Augen waren zu schmalen Schlitzen zusammengekniffen. Sie ähnelten zwei Rasierklingen.

Wie zum Teufel war sie hereingekommen, ohne wenigstens einen der Dutzend Alarme auszulösen? Zwölf Söldner wachten hinter den Wänden dieses Raums, es war ihr Job, so etwas wie das hier zu verhindern. Die Schlangenfrau machte sich in Gedanken eine kleine Notiz, damit sie nicht vergaß, sie allesamt zu feuern.

Bleib ruhig. Behalt die Kontrolle über das Gespräch.
Sie rang sich ein Lächeln ab. »Jane Turner, ich sehe, Sie sind ebenfalls Opernfan?«

»Wo ist Sami?«, fragte Jane.

»Wie, kein Begrüßungs-Small-Talk? Erlauben Sie wenigstens, dass ich Sie in meinem Haus willkommen heiße, bevor wir zum Geschäftlichen kommen. Wo ist der Rest Ihrer Familie?«

»Wo ist Sami? Wenn er tot ist, sind Sie auch tot.«

Die meint es wirklich ernst.

»Ich empfinde Drohungen als etwas sehr Unschönes«, sagte die Schlangenfrau. »Ich habe Ihren Kindern einen Deal vorgeschlagen und den werde ich einhalten. Samis Leben im Austausch gegen die Smaragdtafel. Also: Haben Sie sie oder nicht?«

»Wir haben sie.«

Gott sei Dank! Die Honduras-Tafel! Eine der wichtigsten von allen.

»Dürfte ich sie sehen?«

»Nein, dürfen Sie nicht.«

»Nun, das entspricht nicht ganz meiner Art, Geschäfte zu machen. Sehen Sie, Dr. Fazri bleibt nicht mehr viel Zeit. Sollten wir da nicht lieber aufhören, Spielchen zu spielen? Ich schätze, die Tafel befindet sich hier in der Nähe?«

»Ganz in der Nähe«, antwortete Jane.

»Hat John sie? Oder Pandora? Oder Jake?«

»Einer von ihnen.«

»Wie würden Sie denn gerne weiter vorgehen, Jane? Sie sollten allerdings wissen, dass die Wandverkleidung hinter Ihnen nicht echt ist. Dahinter verbergen sich drei Zimmer, kleine Außenposten meiner Organisation. In jedem dieser Zimmer sitzen vier Söldner, alle bewaffnet. Ich muss nur auf einen der vielen Knöpfe in unmittelbarer Nähe drücken, und Sie werden gefangen genommen.«

Diesmal kostete es die Schlangenfrau keine Mühe zu lächeln. Ihre perfekten Zähne blitzten im Schein des Kaminfeuers auf. Mit ein bisschen Geschick konnte sie die Situation vielleicht sogar zu ihrem Vorteil drehen. War Jane Turner erst einmal ausgeschaltet, ließen sich die drei restlichen Familienmitglieder bestimmt für eine weitere Mission einspannen. Selbst ohne die Mutter wären sie ein starkes Team und in der Lage, die verschollene Tafel in China aufzuspüren. Und wenn sie dabei draufgingen – wen kümmerte es? Irgendwann müssten sie ohnehin unschädlich gemacht werden. Sie wussten einfach zu viel.

Aber eins nach dem anderen. Noch hielt sie die Azteken-Tafel nicht in Händen.

Die Schlangenfrau schob sich unauffällig in Richtung Couchtisch, unter dem sich einer der Alarmknöpfe befand.

»Also, wo ist sie?«, fragte sie.

»Erst führen Sie mich zu Sami«, forderte Jane.

»Sie sind nicht in der Position zu verhandeln.«

»Das haben mir schon öfter Leute gesagt – und es später bitter bereut.«

Himmel, die ist ja eisern wie eine Packung Nägel! Gib jetzt bloß nicht nach, nicht einen Millimeter! Sollen sich die Söldner um sie kümmern. Dafür werden sie schließlich bezahlt.

Die Hand der Schlangenfrau näherte sich dem Alarmknopf.

»An Ihrer Stelle würde ich nicht drücken«, warnte Jane.

359

»Ah, Sie haben es bemerkt. Aber egal, Sie überschätzen sich. Sie mögen schnell sein, aber nicht so schnell, um hier noch einzugreifen.«

»Erzählen Sie es mir«, verlangte Jane.

»Erzählen? Was?«

»Die Smaragdtafeln? Worauf verweisen sie? Wohin führen sie? Ihre Organisation muss Millionen von Pfund ausgegeben und Dutzende von Gräbern zerstört haben, um ihr Geheimnis zu wahren. Erzählen Sie mir, worum es geht.«

Die Augen der Schlangenfrau funkelten. »Wir haben *Milliarden* ausgegeben und *Hunderte* von Gräbern zerstört. Ja, wir hüten ein Geheimnis. Ein Geheimnis, das gewahrt werden muss, um eine Massenpanik und einen Zusammenbruch des gesamten gesellschaftlichen Lebens zu verhindern.«

»Aber die Smaragdtafeln zerstören Sie nicht. Die scheinen Sie zu brauchen. Zusammengenommen bilden sie eine Karte. Wovon?«

»Von einem Ort, den wir finden müssen, um den Fortbestand des irdischen Lebens zu sichern. Sie betrachten mich als eine Verbrecherin, Jane, und offen gestanden geht es mir mit Ihnen nicht anders. Sie haben ja keine Ahnung, in welche Gefahr Sie die Menschheit dadurch bringen, dass Sie uns ständig Steine in den Weg legen.«

»Aber es steht Ihnen nicht zu, Teile der Geschichte geheim zu halten.«

»Ach nein? Tut es nicht, Jane? Das denke ich aber doch. Zumindest besagt das ein Vertrag, den die sechsunddreißig Nationen unterzeichnet haben, die unsere Organisation unterstützen und finanzieren. Wann wird die Turner-Familie endlich begreifen, dass wir die Guten sind?«

»Aber Sie können doch nicht einfach die Geschichte aus-
löschen! Die Menschen haben ein Recht darauf, sie zu
kennen.«

»So spricht eine leidenschaftliche, aber auch ziemlich
naive Historikerin. Ehrlich gesagt klingen Sie ein bisschen
wie ihre hitzköpfigen Kinder, Jane. Es erstaunt mich übrigens, dass die nicht hier sind. Jake wäre wahrscheinlich wieder mit irgendeinem halbgaren Plan hereingeplatzt. Honduras muss ihm gutgetan haben. Muss ein gutes Training für
Ihren Nachwuchs gewesen sein!«

»Schönen Dank, die beiden sind auch so die Besttrainier-
ten der Branche.«

»Es sind in jedem Fall bemerkenswerte Kinder. Ich kann
es gar nicht erwarten, sie wiederzusehen.«

Mit diesen Worten drückte die Schlangenfrau auf den
Alarmknopf.

Ringsum glitt die Holzvertäfelung von den Wänden und
verschwand in Schlitzen in der Zimmerdecke. Zum Vorschein
kamen drei Räume. Die Schlangenfrau schnappte nach Luft
und taumelte ein paar Schritte zurück, so als hätte sie einen
Schlag in die Magengrube bekommen.

Es befanden sich tatsächlich vier Söldner in jedem Raum –
allerdings lagen sie bewusstlos am Boden. Drei andere Gestalten standen in den Türen, jede mit einem metallenen
Atemröhrchen ausgestattet.

John Turner. Pandora Turner. Jake Turner.

Schwaden von grünlichem Gas waberten durch die Zimmer, die die drei Schatzjäger jetzt betraten.

Jake Turner riss sich den Schlauch vom Mund und grinste:
»Hallo, Marjorie, da sind wir wieder!«

Ein ziemlich cooler Spruch, fand ich. Ich versuchte ein Pokerface aufzusetzen, wie der Rest meiner Familie, aber ich konnte mir das Grinsen einfach nicht verkneifen. Ihr hättet die Schlangenfrau sehen sollen! Sie war so dermaßen von den Socken. Sie wirkte immer so ruhig und kontrolliert. Und jetzt sah sie aus, als hätte ihr jemand einen Zitterrochen ins Gesicht gehalten. Ihr Mund war ganz verzerrt vor Entsetzen. Ihre schwarzen Augen flackerten zwischen Pan, Mum und Dad hin und her und blickten von Sekunde zu Sekunde panischer.

»Das ist nicht wahr!«, röchelte sie. »Das sind doch Hochsicherheitskammern. Ohne die Hilfe von Dr. Fazri kommt man da nicht rein.«

»Hey«, antwortete eine Stimme. »Jetzt beleidigen Sie mich aber.«

Sie wirbelte herum und erblickte in der Esszimmertür die zwei anderen Mitglieder unserer Crew. Sie erkannte sie sofort, sah aber noch fassungsloser aus als vorher, wahrscheinlich weil sie die beiden nicht hier erwartete. Pedro nahm seinen Cowboyhut ab und begrüßte sie mit einer raschen Verbeugung. Neben ihm, im Türrahmen, lehnte Sami.

Er war immer noch ziemlich geschwächt, aber das Gegengift, das Dad einem der Söldner abgenommen hatte, wirkte bereits. Er brachte sogar ein Lächeln zustande. Nach den ungeheuren Anstrengungen, die es uns gekostet hatte, sein Leben zu retten, hatten wir den armen Kerl nach seinem Erwachen fast zu Tode umarmt. Ich hatte mich innerhalb einer Minute mindestens fünfzig Mal bei ihm entschuldigt, aber er hatte meine Worte nur mit zittriger Hand weggewedelt und Dad etwas zugemurmelt, von wegen, dass er vor etlichen

Jahren in Guatemala etwas viel Schlimmeres durchgemacht hätte. Keine Ahnung, ob das stimmte, und es war auch egal, es tat einfach gut, Sami sprechen zu hören! Für mehr Worte hatten seine Kräfte noch nicht gereicht, aber seine Augen verrieten, wie froh er war, uns gesund und munter wiederzusehen. Ich schätze auch, er merkte, dass sich etwas zwischen uns verändert hatte. Die Turner-Familie war wieder so, wie er sie am Ende des Ägypten-Abenteuers erlebt hatte.

»Aber … Wie …?« Die Schlangenfrau bekam kaum Luft.

»Kinderspiel«, entgegnete Pedro und hielt ein Gerät in die Höhe. Es war eine Art Dietrich, mit dem wir tatsächlich die hochgetrimmte Alarmanlage ausgeschaltet und die Hintertüren der Geheimkammern geöffnet hatten. Das Ding nannte sich … ach, egal, ich hörte eh nicht mehr richtig zu. Ich war viel zu aufgeregt. Das hier war mein Plan gewesen und Mum und Dad hatten ihn voll und ganz unterstützt. Pedro hatte uns mit Atemröhrchen ausgestattet und mit Gasbomben, um die Söldner auszuschalten.

Die Schlangenfrau konnte den Blick nicht von uns abwenden. Wir alle vier hatten im Dschungel ein paar Pfunde verloren, wir waren müde vom langen Rückflug und übersät mit Insektenstichen, Prellungen, blauen Flecken und Schnittwunden. Ich selbst hatte die schlimmste Verletzung davongetragen: drei lange, tiefe Kratzer am Hals, von denen ich insgeheim hoffte, dass sie sich in eine coole Narbe verwandelten.

Als ich bemerkte, dass die Schlangenfrau die Kratzer anstarrte, drehte ich meinen Kopf zum Kaminfeuer.

»Jaguartatze«, erklärte ich stolz. »Sie hätten den anderen Typen mal sehen müssen.«

»Das Alpha-Team«, sagte sie. »Sind die beiden tot?«

»Nein, aber eine Zeit lang ausgeschaltet«, antwortete Mum. »Wenn sie ihre Wunden geleckt haben, werden sie sicher kommen und nach uns sehen. Ebenso wie ihre Organisation, vermute ich.«

Die Schlangenfrau nickte langsam. Sie war sichtlich bemüht, ihre Fassung wiederzuerlangen. »Aber Jane, dann stellt sich doch die Frage, warum Sie das alles tun, wenn Sie wissen, dass Sie Ihre Kinder damit in Gefahr bringen.«

»Danke schön, meine Kinder können gut für sich selbst sorgen.«

»Aber was wollen Sie?«

»Informationen«, antwortete Dad.

»Informationen? Was für Informationen?«

»Alle!«, sagte Pan barsch. »Wir werden sie auswerten, um die letzte Tafel zu finden, wir werden herausfinden, wohin das Ganze führt, und zum Schluss werden wir Ihr mieses Geheimnis ans Licht bringen. Die Welt soll erfahren, was Sie zu verbergen suchen.«

Ich hätte nicht gedacht, dass die Schlangenfrau noch geschockter dreinschauen könnte – aber sie schaffte es. Blankes Entsetzen stand ihr ins Gesicht geschrieben.

»Nein! Das können Sie nicht machen!« Sie röchelte fast. »Das sind Geheiminformationen, geschützt durch ein internationales Abkommen.«

»Wir sind international gesuchte Verbrecher«, sagte ich betont lässig. »Ihr Abkommen juckt uns nicht die Bohne.«

Ab dem Moment, in dem Kyle und ich dem Jaguar vor die Füße gefallen waren, hatte sich nicht alles wie auf Knopfdruck gefügt. Mein Tropenanzug hatte mich zwar weitgehend vor den Klauen der Raubkatze geschützt, aber die Wunde am Hals hatte ich trotzdem davongetragen. Kyle war zwar heftig ins Bein gebissen worden, aber er hatte sein Ultraschall-Kraftfeld aktiviert und den Jaguar in den Fluss geschickt. Danach hatte er allerdings nicht viel mehr tun können, als uns wilde Flüche hinterherzubrüllen, während wir mit der Smaragdtafel abhauten. Kurz darauf hatte Pedro uns mit seinem Hubschrauber aufgesammelt und wir waren mit dem nächstbesten Flug nach England zurückgekehrt.

Wo auch immer die Tafeln uns hinlotsten, wir würden ihnen folgen. Wir alle, zusammen. Aber zunächst brauchten wir noch mehr Hinweise.

»Alles, was wir von Ihnen verlangen, ist, dass Sie sich ruhig verhalten, während wir uns in Ihre Holosphäre reinhacken und Ihre Informationen klauen.«

Pan schnappte sich das Betäubungsgewehr, das neben einem der bewusstlosen Söldner auf dem Boden lag.

»Aber können wir darauf vertrauen, dass Sie auch wirklich ruhig bleiben, Marjorie?«, sagte sie. »Besser, wir helfen ein bisschen nach, meinen Sie nicht?«

»Sie sehen tatsächlich ein bisschen müde aus, Marjorie«, fügte Mum hinzu.

»Tun Sie nichts Unüberlegtes!«, kreischte die Schlangenfrau. »Sie wollen Antworten? Ich kann Ihnen welche geben. Sie können immer noch für mich arbeiten, Sie alle. Ich kann Ihnen sogar neue Identitäten und neue Pässe beschaffen.«

Wir traten näher, umzingelten sie von allen Seiten.

»Ach, wir sind mit unseren aktuellen Identitäten eigentlich ganz zufrieden«, meinte Pan und hob ihre Waffe. »Und? Wer will den Schuss abgeben?«

»Du bist die beste Schützin, Pandora«, sagte Mum.

»Danke, Mum, aber du kannst es auch gerne machen.«

»Jake, möchtest du nicht vielleicht schießen?«

»Okay, danke, Mum.«

Ich nahm das Betäubungsgewehr und beugte mich zu der Schlangenfrau vor, während sich Pan und Mum in eine der Geheimkammern zurückzogen, um mithilfe von Pedros Spezialgerät den Datentransfer einzuleiten. Ich hörte sie staunen, tuscheln und lachen – Mum lachte! –, während sie die Hologramme durchforsteten.

»Leute!«, rief Pan. »Ihr werdet nicht glauben, wohin unsere nächste Reise geht!«

Die Schlangenfrau durchbohrte mich mit einem Blick, in dem nicht mehr die Spur von Angst oder Verwirrung lag. Nur noch blanker Hass. Ihre Reptilienaugen blitzten vor Brutalität.

»Ihr könnt euch das Ausmaß der Probleme gar nicht vorstellen, in die ihr euch gerade hineinreitet«, zischte sie. »Wir werden euch verfolgen, mit allen uns zur Verfügung stehenden Mitteln. Wie könnt ihr auch nur im Entferntesten annehmen, dass ihr mit dieser Sache davonkommt?«

Ich grinste und hob das Gewehr.

»Haben Sie noch nie von der ersten Schatzjäger-Regel gehört?«, fragte ich.

Doch ich wartete ihre Reaktion nicht ab. Ich feuerte meinen Schuss ab – und beantwortete die Frage selbst:

»Leg dich niemals mit der Turner-Familie an.«

Rasante Schatzjagd nach einer alten Mumie

Jake und Pandoras Eltern sind in Ägypten verschwunden und ihnen bleibt nichts anderes übrig, als sie selbst zu suchen.

ALLE LIEFERBAREN TITEL,
INFORMATIONEN UND SPECIALS
FINDEST DU ONLINE

Auch als eBook   www.dtv.de